W0204501

SABINE SCHODER

So WaS PaSSierT NuR IDiOtEN. WIe UnS.

FISCHER Taschenbuch

MIX
Papier aus verantwortungsvollen Quellen
FSC® C083411

Originalausgabe

Erschienen bei FISCHER Kinder- und Jugendtaschenbuch
Frankfurt am Main, Oktober 2017

© 2017 S. Fischer Verlag GmbH, Hedderichstr. 114,
D-60596 Frankfurt am Main

Lektorat: Carla Felgentreff
Satz: Dörlemann Satz, Lemförde
Druck und Bindung: CPI books GmbH, Leck
Printed in Germany
ISBN 978-3-7335-0428-1

Für Mama, die mir mitten in der Nacht eine Nachricht schrieb.
Und für Bär, der mit mir tanzt.

Prolog
Viki

Vor neun Tagen wachte Jay im Krankenhaus auf. Viel konnte er nicht sagen, weil seine Lippen von der Narkose halb betäubt waren. Doch die wenigen Worte, die er aus seinem Hals quetschte, machten seinen Eltern deutlich, dass sie mich von seinem Zimmer fernhalten sollten. Natürlich erinnere ich mich an das Versprechen, das ich ihm vor einem Monat geben musste: *Ich will, dass du mich danach nie wiedersiehst.* Mir war bloß nicht klar, wie bitterernst er das meinte.

Bevor Jays Mutter Diana heute Morgen zum Krankenhaus fuhr, habe ich ihr meine Handynummer aufgeschrieben. Nur für den Fall, dass Jay sie nach seiner Operation vergessen hat. Ich wich ihrem mitleidigen Blick aus, als sie den Zettel entgegennahm und mir versprach, sie würde mit ihm reden. Bisher hat er nicht angerufen.

Den ganzen Tag liege ich schon in seinem Bett und starre aus dem Fenster. Mit dem Morgengrauen kroch die Sonne durch die Scheibe und schmolz den Raureif von den Kletterrosen. Ihre hellen Finger tasteten durch den Raum, glitten über die dunkelblaue Bettdecke hinweg und kitzelten mich von den Füßen aufwärts. Bis sie mein Gesicht erreichten, ich die Augen zusammenkniff und mich wegrollte, um meine Nase im Kissen zu vergraben und mich an Jays Duft zu erinnern.

Inzwischen ist es wieder dunkel. Der Winter hat den Tag verschluckt, obwohl es gerade mal siebzehn Uhr ist. Die kahlen Zweige der Rose kratzen ans Glas, als würden sie mich bitten, sie hereinzulassen und vor einer weiteren Nacht in der Kälte zu bewahren. Allein ihr Anblick lässt mich frieren.

Ich kuschle mich näher an Kid, der nicht mehr von meiner Seite weicht, seit Jay fort ist. Das weiche Hundefell schmiegt sich an meine kalten Hände und tröstet mich mit seiner Wärme. Autoscheinwerfer erleuchten die Zimmerdecke, Kids Schlappohren springen auf und begleiten das Brummen, bis es am Haus vorbeifährt. Er seufzt. Auch er sehnt sich danach, dass Jay endlich durch die Tür platzt und uns beide in seine Umarmung reißt.

Ich habe keinen Hunger mehr. Die Einsamkeit hat meinen Bauch ausgehöhlt und eine leere Hülle zurückgelassen, die schon beim Gedanken an Nahrung in sich zusammenfällt. Aber der Hund muss hungrig sein, also raffe ich mich auf, schüttle Lebendigkeit in meine eingeschlafenen Glieder und tappe über die Holztreppe nach unten. Kid springt mir hinterher, drängt sich zwischen meinen Beinen durch und wirft mich beinahe von den Stufen. In der Küche öffne ich eine Dose für ihn und schabe das Futter in eine von Dianas kostbaren Glasschüsseln. Für einen Moment blickt Kid unschlüssig zu mir hoch, als wollte er mich fragen, ob ich zuerst reinhauen will. Ich nicke ihm zu, und er verschlingt sein Menü in Rekordzeit. Vielleicht ist er ja ein Kummerfresser.

Die Küche der Ferettys blitzt wie eine Hollywoodphantasie. Lichterspots an der hohen Decke, sandfarbener Naturstein auf dem Boden und eine Kücheninsel so groß wie ein Kleinwagen, umrundet von edlen Barhockern, auf denen fast nie jemand sitzt. Ich schiebe meinen Hintern aufs Leder und greife nach einem Block, der auf der hellen Marmorplatte liegt. Das oberste Blatt ist unbeschrieben, doch wenn man genau hinsieht, erkennt man die letzte Einkaufsliste von Jays Vater, die sich durchs Papier gedrückt hat. Ich schraffiere mit dem Bleistift darüber, wie ich es in tausend Krimiserien gesehen habe, und lege nacheinander *Rosenkohl, Zwiebeln, Rotwein* und *Pudding für Jay* frei.

Plötzlich entstehen noch andere Worte, neue Begriffe, die meine Hand aufreiht und zu Sätzen verknüpft. *Ich werde deinen Wunsch respektieren und dir die Zeit lassen, die du brauchst*, steht da. In energischen Buchstaben folgt: *Wenn du zu lange brauchst, scheiß ich drauf, marschiere ins Krankenhaus und stelle ein für alle Mal klar, dass du mich nicht einfach so in dein Herz schließen kannst, nur um mich danach eiskalt wieder rauszuwerfen.*

Ich vermisse dich so …

Meine Stirn knallt auf die Tischplatte. Ich bin ein hoffnungsloser Fall! Wenn nur Mel hier wäre, um mir einen Tritt in den Hintern zu verpassen, mich mit Schokolade aufzupäppeln und zurück ins Leben zu schleifen. Seit einer Woche fehle ich in der Schule und verstecke mich lieber im Haus der Ferettys, die schlichtweg zu nett sind, um mich rauszuschmeißen. Oder zu abgelenkt von ihrem achtzehnjährigen Sohn, der gerade versucht, sich das Essen ein zweites Mal beizubringen.

Das Handy in meiner Hosentasche klingelt und schreckt mich auf. Doch es ist nicht Mels Gesicht, das mir vom Display entgegenstrahlt, um mich aus meinem finsteren Loch zu zerren. Sondern eine Nummer, unter der ich kein Bild gespeichert habe: Dianas.

Ich klatsche mir das Handy ans Ohr: »Geht's ihm gut?«

Kurzes Zögern. »Ihm geht's gut, ja.«

Es ist nicht Diana. Es ist eine Stimme, die mich um elf Tage zurückwirft, ins dunkle Vorzimmer einer Bar. Wo mein Freund auf dem Boden liegt und zu mir sagt: »Viki, lass … mich … nicht …«

Was? Was wolltest du mir sagen? Elf Tage lang habe ich seine letzten Worte aufgesagt, ein ewiges Mantra in meinen Gedanken, damit ich sie um Himmels willen niemals vergesse.

»Jay?« Und plötzlich sind sie da. Die Tränen. Sie sprudeln innerhalb meines Kopfes, füllen den Raum hinter den Augäpfeln, blähen die Schleimhäute und verstopfen meinen Hals. Seit mich Diana im Krankenhaus in ihre Arme genommen hat, seit all diese Traurigkeit ihren Weg an die Oberfläche fand, habe ich keine natürliche Abwehr mehr dagegen. Ich schluchze auf und schlage mir eine Hand vor den Mund, damit er mich nicht hört.

»Ich hätte früher anrufen sollen«, sagt er.

Viki

Es ist fast drei Jahre her, dass ich mich zum letzten Mal davor gefürchtet habe, meine Wohnungstür zu öffnen. Die Angst kriecht unterm Türschlitz durch, gleitet über den Teppich und klammert sich um meine Fußgelenke. Ich wage es nicht, Licht zu machen, weil es meine Anwesenheit verraten würde. *Wenn ich ganz still bleibe, nicht einmal atme, dann geht er vielleicht …*

Er hämmert an die Tür. Oder direkt auf mein Trommelfell, denn mein Körper zuckt zusammen, als hätte er mir eine Ohrfeige verpasst. In meiner Vorstellung lauert da draußen ein Mann. Ich sehe ihn deutlich vor mir, diesen Kerl im verschwitzten Arbeitsoverall, dessen Atem stets nach Bier riecht. Der sein Versprechen von damals bricht, mich für immer in Ruhe zu lassen. Der ausgerechnet heute zurückkommt, weil er irgendwie gerochen hat, wie verwundbar ich bin. *Wie allein.*

Es pocht erneut, ein drittes Mal, und erst jetzt registriere ich das Zögern darin. Die Illusion meines Vaters verpufft. Es klingt nicht nach seinen schwieligen Händen, die Mühe damit haben, das Holz zu treffen. Es klingt leicht, viel zu … *sanft.*

Ich stürze zur Tür und reiße sie auf.

Vor mir auf der Matte steht ein Mädchen mit rotem Lockenkopf, Sommersprossen auf der Stupsnase und einem rosa Kaugummi im Mund, den sie gerade aufblasen wollte. Ich habe kaum Zeit, das subtile Weiten ihrer braunen Augen wahrzunehmen – oder die Vorwarnung darin zu erkennen. Bevor ich auch nur ein *Hallo* herauskriege, schnellt Melanie nach vorne und stürzt sich in meine Arme.

»Ich hab dich SO VERMISST!«

Ihr süßes Zuckerwatteparfum hüllt mich ein, und ihre Locken kitzeln meine Nase. Sie ist beinahe klein genug, um meinen Kopf auf ihrem abzulegen, und für eine Sekunde bin ich versucht, haargenau das zu tun: in ihrem ureigenen Geruch abzutauchen und mich mit ihrer Nähe zu trösten. Meine Hände schlingen sich von ganz allein um ihre Taille, und aus meiner Kehle löst sich ein zittriger Seufzer.

Das war ein Fehler. Mels quirliger Körper wird augenblicklich still. Genau wie meiner. Ich muss mich zusammenreißen, zurück in meine alte Form finden, meine unverwüstliche Hülle überstülpen und Mel mit meinem Lachen beruhigen. Sie soll sich keine Sorgen um mich machen. Ihr Kummer würde mir nur das Gefühl geben, dass wirklich etwas nicht stimmt. Ich schlucke meine Sentimentalität runter und beschließe, wieder zu mir selbst zu werden.

»Du zerquetschst meine Brust«, keuche ich.

Mel guckt zu mir hoch, ohne ihre Umklammerung auch nur einen Millimeter zu lösen. »Das tue ich tatsächlich, Viki. Ich bin extra von London hierhergeflogen, um dich abzumurksen, denn das tun beste Freundinnen füreinander. Sie verbergen keine Geheimnisse und sind nicht auf irgendwelche Cousins angewiesen, um über fatale Neuigkeiten im Leben der anderen informiert zu werden.«

»Na toll, Phil hat geplaudert.« Ich stoße einen stummen Fluch gen Zimmerdecke. »Hattest du noch Gelegenheit, dich von ihm zu verabschieden? Bevor er mit einbetonierten Füßen im Stadtfluss versenkt wird?«

Mel lässt von mir ab und röstet mich mit ihrem Blick. »Er wird nicht der Einzige mit einbetonierten Füßen sein, wenn du mich nicht sofort hereinbittest und alles beichtest! Ich will jedes gottverdammte Detail! Und einen Café Latte.«

Letzteres nehme ich als Stichwort, um mich in Bewegung zu setzen. Ich schlurfe in die Küche und linse über meine Schulter, nur um festzustellen, dass Mel mir dicht an den Fersen hängt. Vielleicht hätte ich eine Schleife im Bad drehen und versuchen sollen, sie zwischen den schmutzigen Wäschehaufen abzuhängen? Mit etwas Glück hätte sie sogar eine Ladung in die Waschmaschine gestopft, was langsam dringend notwendig wird, immerhin trage ich seit Tagen dasselbe Shirt. Garantiert wäre das besser gewesen, als ihren heißen Atem im Nacken zu spüren, den sie jeden Augenblick sammeln wird, um mich mit Fragen zu löchern.

»Setz dich«, schlage ich vor.

Ihre Augen funkeln listig. »Im Moment bin ich voll und ganz damit zufrieden, an deinem Rockzipfel zu hängen.«

Sie lehnt sich mit verschränkten Armen an die Wand und beobachtet mich dabei, wie ich die Kaffeemaschine einschalte (die Jay gekauft hat), aus dem Schrank darüber eine bunte Sprüchetasse hole (die Jay gekauft hat), zum Kühlschrank marschiere (ein Überbleibsel meines Vaters) und eine Packung Milch herausfische (die ich besorgt habe, Jays Milch ist vor drei Tagen abgelaufen).

Ich fülle den Aufschäumbehälter, drücke die Latte-Taste und seufze in den Lärm der Maschine. Das Bohnenmahlen verlängert meine Galgenfrist, bevor ich erklären muss, warum Cousin Phil meine beste Freundin frühzeitig aus ihrem Londoner Praktikum reißen musste. Was nicht nötig gewesen wäre, immerhin ist keiner gestorben oder so was. Mir geht es blendend. Wenn Phil das nächste Mal hier auftaucht, werde ich seine Finger statt der Bohnen in die Mühle stecken! *Und mir geht es blendend.*

Ich reiche Mel die Kaffeetasse. »Trägst du die schon mal zum Tisch?«

»Netter Versuch, mich loszuwerden.« Sie schnappt sich den Kaffee und tappt rückwärts von mir weg, ohne mich aus den Augen zu lassen. Demonstrativ hole ich mir eine neue Tasse aus dem Schrank und schiebe sie unter den Automaten, was so viel bedeuten soll wie: *Siehst du? Ich bin schwer beschäftigt. Das ist keine billige Zeitschinderei, um mich ein paar Minuten länger vor dem Unausweichlichen zu drücken.*

Obwohl mir das Milchaufschäumen weitere kostbare Sekunden schenken würde, beschließe ich, meinen Kaffee ab sofort wieder schwarz zu trinken. So wie ich ihn früher mochte. So wie ich die Jungs mal mochte, dunkelhaarig und düster, bevor ein anderer in mein Leben geplatzt ist, um es mit seinem Lachen auszuleuchten.

»Es wird dir nichts nützen, weiterhin auf die Küchenschränke zu starren«, droht Mel vom Tisch aus. »Ich presse die Wahrheit sowieso aus dir heraus. Betrachte dich als Orange, die in einen Entsafter rollt.«

»Das Ergebnis könnte bitter schmecken«, warne ich sie.

Mit hängenden Schultern schleppe ich mich zum Küchentisch. Ich freue mich, als mein Knie gegen die Kante stößt und heißer Kaffee auf den Boden schwappt. Das fühlt sich richtig an, eine logische Fortsetzung der Pechsträhne, die seit einer Woche an mir klebt. Mels Besuch ist das einzig Gute, das mir seit Tagen passiert ist, vielleicht macht mich ihre Anwesenheit deshalb so nervös. Ich gewöhne mich zu schnell an positive Menschen, und wenn sie dann plötzlich weg sind, kommt es mir vor, als hätte jemand alle Lebensfreude unter meinen Füßen weggerissen. Seufzend werfe ich mich auf einen Stuhl, entdecke das Blitzen in Mels Rehaugen und kippe kochende Flüssigkeit in meinen Hals.

»Wo ist Jay?«, fordert sie.

Ich zucke die Achseln. Eine unzureichende Antwort, wie ich an Mels warnendem Fingertrommeln erkenne.

»Bei seinen Eltern?«, rate ich.

»Was hat der Mistkerl getan?«

»Wieso gehst du davon aus, dass er etwas getan hat?« Ich hebe eine herausfordernde Braue. »Vielleicht war ich es?«

Sie verengt ihre Augen. »Als ich vor zwei Monaten abgeflogen bin, wart ihr beide noch das Regenbogenponytraumpaar, das allen auf die Nerven ging, weil eure Verliebtheit wie Goldfunken aus euren Blicken sprühte.«

»Um bei deinem unpassenden Vergleich zu bleiben: Die Funken haben die Ponys in Brand gesteckt, bis nur noch ein Häufchen glitzernder Regenbogenasche übrig war.«

Mel schnaubt so heftig in ihren Latte, dass ein Schaumfetzchen aufwirbelt und direkt auf ihrer Nasenspitze landet. Ohne sich ablenken zu lassen, wischt sie den Schaum ab und schraubt ihre Stimme eine Oktave tiefer. »Okay, reden wir Klartext. Deine Haare sehen aus, als hättest du eine Ölkur aufgetragen und vergessen, sie wieder herauszuwaschen. Wenn ich das mit deinen fleckigen Schlabberklamotten kombiniere, auf denen mindestens drei unterschiedliche Eiscremeflecken eingetrocknet sind, nehme ich an, dass du diese Wohnung seit einer Woche nicht mehr verlassen hast.«

»Das ist lächerlich! Ich war draußen! Wie hätte ich sonst an drei Sorten Eiscreme kommen sollen?«

Sie zieht eine Schnute. »Ich habe für dich die Abschiedsparty verpasst, auf der ich einen ziemlich süßen Londoner vernaschen wollte, der mir jeden Tag eine Packung Gummibärchen in die Tasche gesteckt hat. Vermutlich hätten wir uns ineinander verliebt, geheiratet und eins Komma fünf ziemlich süße Babys bekommen. Du hast meine zukünftigen Kinder auf dem Gewissen!«

Mein Kopf klappt nach unten, und ich kann die Bilder der letzten Woche nicht mehr aufhalten. Jays rot angelaufenes Gesicht, als er sein Handy aus meiner Hand reißt. Meine blutleeren Fäuste, die sich in mein Shirt krallen, weil ich mich an etwas festhalten muss, während mein Leben auseinanderfällt, und sei es auch nur an etwas so Instabilem wie mir selbst. Der Nachhall unseres Streits dreht mir noch immer den Magen um, vor allem dieser eine letzte Satz, der aus meinem eigenen Mund schoss und alles beendet hat.

Appetitlos stoße ich die Tasse von mir, die ein paar Zentimeter über den Tisch schlittert und sich dabei so dreht, dass ich den Spruch darauf erkenne: *Lächle. Du kannst sie nicht alle töten.* Jay hat sie mir letztes Jahr geschenkt, nachdem von der Hausverwaltung eine Generalsanierung unseres Altbaus beschlossen und mir als Wohnungsbesitzerin eine Rechnung präsentiert worden war, die mich beinahe aus dem Fenster katapultiert hätte. Er zog mich vom Sims, nahm mich in seine Arme und flüsterte in mein Ohr, dass ich mir keine Sorgen machen muss. Dass wir alles schaffen. Zusammen.

Die Worte fallen wie tot von meinen Lippen. »Ich habe ihn rausgeworfen.«

Dave

Wenn dein bester Kumpel nach elf Uhr an einem Donnerstagabend an der Tür klingelt und ein Sixpack Bier in der Hand hält, freust du dich auf einen gemütlichen Drink. Wenn hinter dem Sixpack eine prall gefüllte Sporttasche steht und darüber der Schädel eines haarigen Monstrums hechelt, ahnst du, dass es nicht bei einem Drink bleiben wird.

Ich versuche, das drohende Unheil auszublenden. »Ist der Hund dir nachgelaufen?«

Jay antwortet mit einem finsteren Blick und drückt mir das Bier gegen die Brust, so dass mir nichts anderes übrigbleibt, als gefesselt zuzusehen, wie meine Wohnung geentert wird. Der Hund folgt seinem Herrchen und schnüffelt an einem Müllsack, der schon ein paar Tage neben der Tür verrottet. Ich schiebe seine Schnauze mit dem Fuß weg, während Jay zielgerichtet auf meine Couch zusteuert, seine Tasche in eine Ecke schleudert und sich auf die Kissen wirft. Dabei erwischt er die alte Pizzaschachtel, die am Rand des Tisches balanciert, und streut abgefressene Teigränder auf den Teppich. Bevor ich ihm sagen kann, dass er den Mist vergessen soll, klaubt er die Essensreste zusammen und starrt die Ränder in seiner Hand an, als würde er jeden Moment anfangen zu heulen.

Mein Stichwort, um zu intervenieren. Ich knalle das Sixpack auf den Couchtisch. »Lass uns trinken.«

Jay zerbröselt den vertrockneten Teig, ohne mich anzusehen. Die Krümel rieseln unter seinen Fingern in die Schachtel. »Darf ich hier pennen?«

»So was in der Art habe ich befürchtet.«

»Es ist nur für ein oder zwei Tage.«

Womit wir das geklärt hätten. Erleichtert schlage ich die Kronkorken von zwei Flaschen und reiche ihm eine rüber. Wir stoßen an, schlucken unser Bier und sinken in die Couch. Es dauert nicht mal fünf Minuten, bis unser Schweigen von rhythmischem Stöhnen und dem Quietschen eines billigen Lattenrosts unterbrochen wird. In der Wohnung über uns wird lautstark gevögelt, also taste ich nach der Fernbedienung für die Stereoanlage und drehe die Musik auf, ehe die Stimmung zwischen uns beiden zu romantisch wird.

Ein Seitenblick auf Jays miserable Haltung verdeutlicht mir, dass ich vielleicht was sagen sollte. Selbst mein Müllsack neben der Tür hält sich aufrechter als mein bester Freund, und das, obwohl seine Innereien langsam wegfaulen. Besser, ich erwähne was Erfreuliches. Etwas, das ihn früher aufspringen und auf meinen Kissen hätte tanzen lassen.

»Franky hat uns einen Gig besorgt.«

»Ich hab die Nachricht gelesen«, erwidert Jay tonlos.

Mann, der Kerl ist heute Abend eine harte Nuss. Er glotzt auf den gut sortierten Komposthaufen auf meinem Wohnzimmertisch, der aus sieben Bananenschalen und einer ausgelutschten Tüte Fruchtmus besteht, ohne einen Witz über Cholera zu reißen. Dafür rutscht er tiefer in die Polster und fährt sich zum tausendsten Mal durch die Haare. Falls man den blonden Wischmopp auf seinem Kopf noch so bezeichnen kann.

»Endlich wieder was Großes! Ich habe das Feeling einer vollen Halle vermisst, der Sound ist unvergleichbar. Wie in guten alten Zeiten«, füge ich hinzu, obwohl ich vermute, dass es nie wieder so wie damals wird. Wenn man einen Gehirntumor überlebt, schmeißt man sich keine bewusstseinserweiternden Pillen mehr ein oder schleppt Bräute ab, an die man sich am nächsten Morgen nicht mehr erinnern kann. Stattdessen verliebt man sich in eine …

»Viki hat mich rausgeschmissen.«

… und lässt sich von ihr rausschmeißen.

Ich nehme einen Schluck und versäume es, den Hund davon abzuhalten, auf die Couch zu springen und sich zwischen Jay und mich zu drängen. Er hängt die Zunge raus, hechelt mir lauwarmen Hundefutteratem ins Gesicht und schaut mich erwartungsvoll an. Immerhin ist er für einen Themenwechsel gut.

»Trinkt der Hund Bier?«

Jay tastet nach den Pizzarändern und verfüttert sie an den Köter, damit der mich mit seinem Gesabber in Ruhe lässt. Ich bin wirklich froh, seit über einem Monat nicht mehr gesaugt zu haben, denn es wäre absolute Zeitverschwendung gewesen. Zur Verteidigung des Viehs muss ich allerdings erwähnen, dass er seine Krümel wenigstens von den Polstern schleckt – was man von meinen üblichen Besuchern nicht behaupten kann. Vielleicht ist ein müllfressender Hund ja genau das, was mir bisher gefehlt hat?

Jay lehnt sich nach vorne und nimmt sich eine neue Bierflasche. Ich erinnere mich nicht, wann er das letzte Mal so einen Zug draufhatte. Kombiniert mit der Sporttasche in der Ecke nehme ich an, dass so etwas nur eine gewaltige Beziehungskrise schafft. Wobei ich mir nichts vormache, wir sprechen hier von den Gewinnern der großen Liebeslotterie. Morgen werden die beiden miteinander telefonieren, an einem neutralen Ort übereinander herfallen (der garantiert NICHT meine Couch sein wird), und alles ist wieder in Butter.

»Das wird schon«, sage ich, weil Jays Schweigen mich dazu treibt.

»In letzter Zeit war sie total besessen.«

Ich trinke Bier, in der vagen Hoffnung, dass es als Antwort genügt.

»Sie hat dauernd nachgebohrt, wo ich bin und was ich tue«, fährt er fort. »Warum vertraut sie mir nicht einfach?«

»Reden wir jetzt über deine Gefühle?«, hake ich sicherheitshalber nach. Immerhin sind wir auf vier Flaschen runter, wenn man meinen letzten Schluck nicht mitzählt, und das hört sich nach dem Anfang einer sehr langen Nacht an. Die Tanke an der Ecke hat nur bis zwölf geöffnet, und falls wir zum 24-Stunden-Getränkeladen am Ring fahren wollen, sollte ich halbwegs nüchtern bleiben.

»Musst du morgen Straßen scheuern?« Jay sieht mich über den Hund hinweg an. Das leuchtende Blau seiner Augen, das ihm mehr Mädchenherzen ins Bett befördert hat, als ich Anbaggerversuche hinter mir habe, wird von einem rosa Schimmer überzogen. Früher wäre das ein sicheres Anzeichen für eine berauschende Partynacht gewesen, aber ohne sein breites Grinsen wirkt er bloß traurig. Er seufzt in den Flaschenhals, was das trübselige Geräusch noch verstärkt.

»Ich mache blau«, sprudelt es aus meinem Mund. In fünf Wochen fängt die Uni wieder an, dann bin ich meinen Nebenjob im Straßenverkehrsamt sowieso los. Auch wenn ich die Kohle dringend brauche, um dieses Loch von Wohnung zu bezahlen und mein Gerippe durchzufüttern – für meinen besten Kumpel würde ich einen Monat lang trockene Nudeln hinunterwürgen.

Ich schätze, so etwas tut man für einen Freund, der einem den Zeigefinger in den Hals steckt, bis man die Überdosis Schlaftabletten auskotzt, die eine beschissene Jugend hineinbefördert hat. Vermutlich wollte ich damals gerettet werden, sonst hätte ich wohl kaum mein baldiges Ableben in einer SMS angekündigt – allerdings war ich mir mit fünfzehn keineswegs sicher, ob dieser Kerl, der mich kurz vorher in seine Band aufgenommen hatte, tatsächlich kommen würde. Heute weiß ich es ohne jeden Zweifel. Heute würde ich die Nachttischschubladen meiner Mutter nicht mehr nach Tabletten durchwühlen.

Jay drückt seinen Nacken ins Polster und hypnotisiert die Zimmerdecke. Die Bierflasche wandert im Sekundentakt an seine Lippen. Es ist totale Kraftverschwendung, sie überhaupt abzusetzen, aber ich lasse ihn in Ruhe. Er gehört zu den Leuten, die ihre Sorgen zuerst still mit sich ausmachen müssen, bevor sie damit an die Öffentlichkeit gehen. Was mir nur recht ist, denn ich gehöre zu den verklemmten Idioten, die lieber gar nicht darüber sprechen. Einen Moment lang liebäugle ich mit dem Fernseher, schließlich würde er uns beide auf andere Gedanken bringen, dann halte ich das doch für die falsche Taktik. Jay scheint mit seinem Bier und meiner stummen Gesellschaft zufrieden zu sein. Minutenlang trinkt er schweigend, und ich wiege mich beinahe schon in Sicherheit, bis die dritte Flasche urplötzlich seine Zunge lockert und ich panisch feststelle, dass ich meinen Teil bereits ausgesoffen habe.

»Es gibt keine andere wie sie«, nuschelt er.

Ich springe von der Couch, um mir alkoholischen Beistand zu besorgen, und schrecke den Hund auf. Er bellt so laut, dass es von oben ein paarmal an die Decke knallt. Während ich hinaufschreie, dass ich mich über die Herumvögelei auch nicht beschwere, bringt Jay den Köter zum Schweigen. Nicht mit einem Fußtritt oder gebrülltem Befehl, sondern mit einem liebevoll zugeraunten *Schschsch* in sein goldbraunes Schlappohr. Fehlt nur noch, dass er das Stinktier für seinen Radau abknutscht.

»Holst du neues Bier?« Jay streichelt den Hund und schaut mit verräterisch glänzenden Augen zu mir, die jeden Moment überschwappen und mich in eine Emotionsflut reißen könnten, gegen die ich alles andere als gewappnet bin.

Ich weiche zurück. »Das sage ich nur ungern, Alter, aber Bier ist keine dauerhafte Lösung. Wenn wir diese Nacht überstehen wollen, brauchen wir auf jeden Fall Whiskey. Bin in fünfzehn Minuten wieder da.«

Jay

»VERDAMMTE SCHEISSE!«

Oh … Fuck.

Das Geschrei scheppert in meinem Schädel wie eine Handvoll Glasmurmeln in einer Metalldose. Ich stöhne in meinen Arm, der praktischerweise über meinem Gesicht liegt, und werde davon fast ohnmächtig. Mein Atem riecht, als wäre er an einer Alkoholvergiftung verreckt. Wenn ich einfach auf der Couch liegen bleibe und so tue, als würde ich immer noch pennen, muss ich vielleicht nicht auf Daves Ausruf reagieren? Ich könnte vorgeben, zu besoffen zu sein, um das Fluchen, sein hektisches Herumgekrame und Kids Fiepen wahrzunehmen.

»DAS MISTVIEH HAT AUF MEINE SCHALLPLATTEN GEPISST!«

Shit. Wir haben unseren mitternächtlichen Spaziergang versäumt, ich hätte wissen müssen, dass der Hund es nicht aushält bis … keine Ahnung, wie spät es ist. Ich blinzle durch die Finger und entdecke ein paar Sonnenstrahlen, die es durchs staubige Fenster schaffen. Demselben Fenster, zu dem gerade ein Schatten stürmt, um es aufzureißen und mich mit einer Welle kühler Luft zu überspülen.

»HAST DU GEHÖRT? JAY!«

Damit dürfte ich gemeint sein. Stöhnend rolle ich zur Seite und fühle mich dabei wie ein Stück matschiges Obst, das in einen laufenden Mixer fällt. Der süßlich-faulige Geruch von Daves alten Bananenschalen auf dem Tisch lässt meinen Magen rotieren.

»Diese Schallplatten sind uralt«, bringe ich hervor. »Du kannst dir meine MP3s kopieren.«

Selbstverständlich weiß ich, dass ich mich damit nur noch tiefer reinreite. Denn ich weiß auch, wie sehr Dave an seinen Punkrock-Schallplatten hängt, die er auf Flohmärkten erstöbert. Ich kann nur hoffen, dass ein einziger Urinstrahl nicht viele davon erwischt hat.

Plötzlich klatscht ein feuchtes Handtuch in mein Gesicht. Ich ziehe es herunter und sehe Dave vor mir, der seine Fäuste in die Hüften stemmt und mich anfunkelt wie … *Viki.*

Das ist der Moment, in dem mir alles wieder einfällt.

Ich überlege ernsthaft, ob dieses Handtuch meinen Mageninhalt auffangen könnte. Vermutlich nicht. Der Cocktail aus Bier und billigem Whiskey würde das Frottee schneller durchweichen, als Dave mir den Schädel einschlagen könnte.

»Ich sollte mal … ins Bad«, murmle ich und raffe mich auf.

Auch ohne genügend Restalkohol im Blut, um mich für den Rest des Tages besser von offenen Feuerquellen fernzuhalten, ist mein Gleichgewichtssinn nicht mehr das, was er früher mal war. Zuerst stoße ich gegen den Tisch, dann an die Couchecke und zu guter Letzt ramme ich den Türrahmen des Badezimmers. Glücklicherweise treffe ich zumindest das Waschbecken.

Diese angenehme Erleichterung, die sich in einem ausbreitet, wenn das Würgen aufhört und der Magen sich beruhigt, überblendet meine Kopfschmerzen. Ich fühle mich fit genug, um zurück ins Wohnzimmer zu marschieren, das Handtuch von der Couch zu klauben und Daves Schallplatten zu betupfen. Die es übrigens weit weniger schlimm erwischt hat, als sein Getue vermuten lässt. Neunzig Prozent der Flüssigkeit ist auf den Boden gesickert, und der Rest lässt sich problemlos von den Hüllen wischen. Nur drei wellen sich minimal an den Rändern, aber seien wir mal ehrlich, das hätte genauso gut auf einer von Daves Partys passieren können.

Kid kriecht unter meiner Achsel durch und leckt mir den Hals ab. Er weiß, dass er etwas Verbotenes getan hat, und es tut ihm leid. Dabei sollte ich derjenige sein, der sich bei ihm entschuldigt. Immerhin war ich es, der gestern Abend Hals über Kopf aus unserer Wohnung gestürmt ist, um mich mit meinem Kumpel zu besaufen und ausgerechnet denjenigen zu vergessen, der immer an meiner Seite bleibt.

Ich kraule ihn hinter den Ohren, bis er wieder mit dem Schwanz wedelt. »Sorry, dass ich dich im Stich gelassen habe, Kleiner.«

Nachdem ich das Handtuch in Daves Wäschekorb entsorgt habe (also im Haufen vor der Waschmaschine), räume ich den gröbsten Mist vom Wohnzimmertisch und trage den Müll in die Küche (beziehungsweise die Besenkammer mit Kühlschrank). Dave kauert auf einem Barhocker in der Ecke, der zwischen dem Fenster und einem Bistrotisch klemmt und seine Küchenmöbel ersetzt. Er frühstückt eine Zigarette, und ich nehme mir auch eine, was er mit hochgezogenen Augenbrauen quittiert und ich mit einem Schulterzucken abtue. Ich zünde sie an und inhaliere den Rauch, so tief es geht. Meine Lunge zappelt eine Weile, fällt schließlich in Ohnmacht und lässt mich hustenfrei weiterqualmen.

»Du solltest Viki anrufen«, sagt Dave, und ich übersetze es in: *Wie lange bleibst du hier?*

»Sie war diejenige, die mich rausgeschmissen hat. Sollte nicht *sie* mich anrufen?«

Dave schnaubt spöttisch. Er kennt Viki beinahe so gut wie ich, was daran liegen mag, dass die beiden sich sehr ähnlich sind. Vor allem was ihre Sturschädel betrifft.

Ich ziehe mein Handy hervor und checke die Nachrichten. Nichts. »Fragt sie sich denn nicht mal, wo ich übernachtet habe?«

Er zündet sich eine weitere Zigarette an.

»Zumindest nach dem Hund könnte sie sich erkundigen«, murmle ich.

Dave schüttelt mitleidig seinen kahlrasierten Kopf. Nur ein paar Millimeter Haare in der Mitte retten ihn davor, wie ein Skinhead auszusehen. Er sollte sich dringend den Irokesen einfärben, bevor ihm jemand eine Bomberjacke und Springerstiefel verkauft.

»Warum ruft ihr beide sie nicht an?«, schlägt er vor. »Draußen im Park, bei einer ausgiebigen Pissrunde?«

Ich klemme mir die Kippe in den Mundwinkel und streichle den Wuschelkopf, der unterm Tisch auftaucht. Kids große Kulleraugen verraten mir, dass ihm der Vorfall mit den Schallplatten immer noch nachhängt und er außerdem gerne was zu fressen hätte.

»Wie wär's mit einem Würstchen?« Er hechelt erwartungsvoll in mein Gesicht. »Und einem langen Spaziergang? Mit Abstecher in die Bäckerei? Wo wir Daves heiß geliebte Schokoladendonuts erwerben?«

Dave funkelt mich über seine qualmende Zigarette hinweg an. »Du wirst mich damit nicht weichklopfen, kapiert? Morgen Abend seid ihr verschwunden.«

»Predigst du nicht andauernd, dass man Weibern nicht hinterherlaufen soll?« Ich blecke herausfordernd die Zähne, weiter schafft es mein Lächeln nicht.

Er kraust die Stirn. »Wieso übernachtest du nicht bei deinen Eltern? Meine ganze Wohnung passt in deren Küche.«

»Das ist absolut übertrieben. Ins Wohnzimmer vielleicht …«

»Jay.«

Ich widme mich Kid, dem einzigen Wesen im Raum, das mich nicht mit vorwurfsvollen Blicken durchbohrt. Ein Mann und sein Hund. Das nennt man wahre Liebe.

»Eventuell habe ich einen kleinen Kredit aufgenommen, um die Sanierung von Vikis Wohnhaus zu finanzieren, was meine Eltern möglicherweise etwas voreilig fanden, immerhin bin ich erst zwanzig, und die Beziehung könnte jederzeit auseinandergehen …«

Er grunzt amüsiert. »Du hast Schiss, es ihnen zu beichten.«

Ich drücke die Zigarette in den überquellenden Aschenbecher und greife nach Kids Halsband. »Es gibt nichts zu beichten. Wie du gestern gesagt hast, das wird schon wieder. Sie meldet sich bei mir. Spätestens morgen.«

Mel

»Hast du ihn in der letzten Woche überhaupt mal angerufen?«

Wenn man seit fünf Jahren mit Viktoria Stein befreundet ist, weiß man Folgendes: Sie ist ein Meister darin, unangenehmen Fragen auszuweichen und so zu tun, als würde ihre Welt nicht gerade untergehen. In solchen Situationen heißt es, keinesfalls lockerlassen und feinfühlig nachbohren.

Viki starrt auf ihre Kaffeetasse, als könnte der Inhalt jeden Moment zum Leben erwachen und aus dem Fenster hüpfen. Unter ihren Augen hängen tiefe Schatten, und ihre dunkelbraunen Haare fallen strähnig über ihr Gesicht. Wenn ich sie nicht bald zurück ins Tageslicht zerre, verwandelt sie sich in eines dieser Monster, die japanische Regisseure gern aus Fernsehern klettern lassen.

»Er hat sich nicht bei mir gemeldet.«

»Das war nicht die Frage, Viki.«

»Ich habe niemanden angerufen.« Ihr Blick flackert zu mir hoch, ehe er erneut abstürzt und auf dem Tisch kleben bleibt. »Nicht mal dich. Ich wollte dir dein Praktikum nicht versauen. Hätte Cousin Phil mich nicht an der Kasse im Supermarkt in die Enge getrieben und mit einem Schreikrampf gedroht –«

»Würde ich jetzt einen Kater ausschlafen«, seufze ich. »Und mir von meinem zukünftigen Ehemann Gummibärchen in die Frühstückspfannkuchen backen lassen, bevor er wie ein britischer Gentleman um meine Hand anhält.«

Ein schmales Lächeln wandert auf ihr Gesicht. »Ich kann dir Pfannkuchen backen.«

»War das ein Antrag?« Ich grinse, und ihre Miene erhellt sich. Es ist nicht viel, das Aufblitzen der Sonne am Rand einer Gewitterwolke, doch es ist ein Anfang. Plötzlich brennen Tränen hinter meinen Augen, und mir wird klar, wie sehr ich sie in den letzten zwei Monaten vermisst habe. Ich springe auf und falle ihr ein zweites Mal an diesem Morgen um den Hals. »Ja, ich will!«

Sie tut so, als würde sie ersticken, allerdings höre ich die Zufriedenheit in ihrer Stimme. Viki ist nicht der Typ, der mit liebevollen Floskeln um sich schmeißt, aber dafür schenkt sie mir etwas viel Wertvolleres: echte Freundschaft. Sie macht sich von mir los und hebt herausfordernd eine Augenbraue. »Da wir nun offiziell verlobt sind, muss ich dich flachlegen, oder?«

Mein Lachen hallt durch den Raum. »Nein, es bedeutet, ich halte dich bis zur Hochzeitsnacht hin, in der ich dich unauffällig abmurkse, um an deine Millionen zu gelangen.«

»Falls du die Millionen von Kellerasseln meinst, die sich unter der Spüle rumtreiben …« Sie deutet mit dem Daumen zur Küchenzeile. »Ich hab mein Bestes gegeben, aber sie lassen sich einfach nicht für den Abwasch dressieren.«

Ich schüttle mich. »Dann doch lieber Frühstück.«

Ihr Blick wandert zu den leeren Näpfen unterm Fenster, und ein Schatten huscht über ihr Gesicht. »Eine Woche lang habe ich mich durch sämtliche Vorräte gefressen. Ich fürchte, es ist nicht mehr viel da, außer einem Sack Hundefutter.«

Viki war nie ein Hundemensch, und sie beschwert sich mit Inbrunst über schmutzige Pfotenabdrücke und Haarbüschel in der Badewanne, am liebsten, wenn Jay in der Nähe ist. Weil er dann zu ihr rübergeht und ihr einen dicken Schmatzer auf ihre Wange setzt. Aber heimlich verfüttert sie kiloweise Hundekekse an Kid und massiert ihn mit den Füßen. Ihr dumpfer Tonfall macht deutlich, wie sehr sie die beiden vermisst.

»Wir könnten dich saubermachen, anständig anziehen und in der Innenstadt brunchen?«, schlage ich vor.

Sie rafft sich auf und legt ihre Finger an die Fensterscheibe. Von meinem Platz aus erkennt man nur das gegenüberliegende Wohngebäude, das seinen grauen Schatten herüberwirft. Ihr Gesicht schimmert im wenigen Tageslicht, das es hereinschafft. Der Rest ihres gebückten Körpers hüllt sich in Dunkelheit. Ich werde von einem Déjà-vu überwältigt, das mir für mehrere Sekunden die Worte raubt. Mit einem Mal steht sie wieder vor mir, die fünfzehnjährige Viktoria, die sich nur in Schwarz kleidet und ihre Gefühle mit Sprüchen tarnt. Es ist erschreckend, wie schnell die Vergangenheit zurück in ihr Leben platzen konnte, um sie vollkommen einzunehmen.

»Ich hab Nick gefragt, ob er meine Stunden erhöht«, murmelt sie.

Nick ist der Besitzer des Flashlights, einer Musikhalle draußen im Industriegebiet. Seit ihr Vater abgehauen ist, jobbt sie dort für ihren Unterhalt. Zwar hat sie die Wohnung von ihrer Mutter geerbt, aber die Nebenkosten sind nicht zu unterschätzen. Sie reagiert immer empfindlich darauf, wenn Jay etwas für sie kaufen möchte, vermutlich, weil sie sich dadurch in seiner Schuld fühlt. Wer mit einem alkoholsüchtigen Vater aufwächst, will sich von niemandem mehr abhängig machen, schätze ich. Während ich im Hotel Mama wohne und noch Taschengeld beziehe, muss sie Nachtschichten einlegen, um sich Klopapier leisten zu können. Dass sie jetzt ihre Stunden erhöht, kann nur eines bedeuten: Sie hat keine Kohle mehr.

»Ich lade dich zur Feier meiner Rückkehr ein«, erkläre ich ihrem Rücken.

Sie schielt zu mir rüber. »Mel …«

»Tante Kordula hat mir einen Restaurantgutschein aufgehalst, den ich dringend verbraten muss. Du würdest mir einen Gefallen tun, sonst muss ich meinen Bruder mitnehmen.«

Der Gutschein ist erfunden, aber wenn sie zusagt, mache ich im Restaurant einen vermeintlichen Abstecher zu den Toiletten und besorge mir einen. Es riecht weniger nach Almosen, wenn es das Geld einer weit entfernten Großtante ist, das wir ausgeben. Sollte Viki jemals erfahren, dass Kordula mir bloß einmal im Jahr selbstgestrickte Socken schickt, bricht ein ganzes Kartenhaus an Notlügen über mir zusammen.

Viki öffnet den Mund, zweifellos, um mir eine weitere Ausrede aufzutischen, doch ich würge sie mit meinem erhobenen Zeigefinger ab. »Ich akzeptiere keine Widerrede, denn ich habe meine Bedingungen.«

Sie lächelt schief. »Und die wären?«

»Eine ausgiebige Dusche, die Seife und Shampoo beinhaltet. Ich liebe dich innig, wie du weißt, allerdings wollen wir ja nicht die sauberen Klamotten einsauen, die Teil zwei meiner Bedingung darstellen.«

Sie schnaubt amüsiert und blickt an ihrem verdreckten Shirt herab. »Es hat mir noch nie jemand so charmant verklickert, dass ich müffle.«

»Was die Aufgabe wahrer Freunde ist.« Ich schnappe mir meine Handtasche von der Stuhllehne und wühle in ihren unendlichen Tiefen nach meinem Handy, um dem Restaurant eine Last-minute-Reservierung zu entlocken. »Wir müssen los, es gibt nur noch eine Stunde lang Frühstück, und ich will dich gefügig füttern, damit du endlich mit der Wahrheit rausrückst.«

Sie scheint ein Problem mit meiner Aussprache zu haben, denn anstatt sich zu beeilen, schlagen ihre Füße vor dem Fenster Wurzeln. Ich gehe rüber, schlinge meinen Arm um ihren Ellenbogen und schleppe sie in den Flur, der ebenfalls eine erschreckende Zeitreise in die Vergangenheit durchlebt hat. An den Wänden hängen zwar noch immer die Fotos der verliebten Regenbogenponys, aber die Post der letzten Woche stapelt sich auf der Kommode, und ein ganzer Haufen Kleidungsstücke verteilt sich auf dem Boden zwischen Vikis Schlafzimmer und dem Bad.

Ich kicke ein paar gebrauchte Socken vor mir her. »Sind das Bremshügel gegen das schnelle Eindringen von Verbrechern?«

Sie läuft rot an und bückt sich, um den gröbsten Mist vom Teppich zu klauben. Die Aufgabe füllt sie für eine Minute mit lebendiger Geschäftigkeit, doch kaum sind ihre Klamotten in der Waschmaschine verschwunden, klappen ihre Schultern nach vorn, und ihr Kinn sinkt auf die Brust. Es wird allerhöchste Zeit, Vikis Batterien aufzuladen, bevor sie im Bad versteinert und ich sie von den Fliesen meißeln muss.

»Wartest du etwa drauf, dass ich reinkomme und dich aus dem T-Shirt schäle?«, ziehe ich sie auf.

Sie saugt ihre Lippen in den Mund, eine seltene Geste bei ihr, die meinen Humor augenblicklich verpuffen lässt und durch ein besorgtes Ziehen in meinem Bauch ersetzt. Meine Hand hebt sich, um irgendetwas zu tun, vielleicht sie nochmals in die Arme zu nehmen und fest an mich zu drücken. Doch ehe ich etwas dergleichen unternehmen kann, richtet sie ihren Kopf auf und stoppt mich mit ihrem Blick. Ihre Augen leuchten klar und grün, aber die dunklen Brauen pressen eine Ernsthaftigkeit in ihren Ausdruck, die mich schlucken lässt. Alles an ihrem Äußeren beschreibt eine schlechte Botschaft, die sie jeden Moment in eine Flasche stecken und von ihrer einsamen Insel zu mir herüberwerfen wird.

Sie tritt einen Schritt vor und zieht an der Klinke. Während sich die Tür langsam schließt, fesselt mich ihr Anblick an Ort und Stelle. Kurz bevor das Schloss einrastet und uns beide voneinander trennt, dringen ihre Worte zu mir herüber, abgekocht und leblos.

»Ich glaube, er betrügt mich.«

Viki

Ich fühle mich leer. Obwohl sich ein warmes Schokoladencroissant, frisch aufgeschnittener Obstsalat, Waffeln mit tropfendem Ahornsirup und ein Schälchen Mousse au Chocolat in meinem Magen befinden. Das Mousse ist Mels Idee, und als ich meine Hand hebe, um diese Runde abzulehnen, entdecke ich das Blitzen in ihren Augen und die lauernde Frage darin. Also löffele ich die Schokocreme, weil sie meinen Mund ausfüllt. Sie schmeckt nicht so wie früher, die Zuckermoleküle auf meiner Zunge zerfallen augenblicklich zu Asche.

Wir sitzen in einem Café mit Blick auf den Stadtpark. Die Sonne brennt zwischen den aufgespannten Schirmen hindurch und leuchtet auf den hellen Steinfliesen. Dahinter steigt der Rasen in einem sachten Hügel an, auf dessen Kuppe sich das Gras in ausgetrockneten Borsten sträubt. Die letzte Augustwoche saugt das Grün aus den Kronen der Bäume, die einen zu warmen Sommer durchhalten mussten. Vereinzelt flattern gelbe Blätter zu Boden, die mich daran erinnern, dass ich bald das Grab meiner Mutter aufsuchen muss, um die Blumen zu erneuern. Es gibt niemanden sonst, der hingehen würde.

Mel nippt an meinem Sekt, den es gratis zum Buffet gab und den ich bisher nicht angerührt habe. Es ist nicht so, dass ich Alkohol nicht mag. Das Problem ist vielmehr: Ich fürchte mich davor, ihn zu sehr zu mögen. Es ist eine Sache, im Freudenrausch auf einer Party einen über den Durst zu trinken, und eine völlig andere, heimlich das Mundwasser im Bad auszusaufen. Auch wenn zwischen mir und meinem Vater mehrere Jahre Alkoholmissbrauch liegen, habe ich nicht vor, in seine schwankenden Fußstapfen zu treten. Vielleicht gibt es also doch etwas, wofür ich ihm dankbar sein sollte.

Mel rückt mit ihrem Stuhl näher ran, und ich befürchte, dass sie es dabei nicht auf einen besseren Ausblick auf den Gartenteich anlegt. Sie drückt ihre roten Locken an meine Wange, hebt das Glas vor ihre Lippen und flüstert verschwörerisch: »Erzähl mir alles. Welche Beweise hast du?«

Ich kratze Schokoflecken von der weißen Tischdecke. »Keine Beweise. Nur Indizien.«

»Und zwar?« Fehlt nur noch, dass sie sich eine Pfeife in den Mund steckt und ihr Notizbuch aufklappt, um mein Geständnis zu notieren. Sherlock Mel hat meinen Beziehungsfall aufgenommen und wird nicht eher ruhen, bis der Mörder gefasst ist. Dummerweise bin ich mir nicht sicher, wer von uns beiden der wahre Verbrecher ist, Jay oder ich?

Ich versuche mich an einer möglichst neutralen Beschreibung der Situation. »Ein paarmal, wenn ich später von der Uni kam, war er frisch geduscht und trug andere Klamotten als am Morgen. Zuerst war es nur sporadisch, und ich schob es auf die Hitze in den Vorlesungssälen der Architekten. Zuletzt kam es täglich vor. Auch bei Regenwetter.«

Mein Herzschlag beschleunigt sich, während ich vergeblich darauf warte, dass Mel auflacht, die Augen rollt und übertrieben stöhnt, welch blühende Phantasie ich doch habe. Dass der Freund plötzlich nachmittags duscht, bedeutet gar nichts. Oder?

Stattdessen saugt sie ihre Lippen in den Mund und setzt ihren *Wir-müssen-Ihnen-eine-schlechte-Nachricht-überbringen*-Blick auf. Ihr Zögern deutet an, dass sie die Wahrheit bereits ahnt und mich mit ihrer folgenden Frage nur behutsam vorbereiten möchte. »Hast du ihn darauf angesprochen?«

»Habe ich. Genau heute vor einer Woche …«

Ich stecke den Schlüssel in die Wohnungstür, schließe auf und werde von Kid über den Haufen gerannt. Sein ohrenbetäubendes Gebell stellt die Duschbrause im Badezimmer augenblicklich ab, es herrscht absolute Stille. Ich stehe im Flur und weiß nicht, ob ich meine Schuhe ausziehen soll, denn mit einem Mal überkommt mich das Verlangen, wieder umzudrehen und von hier zu verschwinden. Jay wartet fünf Minuten, in denen er nichts tut, das auch nur das geringste Geräusch verursacht, dann tritt er mit einem Badetuch bekleidet heraus. Er zuckt zusammen, als er mich entdeckt, offensichtlich hat er nicht damit gerechnet, dass ich noch vor der Tür bin.

»Du bist schon da?« Das schlechte Gewissen leuchtet aus seinen Augen, bevor er sie abwendet und seinen Kopf unter einem Handtuch versteckt. Hinter ihm blinken die Knöpfe der Waschmaschine, die das Ende des Schnellwaschgangs anzeigen. Seine Kleider sind nirgends zu sehen, aber in der Trommel steckt das blaue Shirt, das er an diesem Morgen übergezogen hat. Ich warte ab, bis er seine Haare trockengerubbelt hat und kein Vorwand mehr übrig bleibt, um mich zu überhören.

»Wieso hast du gewaschen? Die war doch nicht mal halbvoll.«

Ich reibe meine Hände übers Gesicht und tauche aus der Erinnerung auf. Wenn sie sich bloß wie ein böser Traum anfühlen würde und nicht wie etwas, das meine Innereien mit einem Eiscremelöffel herausschabt. »Er behauptete, seine Klamotten wären verschwitzt. Damit war das Thema für ihn erledigt.«

Mel zieht ihre Augenbrauen bis zu den roten Locken hoch, eine beachtliche Leistung ihrer flexiblen Stirnhaut, die ich unter anderen Umständen bestaunen würde. Ihre nächste Frage jedoch reißt mich in eine Realität zurück, die ich immer noch nicht fassen kann. »Und deshalb hast du ihn rausgeworfen?«

»Natürlich nicht!« Mein Kopf klappt nach unten, und die Schokolade in meinem Magen trommelt gegen die Bauchdecke. Nur mit Mühe halte ich die Rebellion in meinem Innern unter Kontrolle, die mit brennenden Fackeln und Mistgabeln aufmarschiert, um die Königin zu köpfen, die etwas Unverzeihliches verbrochen hat. »Weil er nicht reden wollte«, hauche ich, »habe ich eventuell seine Nachrichten gecheckt …«

Sein Handy liegt auf dem Küchentisch, wie der verbotene Apfel im Paradies. Ich werfe einen Blick zur Tür und lausche auf die Geräusche aus dem Wohnzimmer. Jay und ich sehen uns eine Wiederholung von Inception *an, den wir beide schon mehrmals gesehen haben. Plötzlich frage ich mich, ob ich dieser Wirklichkeit trauen kann oder ob sie nur ein Konstrukt ist, das seinen wahren Zweck vor mir verschleiert.*

Ich scrolle durch seine Nachrichten und überprüfe die kleinen Profilbilder, ob jemand darunter ist, den ich nicht kenne. Jemand, der ihm auffällig oft schreibt. Jemand, der vielleicht hübscher ist als ich.

»Soll ich dir mit dem Popcorn –«

Ich wirble herum und starre in Jays Gesicht, auf dem sich meine Tat mit einigen Sekunden Verzögerung abzeichnet. Sein sanftes Lächeln bröckelt herunter. Leugnen ist zwecklos, und schlagartig ärgere ich mich über mein Ertapptsein. Wieso sollte ich mich rechtfertigen müssen, wenn sein Schweigen doch an allem schuld ist?

»Irgendwas Interessantes entdeckt?«, zischt er.

»Warum reagierst du so?«

»Weil du mein Handy hinter meinem Rücken kontrollierst! Du kannst mich auch fragen, wenn du etwas wissen möchtest!«

»Ich frage dich seit Wochen, aber du hältst es nicht für nötig, mir eine ehrliche Antwort zu geben!«

Mels Rehaugen blinzeln. »Und?«

»Er wurde furchtbar sauer, weil ich seine Privatsphäre nicht respektiert habe. Was ich ja überhaupt nur getan habe, weil ich keine andere Möglichkeit mehr sah!« Ich nehme mir den Sekt und spüle meinen Mund aus, als könnte ich so mein schmutziges Geständnis desinfizieren. Der saure Geschmack gibt meinem Magen den Rest, ich schnappe eine Serviette und spucke alles wieder aus. »Entschuldige …«

Mel tätschelt liebevoll meine Schulter. »Nach der Schokolade schmeckte der sowieso nicht mehr.«

»Jay wurde laut.« Ich ziehe meine Nase hoch, um das Kribbeln des Alkohols loszuwerden. »Ich solle ihm gefälligst nicht hinterherschnüffeln, er könne seine eigenen Entscheidungen treffen und brauche dafür nicht meine Erlaubnis. Also schrie ich zurück, dass er meine Erlaubnis sehr wohl braucht, um in meiner Wohnung zu leben …«

»Puh!« Mel bläst ihre Backen auf und pustet ihre Locken aus dem Gesicht. »Lass mich raten: Ihr seid euch nicht in die Arme gefallen und habt euch geliebt?«

Nein. Danach gab er keinen Ton mehr von sich. Er riss mir das Handy aus der Hand, stürmte in unser Schlafzimmer und füllte seine Sporttasche mit dem Allernötigsten. Ein Teil von mir wollte ihn bitten zu bleiben, aber ein viel größerer, verletzter und wütender Teil wollte, dass er geht und die Konsequenzen seines Handelns spürt. Und so sagte ich kein Wort, als er den Hund nahm und mit knallender Tür aus der Wohnung verschwand.

Ich suche in Mels Augen nach Rat. »Wenn da wirklich nichts wäre, wieso hat er sich dann so aufgeregt? Warum hat er sich seit einer Woche nicht bei mir gemeldet?«

Um ihren Mund bildet sich ein harter Zug. »Vielleicht wartet er darauf, dass du es tust?«

Kid

Die Plastikbäume in der ersten Nacht waren keine gute Idee. Ebenso wenig der Müllsack, den ich zwei Tage später ausprobiert habe. Bei den alten Sportschuhen gestern Abend war ich mir allerdings bombensicher. Man musste nur an den Sohlen schnüffeln, da war eindeutig schon ein bisschen Hundepisse dran.

Ich umrunde den Stehtisch in der Küche, werfe mich vor die Füße meines Herrchens und stöhne. Zu Hause darf ich wenigstens in die Badewanne pinkeln, wenn ich nachts dringend muss. Obwohl ich mir dabei lächerlich vorkomme, ist es besser als das Gebrüll des Müllbesitzers. Ich rieche seine Ablehnung, auch wenn er sie hinter einem Schleier aus Rauch tarnt. Vorsorglich weiche ich seinem stechenden Blick aus.

»Der Hund will, dass Mami und Papi sich endlich versöhnen«, erklärt er mit zusammengebissenen Zähnen. »Und schleunigst wieder zusammenziehen.«

Unsinn, Rauchkopf. Der einzige Grund, warum ich mein Bein im Flur erhoben habe, ist folgender: Weder Mami noch Papi haben an mein Abendgassi gedacht.

»Kid ist nicht unser Baby. Er ist ein erwachsenes Tier.«

Herrchen riecht in letzter Zeit anders. Es gefällt mir nicht, aber er streckt seine Hand unter den Tisch und krault meinen Nacken, deshalb gehe ich davon aus, dass es nicht weiter schlimm ist. Rasch nutze ich seine Aufmerksamkeit, um nach draußen zur Wohnungstür zu laufen. Ich setze mich hin und fiepe, doch als ich den Kopf zurückdrehe, steht niemand hinter mir im Flur. Wie deutlich muss ich denn werden?

Ich schnaube. Nun, es gibt verschiedene Möglichkeiten, um eine Tür zu öffnen. Eine sehr verlässliche Methode ist es, am Holz zu kratzen.

»Kid«, ruft Herrchen aus der Küche.

Damit wäre Phase eins erfolgreich eingeleitet: Ein Mensch hat mich gehört. Nun gilt es, meine Ohren auf taub zu stellen und das Scharren so lange zu wiederholen, bis er mich rauslässt.

»Komm her!«

Nein, mein Lieber, du wirst derjenige sein, der sich in Bewegung setzt und mir diese Tür aufmacht. Hörst du das Kratzen? Meine Krallen haben die Lackschicht durchbrochen. Es regnet Holzkrümel auf den Boden.

»Verdammt nochmal!« Er klingt so, als würde er endlich begreifen, was er tun soll. Tatsächlich höre ich das Knarzen eines Stuhls und kurz darauf seine Schritte. Alles, was ich jetzt noch tun muss, ist, besonders leidend auszusehen und meinen Wunsch mit Fiepen zu unterstreichen.

Herrchen packt mein Halsband und sieht zu mir herab. »Wir gehen gleich raus. Lass mich zuerst mein Frühstück rauchen, okay?«

Mit hängendem Schwanz folge ich ihm zurück in die Küche.

»Aber Babys machen jede Menge Lärm, und man muss ihre Kacke aufwischen«, beharrt Rauchkopf und starrt mich angriffslustig an. Ich werde das unbestimmte Gefühl nicht los, dass ich schon wieder was falsch gemacht habe. »Wenn du mich fragst, erfüllt er alle Kriterien.«

Mein Darm drückt. Ich belle auf.

»Hör nur, er stimmt mir zu!«

Herrchen bückt sich und kratzt mich hinterm Ohr.

Ehrlich gesagt juckt es mich ganz woanders, Mann. Ich laufe unter seiner Hand durch und halte ihm meinen Hintern hin, doch er zieht an meiner Schwanzspitze. *Menschen.*

»Wir schreiben das Jahr 2017«, fährt Rauchkopf fort. »Auch wenn ich mich wie der Sprecher von *Star Trek* anhöre – heutzutage ist es unmöglich, jemanden nicht zu erreichen. Es sei denn, man tut es absichtlich. Dein Argument, dass Viki sich bald bei dir meldet, wird immer unglaubwürdiger. Du hängst seit neun Tagen hier rum.«

»Acht. Der erste Abend zählt nicht. Es war kurz vor Mitternacht.«

»Meine Couch steht dir für Notfälle immer offen, Alter, allerdings bezieht sich dieses großzügige Angebot nicht auf undichte Köter.«

Leute, ich sollte echt mal groß. HEY! Hört ihr mich? HEY!

»Nenn ihn nicht so. Er kriegt das mit.« Herrchen streichelt mein Gesicht, damit ich aufhöre zu bellen. Endlich nimmt er den stinkenden Stängel aus seinem Mund und löscht den Qualm in einem kleinen Fressnapf auf dem Tisch. »Was meinst du, sollen wir los?«

Dein Tonfall hört sich gut an. Ich würde ja gerne mit dem Schwanz wedeln, aber meine hintere Körperhälfte in Bewegung zu versetzen wäre jetzt nicht gut, wenn du verstehst, was ich meine.

Er holt die Leine aus dem Wohnzimmer, und ich erkläre ihm lautstark, wie sehr ich mich darüber freue und dass er der allerbeste Mensch auf der Welt ist. DER ALLERBESTE! BESTE! BESTE! BESTE!

Herrchen wuschelt mir durchs Fell. Er war schon immer bescheiden.

O Mann, ich kann's kaum abwarten, hinauszukommen! Ich dränge meine Schnauze in den Türspalt, und die Stufen fliegen unter meiner Nase nur so dahin. Draußen duften die Straßen nach unbekannten Hunden, ich wittere sieben Fährten auf einmal und folge ihnen von einem Eck zum nächsten. Herrchen ist zu langsam, doch ich nehme es ihm nicht übel, der arme Kerl hat nur zwei Beine.

An der Ecke gibt es für mich ein WÜRSTCHEN. Ich schwöre, es ist das allerbeste Futter, das ich je gerochen habe, und es schmeckt für eine Sekunde auch gut, rutscht nur viel zu schnell in meinen Magen. Ich schaue zu ihm hoch, weil Herrchen ewig für seine Portion braucht, und bestimmt noch ein paar Bissen runterwandern lässt, wenn ich ihn lange genug hypnotisiere.

Er sagt NEIN, aber ich kenne das Spiel.

Ich wedle mit dem Schwanz.

Er imitiert mein Wedeln mit dem Kopf (weil er keinen Schwanz hat) und sagt nochmals NEIN.

Ich setze mich vor ihn und hebe die Pfote. Bei Frauchen klappt das immer, sie schimpft dann, dass Herrchen mich verzogen hat. Und Herrchen lächelt, weil er stolz darauf ist, mich verzogen zu haben. Und danach krieg ich was zu futtern.

»Kie-hied.«

Ich liebe es, wenn er meinen Namen in die Länge zieht. Es bedeutet, dass ich das Spiel gewinne.

Er starrt mich an und versucht, mich zu unterwerfen. Ich lecke mir das Maul, um ihm klarzumachen, dass er der Boss bleibt und ich nur was zu fressen will. Es funktioniert. Herrchen bricht den Blickkontakt, schnaubt durch seine winzige Nase und verzieht den Mundwinkel. Der Pappteller in seiner Hand neigt sich weit genug, um das WÜRSTCHEN zu erkennen. Ich stehe auf und schlucke meine Spucke, damit es diesmal nicht so schnell runterrutscht.

Plötzlich klingelt das *Ding,* und Herrchen vergisst völlig, dass er mich gerade füttern wollte! *Ich hasse das Ding.* Es ist so klein, dass es in seine Hand passt. Obwohl es Laute von sich gibt, lebt es nicht. Es riecht weder danach, noch hat es jemals was gegessen, und das kleine Loch am Ende duftet auch nicht so, als würde es benutzt. Trotzdem behandelt Herrchen es wie einen Hund. Er streichelt es und spricht mit ihm. Bis jetzt habe ich es keine Würstchen fressen sehen, aber man kann nie wissen.

GIB SIE RUNTER! GIB! GIB! GIB!

»Sei still! Kid! Aus!«

Er kuschelt mit dem *Ding,* und sein Geruch verändert sich schlagartig. Er hat Angst. Vielleicht kapiert er endlich, dass es längst tot ist.

WURST! WURST!

Verdammt, ja! Sein Arm senkt sich! Der Pappteller schwebt nur wenige Zentimeter über mir, doch Herrchen sieht mich gar nicht an, sondern starrt ins Leere. Dieses Spiel kenne ich, es geht so: Mensch gibt vor, er würde mich nicht bemerken, obwohl das Futter in meiner Reichweite liegt. Meine Aufgabe ist es, die Leckerei zu schnappen, bevor er mich wieder ansieht.

Ich springe hoch, erwische den Teller und werfe die Würstchen auf die Straße. Sie schmecken noch viel besser, wenn ein bisschen Dreck dran ist. *Und wie sie duften!*

Jay

Vikis Foto leuchtet vom Display. Sie mag die Aufnahme nicht, weil ihre dunklen Haare vom Hinterkopf abstehen und ihre Augen vor Müdigkeit zusammengekniffen sind. Ich habe es letzten Winter aufgenommen, als wir einen faulen Sonntagvormittag im Bett verbracht haben. Dieses wissende Lächeln hängt in ihren Mundwinkeln, die Erinnerung an eine zu kurze Nacht, in der wir uns gegenseitig gewärmt haben. Ich liebe es, weil nur ich sie so zu sehen bekomme.

Zumindest war das bisher so.

Ich atme einmal tief durch und nehme ab.

»Jay«, sagt sie.

Noch nie zuvor habe ich meinen Vornamen so verflucht. Drei beschissene Buchstaben sind zu wenig, um ihre Tonlage einzuordnen. Es könnte alles Mögliche bedeuten und viel schlimmer als das: Es könnte *nichts* bedeuten.

»Hey, Viki.« Ich nenne sie nicht Viktoria. Verdammt nochmal, ich werde sie nicht mal so nennen, wenn sie beschließen sollte, mich nie wieder anzusehen.

Im Hintergrund höre ich eine Stimme, die leise, aber eindringlich auf sie einredet. Jemand ist bei ihr. Wer zum Teufel ist bei ihr?

»Ähm …« Sie räuspert sich. »Wie geht's dir?«

Ich will dich zurück.

»Ganz okay. Und dir?«

»Bist du … bei deinen Eltern?«

Nein, ich lebe seit Tagen auf der Straße und ernähre mich von Abfällen, die alte, geifernde Weiber vor meine Füße werfen, damit ich ihnen meinen Knackarsch hinstrecke. Wieso fragst du? Weil du mich von einer Minute auf die andere aus unserer gemeinsamen Wohnung geworfen hast?

Beruhig dich, Mann. Du kennst Viki. Du weißt, dass sie vermutlich eine Woche lang ihren Stolz niederringen musste, um dich zuerst anzurufen. Das hier ist ein gutes Zeichen, ihr schlechtes Gewissen sprudelt förmlich aus ihrer Tonlage. Ignorier deine verletzten Gefühle und nimm es mit Humor.

»Dave und ich haben endlich die Männer-WG gegründet, von der wir träumen, seit wir vierzehn sind. In unserer Vorstellung hatten wir allerdings ein russisches Putzmodel mit einem Reizwäschefetisch.« Für einen Herzschlag bin ich mir nicht sicher, ob dieser Scherz eine kluge Idee war, aber dann registriere ich ihr amüsiertes Schnaufen und kann wieder atmen.

»Ich möchte gar nicht wissen, wer von euch beiden die Rolle der Putzfrau übernommen hat.« Ihre Stimme wärmt sich auf und schmilzt den letzten Rest von Distanz weg. »Wobei ich zugeben muss, dass dir Schürzen ausgezeichnet stehen.«

Ich lächle. »Denkst du ans Keksebacken vorletztes Jahr?«

Ich höre, wie sie die Luft einsaugt, und spüre denselben Stich in der Brust, den sie vermutlich gerade fühlt. Ausgelöst vom Gedanken ans erste gemeinsame Weihnachten in unserer Wohnung. Wir hatten kein Geld für einen Tannenbaum, doch Kid hatte einen Zweig von unserem Spaziergang mit nach Hause geschleppt, und wir stellten ihn in eine leere Weinflasche am Wohnzimmertisch …

Ich arrangiere ein paar rote Äpfel drumherum und stemme unzufrieden meine Arme in die Hüften. »Da fehlt irgendwas.«

»Der Rest des Baumes?« Viki äugt hilflos auf die mickrige Dekoration, als käme der Versuch, etwas Weihnachtsstimmung in unsere vier Wände zu zaubern, einer hochkomplexen Integralrechnung gleich. Ihre Augen überkreuzen sich beinahe, so sehr strengt sie die Aufgabe an.

Ein Lächeln schiebt sich auf mein Gesicht. »Nein, es fehlen Kekse. Jede Menge davon.«

»Wir können keine mehr kaufen, die Geschäfte haben längst geschlossen.«

»Ich habe ja auch eine bessere Idee.«

Seit ich denken kann, habe ich als Kind jedes Jahr mit meinen Eltern die Adventszeit durch gebacken. Es gab immer eine andere Sorte, weil mich Rezepte langweilten, die ich schon kannte, also steigerten wir unser Niveau von einfachen Ausstechformen auf göttliche, schokoladeüberzogene Erdnussbutterkugeln. Für mich ist es ein Kinderspiel, aus Cornflakes und Milchschokolade einen Berg von Notfallkeksen zu zaubern.

Viki beobachtet besorgt unsere einzige Schokoladentafel, die ich in eine Schüssel brösele, um sie im Wasserbad zu schmelzen. »Wieso essen wir die nicht sofort? Wenn sie dir anbrennt …«

»Vertraust du meinen Kochkünsten etwa nicht?«

»Deine Kochkünste schwappen gleich auf deine Hose, wenn du nicht aufpasst. Es ist die letzte saubere, und ich habe keine Lust, den ersten Feiertag morgen mit Waschen zu verbringen. Du solltest dir ein Küchentuch umbinden.«

Ich gehorche und verschwinde im Schlafzimmer, um mich umzuziehen. Als ich wieder in der Küche auftauche, wo mein Krümelmonster verbotenerweise Schokostückchen nascht, trage ich zwei zusammengeknotete Tücher um die Lenden. Und sonst nichts.

Viki bricht vor Lachen in die Knie, doch als die Schokolade endlich geschmolzen ist, verwandelt sich ihre Belustigung in etwas Neues. Sie steckt ihren Zeigefinger in die Soße und malt ein braunes Herz auf meine nackte Brust, dabei leckt ihre Zunge verführerisch über die Oberlippe.

»Vergiss die Cornflakes«, ist das Letzte, was sie für eine ganze Weile sagt.

Ich schüttle die wohlige Erinnerung ab, weil sie etwas mit meinem Körper anstellt, das in der Öffentlichkeit nicht angebracht ist. Höchste Zeit, meine Gefühlsregungen mit einer kalten Dusche zu löschen, und dafür eignet sich nichts besser als der Gedanke an Daves verkrustetes Badezimmer.

Ich räuspere mich und werfe einen Angelhaken aus, der mich vielleicht zurück in Vikis Wohnung befördert, falls sie den Köder schluckt. »Unsere Männer-WG war ganz okay. Allerdings befürchte ich inzwischen, dass Dave die Tiefe meiner Gefühle nicht erwidert. Er kommt abends nach Hause, will ein Bier und schaltet den Fernseher an, ohne mich eines Blickes zu würdigen. Ich glaube, er betrügt mich.«

Stille.

Wo bleibt ihr Kichern? Ihr witziges Kontern? Ist die Verbindung unterbrochen? Ich nehme das Handy herunter, checke die Anzeige und drücke es wieder ans Ohr. »Viki?«

Die Leitung rauscht, jemand ruft ihren Namen im Hintergrund, dann legt sie auf.

Mel

Für ein paar Minuten denke ich wirklich, die beiden vertragen sich wieder. Kaum hört Viki seine Stimme, strahlen ihre Augen. Sie machen Scherze, weil das nun mal ihre Art ist, miteinander zu reden, und flirten auf diese süße Weise, die mich jedes Mal ein klein wenig neidisch werde. Aber dann sagt er irgendetwas, und das Leuchten in ihrem Gesicht erlischt. Sie lässt das Handy auf den Küchenboden fallen und geht ohne ein weiteres Wort hinaus.

»Viki!«

Völlig verwirrt hebe ich es auf und halte ein zerbrochenes Display in der Hand. Jays Foto wird noch angezeigt. Es ist eine Aufnahme von der Seite, während er sich gerade eine Salzbrezel in den Mund schiebt und Viki nur mit einem Auge ansieht. Er gehört zu der Sorte von Männern, die Frauen mit ihrem Charme einwickeln, ohne es darauf anzulegen. In den letzten Jahren wurde ich ziemlich abgehärtet, was das angeht, dennoch versetzt mir dieser Blick, den er Viki auf dem Foto zuwirft, einen Schlag in die Magengrube. *Keiner meiner Freunde hat mich je so angesehen. Nicht auf diese Art. Nicht so, als würde ich die Welt für ihn bedeuten. Was, wenn es niemals einer tut?*

Eine Tür knallt zu und reißt mich aus diesen Gedanken. *Was mache ich eigentlich? Mich selbst bemitleiden, während meine beste Freundin mich braucht?*

Ich drücke das Glas in den Rahmen und beende versehentlich das Gespräch. Die Touchfunktion ist im Eimer, und ich kann nicht zurückrufen. Mein eigenes Handy liegt in der Handtasche oder steckt in meiner Strickjacke oder hängt irgendwo am Ladekabel – wo auch immer es sein mag, Jay muss warten. Viki hat Priorität.

Ich laufe durch den Flur und checke ihr Schlafzimmer. Die Wände sind knallblau gestrichen, eindeutig Jays Geschmack, genau wie die modernen weißen Möbel. Ein paar Monate, nachdem Vikis Vater verschwunden war, zogen die beiden in diesem Raum um, da nur hier Platz für ein Doppelbett ist. Sie haben ihn völlig umgeräumt, selbst das Bett steht jetzt auf der anderen Seite, obwohl sich die Anschlüsse für die Nachttischlampen an der gegenüberliegenden Wand befinden. Viki hat es mir nicht gesagt, zumindest nicht mit so vielen Worten, aber ich glaube, sie konnte die Vorstellung nicht ertragen, am selben Fleck wie ihre Eltern zu schlafen. Manchmal denke ich, sie hat den Tod ihrer Mutter nie richtig verarbeitet, vermutlich, weil sie zu jung dafür war und ihr niemand dabei half. Als ich in ihrem Leben aufkreuzte, war es dafür wohl zu spät. Andererseits, was wusste ich mit fünfzehn Jahren schon vom Tod? Ich habe ihn nicht mal begriffen, als meine Oma letztes Jahr gestorben ist. Vikis Schmerz muss das siebenjährige Mädchen, das sie damals war, vollkommen überwältigt haben. So sehr, dass ihr nichts anderes übrigblieb, als ihn mit jeder Faser ihrer Willenskraft zu ignorieren.

Ich schließe die Tür und gehe weiter zum Badezimmer, doch auch darin versteckt sich keine schwarze Wuschelmähne. Schließlich stehe ich vor Vikis altem Zimmer und drücke die Klinke hinunter, die viel zu locker ist, weil man jahrelang daran gerüttelt hat. Zu meinem Glück hat sie nicht abgeschlossen. Das wäre ihr früher nicht passiert.

Ich betrete die Zeitmaschine.

»Das hier ist dein Zimmer?« Eine jüngere Version von mir sieht sich neugierig um.

»Es ist der Ort, wo ich penne.«

»Mir gefallen die Wände, hat so was von einem finsteren Kellerloch, irgendwie gemütlich.«

Ein schmales Lächeln wandert auf ihr Gesicht. »Nicht das, was du erwartet hast?«

Ich betrachte ihre tiefschwarzen Haare, das gleichfarbige T-Shirt, die dazu passenden Jeans und die dunklen Socken. Sie hat nicht nur diesen Raum von der Außenwelt abgeschnitten, sondern ihren gesamten Körper überpinselt. Nichts an ihrem Äußeren legt es darauf an, dass man sie mag, selbst ihre Sprüche tragen den düsteren Anstrich von Sarkasmus.

Als wir beide auf der Klassenfahrt versehentlich unsere Gruppe verloren haben, fürchtete ich, dass sie mich mitten in London sitzenlässt und sich um ihre eigenen Probleme kümmert. In diesen Minuten, während mir der Puls hektisch in den Hals pochte und ich einen Fahrplan studierte, der sich vor meinen Augen verknotete, wurde mir klar, dass unter Vikis finsterer Schale ein gutes Herz klopft. Ein so weiches, dass sie vermutlich keine andere Wahl hatte, als es vor ihrem harten Leben zu panzern.

»Wir könnten uns als Nobelnutten der Royals über Wasser halten«, schlug sie vor und deutete an meinem entsetzten Gesicht vorbei auf den Plan. »Oder wir nehmen diese Linie zurück und warten in der Jugendherberge auf die anderen. Die Prinzen sind nicht mein Typ.«

Ihr altes Zimmer ist der einzige Raum in der Wohnung, den sie nicht renoviert haben. Gerade groß genug für ein Einzelbett, einen Kleiderschrank und einen Schreibtisch unter dem Fenster. Die Wände sind nach wie vor schwarz gestrichen, nur die Poster haben mehr eingerissene Ecken, und an der violetten Lichterkette hängen Spinnweben. Der Kleiderbelag auf dem Boden ist verschwunden, jetzt steht ein Bügelbrett auf dem Teppich, und auf der Schreibtischplatte, die früher von ihren Schulbüchern beladen war, thront ein voller Wäschekorb.

Viki liegt auf ihrem Bett, das meistens bezogen ist, damit Phil oder ich hier pennen können, wenn wir die letzte U-Bahn verpassen. Manchmal sogar Phil *und* ich, aber das ist schon eine Weile her.

»Hey«, sage ich so sanft wie möglich, um sie nicht aufzuschrecken.

Ich setze mich neben sie auf die Matratze und lege eine Hand zwischen ihre Schulterblätter. Einen Moment lang interpretiere ich das Beben ihres Rückens falsch. Ich halte es für Kichern, vermutlich, weil sie niemals weint. Das einzige Mal, von dem ich weiß, war damals, als ich sie im Krankenhaus abholte. Als sie glaubte, Jay würde sterben und sie ihn für immer verlieren. Wenn ich die Geräusche richtig deute, die ihren Körper nun schütteln, verliert sie ihn gerade zum zweiten Mal.

Dave

Ich fühle mich wie sein gottverdammtes Eheweib, als ich die Spaghetti auf den Tisch stelle und Jay ermahne, den Hund nicht damit zu füttern. Nicht weil mein Fußboden vor Sauberkeit glänzt, sondern weil ich keinen Bock habe, ihn alle paar Monate zu putzen. Asche und Krümel lassen sich aufsaugen, für die Tomatensoße hingegen bräuchte ich einen Wischmopp. Den ich, nebenbei bemerkt, nicht besitze.

Jay nimmt die Gabel und rollt so lange Nudeln auf, bis die Zinken auf der Keramik quietschen. Ich funkle ihn an, was er nicht mitkriegt, da er den Kopf aufstützt und bemitleidenswerter aussieht als der Köter. Den er übrigens vollkommen ignoriert, obwohl er in den letzten fünfzehn Minuten ununterbrochen gefiept hat.

Ich lade mir eine ordentliche Portion auf den Teller und platziere den Topf auf dem Boden, nur um das Vieh endlich ruhigzustellen. Einen Moment lang beäugt er mich misstrauisch, dann schleicht er sich näher, schnuppert am Inhalt und steckt schließlich den Wuschelkopf hinein. Es dauert nicht mal eine Sekunde, bis der erste Tomatenspritzer in der verbotenen Zone landet.

»Keine Sauerei, kapiert?«

Der Hund hebt den Schädel und leckt die Soße von den Fliesen.

Wir beide haben uns also verstanden. Überhaupt scheint er vernünftiger zu sein als sein Besitzer, mal abgesehen davon, dass Jay nicht in meine Sportschuhe pisst. Ich haue rein, während mein bester Kumpel vor sich hinrottet und mit dem Essen spielt. Er braucht dringend eine Ablenkung, und da Frauen gerade ein heikles Thema sind, nehme ich das zweitbeste: Musik.

»Heute Abend haben wir Probe in Frankys Garage.« *Und du tauchst besser auf.*

»Heute schon?«, murmelt er in seine Handfläche.

Ich schnaube. »Hör zu, wenn du den Gig abblasen willst, spuck es jetzt sofort aus. Es ist nur noch eine Woche, und der Typ engagiert uns nie wieder, wenn wir das noch mal versauen. Er hat uns das letzte Mal erst nach drei Jahren verziehen.«

»Ich will ihn nicht abblasen. Wir spielen.«

»Gut so.«

Jay legt die Gabel mit den aufgerollten Spaghetti zur Seite. Ich unterdrücke den wahnwitzigen Impuls, ihm zu sagen, dass er sie essen soll, solange sie warm sind. Verdammt nochmal, ich bin *nicht* seine Frau.

Er nickt auf meine Zigaretten. »Kann ich eine?«

»Warum kauft du dir nicht selbst eine Schachtel?«

»Ich rauche nicht mehr.«

»Schnorren zählt also nicht? Du solltest uns beiden einen Gefallen tun und dir eingestehen, dass zwanzig Kippen täglich keine Ausnahme mehr sind.«

Er wirft einen verzweifelten Blick zum Aschenbecher. Die zwanzig schockieren ihn. Besser, er weiß es.

Trotzdem nimmt er sich eine und zündet sie am Tisch an. Während ich esse. Was mir scheißegal ist, aber er könnte wenigstens fragen. Der Hund schiebt den Topf durch die halbe Küche, meine Zigaretten verschwinden in der Lunge eines anderen, und die verfluchten Nudeln, die ich nur für ihn gekocht habe, rührt er nicht mal an. Ich will die Scheidung.

»Warum zum Teufel fährst du nicht einfach zu ihr und legst sie flach? Danach könnt ihr bestimmt besser reden.«

Jay inhaliert und sieht aus dem Fenster. Oder zumindest in Richtung des Fensters, denn hindurchsehen kann man seit Monaten nicht mehr. Ich rede mir ein, dass ich absichtlich nicht saubermache, damit die vom Haus gegenüber nicht in meine Wohnung glotzen können. Meine Selbsttäuschung und ich kommen gut miteinander klar.

»Wir haben heute Morgen telefoniert.«

Oha.

»Sie hat mitten im Gespräch aufgelegt.«

»Diese Billigmobilfunkanbieter sind das Letzte. Sag mir nicht, dass du sie nicht zurückgerufen hast, weil irgendein überlasteter Handymast euer Telefonat unterbrochen hat.«

»Mel hat mir eine Nachricht geschickt.«

»Ist sie wieder zurück?« *Das ist hier nicht das Thema, Dave. Konzentrier dich aufs Wesentliche.* »Was hat sie geschrieben?«

Ohne mich anzusehen, zieht er sein Smartphone aus der Brusttasche und reicht es mir über den Tisch. Für einen Moment scheue ich mich, einfach so durch seine Nachrichten zu scrollen, ich will keine Nacktfotos oder Liebesbotschaften entdecken. Mels Messengerfoto ist winzig, allerdings leuchten ihre Haare unverkennbar rot. Es gibt nicht viele Frauen, denen diese Farbe steht, aber sie kriegt es irgendwie hin.

Ihre Botschaft lautet: **Viki braucht eine Weile für sich. Ihr Handy ist kaputt, und du kannst sie auf ihrer Nummer nicht mehr erreichen. Ruf mich an, falls du mit ihr reden willst.**

»Das klingt doch nicht schlecht.«

Jay schnaubt und wirft mir einen spöttischen Blick zu. »*Falls* ich mit ihr reden möchte? FALLS? Seit einer Woche kann ich nichts anderes tun, als in jeder beschissenen Sekunde an sie zu denken! Und das weiß sie, verdammt nochmal! Wie kann sie es nach drei Jahren nicht wissen?! SIE ist diejenige, die meine verfickten Nachrichten hinter meinem Rücken gelesen hat!«

»Ich schätze, du magst keine Spaghetti mehr?«

Jay stößt den Teller rüber.

Ich nehme einen Bissen, kaue eine Weile drauf herum und fuchtle mit der Gabel in der Luft. »Sprich mit ihr. Kein WhatsApp. Von Mund zu Mund.«

Zigarette Nummer einundzwanzig wird angezündet.

Jay qualmt sie zur Hälfte, ehe er antwortet. »Ich ziehe wieder zu meinen Eltern.«

Viki

Seine Stimme hat mich völlig überwältigt. Dieser eine Satz, den er wie zufällig in seinem Scherz platzierte: *Ich glaube, er betrügt mich.* Es klang nicht nach einem Versehen, es klang nach seinem Unterbewusstsein, das Worte ausspuckte, die ihm schon länger im Kopf herumschwirren.

Ich will es nicht wahrhaben, mein Verstand wühlt noch immer nach einer plausiblen Entschuldigung für ihn. Aber welche Rechtfertigung kann es für sein Schweigen geben? Ich kenne ihn zu gut. Wenn er sich wegen einer harmlosen Frage aufregt, dann, weil er vor mir etwas verheimlicht. Etwas, das ihn belastet. Jay ist vielleicht kein Heiliger, aber er hat ein Gewissen, und er lügt nicht gerne. Wenn ihn etwas dazu zwingt, geht er in die Offensive.

Er betrügt mich wirklich. Wenn nicht mit einer anderen Frau, dann zumindest um die Wahrheit.

Mel streichelt meinen Rücken, während ich im Bett heule. Es dauert ein paar Minuten, bis ich meine Selbstachtung unter den eingestürzten Mauern ausgrabe, die Tränen hinter meine Augäpfel boxe und mich bei meinem feuchten Kopfkissen entschuldige.

»Schon gut«, flüstert Mel. »Hey, warum machen wir uns nicht einen Mädelsabend? Ich kaufe uns Gummischlangen und Malzbier, und du durchstöberst inzwischen das Fernsehprogramm nach einem netten Männerstriptease?«

»Ich hasse Männer«, murmle ich ins Kissen. »Außerdem sind diese Stripper viel zu aufgepumpt.«

»Ein herzzerreißendes Liebesdrama?«

Ich drehe den Kopf zur Seite und werfe Mel einen Blick zu, der so düster ist, dass er jeden Moment ein schwarzes Loch in unser Raum-Zeit-Kontinuum reißt.

Sie lächelt schief. »Blutrünstiger Horrorfilm, in dem vorzugsweise Männer abgeschlachtet werden?«

»Hol das Bier.«

Während Mels Abwesenheit nutze ich die Zeit, um mich im Badezimmer wiederzubeleben. Der Vorfall erreicht auf meiner Peinlichkeitsskala eine glühende Sieben und steigt noch höher, als ich meine verquollenen Augen im Spiegel entdecke. Ich bespritze die Schandflecken mit kaltem Wasser, was nichts bringt, also fülle ich das Waschbecken und tauche mein Gesicht unter. Dabei stelle ich fest, dass ein Mensch sich auf diese Art nicht selbst ersäufen kann, weil er aus dem Wasser gezogen wird, sobald ihm die Beine wegknicken. Ich frage mich, ob das ein interessantes Thema für meine Abschlussarbeit wäre.

Als Mel wieder auftaucht, habe ich die Hälfte meines Gehirns abgefroren, wodurch es mir schlagartig besser geht. Die andere Hälfte wird von Zucker und Kohlehydraten lahmgelegt, die Mel aus einer vollgestopften Einkaufstüte zieht.

Wir sehen uns Youtube-Videos auf Mels Handy an und beschließen, unser Studium zu schmeißen und stattdessen vom Verarschen fremder Leute zu leben. Im letzten Video wird ein Hund in ein Spinnenkostüm gesteckt und nachts irgendwelchen Spaziergängern hinterhergejagt, die fast einen Herzinfarkt bekommen.

»Das wäre was für Kid«, sage ich, weil ich für eine Sekunde alles vergessen habe. Erschrocken halte ich den Atem an und starre auf den Bildschirm.

»Ich habe Jay geschrieben, dass dein Handy kaputt ist.«

Ich schweige.

»Und ihm angeboten, sich bei mir zu melden, falls er dich erreichen will.«

Mein Hals wird eng. »Und? Hat er?«

»Er hat mir geantwortet, als ich im Supermarkt war.«

Ich blicke Mel an. »Warum hast du nichts gesagt?«

Mel lehnt sich nach vorne und zieht eine Gummischlange aus der Packung, die sie mit offensichtlichem Widerwillen mampft. Sie spült mit etwas Malzbier hinterher, kratzt sich am Kopf und seufzt. »Ich hätte dir das lieber erst morgen gesagt, aber er erwähnte keine genaue Uhrzeit, deshalb ist es wohl besser, wenn du es gleich weißt, damit du dich irgendwie vorbereiten kannst, natürlich könnte ich auch hierbleiben, wenn du möchtest, obwohl ich es gut fände, wenn ihr zwei miteinander –«

»Melanie.«

»Er kommt morgen Vormittag her.«

Ich hab nicht die geringste Ahnung, was ich darauf antworten soll. Verdammt, ich weiß nicht mal, wie ich mich deswegen *fühlen* soll. Ich wünschte, da wäre keine Vorfreude, kein nervöses Kribbeln in meinem Bauch, keine Angst in meinem Innern. Ich wünschte, ich könnte mit der Schulter zucken und meine beste Freundin darum bitten, ihn zu empfangen, weil mir sein Besuch nichts bedeutet. Stattdessen rechne ich mir aus, wann er vermutlich auftauchen wird, und wie früh ich aufstehen muss, um mich zu duschen, zu kämmen und vielleicht sogar ein wenig zu schminken, und frage mich, ob ich noch saubere Wäsche besitze, die ich tragen kann, irgendetwas, von dem ich denke, dass es ihm gefällt …

Damit er zu mir zurückkommt.

Mist, das habe ich gerade wirklich gedacht. Urplötzlich ist es aus den Tiefen meines Gehirns gesprungen, wie ein Springteufel, den ich seit Tagen dort eingesperrt habe. Etwas zupft an meinem Mundwinkel, die Erkenntnis, dass etwas mit meinem Herzen nicht stimmt. Dass es nicht in meiner Brust vor sich hinpocht, wie ich geglaubt hatte, sondern verschwunden ist. Weil ich es vor drei Jahren jemand anderem geschenkt habe.

Mel berührt mich am Unterarm und setzt ihren Bambiblick auf. Ich muss hoffnungslos verknallt aussehen.

»Um seine Sachen zu holen«, beendet sie den Satz.

Jay

Es ist verdammt schwer, seine Exfreundin zu besuchen und dabei cool auszusehen. Vor allem, wenn dein Hund dich in ihre Wohnung zerrt und sie umkreist, während du die Leine in der Hand hältst. Kid springt an ihr hoch, und sie lacht, weil er seine Zunge durch ihr Gesicht zieht. Sie lacht auch noch, als ich die Leine abmache und sie auswickle. Sie lacht nicht mehr, sobald sie die leere Sporttasche in meiner Hand entdeckt.

Wir stehen im Flur, in *unserem* Flur, und starren uns wie Volltrottel an.

Sag mir, dass ich wieder einziehen soll.

»Willst du einen Kaffee?«, fragt sie mit einer Schüchternheit, die ich an ihr nicht kenne. Sie weicht meinem Blick aus und beschäftigt ihre Finger damit, Kid hinterm Ohr zu kraulen. »Du solltest die Gelegenheit nutzen, bevor du die Maschine einpackst.«

Wow, das saß. Schätze, ich habe vergessen, mit wem ich mich unterhalte. Viki ist kein zartes Mauerblümchen, das herumwelkt, wenn ihre Beziehung unter ihr wegbröckelt. Stattdessen pflanzt sie sich an einem neuen Ort und lässt sich Stacheln wachsen.

»Ich wollte nur ein paar Klamotten holen«, stelle ich klar. »Seit Tagen renne ich in denselben zwei Outfits herum. Die Besitzerin des Wäschesalons nennt mich bereits beim Vornamen und hat mich auf die Hochzeit ihrer Enkelin eingeladen.«

»Du kannst deine Wäsche auch hier waschen«, erwidert sie, ohne mich dabei anzusehen. »Wir sind erwachsene Menschen. Und du hast immer noch einen Schlüssel.«

War das eine Einladung, sie öfter zu besuchen? Oder eine Aufforderung, ihr den Schlüssel zurückzugeben? Ich hätte mein Wörterbuch *Frau – Deutsch* einpacken sollen. Oder einen Fragebogen mit eindeutigen Ja / Nein-Antworten.

– *Vermisst du mich?* JA/NEIN

– *Möchtest du, dass ich heute Abend hierbleibe?* JA/NEIN

– *Warum zum Teufel hast du meine Nachrichten gelesen?*

Na gut, letztere ist keine Ja / Nein-Frage. Selbst Männer sind komplizierter als das. Weil Frauen uns dazu treiben.

»Schon okay. Mom liebt es, meine Unterhosen zu bügeln.«

Plötzlich stürmt Kid auf die Küche zu. Melanie schiebt ihren Kopf durch die Tür, tätschelt den Hund und äugt misstrauisch zu mir rüber. »Hey, Jay.«

Ich gehe zu ihr und umarme sie. Während sich ihr kleiner Körper an mich drückt, fällt mir ein, dass ich Viki hätte umarmen sollen. Dass ich diese Karte verspielt habe, weil mich Kid abgelenkt hat. Dass sie mich vielleicht nicht mehr losgelassen hätte, wenn ich es getan hätte. Und ich sie auch nicht. Ich schaue zurück und entdecke Vikis wachsame Augen, die sie hinter einem schmalen Lächeln versteckt. Sie geht an mir vorbei in die Küche und streift dabei die Wand, weil sie so darauf bedacht ist, mich nicht zu berühren. Ein überwältigendes Gefühl von Verlust spült über mich hinweg.

Ich laufe ihr nach, um irgendetwas zu tun, das mein Verstand noch nicht begriffen hat, aber Melanie steht zwischen uns, und ich renne sie fast um. Über Mels sommersprossiger Nase bilden sich winzige Fältchen. Sie blickt interessiert zu mir hoch, als wäre mein Gesicht ein Rätsel, das sie lösen will.

»Sorry«, hauche ich. Der Laut bleibt irgendwo in meinem Hals stecken, dennoch versteht sie meine Lippenbewegungen und tritt schulterzuckend zur Seite. Sie ist Vikis beste Freundin und hat unzählige Stunden mit uns verbracht. Ich mag sie, trotzdem wünschte ich, sie wäre heute nicht da.

Mel macht es sich an unserem, ich meine, an *Vikis* Küchentisch gemütlich, als wäre sie hier zu Hause, während mich das Gefühl beschleicht, ein Tourist in meiner Vergangenheit zu sein. Statt Viki mit dem Kaffee zu helfen, gehe ich zu meinem üblichen Stuhl neben dem Fenster und unterdrücke die Frage, ob ich mich setzen darf. All das fühlt sich vollkommen falsch an. Ich bin ein Fremder in meiner eigenen Küche.

Viki *bedient* mich.

Das ist so absurd, dass ich grinsen muss, als sie mir die Tasse auf den Tisch stellt und gleich wieder abhaut. Was kommt als Nächstes? Fragt sie mich, ob ich Milch und Zucker möchte? Oder ob ich eine Laktoseunverträglichkeit entwickelt habe, während wir uns zehn lächerliche Tage lang nicht gesehen haben?

Sie sieht hübsch aus, wie sie da vor der Kaffeemaschine steht. Vielleicht mache ich mir was vor, aber sie trägt die engen Jeans, die ich an ihr mag, und ein trägerloses schwarzes Top, das ihre Schultern betont. Die dunklen Haare hat sie zu einem hohen Pferdeschwanz gebunden, und ich schwöre, dass alles an ihrem Outfit mich dazu auffordert, zu ihr rüberzugehen und ihren sommerbraunen Hals zu küssen.

Und ihre Wangen.

Und ihren Mund …

Melanie räuspert sich neben mir, als hätte sie einen Teich voller Frösche verschluckt. »Ich, ähem, hatte drei Becher Koffein heute Morgen. Um ehrlich zu sein, halte ich dieses Stillsitzen keine Sekunde länger aus. Kid will bestimmt spazieren gehen, ich nehme ihn mit raus!«

Sie springt auf und zerrt den Hund am Halsband unterm Tisch hervor, obwohl der sich mit vier Pfoten dagegen sträubt. Seine Krallen quietschen auf dem billigen Linoleum, und er wirft einen hilfesuchenden Blick zu mir hoch, als könnte ich ihm erklären, was plötzlich in diese rothaarige Kreatur gefahren ist.

»Komm schon, Kleiner«, bettelt sie. »Ich kauf dir auch ein Würstchen!«

Kid wechselt schneller die Seiten als ein Kerl, dem eine Kanone an die Schläfe gedrückt wird. Schwanzwedelnd verlässt er mit Melanie die Küche und schaut sich nicht mal nach mir um. So viel zu meinem männlichen Beistand.

Viki wirbelt herum und starrt den beiden ein wenig panisch hinterher. Sie hält noch Mels Kaffee in der Hand, betrachtet kurz die Tasse und stellt fest, dass sie nun ihr gehört. Für eine Sekunde trifft mich der Blick aus ihren grünen Augen – ein feiner Nadelstich in meiner Brust, der nicht unangenehm ist –, dann sieht sie runter und schiebt ihre Füße zum Tisch.

Ihre ungewohnte Zurückhaltung zieht meine Mundwinkel hoch. *Vielleicht sollten wir unseren Streit vergessen und einfach weitermachen wie früher? Mit etwas Glück kommt Mel erst sehr, sehr viel später zurück. Oder auch gar nicht …*

Viki registriert mein Lächeln und verkrampft ihre Hände so sehr, dass der heiße Kaffee überschwappt. Mit einem Aufschrei schmeißt sie die Tasse auf den Boden und steckt sich einen Finger in den Mund.

»Scheiße«, zischt sie.

Ich springe über die Sauerei hinweg und berühre ihren Arm. »Darf ich mal sehen?«

Die Fingerspitze löst sich von ihren feuchten Lippen. Ich komme nicht umhin, auf ihren schönen Mund zu starren, der noch immer leicht offen steht. Mein Atem wird schwer.

»Es ist nicht schlimm«, erwidert der Mund.

Der schmerzvolle Unterton reißt mich von ihrem Gesicht los. Vorsichtig nehme ich ihr Handgelenk und betrachte den Zeigefinger. Die Haut leuchtet tiefrot, bestimmt wird es eine Blase geben.

»Du musst es kühlen.« Ich ziehe sie zum Spülbecken, drehe den Wasserhahn auf und halte die verbrühte Stelle darunter. Es gab eine Zeit, da hätte sie sich von mir losgerissen, weil sie es hasst, vor anderen Leuten schwach zu wirken. Jetzt bleibt sie neben mir und lässt sich helfen.

Sie ist so nah, dass ich das Shampoo in ihren Haaren rieche. Mein Kopf neigt sich zu ihr hinab, und meine Nase berührt ein paar abstehende Strähnen, die nach Wohlbefinden und Abenteuer duften. Damit mein Gehirn seine volle Kapazität auf ihren Geruch konzentrieren kann, schließe ich die Augen und atme tief ein.

Ich will mehr von ihr. Ich will sie kosten.

»Das wird ganz schön kalt!« Sie reißt ihre Hand aus dem Wasser, weicht einen Schritt zurück und prallt an meine Brust. Meine Arme legen sich automatisch um sie, weil sie es so gewohnt sind. Ihr Blick schießt zu mir hoch, und ihr verunsicherter Ausdruck verrät mir, dass sie nicht weiß, wie sie darauf reagieren soll.

Ich weiß es auch nicht, würde ich am liebsten sagen. *Eigentlich wollte ich nur meine Sachen holen, zu meinen Eltern kriechen und ihnen beichten, dass ich vielleicht zu voreilig mit unserer Beziehung war.*

Allerdings geht das nicht, denn mein Mund ist bereits anderweitig beschäftigt.

Viki

Plötzlich befinde ich mich in Jays Armen. Mein verbrühter Finger pulsiert, aber der Schmerz wandert von meinem Bewusstsein weg, in irgendeine Ecke meines Kopfes, die ich momentan nicht erreiche. Ich sehe zu ihm hoch, um eine Erklärung für seine Nähe zu finden. Oder eine Anleitung, wie ich mit ihr umgehen soll.

Seine blauen Augen schließen sich, und er drückt einen Kuss auf meine Schläfe. Meine Lunge zieht sich zusammen, presst meinen Atem aus dem Hals und verrät mich mit einem überraschten Aufkeuchen. Er nimmt das als Bestätigung, um seine federleichten Küsse über meine Wange zu verteilen, bis er fast meinen Mund erreicht. Dann löst er sich von mir, gerade weit genug, um mich anzusehen. Auch er ist sich dieses Momentes nicht sicher, meiner Reaktion darauf und vielleicht auch seiner Gefühle. Seine Arme liegen so sacht um meinen Körper, dass ich keine Kraft aufwenden müsste, um mich von ihm loszumachen. Vermutlich ist das der Grund, warum ich nicht das Verlangen habe, es zu tun. Wir stehen dicht aneinander, doch keiner zwingt den anderen zu irgendetwas. Wir tun es freiwillig.

»Tut es noch weh?«, fragt er mit rauer Stimme.

Es tut seit zehn Tagen weh. Aber das wollte er nicht wissen.

Ich checke meinen Finger. Die verbrannte Haut färbt sich weiß und hebt sich in einer kleinen Schwellung ab. »Ein bisschen«, gebe ich zu. »Besser, ich klebe ein Pflaster drauf, sonst spielt Mel wieder Krankenschwester und gipst meine ganze Hand ein.«

»Ich hole dir eins.« Jay lässt von mir ab und geht aus der Küche.

Seine Wärme folgt ihm, und ich schlinge meine Arme um mich selbst, als könnte ich sie dadurch einen Moment länger bei mir behalten.

Ich muss ihm nicht erklären, wo er die Pflaster findet. Von hier aus höre ich, wie er die Tür zum Badezimmer öffnet, die immer leicht quietscht, und in unserer Notfallbox wühlt, die auf dem Boiler steht. Seine Vertrautheit mit dieser Wohnung breitet sich in einer angenehmen Brise in meinem Bauch aus. *Er gehört hierher. Zu mir.*

Für ein paar Sekunden füllt mich ein Leuchten aus, das ich am liebsten herauslachen würde. Dann fällt mein Blick ausgerechnet auf die Sporttasche, die Jay neben der Küchentür abgestellt hat, und meine Vorfreude verknotet sich zu einem komplizierten Gefühl.

Er ist hergekommen, um seine Sachen zu holen, schießt es mir durch den Kopf. *Vielleicht will er sich zum Abschied noch einen heißen Abend mitnehmen?*

So einer ist er nicht, denke ich wütend, vor allem über mich selbst. *Er würde mich nicht auf so eine miese Art ausnutzen, nichts in seinem Verhalten hat mir jemals einen Grund gegeben, so von ihm zu denken.* Und doch kommen sie erneut hoch, die nagenden Zweifel und das unruhige Bangen in meinem Magen. Die Erinnerung an zahlreiche Duschen, die plötzlich abgedreht werden. Sein Schulterzucken, als ich ihn danach frage. Das Handy, das er anlächelt, obwohl er keine Nachricht von mir bekommen hat …

Jay taucht so unerwartet vor mir auf, dass ich zusammenzucke. Er lächelt, aber es ist nur ein Schatten dessen, wie er mich früher angesehen hat. Die Unsicherheit wächst auch in seinem Gesicht, so deutlich, dass sie mein Herz mit Blitzeis überzieht. Er hält mir seine Hand hin, und ich würde ihn am liebsten fragen, was das soll.

»Darf ich?« Er wartet meine Antwort nicht ab und greift vorsichtig nach meinem Handgelenk. Irritiert sehe ich dabei zu, wie er es vor seine Brust hebt, und rechne irrwitzigerweise mit einem Handkuss, bevor mir die Verbrennung wieder einfällt. Meine Wangen färben sich rosa, nicht vor romantischen Gefühlen, sondern vor Scham, weil ich seine Geste falsch interpretiert habe. Er klebt mir nur ein Pflaster auf. Das ist alles.

»Besser?« Sein Schmunzeln verwandelt sich in ein freches Grinsen. Etwas an meinem Anblick amüsiert ihn, und ich habe nicht die geringste Ahnung, was es ist. *Verdammt, ich weiß überhaupt nichts mehr, wenn er mich so ansieht.*

Rasch ziehe ich meinen Finger weg und konzentriere mich aufs Pflaster, als müsste ich es dem TÜV unterziehen. Jay hat die Reparatur gut hinbekommen, das Brennen ist zwar noch da, aber nicht mehr so schmerzhaft wie vorhin. Es wird höchste Zeit, meinen angeschlagenen Verstand aus der Werkstatt zu rollen und in Fahrt zu bringen.

»Danke«, murmle ich. »Dein Kaffee ist bestimmt schon kalt. Soll ich dir einen frischen machen?«

»Kalter Kaffee macht schön«, erwidert er gutgelaunt. »Obwohl das in meinem Fall offensichtlich nicht nötig ist.«

Ich hebe eine Augenbraue. »Wie wär's mit einem Glas Wasser dazu? Du kannst es dir über den Kopf gießen. Das soll gegen Größenwahn helfen.«

Er lacht und stupst mich an der Schulter an. »Ihr Frauen steht doch drauf.«

Ihr Frauen? Mehrzahl? Wen meint er denn noch?

Mein Lächeln rutscht ab, und ich klebe es nur mit Mühe an meinen Wangen fest. »Ich hole dir eine neue Tasse. Setz dich ruhig hin.«

»Viki …«

Ich drehe mich von ihm weg und beschäftige mich mit der Kaffeemaschine. Das wurde auch allerhöchste Zeit, mein Gesicht hätte das keine Sekunde länger durchgehalten. Jays Worte hängen wie Eisenkugeln an meinen Mundwinkeln. Für einen Moment verschwimmen sogar die Symbole auf der Maschine, aber dieses Problem lässt sich wenigstens wegblinzeln. Ich drücke auf die Taste und merke erst dann, dass ich keine Tasse unter den Auslauf gestellt habe. Wie auf Kommando positioniert sich von selbst eine darunter.

Jays Finger löst sich vom Henkel. »Nimm besser die hier. Wir haben kein Pflaster, das um deine ganze Hand passt.«

Nein, haben wir nicht, denke ich. *Weder für meine Hand noch für mein Herz.*

Jay

Warum konnte ich nicht mein großes Maul halten?

Unsere Annäherung ist noch zu zerbrechlich, um meine überdimensionierten Sprüche draufzusetzen. Sie stand sowieso nie auf den extrovertierten Rocksänger, der sich für den besten Fang der Welt hielt. Viki hat sich in eine andere Seite von mir verliebt, eine, die erst mit diesem beschissenen Gehirntumor in meinem Kopf gewachsen ist, und die glücklicherweise nicht bei der Operation entfernt wurde. Sie liebt einen, der vor ihr kniet und sich vor Angst die Augen ausheult. Einen, der von der Bettkante fällt, weil seine Beine nicht mitspielen. Der am Rand der Fußballwiese sitzt und Noten in sein Heft schmiert, weil er nicht mehr mit den Typen auf dem Rasen mithalten kann.

Damit sie sich nicht in die Enge getrieben fühlt, bringe ich etwas Abstand zwischen uns. Ich setze mich an den Tisch und wechsle zu einem unverfänglicheren Thema. Zumindest denke ich das, bis ich ihre Reaktion sehe.

»Hast du schon gehört? Major Malfunction haben nächste Woche einen Gig im Flashlight.«

Ihr Blick schnellt zu mir rüber. Viel fehlt nicht, und sie würde die Tasse, die sie gerade vom Boden aufgehoben hat, erneut runterschmeißen. »Wieso ausgerechnet im Flashlight?«

Es klingt vorwurfsvoll. Dabei dachte ich, sie würde sich darüber freuen. Sie weiß doch, wie schwierig es seit meinem Neuanfang ist, einen Auftritt vor großem Publikum zu ergattern. Die Veranstalter wollen vielleicht keine Pillenschlucker, die ihnen hinter der Bühne Probleme bereiten, aber sie sind ganz scharf auf durchgeknallte

Shows, die den Leuten das Geld aus der Tasche ziehen. Und egal, wie aufgeblasen mein Ego auch war, es hat nie gereicht, um über schlechte Akustik oder Buhrufe aus den vordersten Reihen hinwegzusingen – jedenfalls nicht nüchtern.

»Die bezahlen zweitausend Euro für den Hauptakt.« Jetzt rechtfertige ich mich noch. »Irgendeine Band ist ihnen kurzfristig abgesprungen.« *Außerdem habe ich den Auftritt nicht angenommen, um dich zu stalken,* würde ich am liebsten hinzufügen, verkneife es mir jedoch.

»Seit wann steht das fest?«, will sie wissen.

»Seit letzter Woche.« *Hast du das nicht in meinem Handy gelesen?*

Sie bringt meinen neuen Kaffee rüber zum Tisch und zieht ihre Stirn in Falten. »Da arbeite ich wahrscheinlich. Ich habe Nick gebeten, meine Stunden zu erhöhen.«

»Wenn du Geld brauchst –«

»Nein«, fährt sie hart dazwischen.

»War nur eine Frage.« Ich nehme ihr die Tasse ab, bevor sie von ihren verkrampften Händen zertrümmert wird, und trinke einen Schluck. Sie hat tatsächlich meine Milch vergessen. Ich fasse es nicht. »Es wäre ja nicht das erste Mal …«

Ihr Blick schneidet mich in zwei Teile. »Du kriegst alles zurück. Keine Sorge.«

Ich knalle die Tasse auf die Tischplatte. »Verdammt nochmal, Viki! Ich habe fast drei Jahre umsonst hier gewohnt, ich will nichts zurück!«

Sie wirbelt herum und schnappt sich ein Glas aus dem Schrank, das sie mit Wasser füllt. Mir entgeht nicht, dass sie den Hahn nur halb aufdreht, damit es möglichst lange dauert.

Mein Handy piepst, und ich habe nicht das geringste Interesse, herauszufinden, wer was von mir möchte. Trotzdem ziehe ich es aus meinem Hemd, weil es besser ist, als ihr Löcher in den Hinterkopf zu starren. Und weil es mich vielleicht wieder runterbringt. *Scheiße, ich will eine rauchen.*

Die Nachricht ist von Dave, der es am Morgen kaum erwarten

konnte, mich endlich loszuwerden, und der nun die Wahrscheinlichkeit meiner Rückkehr abklopft.

Er schreibt: **Nur für den Fall, dass ihr beiden euch vertragt und du dir das Hirn rausvögelst – lass mich rechtzeitig wissen, ob ich dich noch zu deinen Eltern fahren soll. Franky meldet Freibier und Abiturientinnen in seiner Wohnung.**

Ich schnaube amüsiert und tippe eine Antwort: **Klingt so, als wärst du derjenige, der sich heute das Hirn rausvögelt.**

Dave erwidert: **Sollte eure Hochzeit ins Wasser fallen, kommst du mit. Etwas Abwechslung würde dir guttun, bevor du komplett einrostest. Frankys Cousine steht auf dich.**

Die Vorstellung, mit einem anderen Mädchen zu schlafen, trifft mich unvorbereitet. Es ist lächerlich, wenn man bedenkt, wie oft ich früher das Bett gewechselt habe.

Vikis Schatten tritt an mich heran, und ich zucke zusammen. Ehe ich darüber nachdenken kann, wischen meine Finger die Nachricht weg, damit sie Daves unmoralisches Angebot nicht entdeckt.

Sie beobachtet mich dabei. Und dann wirft sie mir einen Blick zu, als hätte ich soeben einer gehbehinderten, blinden Oma die Handtasche geklaut.

»Interessante Neuigkeiten?« Es klingt wie: *Was schreibst du da hinter meinem Rücken?*

»Keine Ahnung«, zische ich, schärfer als beabsichtigt. »Soll ich mal kurz aufs Klo gehen und mein Handy hier liegen lassen?«

Mel

Viki öffnet die Tür nur einen Spaltbreit, als wäre sie nicht sicher, wer dahinter lauern könnte. Eine Mischung aus Enttäuschung und Erleichterung rauscht über ihr Gesicht, ehe sie ihren Blick von mir abwendet und sich in Kids Fell verkriecht. Mehr Hinweise brauche ich nicht, aber ich frage trotzdem nach.

»Wo steckt Jay?«

»Gegangen.«

»Ohne den Hund?«

Sie wuschelt Kids Ohren und lässt sich von ihm die Wange ablecken, bis sie vor Ekel auflacht und einen Vorwand für die Tränen in ihren Augen hat. Ich gebe ihr ein paar Minuten alleine und mache mir in der Zwischenzeit einen Kaffee in der Küche. Die Maschine ist zumindest noch da.

Am Tisch stehen zwei volle Tassen, die inzwischen abgekühlt sind. Ich setze mich daneben und stütze meinen Kopf auf dem Kinn ab. Sieht so aus, als hätte mein Ausweichmanöver nicht viel gebracht, wenn sie es nicht mal geschafft haben, ein paar Schlucke zu trinken, ohne sich wieder zu streiten.

Viki schleicht herein und tappt zum Kühlschrank. Sie öffnet eine Hundefutterdose und schaufelt eine Portion in den Napf, die sogar mir riesig vorkommt. Obwohl der Hund erst vor einer Viertelstunde eine Bratwurst verputzt hat, haut er rein, als wäre er am Verhungern. Sie umklammert die Dose mit beiden Händen und beobachtet ihn beim Fressen. Ein zärtlicher Ausdruck erscheint auf ihrem Gesicht.

Ihre Verletzung ist offensichtlich, ich habe keine Lust, meine Worte hineinzustreuen und ihr damit noch mehr weh zu tun. Also nippe ich meinen Kaffee und halte die Klappe, bis sie so weit ist, es mir selbst zu sagen.

»Willst du einen Pfannkuchen mit Eiscreme?«, fragt sie nach einer Weile.

»Machst du Witze?« Ich blicke von der Tasse auf. »Warum verschwendest du deine Zeit mit hirnlosen Fragen, wenn du bereits da drüben an der Anrichte stehen und Teig anrühren könntest?«

Sie schnaubt amüsiert und macht sich an die Arbeit.

Inzwischen versuche ich, die riesige Veggie-Bratwurst, die ich mir gegönnt habe, in die Ecke meines Magens zu drängen. Viki braucht die Abwechslung, und wenn ich dafür einen Nachtisch hinunterwürgen muss, dann werde ich das schaffen! Kid hebt seinen Kopf und sieht schmatzend zu mir herauf. Vielleicht bin ich nicht die Einzige, die nur isst, um die Köchin zufriedenzustellen.

Vikis Kochkünste sind in den letzten Jahren geradezu explodiert. Was heißen soll: Sie konnte sich vor Jay gerade mal Spaghetti kochen, wenn sie ein Glas mit Fertigsoße dahatte. Diese Pfannkuchen hingegen sind eine Symphonie aus verschiedenen Geschmackstönen. Die schmelzende Eiscreme zwischen dem warmen Teig zwingt mich, weitaus mehr davon zu essen, als in meinen Bauch passt. Kid streckt seine Nase zum Tisch hoch und ergattert Vikis Portion in kleinen Häppchen. Es macht sie beide glücklich.

Sie hält ihm einen Zeigefinger mit Vanilleeis hin und erwähnt beiläufig: »Jay hat eine Nachricht auf seinem Handy vor mir versteckt. Ein seltsames Lächeln lag auf seinem Gesicht, während er sie gelesen hat. Als er zu mir aufsah, verwandelte es sich in Schrecken. Und dann in Wut.«

Ich rolle meine Antwort im Mund hin und her und beschließe, sie auszuspucken, solange sie noch wahr ist. »Hört sich an, als hättest du ihn bei was ertappt.«

»Er hat die Sporttasche hier vergessen …«

»Und seinen Hund.«

»Es ist nicht *sein* Hund.« Viki streckt den Arm aus und krault Kid am Ohr, was witzig aussieht, weil er sich hin und her dreht, um ihre klebrigen Finger abzulecken. »Kid gehört zu uns. Das hat er von Anfang an.«

»Wenn er so gerne Nachrichten auf seinem Handy liest, solltest du ihm vielleicht auch mal eine schreiben?«

Ihr dunkler Haarschopf wirbelt zu mir herum, und ihre Augen blitzen. »Soll ich ihn fragen, ob er mit einer anderen ins Bett geht?« Jetzt klingt sie gereizt. Kid zieht den Kopf ein und verschwindet unterm Tisch.

Ich kratze Eisreste vom Teller und lecke den Löffel ab. »Das wäre doch eine ziemlich gute Frage.«

Dave

Es gibt keine schweren Taschen und Koffer, aber ich fahre Jay trotzdem zu seinen Eltern. Das weiße Haus schimmert im Abendlicht wie ein Architektentraum aus einer Hochglanzzeitschrift. Jahrelang habe ich mich durch diese verfluchten Rosenhecken geschlichen und mir die Beine aufgekratzt, wenn ich Jay heimlich abholen wollte. Im hinteren Teil des Gartens gab es einen mit Kletterrosen überwachsenen Pavillon, in dem wir uns nachts in andere Welten gekifft haben. Die guten alten Zeiten.

»Steht der Pavillon noch?«

Jay wirft einen Blick von der Beifahrerseite rüber, und der Hauch eines Lächelns erscheint auf seinem Mund. »Vermisst du die Ameisen, die in deine Hose gekrochen sind? Du hast sie für eine außerkörperliche Erfahrung gehalten.«

Meine Stirn kraust sich. Die Scheißameisen hatte ich vergessen.

Ich parke den Bulli vor einem überdimensionierten Garagentor, und wie auf Kommando erhebt sich ein blonder Kopf aus den Rosen. Jays Mutter hat sich die Haare hochgesteckt, doch ein paar Strähnen entkommen der Spange und fallen zurück in ihr hübsches Gesicht. Die Frau trägt über vierzig Jahre auf den zarten Schultern, sieht aber so scharf aus wie eine Flasche Tabasco. Was die Gute zu wissen scheint, sonst würde sie ihre Figur nicht mit weißen Sommershorts und einer viel zu transparenten Bluse in meine Richtung leuchten.

O Gott, ich habe einen Mutterkomplex.

Ihr Lachen geht auf, als sie Jay auf der Beifahrerseite entdeckt. Sie legt die Heckenschere ab und eilt auf ihren Sohn zu, der sofort aus dem Wagen steigt und sie in die Arme nimmt. Ich schaue durch die Windschutzscheibe zu und versuche, meine eigenen Eltern bei diesem glücklichen Anblick nicht zu hassen.

»Ist das David?« Sie beugt sich an Jay vorbei und winkt mir zu.

Meine Hand schießt automatisch hoch, und meine Beine befördern mich aus dem Bus, obwohl ich gar nicht aussteigen wollte. Sie lächelt immer noch, während ich auf sie zugehe, weshalb ich vermute, dass sie die Sache mit den Ameisen ebenfalls vergessen hat. Ich erinnere mich dunkel daran, ohne Hose durch den Garten zu rennen und meine Eier zu kratzen. Selbstverständlich genau in dem Moment, als die Außenlampe ansprang und man mich von drinnen sehen konnte …

Sie umarmt mich. Ich kann nicht anders, als blöd zu grinsen, während ich ihr Rosenparfüm einatme und feststelle, dass sich ihre Brüste keineswegs mütterlich anfühlen. Hinter ihr schüttelt Jay den Kopf und steckt sich den Finger in den Mund. Ich hätte ihm mit vierzehn nicht gestehen sollen, dass ich seine Mutter nett finde.

Sie schiebt mich von sich. »Meine Güte, wie lange warst du nicht mehr hier? Du bist so groß geworden. Ein richtiger Mann.«

Ich stelle mich noch etwas aufrechter hin und überlege, ob ich ihr sagen soll, dass sie jedes Jahr besser schmeckt, wie guter Whiskey. Allerdings würde Jay mich dafür kastrieren. Und ihr beknackter Ehemann vermutlich auch. Vater und Sohn sind sich einfach zu ähnlich.

Was das Stichwort für Eric ist, aus der Haustür zu treten und Jay ebenfalls zu umarmen. Er klopft ihm hart auf die Schultern, und in jede einzelne seiner Lachfalten steht pure Wiedersehensfreude geschrieben, obwohl sich die beiden höchstens ein paar Wochen lang nicht gesehen haben.

Zwangsläufig frage ich mich, was mein Vater wohl tun würde, wenn ich plötzlich vor unserer alten Wohnungstür stünde. Nicht dass ich das vorhätte, aber nehmen wir die Situation mal rein theoretisch an. Ich müsste garantiert klopfen, weil die Klingel wie üblich im Eimer wäre und der Versager es nicht schafft, sie zu reparieren. Er würde sich bis zur Tür schleppen, falls ihm der Alk noch nicht zu schwer in den Beinen hinge, und mich auf seiner heiligen Schwelle entdecken. Liebend gerne stelle ich mir vor, dass er versuchen würde, mir nochmals eine zu verpassen. Dass er im Suff vergessen hätte, dass ich größer geworden bin als er. Und nach unendlich vielen Jahren voller blauer Flecke festgestellt habe, dass ich nur ein einziges, beschissenes Mal zurückschlagen muss. So hart ich kann.

Ich hasse meine Mutter nicht, weil sie mich nicht vor ihm beschützt hat. All die Tabletten in ihren Schubladen verrieten mir, dass sie das nicht konnte. Ich hasse meine Mutter, weil sie aus Bequemlichkeit bei ihm geblieben ist, als ich ihr angeboten habe, mit mir auszuziehen. Zumindest für meine kleine Schwester hätte sie sich einmal in ihrem Leben zusammenreißen können.

Eric lässt seinen Sohn los und schüttelt mir die Hand. Er verkneift sich den Kommentar, wie groß ich geworden bin, und teilt es mir in anderen Worten mit: »Wollt ihr ein Bier?«

Überrascht ziehe ich meine Augenbrauen hoch.

Er zuckt die Schultern und ergänzt mit seinem amerikanischen Akzent: »Ihr seid ja schon zwanzig.«

»In Europa darf man sich ab sechzehn besaufen«, erwidert Jay ungerührt.

Manchmal frage ich mich, ob Jay ausgerechnet mich als Freund wollte, weil er eine gesunde Dosis Realität brauchte. Er wurde von seinen Eltern immer in Watte gepackt – kein Wunder, dass er in der Unterstufe eingebildet genug war, um seine eigene Rockband zu gründen, selbstverständlich mit ihm selbst als Frontmann. Ich habe ihm die dunkle Seite des Lebens gezeigt, und er ging darin auf wie eine Blume auf dem Misthaufen.

Zumindest, bis die Blume einen Tumor bekam und sich in seinem weißen Haus verkroch, um mir nichts davon sagen zu müssen. Es war kein Zufall, dass er Viki damals kennenlernte, als ich nicht da war. Keine Ahnung, ob ihm das bewusst ist, aber er hat sich jemanden ausgesucht, der genauso ist wie ich. Ihre Mutter tot (was meine innerlich war), der Vater ständig besoffen, ihr Sarkasmus so schwarz wie ihr Aussehen. Sogar bevor ich das alles über sie wusste, hat mich unsere Ähnlichkeit automatisch von ihr abgestoßen. Neben Jays Ausstrahlung wirkte sie geradezu kaputt, und mir wurde klar, dass ich das ebenfalls tat. Kein Wunder, dass ich sie nicht ausstehen konnte.

Diana legt ihre Hand auf meinen Unterarm und lächelt zu mir hoch. »Vergesst das Bier, ich habe einen besseren Vorschlag. Bleibt ihr zum Abendessen?«

Adoptier mich.

Jay seufzt und lehnt sich mit verschränkten Armen ans Garagentor. »Genau genommen bleibe ich noch etwas länger …«

Viki

Mel tapst aus meinem alten Zimmer und reibt sich müde die Augenwinkel. Ihr ausgeleiertes Schlafhemd hängt von den Schultern, und ihre sommersprossige Nase kräuselt sich im Lampenlicht. »Guten Morgen.«

»Es ist acht Uhr abends. Hast du deinen eingebildeten Jetlag jetzt ausgeschlafen?«

Ihre Hand fällt von den Augen, und sie glotzt auf den Küchentisch. »Halluziniere ich?«

Stolz stemme ich meine Fäuste in die Hüften. »Es gibt amerikanische Pancakes mit fünf verschiedenen Soßen: Rum-Schokolade, pürierte Himbeeren, Karamell mit einem Hauch von Meersalz, Vanillesahne und geschmolzene Gummischlange.«

»Gummischlange«, echot sie.

»Zugegebenermaßen sind mir die ersten Schlangen verbrannt. Der Trick ist, sie zuerst in kleine Stücke zu schneiden.«

Sie wandelt zum Tisch, gleitet auf den Stuhl und greift wie in Trance nach dem Besteck. »Ich will hier einziehen.«

Ich gehe zur Anrichte und ziehe eine Überraschungspackung aus der Einkaufstüte. Es war keine besonders gute Idee, kurz nach Feierabend im Supermarkt an der Ecke einzukaufen, aber das Anstehen vor der Kasse hat sich für Mels leuchtendes Gesicht gelohnt. Ich setze mich zu ihr und raschle mit der Tüte.

»Nein«, haucht sie.

»Doch. Smarties zum Drüberstreuen.«

Sie springt auf und fällt mir um den Hals.

Wir essen in seligem Schweigen. Nicht mal Kid bettelt, weil ich ihm einen riesigen Kauknochen gekauft habe, den er unterm Tisch mampft. Schließlich rollen wir pappsatt ins Wohnzimmer und fallen auf die Couch.

Mel reibt ihren kleinen Bauch und legt ihre Beine über mich. »Ich möchte mich nie wieder von etwas anderem ernähren«, stöhnt sie. »Denkst du, man kann von Pfannkuchen überleben? Sind da Vitamine drin?«

Ich klopfe auf die Polster, damit Kid zu mir raufspringt. »Ich bin kein Wissenschaftler, aber Gemüse ist bunt, Obst ist bunt und Smarties sind bunt. Also mir reicht das Argument.«

Mels Handy klingelt, und sie wälzt sich über meine Füße, um es zu holen. Jede einzelne Faser meines Körpers verkrampft sich, ob ich das nun will oder nicht. Ich schlinge meine Arme um den Hund und kann nicht mehr atmen, bis Mel endlich abnimmt und mit einem Augenrollen ihre Mutter begrüßt. Nachdem diese sich nach einem möglichen Besuchstermin ihrer Tochter sowie der Anzahl ihrer sauberen Socken erkundigt hat, wirft Mel sich stöhnend in den Sessel gegenüber. »Wieso foltert sie nicht Tobi? Er ist elf. Es dauert mindestens noch drei Jahre, bis er ihr über den Kopf wächst. Sie sollte die Zeit nutzen.«

»Hast du kein Mitleid mit deinem Bruder?«

Sie hebt eine gnadenlose Augenbraue. »Manchmal bist du einfach zu offensichtlich ein Einzelkind, Viki. Geschwister bedeuten Krieg. Vor allem kleine, verwöhnte Bruderwanzen.«

»Hast du ihm deshalb einen Harry-Potter-Umhang in London gekauft? Sperrst du ihn demnächst in den Schrank unter der Treppe?«

Sie lächelt, weil sie ihren Bruder heimlich liebt und er sich den Umhang seit Monaten gewünscht hat. Hin und wieder frage ich mich, wie wohl eine Schwester oder ein Bruder von mir aussehen würde. Ich kann es mir nicht richtig vorstellen, es ist so, als würde man von einem Fremden träumen, dessen Gesicht immer verschwommen bleibt. Für gewöhnlich beende ich den Gedanken damit, ein Stoßgebet in alle

Himmelsrichtungen zu senden, dass meine Eltern nur ein einziges Kind in diese Welt gesetzt haben. Denn seien wir mal ehrlich: Eins war bereits zu viel für sie.

Kid registriert meine Unaufmerksamkeit und versucht, sich aus meiner Umklammerung zu befreien. Ich schlinge mich fester um ihn und vergrabe meine Nase in seinem goldblonden Stinkfell. »Halt still und lass dich knuddeln!«

Mel wippt mit ihren buntgestreiften Wohlfühlsocken. »Ist dir klar, dass du das Tier missbrauchst?«

Ich tauche aus Kids Fell auf. »Er hat mich über eine Woche lang nicht gesehen. Jay hat ihm vielleicht eingeredet, dass ich ihn nicht mehr mag. Im Flur hat er mich kaum begrüßt.«

»Der Hund ist um dich herumgefetzt, als hätte ihm jemand Speed gegeben.«

»Er hat mich nicht mal in die Arme genommen …«

»Reden wir immer noch vom Hund?«

Seufzend raffe ich mich auf. Kid nutzt die Gelegenheit und rettet sich auf den Teppich, wo er sich auf seinen Stoffbären stürzt und das Kunstfell mit den Zähnen malträtiert. Es stimmt wohl, dass geschundene Seelen ihren Frust an Schwächeren auslassen. Ich strecke meine Füße aus und massiere seinen Rücken mit den Zehen.

»Wir sollten hier nicht tatenlos rumsitzen und Trübsal blasen, das macht die Situation auch nicht besser.« Mel tippt auf ihrem Handy, und ich widerstehe dem perversen Impuls, sie danach zu fragen, wem sie schreibt. Ich habe heute bereits genug Menschen vertrieben, die mir viel bedeuten. »Franky meldet Freibier in seiner Wohnung und Medizinstudenten.«

»Der Kerl weiß, wie man Leute mobilisiert.«

Franky ist Major Malfunctions Gitarrist. Zweiter Gitarrist, um genau zu sein, denn Jay hat sich, obwohl er ja schon ihr Sänger ist, das Gitarrespielen nicht nehmen lassen. Dafür bedeutet es ihm zu viel. Immerhin musste er es zweimal in seinem Leben lernen.

Die anderen Bandmitglieder geben mir einen Einblick in das, was aus Jay hätte werden können, wenn er diesen Tumor nicht gehabt hätte: Ein von oben bis unten tätowierter Franky, der Bier als Grundnahrungsmittel betrachtet. Schitty Shithead, der eigentlich Ben Schitt heißt, und seinem Spitznamen zum Trotz zwar keine Scheiße im Kopf hat, dafür aber ein paar Krümel Shit in jeder seiner selbstgedrehten Zigaretten. Oder Dave, der in einem Müllloch haust und nur dann nüchtern bleibt, wenn er den Bandbus fahren muss oder keine Kohle mehr hat. Ich kann Jays Eltern nicht verübeln, dass sie der Band kritisch gegenüberstehen. Wenn ich an den Auftritt nächste Woche im Flashlight denke, verknotet sich mein Magen. Es erinnert mich zu sehr an früher. An eine Zeit, in der ich Jay nicht leiden konnte.

»Träumst du?« Mel neigt ihren Kopf und mustert mich. »Komm schon, wir brezeln uns auf und gehen zur Party.«

»Ich stehe nicht auf Medizinstudenten.«

Sie wackelt verlockend mit den Augenbrauen. »Architekturstudenten könnten eventuell auch da sein …«

Es hat Jay einiges an Überwindung gekostet, sich selbst einzugestehen, dass er gerne in die Fußstapfen seiner langweiligen Eltern treten möchte. Vielleicht haben ihn die äußerst mickrigen Gagen der kleinen Bars, in denen sie normalerweise auftreten, zusätzlich motiviert, ein richtiges Studium anzupeilen. Seit über einem Jahr steckt er irgendwo in der Metamorphose zwischen brüllendem Punkrocksänger und kreativem Architekten. Fragt sich nur, als welches von beidem er schlüpfen wird.

Mels Lockenkopf verschwimmt vor mir. Ich reibe mir die Augenwinkel und blinzle Klarheit in mein Sichtfeld. Diese Grübelei stresst mich nur, etwas Ablenkung würde mir tatsächlich guttun. Also rutsche ich von der Couch und robbe zu Kid unter den Tisch. Wir kämpfen eine Weile um das Stofftier, bis er aufsteht und sich beleidigt in die Küche verzieht.

»Komm zurück!«, rufe ich unter der Tischplatte hervor. »Du kriegst deinen blöden Bären wieder!«

»Ist das derselbe blöde Bär, den ich dir zum siebzehnten Geburtstag geschenkt habe?«, ertönt Mels Stimme hinter mir.

Ich haue mir zuerst den Hinterkopf und schließlich auch das Steißbein an der Tischkante an, während ich auf die Couch klettere.

Mein siebzehnter Geburtstag. Wenn ich mich damals in der Wohnung verkrochen hätte, so wie ich es eigentlich wollte, wäre mein ganzes Leben anders verlaufen.

»In der Nacht haben wir zum ersten Mal miteinander geschlafen«, seufze ich.

»Ich zerstöre deine Illusionen nur ungern, aber wir haben nie miteinander geschlafen.« Mel grinst schmutzig.

Ich zeige ihr den Finger, und sie lacht.

Vielleicht sollte ich es wirklich tun. Mich überschminken und in zu enge Klamotten pressen, um meinem Freund zu beweisen, was er verpasst. Oder mich an die Vorstellung gewöhnen, dass er von jetzt an mein *Ex*freund ist. Ich will ihn nicht so nennen, nicht mal in meinen Gedanken. Für mich gibt es nur einen Ex, und dieser Mistkerl hat mit Jay rein gar nichts gemeinsam.

»Ehrlich gesagt würde ich lieber zu Hause bleiben und in meinem Selbstmitleid baden, solange es noch warm ist.« Ich schnappe mir die Wolldecke, die auf den Boden gerutscht ist, und wickle mich bis unter die Nasenspitze darin ein. So wie ich es immer gemacht habe, wenn Jay vor mir saß und Gitarre spielte. Wenn seine tiefe Stimme über mich hinwegglitt, viel leiser und gefühlvoller, als sein Publikum ihn jemals zu hören bekommt. Wenn er nur für mich sang …

Mels leidende Miene im Sessel gegenüber entgeht mir nicht. Sie stützt den Kopf auf ihrem Arm ab und schiebt ihre Wange bis zum Auge hoch; ein süßer Quasimodo mit roten Locken, der an mein Mitgefühl appellieren soll. Schon beim Essen habe ich ihr verklickert, dass sie nicht eine weitere Nacht auf meiner Pelle kleben muss, doch aus irgendeinem Grund haben ihre sturen Sommersprossen beschlossen, ich würde ihre Nähe dringend benötigen.

»Du musst nicht hierbleiben und auf mich aufpassen«, stelle ich zum hundertsten Mal klar. »Ich habe nicht vor, mich aus dem Küchenfenster zu stürzen. Die Fassade wurde frisch renoviert.«

»Was ist bloß aus der Viki geworden, die ihre Sorgen wegfeierte und sich mit dem Anblick von hübschen Kerlen tröstete?«

»Sie hat sich in den Hübschesten verliebt«, flüstere ich. Weil ich vollkommen den Verstand verloren habe und vermutlich gerade einen Hirnschlag erleide. Sicherheitshalber betaste ich meine Körperhälften, um festzustellen, ob eine davon bereits taub wird.

Mel krallt sich das Sofakissen und quietscht so gerührt, als würde sie sich ein Video mit Katzenbabys anschauen. Da Kid in der Küche schmollt und ich die einzige Person in ihrem Blickfeld bin, gehe ich vom Schlimmsten aus.

»Ich mein's ernst«, betone ich. »Heute Abend kriegen mich weder Medizinstudenten noch eine Alien-Attacke aus dieser Wohnung. Betrachte mich und diese Couch als eine untrennbare Einheit.«

»Ich bin seit drei Tagen hier und habe keinen unserer Freunde gesehen.« Sie zieht einen Schmollmund. »Lisi und Phil werden hingehen. Tom und Chris auch. Das wird wie in alten Zeiten!«

»Tom und Chris leben praktisch unter Frankys Bierfass.« Demonstrativ lege ich mich hin und drücke meinen Allerwertesten in die Polster. »Du kannst wirklich gehen. Ich schlafe sowieso bald ein.«

»Du siehst überhaupt nicht müde aus. Du blinzelst nicht mal«, protestiert Mel.

»Weil ich zu müde bin, um zu blinzeln! Große Teile meines Gehirns sind bereits eingenickt. Ehrlich gesagt empfinde ich es als Beleidigung, dass dir das bisher entgangen ist.«

Sie kichert und schält sich vom Sessel. Ihre Beine sind eingeschlafen, und sie stakst auf mich zu wie ein Untoter, dem gerade ein Stromschlag verpasst worden ist.

»Ich bleibe lieber bei dir«, flüstert der Zombie mit den bunten Wollsocken.

»Was ist mit dem Freibier?«

»Schieb deinen Hintern zur Seite und mach mir Platz.«

Sie zupft an meiner Decke und schlüpft darunter, ehe ich sie daran hindern kann. Ihr schmaler Körper bohrt sich zwischen mich und die Lehne, wodurch ich fast runterfalle, bis sich ihre Arme um mich schlingen und auf der Couch verankern. Der letzte Rest meines Widerstandes schmilzt in ihrer Wärme dahin.

Mein Blick verschwimmt schon wieder, und ich schaffe es kaum, den Tränenschleier wegzublinzeln. Hoffentlich habe ich mir keine dieser fiesen Sommergrippen eingefangen. Ich drehe mich um und vergrabe meine Nase in Mels duftenden Locken. »Du riechst besser als der Hund.«

Sie drückt mir einen Schmatzer auf die Wange. »Ich dich auch, Viki.«

Jay

Nach all der Zeit in Vikis Wohnung sehe ich mein Elternhaus mit anderen Augen. Für drei Personen war es bereits überdimensioniert, für zwei ist es geradezu Platzverschwendung. Wir löffeln Erdbeer-Tiramisu in unserem ausladenden Esszimmer, während hinter der Glasfront die Sonne untergeht und ich in Daves Richtung grinse.

Er sitzt mir gegenüber und verknotet sein Gehirn, um herauszufinden, ob er die benutzte Stoffserviette zurück auf seinen Schoß legen soll oder nicht. Vielleicht liegt es an den antiken Möbeln oder dem Kristallkronleuchter über uns. Oder an der Art und Weise, wie meine Eltern es schaffen, ein ganzes Menü zu verspeisen, ohne einen einzigen Fleck auf ihren hellen Klamotten zu hinterlassen. Jedenfalls steht ihm schon der Schweiß auf der Stirn.

Ich kicke ihn unterm Tisch und nicke auf meine Serviette, die ich einfach neben dem Teller abgelegt habe. Er wirkt erleichtert, als er sie endlich los ist.

»Wie lange möchtest du hierbleiben?«, fragt Mom mit einer Mischung aus Sorge und Hoffnung. Sie wollte nicht, dass ich mit achtzehn ausziehe. Sie ist meine Mutter, sie will wahrscheinlich nicht, dass ich mit *dreißig* ausziehe.

Ich zucke die Schultern.

»Ist es eine endgültige Trennung?«, fügt mein Vater hinzu. Mit einem Seitenblick registriere ich, dass er seinen Nachtisch als Letzter beendet hat. Schätze also, die kulinarische Galgenfrist ist vorbei. »Falls dem so wäre, müsstet ihr über die Fortführung des Kredits sprechen.«

Ich stehe auf und staple die Schüsseln aufeinander. »Es war nur ein blöder Streit wegen ein paar Nachrichten.«

Mom und Dad werfen Dave Blicke zu, vermutlich um meine Aussage in seiner Mimik zu überprüfen. Er verfällt augenblicklich in Schockstarre, als hätte unser Englischlehrer ihn dazu aufgefordert, einen Aufsatz vorzulesen. Mit aufgerissenen Augen blickt er zu mir rüber und bettelt mit jeder Faser seines Körpers darum, dass ich ihm einsage. Manche Dinge ändern sich einfach nie.

»Wir brauchen nur etwas Abstand.« Vor allem ich. Jetzt gleich. Vor diesem Gespräch.

Ich packe das Geschirr und trage es in die Küche. Viki und ich hassen Abwaschen gleichermaßen, weswegen wir die leidige Aufgabe für gewöhnlich mit einer Runde Schere-Stein-Papier klären. Zu meinem immensen Vorteil, denn Viki wählt in zwei von drei Fällen den Stein, ohne sich dessen bewusst zu sein. (Was wohl an ihrem Nachnamen liegt.)

Im Haus meiner Eltern braucht man kein Spiel und auch keine heimtückische Freude, wenn es den anderen erwischt: Es gibt eine Spülmaschine. Ich räume die Schüsseln ein und habe danach nichts mehr zu tun. Rasch werfe ich einen Blick in Richtung Esszimmer, um sicherzustellen, dass Dave mir nicht hinterhertrabt, um meinen Eltern zu entkommen. Die Stimme meiner Mutter dringt durch die offene Tür und klingt, als würde sie einen Kunden von ihren Entwürfen überzeugen. Das dürfte Dave eine Weile beschäftigen. Ich ziehe mein Handy aus der Hosentasche und checke es heimlich zum millionsten Mal.

Kein Anruf. Keine Nachricht. Auch keine Aufforderung, den Hund abzuholen, was ich als positiven Punkt werte. Ich vermisse Kid, obwohl ich weiß, dass er es gut bei ihr hat. *Außerdem gibt er mir einen Grund, wieder dort aufzukreuzen,* fügt ein vorausdenkender Teil in mir hinzu. Als wäre nicht ich derjenige gewesen, der heute aus der Wohnung gestürmt ist und den Rest des Tages damit zugebracht hat, eine Kippe nach der anderen zu qualmen.

Apropos.

Ich marschiere zurück ins Esszimmer, wo Dave von meinen Eltern eingekreist und ausgequetscht wird. Mom lehnt quer über dem Tisch und feuert Fragen in sein Gesicht, während Dad an seinem Rotwein nippt und sich über Daves Stottern amüsiert. Es gibt nicht viele Leute, von denen mein Kumpel sich einschüchtern lässt, aber in Gegenwart meiner Mutter haben sich seine haarigen Beinchen schon immer in Gummi verwandelt. Eigentlich hatte ich gehofft, dass er aus diesem abartigen Anhimmeln herausgewachsen ist.

»Dave will nach dem Essen eine rauchen«, erkläre ich in einem Tonfall, der keine Widerworte zulässt. »Wir gehen kurz vor die Tür.«

Erleichtert stolpert er hinter mir her, wofür ich definitiv eine Belohnung verdient habe. Draußen auf der Terrasse halte ich ihm die offene Handfläche hin. Er kramt nach seiner Zigarettenschachtel und streckt sie mir murrend entgegen. »Wann kaufst du dir endlich eine eigene Packung?«

»Hab ich heute Mittag.«

»Wieso muss ich –«

»Sie ist leer.«

»Wow.«

Ich zünde mir die Kippe an und werfe sicherheitshalber einen Blick nach drinnen. Meine Eltern würden mich killen, wenn sie wüssten, dass ich wieder rauche. Falls noch etwas von mir übrig wäre, denn Viki brächte mich garantiert zuerst um. Sogar jetzt ist da ein Teil in mir, der ihnen deswegen nur zustimmen kann. Es ist der Teil meines Gehirns, den die Ärzte nicht rausschneiden mussten, um mein Leben zu retten. Glücklicherweise lässt er sich mit Nikotin betäuben.

Natürlich weiß ich, dass Viki ein Problem mit der Abhängigkeit ihres Vaters hatte. Und dass die einzige Person, die sie als Kind vor diesem Säufer hätte bewahren können, an Lungenkrebs gestorben ist. Deshalb verabscheut sie Zigaretten ja so abgrundtief. Obwohl auch mir stets klar war, dass ich mir den Tod auf Raten kaufe, habe ich nach der Operation hauptsächlich ihr zuliebe aufgehört. Ich wollte einfach nicht, dass sie sich Sorgen um mich macht. Dabei hat mich die süße Sucht nie verlassen. Im Gegenteil, sie stand schneller vor meiner Tür, als ich darauf vorbereitet war, und küsste mich mit ihrem verrauchten Atem.

»Du willst also wirklich wieder einziehen?«

Ich linse zu Dave. »Vermisst du mich schon?«

Er zeigt mir den Finger. Eine Geste, die mich so sehr an Viki erinnert, dass mein Herz davon flattert. Ich verstecke mein blödes Grinsen hinter einem tiefen Zug.

»Ich muss gleich los«, erklärt er in die Dunkelheit. »Bevor die Penner das Bierfass ausgesoffen haben. Kommst du mit?«

»Ich habe keine Lust auf Feiern.«

»Hättest du diesen Satz vor ein paar Jahren losgelassen, hätte ich dich auf der Stelle erschossen, um nach deinem wahren Ich zu suchen.«

Ich verschränke die Arme. Früher tingelten wir von einer Party zur nächsten, bis irgendwo das Bier ausging oder ich zwischen den Beinen eines hübschen Mädchens hängen blieb. Für gewöhnlich hatte ich mehr als drei Einladungen pro Wochenende. Vermutlich, weil ich billiger als ein Alleinunterhalter war. Es gab nicht viele Dinge, die mir peinlich waren, und meistens gar keine mehr, sobald ich mir einen Joint reingezogen hatte.

»Wir könnten den Bullen vor die Haustür pissen, sie aus den Federn klingeln und abhauen«, schlägt Dave vor. »Den guten alten Zeiten zuliebe?«

Die Erinnerung zieht meine Mundwinkel nach oben. »Ich war der Einzige, der gepisst hat. Eure feigen Schwänze haben sich vor Angst in den Hosen verkrochen.«

»Wer ist jetzt feige?« Dave funkelt mich amüsiert über die Kippe hinweg an. »Oder willst du dich lieber von Mami pudern lassen? Was ich gewissermaßen verstehen könnte.«

Ich verpasse ihm einen Schlag in die Schulter, der garantiert weh tut. Er lacht und verschluckt sich am Rauch. Der Husten treibt Tränen in seine Augen.

»Franky hat Mel eine Einladung geschickt, wie ich aus verlässlicher Quelle weiß. Eine Einladung, die *Freundinnen* inkludiert«, fügt er heimtückisch hinzu. »Während du dich in den Splittern deines zerbrochenen Herzchens wälzt, macht sich vielleicht schon ein anderer Typ an deine Liebste ran.«

Ich werfe ihm einen entsetzten Blick zu, und er grinst triumphierend.

»Viki würde nicht fremdgehen«, erwidere ich. »Sie ist vermintes Land. Man muss wissen, wie man sich ihr nähert, oder man sprengt sich selbst in die Luft.«

»Wenn ein kleiner Kiffer den Weg durch ihre Sprengsätze gefunden hat, dann schafft das auch, sagen wir mal, ein Jurastudent.«

»Kein Jurastudent kommt auf Frankys Party. Die würden sich ihr teuren Hemdchen zerknittern.«

Dave grinst siegessicher. »Er hat auch die Mediziner eingeladen.«

Scheiße.

Mel

»Lisi lässt dich grüßen. Sie würde dich gern mal wieder treffen, bevor sie vergisst, wie du aussiehst.«

»Ich könnte ihr ja ein Foto von mir schicken?« Viki äugt unter der Wolldecke hervor, unter der sie sich schon wieder verkrochen hat. Kurz hatte ich gehofft, Kids kleine Gassirunde würde sie dazu ermutigen, sich umzuziehen und mit mir auszugehen. Stattdessen schob sie beim Hereinkommen ihre Stiefel von den Füßen, legte die Leine auf den Sessel und warf sich der Länge nach auf die Couch.

Ich stemme meine Arme in die Hüften. »Sie deutet außerdem an, dass du dich in den letzten zwei Monaten nicht mehr oft hast blicken lassen. Was Phil übrigens auch erwähnt hat. Warst du überhaupt mal aus, solange ich weg war?«

»Natürlich war ich aus! Ich arbeite in einer Bar.«

Ich tippe Lisi eine Nachricht: **Viki kann leider nicht. Sie muss ihre Couchkissen in die Form ihres Hinterns pressen.**

Sie antwortet: **Es gibt hier jede Menge Sitzgelegenheiten für Vikis faulen Arsch! Ihr könnt mich nicht alleine den Jungs überlassen. Diese ungeteilte männliche Aufmerksamkeit steigt mir langsam zu Kopf.**

Du meinst wohl all die Gratisdrinks? Ich grinse.

Zur Antwort schickt sie mir ein Foto von sich und einem Caipirinha im Ein-Liter-Plastikbecher, den sie mit ihren glossverschmierten Lippen abknutscht. Franky hat dafür sogar frische Minze besorgt, die in einem grünen Busch aus dem Getränk ragt. Der Kerl weiß, wie man Frauen befriedigt. Lisis runde Wangen glühen, und ihre Kulleraugen strahlen unter einer dicken Schicht Glitzerschminke. Ein krasser Gegensatz zu Vikis blasser Visage, die in der Dunkelheit hinter dem hellen Handybildschirm schimmert.

»Ich rede nicht von deiner Arbeit, sondern von Spaß haben«, verdeutliche ich. »Irgendwo hingehen, was trinken, tanzen, mit anderen Leuten plaudern. Weißt du noch, wie das geht?«

»Ich hatte jede Menge Spaß, als du weg warst.« Sie drückt ihre Stirn in Falten. »Ich war mit Jay auf Daves Geburtstagsparty, wir haben uns mindestens zwei Filme im Kino angesehen und jeden Freitag in der Teufelsküche die Ohren weggedröhnt. Zufrieden?«

»Wann warst du das letzte Mal *ohne* Jay weg?«

Sie zögert, und in ihren Augen erscheint ein unsicherer Glanz. »Zählt Einkaufen?«

»Nein.«

»Unser Brunch?«

»Nein.«

Sie schiebt ihre Unterlippe vor. »Der Brunch zählt. Dort gab es Sekt.«

»Kann es sein, dass du dich ziemlich abhängig von ihm gemacht hast?«

Ich weiß, wie riskant dieser Satz ist. Aber mir wird jetzt erst klar, dass meine beste Freundin einen akuten Lebensinfarkt erlitten hat, seit Jay ausgezogen ist. Und mir bleibt nichts anderes übrig, als eine Adrenalinspritze in ihr Herz zu jagen.

Es wirkt. Ihr Oberkörper schießt von der Couch hoch. »Ich bin nicht *abhängig*! *Von niemandem!*«

»Dann gehen wir heute aus und flirten mit hübschen Medizinstudenten?« Ich marschiere rüber und ziehe die Decke von ihrem Körper.

Sie kneift ihre Augenbrauen zusammen. »Das kann ich nicht tun.«

»Du sollst ja nichts mit denen anfangen.« Ich zucke die Schultern. »Nur ein bisschen das Mundwerk ölen. Für den Fall der Fälle.«

»Wovon zur Hölle sprichst du eigentlich?« Ihre Augen springen in meinem Gesicht umher, als hätte sie tatsächlich keine Ahnung, was ich ihr verklickern will.

Ich seufze. »Ist dir überhaupt schon mal ernsthaft in den Sinn gekommen, dass eure Beziehung vielleicht ein Ende haben könnte?«

Ihr Anblick erinnert mich an das kleine Mädchen aus *Der Exorzist*, kurz bevor ihr die Erbsensuppe aus dem Mund sprüht. Eine Dämonenaustreibung ist keine einfache Sache, vor allem nicht, wenn man drei Jahre lang besessen war. Da ich keine Bibel zur Hand habe, um ihr den Teufel auszutreiben, hebe ich das Handy. Und entdecke eine neue Nachricht von Lisi.

»Oh.«

Vikis Körper versteift sich. »Was ist?«

»Lisi hat noch ein Foto von der Party geschickt.«

»Lass mich raten: Tom und Chris verabreichen sich intravenös den Zapfhahn?« Sie lächelt, aber in ihren Worten schwingt Unsicherheit mit.

Jetzt bereue ich, dass ich nicht nachgegeben und mein Smartphone in die Handtasche gestopft habe. Ich will Viki nicht weh tun. Andererseits sollte man ein Pflaster schnell abreißen. Vielleicht ist es besser, es zu tun, solange die Wunde noch blutet? »Sieht so aus, als wäre dein Freund nicht auf deine Anwesenheit angewiesen, um sich zu amüsieren.«

»Was soll das heißen?«

»Er ist dort.«

Ich zoome in die Aufnahme. Lisi hat sich hinter einer Bartheke verkrochen und ein Getränk als Alibi verwendet, um eine Szene im Hintergrund zu fotografieren. Man erkennt einen haarigen, knochigen Unterarm und die obere Kante eines überschäumenden Bierbechers. Dahinter steht eine Couch, auf der zwei Personen sitzen. Eine davon ist unverkennbar Jay, mit blonden Wuschelhaaren und breitem Lachen.

Ich blicke auf und zucke heftig zusammen, weil Viki plötzlich über mir ragt. »Hast du mich erschreckt!«

»Kann ich das Foto sehen?«, fragt sie mit tonloser Stimme.

Ich gebe ihr das Handy und halte nach Kid Ausschau, da mich das Bedürfnis überkommt, ihn jetzt sofort zu streicheln. Er liegt leider nicht in meiner Sichtweite. Wenn mich nicht alles täuscht, höre ich sein Schnarchen in der Küche.

»Wessen Arm ist das?«

»Zoom mal rein …«

Sie schweigt lange. Dann gibt sie mir das Smartphone zurück, schleicht zur Couch und vergräbt sich unter der Decke. »Das hat nichts zu bedeuten. Er tut ja nichts.«

Nein, er tut nichts. Aber vielleicht sollte er etwas tun. Zum Beispiel hier bei seiner Freundin sein, statt ihr das Herz zu brechen.

»Kennst du das Mädchen neben ihm?«, flüstere ich.

Sie schüttelt stumm den Kopf.

Ich verkneife mir die nächste Frage, weil Viki darauf sowieso keine Antwort hat. Lieber tippe ich eine kurze Nachricht an Lisi, dass sie die Situation für mich im Auge behalten soll, und werfe mich zu Viki auf die Couch. Sie rollt sich auf den Rücken, starrt an die Zimmerdecke und stellt meine Frage nach einigen Minuten schließlich selbst.

»Warum lässt er sich von ihr küssen?«

Jay

Frank the Skank höchstpersönlich macht uns auf und präsentiert seinen nackten Oberkörper, wohl in der Hoffnung, Dave und ich wären eine kichernde Gruppe Abiturientinnen. Auf seiner Brust prangt ein neues Tribal, so frisch gestochen, dass die Ränder rot glühen.

»Netter Busch in deiner Achselhöhle«, begrüße ich ihn.

Er zieht seinen Arm runter und hält uns abwechselnd die Hand hin, damit wir einschlagen. »Da besorgt man euch Wichsern den größten Gig seit Jahren, und ihr bringt nicht mal was Hübsches zum Feiern mit.«

»Wieso? Ich habe Dave mitgebracht.« Ich grinse.

Dave rollt die Augen und murmelt was von einem Bierfass, das er dringend aufsuchen muss. Er schiebt sich an Frank vorbei in den Flur und verschwindet in der feiernden Menge. Es ist noch nicht mal zehn Uhr, und die Räume platzen bereits aus allen Nähten.

Frank linst hinter mich, bevor er die Tür schließt. »Was ist mit deiner Braut?«

Das Bierfass springt in meiner Prioritätenliste abrupt nach oben. Sieht so aus, als hätte Dave die Klappe gehalten und nichts von meiner kleinen Beziehungsverstimmung verraten. Ich möchte das Thema nicht vor Franky ausbreiten, der es als Verbrechen an seinem Schwanz betrachtet, sich vor dreißig an ein einziges Mädchen zu binden.

Ich zucke die Achseln. »Die hatte keine Lust.«

Das stellt Frank zufrieden. Seine Aufmerksamkeitsspanne lässt bei Frauen mit einem festen Freund extrem nach, in zwei Minuten hätte er Vikis Anwesenheit sowieso vergessen. Er legt mir seinen Arm um die Schultern und führt mich in die Küche, die nicht nur eine beeindruckende Auswahl an Lavalampen offenbart, sondern auch ein aufpoliertes Bierfass, das auf dem Esstisch glänzt.

Dave hat sich seinen Platz am Zapfhahn erkämpft und schiebt sich demonstrativ vor Vikis alte Schulfreunde, die das Fass mit leeren Plastikbechern flankieren und mir finstere Blicke zuwerfen. Die Typen konnten mich noch nie leiden, vor allem die Hakennase nicht, die Viki Hundeblicke zuwirft, seit ich sie kenne. Sie behauptet stur, dass ich mir das einbilde. Was Kerle angeht, die auf sie stehen, kann sie manchmal sehr blind sein. Ich schnappe mir einen Becher und drücke damit Daves Bier weg, das jede Sekunde überläuft. Die Würstchen können sich meinetwegen hinten anstellen.

Frank verscheucht ein paar Teenies von unserer Bandcouch im Wohnzimmer, denen Schitty das Jointdrehen beibringen wollte. Der verführerische Duft von Marihuana wabert um seinen Rastakopf und brandet mit einer Welle Heimweh gegen meine Brust. Ich schiebe mir den Becherrand zwischen die Lippen und setze mich, während Schitty genüsslich über ein regenbogenfarbenes Longpape leckt, das er sich zur Feier des Tages gegönnt hat, und es zu einer ansehnlichen Tüte zusammenrollt. Das überstehende Papier glimmt unter seinem Feuerzeug weg, und sein erster Zug glüht auf.

Schnell klopfe ich auf Daves Brusttasche, in der er seine Zigaretten transportiert, und halte ihm die offene Handfläche hin. Er grunzt und wirft mir die Schachtel zwischen die Beine. Ich schaffe es gerade noch rechtzeitig, mir eine Kippe anzuzünden und meine Lunge zu trösten, bevor eine frische Wolke Gras in meine Nasenlöcher schlüpft. Glücklicherweise reicht Schitty den Joint an seine Freundin und somit weiter von mir weg. Es gibt Abende, an denen es mir unglaublich schwerfällt, kein Gras mehr zu rauchen. Mit dem Geschmack von Tabak in meinem Mund wird es zumindest erträglicher.

Franky kraust die Stirn und brüllt in mein Ohr, damit ich ihn im Hintergrundlärm verstehe. »Du qualmst wieder?«

Blöderweise war das laut genug, um selbst Schittys verzögerte Aufmerksamkeit auf mich zu lenken, der den Joint von seiner Liebsten zurückfordert und in sein grinsendes Maul steckt. »Ich wusste, dass es nur eine Frage der Zeit war. Willst du was hiervon?« Er wedelt verführerisch mit der Tüte vor meiner Nase.

Ja, verdammt.

Dave lehnt sich vor und rammt dabei seinen Ellbogen in meine Seite. Zuerst halte ich es für ein Versehen, doch als mich sein genervter Blick streift, bin ich mir nicht mehr sicher. Er beugt sich rüber zu Schitty. »Nein, will er nicht. Die paar Hirnzellen, die sie ihm gelassen haben, müssen noch bis ans Ende seines Lebens reichen. Wir wollen immerhin nicht, dass er sich ab vierzig in die Hosen pisst.«

Schitty lacht, und ich stecke mir die Zigarette in den Mund.

»Sorry Leute, aber der Winter naht.« Franky späht zum Eingangsbereich, in den gerade ein Schwarm junger Täubchen geflattert ist. Ihrem Gekicher und den unsicheren Blicken nach zu urteilen, dürfte das ihre erste Studentenparty sein. Grund genug für unseren Kumpel, um sich von der Couch zu trennen und seine tätowierten Oberarme in ihre Richtung zu tragen. »Ich muss mir was Warmes fürs Bett besorgen. Wir sehen uns nachher!«

»Und ich will tanzen!«, fordert Schittys Freundin und zerrt den armen Kerl ins andere Zimmer, ehe er überhaupt die Konsequenz ihrer Worte kapiert. Die beiden waren schon zusammen, bevor ich Major Malfunction gegründet habe, was selbstverständlich in ausreichend Spott und Hohn endete, wenn sie händchenhaltend zur Probe aufgetaucht sind. Dabei hätte sich jeder von uns vierzehnjährigen Armleuchtern eine Freundin gewünscht, um ein bisschen zu üben. Damals hatte ich nicht die geringste Ahnung, was für ein wahnsinniges Gefühl es sein würde, sich in jemanden zu verlieben. Bei mir sollte es erst vier Jahre später passieren …

»Noch eins?«, fragt Dave.

Ich blicke verständnislos auf.

Er nickt auf den Bierbecher in meiner Hand, der seit undefinierbarer Zeit leer ist. »Oder suchst du da drin deine Zukunft?«

Wohl eher die Vergangenheit.

Spätestens als Dave sich meinen Becher schnappt und von der Couch springt, um *mir* ein Bier zu holen, wird mir klar, dass er mich abfüllen will. Er hat vielleicht so getan, als könnte er es nicht abwarten, dass ich aus seiner Wohnung verschwinde, aber unsere abendlichen Gelage haben ihm gefallen. Er lebt schon zu lange allein.

Kaum ist sein Platz frei, setzt sich jemand anderes dort hin. Ein Mädchen mit knallblauen Haaren und so vielen Piercings im Gesicht, dass ich etwas länger hinschauen muss, um zu erraten, wer darunter steckt.

»Hey, Jay.« Sie hat ein ansteckendes Lächeln, mit Grübchen in den Wangen, in denen Metallstecker blitzen.

Ich beuge mich näher zu ihr, damit ich sie im Partylärm verstehe. »Kenn ich dich?«

Sie lacht und brüllt mir ins Ohr. »Erinnerst du dich an das pummelige Mädchen, das manchmal bei euren Bandproben in Frankys Garage saß? Die ihr in einen schimmeligen Kleiderschrank gesperrt habt, weil ihr euch bekiffen wolltet, ohne dass ich es meinem Onkel verpetze?«

Selbstverständlich erinnere ich mich. Lückenhaft. Das war der Sommer, in dem Schitty das Grasversteck seiner Eltern entdeckt hatte …

»Marie, hör endlich auf, gegen die Tür zu trommeln! Du kommst hier nicht rein, kapiert?!« Frank setzt den Kuli ab, mit dem er die letzten Minuten auf seinem mageren Unterarm herumgekritzelt hat, da er zu faul war, sich ein ordentliches Stück Papier zu besorgen. Er streckt uns die bemalte Haut hin, die so rosig schimmert wie ein Babypopo. »Was haltet ihr von diesem Logo?«

»Sieht aus wie eine verfaulende Gurke.« Dave stützt den Kopf auf seinen aufgeriebenen Händen ab. Er wollte früher aufhören, aber un-

ser Vorschlag, ihm pinke Plüschbezüge für seine Drumsticks zu kaufen, hat ihn noch eine Stunde länger motiviert. Wenn wir so weitermachen, kriegen wir bis Ende des Monats genug Songs für unser erstes Album zusammen.

»Das ist keine verfaulende Gurke!«, verteidigt sich Frank und zieht sein Kunstwerk beleidigt weg. »Es ist die explodierende Challenger-Rakete! Hast du keine Bildung, oder was?«

»Was zum Teufel hat das mit unserer Band zu tun?!«

Franky wirft sich stöhnend zurück in den Sitzsack und schlägt theatralisch einen Arm über die Stirn. Von hinten hämmert es erneut gegen die Tür, und die Stimme seiner kleinen Cousine schrillt durch den Spalt. »Ich weiß genau, was ihr in der Garage treibt! Ihr stinkt danach immer nach Rauch!«

Ich schiele rüber zu Schitty, der tief gebeugt über einem offenen Blättchen brütet und den Inhalt seines Joints mit einer Abbildung auf seinem Handy vergleicht. »Nennenswerte Fortschritte? Wir wollen doch Frankys Cousine nicht enttäuschen.«

»Diese Anleitung ist total schlecht, man erkennt den Unterschied zwischen dem Tabak und dem Gras kaum«, nörgelt Schitty. »Keine Ahnung, ob uns diese Menge das Gehirn rausbläst oder wir gar nichts spüren.«

»Wir sollten es an jemandem testen, der kein Gehirn hat.« Ich wende mich zur anderen Seite. »Dave?«

Er zeigt mir seinen aufgeschürften Mittelfinger.

»Vielleicht sollten wir Marie reinlassen«, murmelt Franky unter seinem Arm hervor. »Wir könnten unsere Drogen an ihr ausprobieren und hätten damit zwei Probleme mit einer Klappe –«

Weiter kommt er nicht, denn ein gewaltiges Beben erschüttert die Garage. Zumindest fühlt es sich so an, weil wir alle erschrocken zusammenzucken und mit aufgerissenen Augen zur Quelle des plötzlichen Lärms blicken: einem in die Jahre gekommenen Hebesystem fürs Garagentor, das sich ratternd in Bewegung setzt. Das Tor fährt nach oben und offenbart nacheinander ein Paar rote Turnschuhe, weiße Strümpfe, zerkratzte Knie und darüber den Rest eines jungen Mädchens, das mit überlegenem Grinsen eine Fernbedienung in der Hand hält …

Mein Lachen flammt auf. »Du bist Frankys kleine Cousine?! Was ist mit deinen Zöpfen passiert?«

»Niemand bleibt ewig zehn.« Sie grinst, und tatsächlich erkenne ich nun einen Hauch des Kindes in ihr, das sie damals war. Die Sommersprossen auf ihrer Nase sind noch da, ebenso das Blitzen in ihren Augen, wenn sie mich ansieht.

»Du bist echt hübsch geworden«, sage ich, weil ich es so meine.

Dafür küsst sie mich auf die Wange. Ihre Lippen berühren mich etwas länger als notwendig, und ich weiche nicht zurück, um ihre Gefühle nicht zu verletzen. Ihr Atem streift warm über meine Haut.

»Früher war ich total verknallt in dich«, gesteht sie heiser. »Aber dir war das nur peinlich, oder?«

Ich verziehe mein Gesicht. »Mit vierzehn hatte ich andere Prioritäten.«

Sie beißt sich auf die Unterlippe und blickt unter ihren langen Wimpern zu mir hoch. »Wie liegen deine Prioritäten jetzt?«

Viki

Ein Mädchen mit blauen Haaren lehnt sich zu Jay und küsst ihn auf die Wange. Auf eine sehr erfreute Wange, die zur Hälfte aus seinem breiten Grinsen besteht. Ich gebe Mel das Handy zurück und sacke auf die Couch. Trotzdem kann ich der Aufnahme nicht entkommen, sie hat sich auf meiner Netzhaut eingebrannt und flackert wie ein Geist über dem Wohnzimmertisch.

»Bitte verkriech dich nicht wieder unter der Decke.« Ich entdecke Mels besorgten Blick auf mir, als hätte ich eine Krankheit an mir kleben und würde mich weigern, sie endlich von meiner Haut zu waschen. »Wir marschieren jetzt auf diese Party, okay?«

»Was soll das bringen?«

Sie stemmt ihre Fäuste in die Hüfte. »Man kann kein Schachspiel gewinnen, ohne seine Figuren auf dem Brett zu haben, verstehst du?«

»Vielleicht hat er sie nur begrüßt?« Ich vergrabe meine Hände in den Haaren und suche in meinem Inneren nach einer Bestätigung für meine eigenen Worte. Sie hallen leer in meinem Schädel wider, reine Worthülsen, an die ich selbst nicht glaube. Es *muss* eine andere Erklärung geben, eine lächerlich einfache, die uns diese Momentaufnahme verschweigt. Aber meine Hirnwindungen frieren unter der Angst zu, und ich kriege keinen positiven Gedanken mehr hindurch.

Mel übernimmt für mich das Denken. Sie übernimmt zusätzlich die Funktion meiner Beine, zumindest lenkt sie mich ins Schlafzimmer und wühlt in meinem Kleiderschrank nach einer sauberen Hose und einem halbwegs partytauglichen Top. Nachdem sie mich in eine zerschnittene Jeans und ein schwarzes Rippshirt gesteckt hat, bürstet sie meine Haare und bindet sie zu einem Pferdeschwanz hoch, was das Schlafnest auf meinem Hinterkopf kaschieren soll. Ich trage selten Schminke, und auch wenn Mel es für taktisch klüger hält, meine Augenringe mit einer Schicht Concealer zu bedecken, hebe ich protestierend meine Hand. Mein Gesicht ist kein lebendig gewordener Snapchat-Filter. Ich bin ein echter Mensch, und bisher hat Jay das genügt. Keine eingefärbte Erdölpaste wird ihn zu mir zurückbringen, falls er das nicht will.

Kid läuft schwanzwedelnd zur Wohnungstür, also lenken wir ihn mit einem Hundeknochen ab, den Mel ins Wohnzimmer wirft. Er kapiert sofort, was das bedeutet, senkt seinen Schwanz und verzieht sich beleidigt unter den Tisch. Dadurch fühle ich mich noch miserabler, beinahe genug, um auf die Couch zu fallen und mich wieder in den Polstern zu verkriechen.

Mel riecht meine Schwäche und schnappt sich mein Handgelenk. »Morgen kannst du dich mit einem ausgiebigen Spaziergang bei ihm entschuldigen. Komm, wir müssen los.«

Die Fahrt zu Frankys Wohnung am Stadtrand ist kompliziert. Wir nehmen die U-Bahn, steigen nach drei Stationen in die Straßenbahn um und warten schließlich eine Viertelstunde an einer graffitibeschmierten Bushaltestelle, bis ein Auto an uns vorbeibraust, eine quietschende Vollbremsung hinlegt und mit knirschendem Getriebe zu uns zurückfährt. Beim Vorbeifahren sind mir die rostigen Flecken auf dem Kotflügel entgangen, sonst hätte ich Phils Schrottkarre sofort erkannt. *Hübsche Neuwagen kann sich jeder kaufen*, lautet das Motto meines Cousins. *Aber Charakter ist etwas, das nur mit den Jahren entsteht.*

Er kurbelt sein charaktervolles Fenster runter, das auf halbem Weg stecken bleibt, und schiebt seine Nase raus. »Hey, Mel.«

Ich fühle mich nur leicht ignoriert, immerhin erkenne ich den sehnsüchtigen Glanz in Phils Augen. Jay und ich waren nicht das einzige Regenbogenponytraumpaar der letzten Jahre, dummerweise hat

Phils Märchen bloß nicht so lange angehalten. Seine Prinzessin wollte ungebunden nach London.

Mir entgeht Mels rascher Blick zum Fahrplan nicht. Die beiden haben sich freundschaftlich getrennt, doch genau das ist ihr Problem. Mels liebevolle Erklärungen haben bei Phil den Eindruck hinterlassen, dass sie immer noch für ihn brennt und er die Glut nur mit etwas Beharrlichkeit schüren muss. Dabei war das Feuer im Ofen schon längere Zeit aus und Mels Praktikum nur ein Vorwand, um endlich die Asche auszufegen. Ich rette die zwei, indem ich mich trotz Phils enttäuschter Miene auf die Beifahrerseite schwinge, so dass Mel sich beruhigt nach hinten quetschen kann.

»Viki«, begrüßt er mich und schielt in den Rückspiegel. »Ich hatte dich im Schatten völlig übersehen.«

Die Bushaltestelle hätte mit der Leuchtkraft einer Atomrakete ausgestattet sein können, und er hätte mich neben Mel nicht wahrgenommen. Ich verkneife mir den Kommentar. Das Foto des blauhaarigen Mädchens taucht ungebeten in meiner Erinnerung auf und verfolgt mich während der gesamten Fahrt. Vielleicht ist Phil nicht der einzige Idiot heute Abend, der seiner verflossenen Liebe nachrennt. Vielleicht weigert sich mein Herz nur, die Wahrheit zu sehen.

Wir kommen schneller bei Frankys Bude an, als mir lieb ist. Er behaust mit seinen zwei Brüdern eine WG in einem brandneuen Sozialbau, der mein eigenes Wohnhaus in der Innenstadt in die Kategorie veraltete Bruchbude mit neuer Fassade einordnet. Sie haben sogar eine Baumreihe vor den Balkons und einen modernen Lift mit verspiegelten Wänden. Leider offenbaren genau jene Spiegel mein kümmerliches Erscheinungsbild, als ich einsteige und den Knopf für den dritten Stock drücke. Ich wende mich Mel zu, um die Gräben nicht länger betrachten zu müssen, die eine Woche Herumlungern unter meine Augen gezogen hat. Blöderweise ist sie zu klein, um meine Reflexion völlig abzudecken, und so drehe ich mich zu Phil. Er schwankt wie eine Palme im Sturm über uns. Hurricane Melanie hat ihn voll erfasst.

Wir steigen aus, und die automatische Beleuchtung im Flur springt an, obwohl der Partylärm selbst einen Blinden zur richtigen Tür geführt hätte. Bereits im Treppenhaus riecht es nach Zigaretten, was nicht gerade meine Lust erhöht, ins Gewühl der Feiernden abzutauchen. Geschweige denn Jay mit diesem Mädchen zu sehen, die über eine Stunde Zeit hatten, um ihren Wangenkuss weiterzuentwickeln. Allein von dem Gedanken wird mir übel.

Mel berührt meinen Oberarm. »Du bist ja leichenblass.«

Ich würde sie gerne beruhigen, aber im selben Moment schießt Flüssigkeit in meinen Mund, und ich presse meine Lippen aufeinander, um das Zeug drinnen zu behalten. Meine Finger verkrampfen sich in Mels Jacke, bis ich die Magensäure endlich runtergewürgt habe und nur noch ein Brennen im Hals zurückbleibt. Kalter Schweiß steht mir auf der Stirn.

»Vielleicht war das doch keine so gute Idee«, beginnt Mel.

Dann reißt Franky die Tür auf, präsentiert seinen tätowierten Bizeps und begrüßt uns lautstark mit den Worten: »Kommt rein, ihr Süßen! Und Phil.«

Jay

»Wie liegen deine Prioritäten jetzt?« In ihrer melodischen Stimme schwingt Herausforderung mit. Sie senkt die Wimpern kurz, bekämpft ein Schmunzeln um ihre Mundwinkel und schlägt ihre Augen wieder zu mir auf.

Sweet sixteen und bereits mit schwerem Flirten bewaffnet.

Frankys Cousine ist wirklich süß. Ein bisschen zu jung, dafür mag ich die Art, wie sie mich ansieht und dabei ihr Lächeln nicht zurückhalten kann. Sie wirkt offener als Viki, flirtet einfach drauflos und wartet ab, wohin sie das führt. Wir haben kaum fünf Minuten miteinander geredet, trotzdem weiß ich, dass sie mich nicht abweisen würde. Sie würde mir nicht sagen, dass mein Gesang sie an überfahrene Hunde erinnert, oder fragen, ob sich in meinen Haaren schon mal Vögel eingenistet haben. Sie ist nicht Viki. Sie ist langweilig.

»Ich habe eine Freundin«, erkläre ich, und die Freude in ihrem Gesicht flackert.

»Dave meinte doch …«

Von wegen Bier holen. Der Arsch.

»Tut mir echt leid, aber Dave ist ein Trottel. Es war nett, dich wiederzusehen. Mach's gut!« Ich stehe von der Couch auf und wühle mich durch die Partygäste, ohne einen Blick zurückzuwerfen. Die Kleine wird es überleben. Dave allerdings nicht, wenn ich ihn in die Finger kriege.

Der Penner steht beim Bierfass in der Küche und säuft den Becher aus, den er eigentlich für mich besorgen wollte. Daneben wanken immer noch Vikis Schulfreunde, die eventuell nüchtern genug sind, um uns zu belauschen. Also kralle ich ihn mir an der Schulter und zerre ihn hinaus in den Flur.

»Du hetzt Frankys kleine Cousine auf mich?!«

Daves Grinsen wackelt. »Sie hat doch eine heiße Figur.«

»Was kapierst du daran nicht? Ich. Bin. Mit. Viki. Zusammen.«

Er breitet seine Arme aus wie ein Priester, der zur Predigt ansetzt, und schwappt sich dabei das halbe Bier über die Finger. Es tropft auf den Boden, und Dave verschmiert es mit seinen schmutzigen Sneakers, was er nicht mal zu bemerken scheint. »Okay, sagen wir, ihr beiden macht nur eine Pause. Es gibt keine bessere Gelegenheit, um ein paar neue Ufer zu erkunden. Es ist quasi erlaubt.«

»Leck mich.« Ich ziehe Daves Zigaretten aus seiner Brusttasche, nehme mir eine und werfe die Schachtel zurück zu ihm. Er ist zu besoffen, um sie aufzufangen, und sie fällt vor seine Füße. Ohne ein weiteres Wort drehe ich mich um und verlasse die Wohnung, um nicht noch mehr vermeintlichen Wohltätern in die Hände zu laufen. Draußen im Treppenhaus zünde ich mir die Kippe an.

Kaum habe ich den ersten Zug genommen, springt die Tür wieder auf, und ein weiterer Gast verlässt die Party. Eine junge Frau mit blauen Haaren und Grübchen, die nun nicht mehr so glücklich wirken wie vor einigen Minuten.

Sie zuckt zusammen, als sie mich entdeckt.

»Ich hoffe, du gehst nicht wegen mir«, sage ich.

Sie reckt stolz das Kinn und zieht ihre gepiercten Lippen zu einem tapferen Lächeln. »Ich bin wegen dir gekommen. Und nun gehe ich mir zuliebe.«

Ihre Stiefel poltern über die Steinstufen nach unten. Es gibt einen Lift, allerdings müsste sie dafür an mir vorbeigehen, und das scheint ihr das Opfer nicht wert zu sein. Hoffentlich sucht sie sich das nächste Mal einen Kerl aus, der sie netter behandelt.

Irgendwann geht das Licht aus, und ich sitze im Dunkeln auf einem Fensterbrett. Die Szene kommt mir furchtbar bekannt vor. Sie erinnert mich an eine Nacht vor drei Jahren, als ich in der Finsternis eines Treppenhauses SMS an ein Mädchen schrieb, das wegen Daves bescheuerten Sprüchen abgehauen war. Wir hatten kurz zuvor miteinander geschlafen, an einer ähnlichen Stelle wie dieser hier. Zum ersten Mal hatte ich das Gefühl, mehr für sie zu empfinden. Nur um sie danach beinahe an ein paar Mistkerle zu verlieren, die sie wegen eines billigen Handys zusammengeschlagen hatten. Damals im Krankenhaus überwältigte mich die Vorstellung, in meine eigene Zukunft zu blicken, auf ein Krankenbett, das bereits in wenigen Wochen auf mich warten würde. Während ich an ihrem Bett stand und eine unverletzte Stelle in ihrem Gesicht suchte, die ich streicheln konnte, entschloss ich mich, sie nicht so schnell aufzugeben. *Vielleicht wird sie ja meine erste Liebe,* dachte ich in einem Anflug von Übernächtigung und purem Wahnsinn, *auf jeden Fall aber meine letzte.*

Ich ziehe mein Handy aus der Tasche und wähle Vikis Nummer.

Die Mailbox springt an.

»Hey … Wir sollten reden.« Ich knalle meinen Hinterkopf ans Glas und stoße Rauch aus meiner Lunge. »Du kennst mich wie niemand sonst auf dieser Welt. Und du hast Seiten von mir gesehen, die andere Leute abgestoßen hätten. Du erinnerst dich vielleicht nicht daran, weil der Moment nicht dieselbe Bedeutung für dich hatte, aber ich habe ihn nie vergessen …«

Der Filter berührt erneut meine Lippen, doch ich halte inne, da ich nicht weiß, ob sie das Rauchen hören könnte. Also drücke ich die Kippe auf dem Fensterbrett aus und schließe die Augen, um vollkommen bei Viki zu sein.

»Weißt du noch, als du mich damals im Krankenhaus besucht hast? Ich glaube, es war so ungefähr zwei Wochen nach meiner OP, und ich konnte noch nicht richtig essen. Mom hatte mir einen riesigen Becher Vanillepudding und einen Löffel besorgt, damit ich die Bewegungen üben konnte. Ich wusste nicht, dass du die Schule schwänzt, um früher bei mir zu sein. Und ich war von oben bis unten mit Puddingspritzern bedeckt, als du plötzlich vor meinem Bett standst. Es war mir unglaublich peinlich. Bis du dich neben mich gesetzt, die Mundwinkel hochgezogen und gesagt hast: *Hab ich was verpasst? Du siehst aus wie ein Pornodarsteller nach einem Gang-Bang*. Ich habe mir fast in die Hosen gepisst vor Lachen.«

Auch jetzt grinse ich in die Dunkelheit.

»Keine Ahnung, was zwischen uns passiert ist, aber wir kriegen das wieder hin, okay? Ich … Ich liebe dich über alles.«

Ich lege auf und betrachte Vikis zerzauste Haare und ihr verführerisches Lächeln auf dem Display, bis sich der Bildschirm verdunkelt und ich nur noch meine Erinnerung daran habe. Erst dann fällt mir ein, dass ihr Handy kaputt ist.

Viki

Ich spucke das Wasser aus und blicke in den Spiegel. Meine blasse Haut hebt sich kaum von den hellen Badezimmerfliesen im Hintergrund ab, und tiefe Schatten hängen unter meinen Augen. Die Bässe von Frankys Party dröhnen im Takt meines Herzens durch die geschlossene Tür, viel zu hart und schnell.

»Alles okay?«, dringt Mels Stimme herein.

Meine Hände, die sich am Waschbeckenrand abgestützt haben, ballen sich zu Fäusten. Ich presse sie zusammen, bis die Knöchel weiß auf meinen Handrücken aufleuchten und sich die eingequetschten Fingerspitzen rot färben. Das gibt mir ein Gefühl von Stärke, und die brauche ich gleich, wenn ich Jay gegenübertrete und ihn vielleicht sogar gemeinsam mit diesem Mädchen erwische.

Falls Sie wirklich das ist, was er will, falls weniger als zwei Wochen Trennung für ihn genügen, um sich mit einer anderen zu trösten, dann soll er sie haben. Meine Übelkeit verpufft so rasch, wie sie aufgetaucht ist. An ihrer Stelle breitet sich emotionslose Entschlossenheit aus.

Mel hatte recht. Ich *war* von Jay abhängig. Keine Ahnung, wie das passieren konnte. Eigentlich habe ich immer geglaubt, dass mein Vater mir zumindest eine Sache im Leben beigebracht hätte: *Wenn es jemanden gibt, auf den ich mich verlassen kann, dann bin ich das selbst.* Jay vereint nicht all mein Glück auf dieser Welt, ich habe in den letzten Jahren bloß versäumt, außerhalb von ihm danach zu suchen. Jetzt, wo mir das klar ist, darf ich es nicht länger zulassen. Es ist einfach nicht gesund.

Ich atme einmal tief durch und gehe raus.

Mel klettet sich sofort an meinen Arm und schiebt ihre Nase hoch in mein Gesicht. Ihre Fürsorglichkeit bedeutet mir wirklich viel, aber in meinem aktuellen Zustand wäre es mir lieber, sie ließe mich in Ruhe. Selbstbewusstsein auszustrahlen ist schwierig, wenn besorgte Rehaugen jedes Zucken deiner Wimpern verfolgen. Ich ignoriere ihre Blicke und scanne stattdessen das Wohnzimmer, in dem Lisi das Foto aufgenommen hat.

Links vom Eingang befindet sich die hauseigene Bar und direkt gegenüber die Sitzgruppe aus zusammengewürfelten Sofas, die alle vom Sperrmüll stammen. Das besterhaltene Stück, eine Couch aus rotem Leder (die fast keine Brandlöcher aufweist), thront in der Mitte. Es ist die Bandcouch, auf jeder Party für Major Malfunction und ihre Günstlinge reserviert. Trotz ihrer Schäbigkeit übt diese Exklusivität einen gewaltigen Reiz auf die Besucher aus. Vor allem auf die Mädchen.

Auch heute Abend ist sie besetzt. Schitty und seine Freundin haben sich zu einer Kugel aus bunten Hanfklamotten zusammengerollt und schlafen ihren Rausch aus. Es gibt keine Frischluft mehr im Raum, die mich einzelne Duftnoten erkennen lassen würde, aber der allgegenwärtige Geruch von Gras umschwebt uns. Dave kauert ebenfalls da, wie immer in Gesellschaft eines Bierbechers und wie so oft alleine, wenn Jay sich nicht um ihn kümmert. Obwohl Franky sich direkt neben ihn setzt und eine Blondine zu sich rüberwinkt, hebt er nicht mal den Kopf. Von Jay selbst ist nichts zu sehen.

Der Rauch trocknet meinen Hals aus. Ich schlucke Sandpapier.

Mels Nägel krallen sich in meinen Arm. »Da drüben sitzt Lisi!«

Sie schleppt mich zu einem Winkel hinter der Bar, der von meinen alten Freunden belagert wird. Tom und Chris befinden sich im Stadium fortgeschrittener Betrunkenheit und haben ihre T-Shirts ausgezogen, um mit ihren nichtvorhandenen Muskeln ein paar Mädchen anzulocken, die mindestens die gleichen Alkoholwerte aufweisen müssten, damit sie darauf reinfallen. Phil steckt sich den Finger in den Mund und tut so, als müsste er bei ihrem Anblick kotzen, aber seine

Miene wirkt erheitert. Lisi rutscht auf einem Barhocker herum und freut sich über die ungeteilte Aufmerksamkeit der Jungs. Ein Schatten huscht über ihr glitzerndes Gesicht, als Chris plötzlich innehält, etwas sagt, und sich alle vier gleichzeitig nach uns umdrehen.

Lisi und Mel geben sich Küsschen, und Chris springt hinter der Bar hervor, um mich in eine schweißige Umarmung zu reißen. Ich tätschle seinen Rücken und winke Tom halbherzig zu.

»Schlange wichsen«, murmelt Chris in mein Ohr. Es dauert eine Weile, bis ich es in: *So lange nicht gesehen* übersetzt habe. Ich heble mich von ihm los, bevor er weitere Tierarten mit unanständigen Verben versieht. Für gewöhnlich reicht dieses Stadium seiner Artikulation aus, um allen weiblichen Wesen im Radius seiner Arme eine Liebeserklärung zu machen. Was Jay immer eifersüchtig macht, wenn er danebensteht. Obwohl das heute ja kein Problem wäre …

Ich hauche zwei Küsse auf Lisis Wangen und registriere ihre Zurückhaltung. Sie berührt mich nicht und wendet den Blick sofort wieder ab. Eine Welle schlechten Gewissens überrollt mich. Sie ist meine Freundin, und trotzdem habe ich mich in den letzten Monaten kein einziges Mal bei ihr gemeldet. Mal abgesehen von Mel habe ich meine Freunde ziemlich vernachlässigt, seit ich mit Jay zusammen bin. Das haben sie nicht verdient. Ich hatte zwar nie konkrete Selbstmordabsichten, dennoch übertreibe ich nicht, wenn ich behaupte: Diese Leute hier haben jahrelang mein Leben gerettet.

Ich greife Lisis Hand und drücke sie, was sie überrascht zu mir aufschauen lässt. »Tut mir leid, dass ich nie angerufen habe.«

Ihre abweisende Mimik taut auf, stattdessen glänzt jetzt Traurigkeit in ihren Augen. »Schon okay, ich versteh das. Wenn man verknallt ist …« Ihr Kinn knickt nach unten, und sie seufzt. Plötzlich wird mir klar, dass da etwas anderes in ihrem Tonfall mitschwingt, keine beleidigten Gefühle, sondern etwas Weiches und Bedauerndes, als müsste sie mir eine schlechte Botschaft übermitteln.

Ein kalter Schauer läuft über meinen Rücken. Ich würde sie gerne nach Jays Aufenthaltsort fragen, doch die Worte verhaken sich in meiner Kehle und schnüren mir die Luft ab. Erstickt drehe ich mich zu Mel, damit sie das Heimlich-Manöver anwendet oder besser noch, die Bombe für mich platzen lässt: *Habt ihr Jay gesehen? Wisst ihr, er und Viki haben sich verkracht …*

Ich könnte sie knutschen, als Mel meine Gedanken liest und sich beiläufig nach meinem Freund erkundigt. Die Jungs schnallen zum Glück nichts, nur Lisi kapiert es sofort. Sie zieht Mel und mich an unseren Händen in eine Ecke und beugt ihr rosig geschminktes Gesicht verschwörerisch zu uns rüber.

»Ich weiß zwar nicht, was da zwischen euch gelaufen ist, aber ich hoffe, dass ich demnächst ein ausführliches Freundinnen-Update erhalte, bevor mich dein Facebook-Status darüber informiert.« Sie atmet tief ein und sprudelt den folgenden Satz so schnell heraus, dass ich einen Herzschlag benötige, um den Inhalt zu erfassen. »Jay ist nicht mehr hier.«

Ich will nicht enttäuscht sein. Enttäuschung setzt Hoffnung voraus, und Hoffnung öffnet die Tür für Enttäuschung. Ich sollte mich aus diesem Teufelskreis befreien, doch meine Gefühle ignorieren diese Logik und stürzen mich in ein bodenloses Loch.

»Ach verdammt«, seufzt Lisi und reibt mit der Handfläche über meinen Oberarm. Ihr Lächeln fällt in sich zusammen und wird nur an den Rändern mühsam aufrechterhalten.

Ich wage es nicht, nachzufragen, allerdings ist das auch nicht nötig. Denn im selben Moment wirft sie mir einen Blick zu, der vor echtem Mitleid überläuft. Ich weiß, dass ihre nächsten Worte mich hart treffen werden. Und so schweige ich nur und höre mir an, was kommen muss.

»Nachdem ich das Foto geschossen habe, verließ Jay plötzlich die Party«, würgt sie hervor. »Sie gingen nicht gemeinsam raus, er und dieses Mädchen. Aber sie folgte ihm nur ein paar Minuten später. Keiner der beiden kam zurück.«

Jay

Unsere Nachbarin erwartet mich vor Vikis Wohnungstür. Die Tatsache, dass es Mitternacht ist, sie einen ausgebeulten Pyjama trägt und ihr kreischendes Baby auf dem Arm hält, verspricht nichts Gutes. Meine Hoffnung, dass sie sich nur ein Fieberthermometer ausleihen will, zerplatzt, als ich ihre vor Wut glühenden Wangen entdecke. Aus unserer Wohnung dringt Kids Dauerheulen, das sich mit dem Kindergeschrei zu einem schmerzhaften Kanon vermischt. Ich tue so, als fiele mir das nicht auf.

»Das geht seit zwei Stunden so!«, beschwert sie sich.

Keine Ahnung, ob sie damit das Gezeter ihres Kindes meint oder meinen Hund. Ich nehme an, dass ihr beides auf die Nerven geht. Das Baby brüllt in einer Lautstärke, die ich dem kleinen Körper niemals zugetraut hätte, und sein winziger Kopf leuchtet wie eine Warnblinkanlage.

»Das hält doch keiner aus! Ich habe das Tierschutzheim angerufen!«

»Gibt es für so was keine Kinderbetreuungsstätten?«

Sie sieht mich verdutzt an und versteht den Scherz nicht.

Na ja, ich bin auch müde.

Selbstverständlich habe ich unten an der Haustür geklingelt, bevor ich raufgekommen bin, aber Viki hat sich nicht gemeldet. Kombiniert mit Kids Protestmarsch, vermute ich, dass sie nicht da ist. Also krame ich meinen Schlüssel aus der Tasche und schließe die Tür auf.

Da weder Brüllbaby noch Wutmama irgendwelche Anstalten machen, in ihr Reich zurückzukehren, füge ich über meine Schulter hinzu: »Das Gebell tut mir leid. Er hört gleich auf.«

Das lässt sie abziehen. Von nebenan höre ich das betrunkene Lallen ihres bezaubernden Ehemannes. Vielleicht war sie nicht nur wegen des Hundes so lange hier draußen.

Ich betrete den Flur und kündige mich laut an, als hätte ich Angst, bei etwas Verbotenem erwischt zu werden. Dabei befinden sich neunzig Prozent meiner Unterhosen in dieser Wohnung, die mein Recht, hier zu sein, untermauern. Kid fetzt aus dem Wohnzimmer und rennt mich über den Haufen. Nachdem er meine Organe einer thailändischen Massage unterzogen und mein Gesicht mit Hundesabber einbalsamiert hat, nehme ich den Geruch wahr. Ich würde die Note gerne mit blumigen Ausdrücken umschreiben, aber *Kacke* und *verfaulender Müll* treffen es am besten.

Während Kid eine Tagesration an Hundefutter vertilgt, schrubbe ich die Badewanne, sammle die Schaumfüllung meiner Couchkissen zusammen und stopfe verstreuten Biomüll in einen schwarzen Plastiksack. Auf dem Küchentisch kleben die Überreste eines Schlachtfeldes, das bei näherer Betrachtung an eine explodierte Kindergeburtstagsparty erinnert. Die Blutspritzer schmecken zum Glück nur nach Himbeeren, und die Smarties zwischen den fettigen Tellern und verschmierten Soßentöpfen verleihen dem Chaos einen fröhlichen Touch. Wenigstens handelt es sich garantiert nicht um das Essen nach einem One-Night-Stand. Sieht so aus, als wäre Mels Einfallsreichtum hier drin hochgegangen.

Hoffentlich ist Viki alleine, wenn sie zurückkommt.

Ich checke meine Nachrichten, doch sie hat in den letzten fünf Minuten nicht auf meine Mailboxnachricht geantwortet, genauso wenig wie in den vorangegangenen fünf Minuten oder all den anderen *tausend* fünf Minuten davor. Bestimmt konnte sie ihr Handy nicht so schnell ersetzen. Vielleicht sollte ich Mel anrufen und Viki alles persönlich sagen, aber ich will nicht, dass uns dabei jemand zuhört. Diese Worte gehören nur ihr.

Gegen halb eins zerrt mich ein durchgedrehter Golden Retriever durch den Park, der jeden einzelnen Grashalm von oben bis unten beschnuppert, um mich für seine Vernachlässigung zu bestrafen. Ich besorge mir eine Schachtel Zigaretten in einer 24-Stunden-Tankstelle und rauche sie in den Nachtwind, damit meine Klamotten nicht nach frischem Rauch stinken. Meine Hoffnung, dass Viki wieder zu Hause ist, als wir zurückkommen, verpufft in ihrer leeren Wohnung.

Wo steckt sie nur?

Ich halte es zehn Minuten vor dem Fernseher aus, bis ich zum Kühlschrank marschiere und nach etwas Essbarem wühle. Fehlanzeige. Die einzigen Nahrungsmittel, die sich noch in der Küche befinden, bestehen aus einem Haufen Krümel unter dem Esstisch und Kids mikroskopischen Futterresten, die seine Zunge im Napf nicht erreichen konnte. Wovon zum Teufel hat Viki sich in der vergangenen Woche ernährt? Vielleicht habe ich Mels Süßigkeitenschlacht falsch eingeschätzt. Sie könnte Viki damit wiederbelebt haben.

Ich mache sauber und spüle das Geschirr ab, weil ich nichts Besseres zu tun habe. Allein die eingetrockneten Soßen beschäftigen mich eine halbe Stunde. Danach schlurfe ich ins Schlafzimmer, öffne den Schrank und überlege, ob ich ein paar Sachen packen soll, nur für den Fall, dass unser Gespräch doch schiefläuft und ich erneut rausgeschmissen werde. *Oder Viki gar nicht heimkommt, weil sie jemand anderen gefunden hat, bei dem sie schlafen kann …*

Verdammt, scheiß drauf. Ich rufe jetzt an.

»Ähm … Hier ist Jay«, erkläre ich Mels Anrufbeantworter. *Eine unglaublich geistreiche Information, da sie ja deine Nummer gespeichert hat, du Volltrottel.* »Ich bin in Vikis Wohnung und erreiche euch nicht. Ist alles klar?«

Ich lege auf und fühle mich mies, weil ich schon wieder eine Zigarette will. Nach einigen sinnlosen Runden durch die Zimmer, bei denen ich mir unsere Fotos an den Wänden ansehe, stelle ich mich ans offene Küchenfenster und qualme. Der Zeiger der Uhr wandert auf drei, meine Schachtel wird immer leichter, und ich gebe das Warten schließlich auf. Sicherheitshalber stecke ich meine verrauchten Klamotten in die Waschmaschine, dusche mich kurz ab und krabble mit feuchten Haaren in unser Bett.

Als meine Augen endlich zufallen, geht das Kindergeschrei nebenan los. Mein Nachbar brüllt und knallt eine Tür zu. Die Wände sind zu dünn, um das Geheul der Mutter zu verschlucken. Den Geräuschen nach zu urteilen, marschiert sie im Schlafzimmer auf und ab und singt dem Kind *Hit me baby one more time* von Britney Spears vor. Ich nehme an, dass Englisch nicht ihr stärkstes Schulfach war. Und hoffe, dass ihr Scheißkerl von Freund es nicht als Aufforderung missversteht.

Hoffentlich geht es Viki gut.

Ich rolle ihre Decke zusammen, schlinge meine Arme darum und erinnere mich an ihren Duft. Was für ein mieser Ersatz.

Mel

»Willst du damit andeuten, sie sind gemeinsam weg?« Viki verdaut Lisis Neuigkeit ausgesprochen gut. Statt sich den nächstgelegenen Bierbecher zu schnappen und ihn in einem Wutanfall gegen Frankys Bandposter zu schleudern, verschränkt sie bloß die Arme vor der Brust. Es ist schwer zu sagen, ob sie noch blasser wird, denn sie war schon vor zehn Minuten bei *totenbleich* angelangt.

Lisi seufzt. »Zumindest war es ein komischer Zufall. Wenn ein maskierter Mann von der Polizei verfolgt wird, weiß ich auch nicht, ob er eine Bank überfallen hat. Aber es sieht eben danach aus.«

»Okay.« Viki tritt von einem Fuß auf den anderen. Sie möchte etwas hinzufügen, wird jedoch im selben Moment von Chris umarmt, der einen feuchten Kuss auf ihre Wange presst. Der arme Kerl erntet einen Tritt ans Schienbein und bricht jammernd vor uns zusammen. Viki weicht zurück und betrachtet ihren Kumpel, als hätte sie keine Ahnung, was ihn da auf den Boden befördert hat. Ihr Blick schießt zu uns, und sie erkennt die Wahrheit in unseren Gesichtern.

»Es ist wohl klüger, wenn ich gehe.« Ohne sich von den Jungs zu verabschieden, drängt sie sich zwischen die Partygäste und verschwindet durch die Tür.

Lisi beißt sich auf die Unterlippe. »Hätte ich nichts sagen sollen?«

»Und Jay damit einen Freifahrtschein erteilen? Nein, das war schon richtig so.« Ich drücke kurz ihre Hand. »Mach dir keine Sorgen, Viki ist nicht der Typ, der heulend zusammenbricht. Allerdings suche ich sie besser, bevor sie öffentliches Eigentum beschädigt.«

Ich finde Viki im Treppenhaus. Sie tänzelt vor dem Lift, wirbelt zu mir herum und entscheidet sich spontan für die Treppe. Ihre Schuhe poltern bereits über die Stufen, ehe ich überhaupt meinen Mund aufkriege, also stürze ich ihr hinterher.

»Warte! Falls du ein paar Autoscheiben zertrümmern möchtest, können wir das gemeinsam tun!« Auch wenn ihre Beine länger sind, bin doch ich diejenige, die sich zweimal wöchentlich durch den Stadtpark hetzt. Es dauert zwar drei Stockwerke, aber im Erdgeschoss hole ich sie endlich ein und verhake meine Finger in ihrem Arm. Sie schüttelt mich grob ab, was ich ihr nicht weiter übelnehme. Keiner meiner Freunde hat mich je betrogen, trotzdem kann ich mir vorstellen, was für ein Scheißgefühl das sein muss. Ihr Brustkorb bebt, und ihr Atem keucht in der plötzlichen Stille.

»Was hast du jetzt vor?«, frage ich sie. »Willst du in diesem Zustand durch die Stadt rennen und Leute zu Tode erschrecken?«

Sie fährt sich durch die Haare. Das Weiß in ihren Augen schillert wie bei einem wilden Tier, das in einen Käfig gesperrt wurde. Alles an ihrem Aussehen nagt mit bloßen Zähnen an den Gitterstäben. »Glaubst du es?«, würgt sie hervor.

»Keine Ahnung.« Ich zucke die Achseln und seufze. »Auf jeden Fall glaube ich, dass es besser wäre, wenn du ein bisschen Abstand von alldem kriegst. Du kommst mit zu mir nach Hause.«

»Aber deine Eltern …«

Ich packe selbstbewusst ihre Hand. »Würdest du mich etwa um diese Uhrzeit alleine heimgehen lassen? Ich bin klein und rothaarig! Na los, du gibst mir Begleitschutz.«

Wir brauchen zwei Stunden bis zu meiner Wohnung, weil Frankys Wohnblock am Arschende der Stadt liegt und der Nachtbus nur stündlich fährt. Viki quetscht sich auf den Sitz am Fenster und starrt die ganze Fahrt über hinaus ins Dunkel. Ich lehne meinen Kopf an ihre Schulter und hecke verschiedene Mordpläne an Jay aus, falls sich Lisis Vermutung bewahrheiten sollte. Mit meiner Körpergröße komme ich zwar nicht direkt gegen ihn an, doch ein guter alter Schierlingsbecher, getarnt als leckerer grüner Smoothie würde die Sache für mich erledigen. Ich bin bereits beim Casting der Schauspieler angelangt, die meinen Mordanschlag fürs Fernsehen adaptieren, als wir endlich zu Hause ankommen. Emma Stone verblasst in meiner Vorstellung, und Vikis finstere Silhouette nimmt ihren Platz ein. Wir nehmen den Lift nach oben, und ich bemerke in den verspiegelten Wänden, wie sie ihre Augenwinkel reibt.

»Der Plan lautet folgendermaßen«, verkünde ich in einer Tonlage, die aufmunternd klingen soll. »Wir schleichen uns in die Wohnung, damit wir meine Bruderwanze nicht aufwecken. Dann gehst du in mein Zimmer, legst Winky mit einem Vogelkeks lahm und zwängst dich in einen meiner Pyjamas, während ich uns heiße Schokolade in der Küche koche.«

»Hm.« Sie starrt geradeaus.

Ich folge ihrem Blick, entdecke jedoch nichts außer blankpoliertem Metall. »Ich kann uns auch die Nachbarskatze braten, wenn dir das lieber ist?«

Sie lehnt sich an die Wand. »Mir ist beides recht.«

Es wäre interessant herauszufinden, ob sie die Katze tatsächlich essen würde, allerdings bin ich ein tierliebender Mensch. Andererseits hat das Mistvieh beinahe meinen Papagei auf dem Gewissen, dem ich regelmäßige Frischluftpausen auf dem Balkon gönne. Ich spare mir die Option mit der Katze auf, falls ich mal von meinem Freund betrogen werde. Was offenbar ausreicht, um selbst aus der Chinesischen Mauer einen Klapperzaun zu machen, dem der Wind durch die Ritzen bläst. Viki sieht jedenfalls nicht mehr sonderlich stabil aus.

Mein Bruder Tobi hat den Eingangsbereich mit seinen Stinklatschen vermint, die mich fast ein Bein kosten. Glücklicherweise schaffe ich es, meinen Kopf geräuschlos gegen die Wand zu knallen, so dass ich niemanden aufwecke. Aus dem Schlafzimmer meiner Eltern dringt das Sägen meines Vaters. Dank seines Geräuschpegels gelangen wir unentdeckt in mein Zimmer.

Mein Vogel schläft in seinem Käfig auf dem Schreibtisch. Ich schiebe ihm einen Keks durch die Stäbe, nur für den Fall, dass er aufwacht und mich englische Vokabeln abfragen will. Eine nervige Eigenschaft, die ich Vikis monatelangem Training zu verdanken habe. Wenn ich sie mir jetzt so ansehe, wie sie neben meinem Bett steht, die Arme um sich selbst schlingt und den Teppich anstarrt, wünschte ich beinahe, sie würde die niederträchtige Manipulation meines Haustiers fortsetzen. Ihr Lachen war überhaupt der einzige Grund, warum ich nächtelange Vokabeltests über mich ergehen ließ. Ich gebe dem Käfig einen kleinen Schubs, in der Hoffnung, Winky aufzuwecken und Vikis Spieltrieb hervorzulocken, aber der Vogel steckt seinen Schnabel nur tiefer ins Gefieder.

Also muss ich mich selbst darum kümmern.

Ich marschiere zum Kleiderschrank und wühle nach den lächerlichsten Klamotten, die ich in Vikis Größe besitze. Neonfarbene Bermudashorts und ein pinkes T-Shirt, das sich nicht nur mit meiner Haarfarbe beißt, sondern sie sogar auffrisst, kommen zutage. Ich reiche sie mit hochgezogenen Augenbrauen an Viki weiter. Sie ignoriert den Zündstoff vollkommen, kein Lächeln will Funken schlagen.

»Danke.«

»Komm schon, diese Klamotten sind lächerlich«, ermutige ich sie.

Sie sieht mich verwirrt an. »Wir schlafen doch nur drin?«

So ein Mist, dann muss eben die heiße Schokolade wirken. Vielleicht sollte ich sie mit was Alkoholischem auffüllen, aber Viki mag das nicht besonders. Ich selbst werde mir garantiert einen Schuss Rum gönnen. Ich blase meine Backen auf und puste die Luft geräuschvoll aus dem Mund. Es wird höchste Zeit, das Grübeln zu beenden und Taten folgen zu lassen.

Ich verschwinde in die Küche, schließe die Tür hinter mir und erhitze Milch in einem Topf auf dem Ofen, weil die Mikrowelle zu laut wäre. Es sind noch Schokokekse im Schrank, die Tobi unübersehbar mit seinem Namen markiert hat. Wenn mein Bruder nicht bald in die

Pubertät kommt und einen Wachstumsschub hinlegt, der sich gewaschen hat, endet er als kleine, pummelige Kugel mit roten Locken. Ich nehme die Kekse an mich und betrachte es als Dienst an ihm.

Mein Smartphone klingelt in der Handtasche. Ich ziehe es heraus und entdecke zu meinem Erstaunen Jays Namen auf dem Display. Bevor ich weiß, was ich da eigentlich mache, drückt mein Daumen auf Ablehnen. Ich schalte das Handy aus, stopfe es zurück in die Tasche und starre in den Kochtopf, um herauszufinden, warum ich das getan habe.

Die Milch ist nicht sonderlich gesprächig, allerdings wächst eine Vermutung in meinem Kopf. Die Vorstellung von Jay, der nach seinem Techtelmechtel wieder auf der Party erscheint und von seinen Bandkumpeln darüber aufgeklärt wird, dass seine Liebste nicht so weit entfernt war, wie er wohl gehofft hatte. Meinetwegen soll er sich ruhig fragen, wo Viki jetzt steckt. Hoffentlich ist es ihm eine Lehre.

Ich fülle die zwei größten Tassen, die ich finden kann, mit dunkelbraunem Kakao und klemme mir die gestohlene Kekspackung unter die Achsel. Beladen mit meiner dampfenden Fracht, schlüpfe ich zurück ins Zimmer.

Es muss am betörenden Kakaoduft liegen, der meine Sinne vernebelt, anders kann ich meine Unaufmerksamkeit nicht erklären. Es dauert tatsächlich eine geschlagene Minute, in der ich die Kekse auf meinem Nachttisch arrangiere, ehe ich kapiere, dass mit Viki etwas nicht stimmt.

Sie steht vor Winkys Käfig und schüttelt ihre Schultern. Eine Hand hängt über ihrem Mund, damit ihr kein Laut entweicht. Ich wünschte wirklich, sie würde über einen neuen Witz lachen, den sie meinem Vogel eingebläut hat, allerdings dringen aus ihrer Kehle abgehackte Schluchzer.

»Hey.« Ich gehe zu ihr rüber und ziehe sie in meine Arme.

Ihre Stirn sinkt an meinen Nacken, und eine ihrer Tränen rinnt an meinem Schlüsselbein entlang. »Ich weiß nicht … was in letzter Zeit … mit mir los ist.«

Ich drücke sie fest an mich und reibe über ihren Rücken. »Schon okay.«

»Nein.« Sie will sich von mir wegdrücken, aber ich lasse sie nicht los, bis ihr Widerstand erschlafft und ihr Körper gegen mich fällt. »Ich bin nicht so … Irgendwas stimmt doch nicht mit mir … Ich kann gar nicht mehr klar sehen …«

Sie reibt sich die Augen, die sich unaufhörlich mit frischen Tränen füllen. Natürlich sieht sie nichts mehr. Nicht mal, dass sie sich wie ein völlig normales Mädchen verhält.

Jay

Ich schwöre bei allem, was mir heilig ist, dass dies die letzte Schachtel Zigaretten ist, die ich mir kaufe. Sie soll mir bloß über die kommenden Stunden hinweghelfen, bis ich endlich herausfinde, wo Viki heute übernachtet hat. Hoffentlich entdeckt sie bald meine Nachricht …

»Wir haben ein Sonderangebot zur Einführung dieser Marke.« Der Kioskangestellte legt eine Packung obendrauf. »Zwei zum Preis von einer.«

Das darf doch nicht wahr sein! Was kommt als Nächstes? Ein Silbertablett mit Mini-Kippen, die gratis an Fußgänger verteilt werden?

»Ich will nur eine.«

Der Mann blickt von seiner Kasse auf, als habe er mich nicht richtig verstanden. »Die zweite ist umsonst.«

»Sind die anderen Sorten auch im Angebot?«

»Nein, nur diese hier.«

»Dann geben Sie mir bitte eine von denen da drüben.« Ich winke in die unbestimmte Richtung des Zigarettenregals.

»Aber ich habe diese schon gescannt, ich müsste sie extra stornieren.«

Mein Kopf klappt nach unten. »Vergessen Sie es. Ich nehme beide.«

Ich schwöre bei allem, was mir heilig ist, dass dies die letzten zwei Schachteln sind, die ich mir gekauft habe.

Mit ausgebeulten Hosentaschen verlasse ich den Kiosk, zünde mir eine Zigarette an und spaziere ins Wirtschaftsviertel der Stadt. Als ich heute Morgen ausgehungert an unserem Küchenschrank lehnte und mich von einer Handvoll trockenem Müsli ernähren musste, fällte ich einen Entschluss. Viki würde sich eher die Zunge herausoperieren und sie der Wohlfahrt spenden, als mich um Geld zu bitten. Also werde ich sie auf eine Art unterstützen, gegen die sie sich nicht wehren kann. Punkt eins auf meiner Liste wäre, die verdammte Kreditrate für die Hausfassade endlich loszuwerden. Es fehlen nur ein paar Tausender, dann können wir der Bank dieses Damoklesschwert zurückgeben. Bei unserem großen Auftritt im Flashlight kassiere ich 500 Euro, was zwar ein netter Stundenlohn ist, doch leider viel zu selten vorkommt. Es gibt nur eine Möglichkeit, unsere Haushaltskasse dauerhaft aufzubessern, und die nennt sich *ARC* – das Architekturbüro meiner Eltern. Ich habe genug Unikurse hinter mir, um Kohle mit meinen Entwürfen zu verdienen. Außerdem hoffe ich auf einen guten Deal, immerhin bin ich der einzige Thronfolger der Besitzer.

Plötzlich fühlen sich die Zigarettenschachteln in meiner Hose bleischwer an. Ich zupfe an meinem Hemd und schnüffle am Stoff, allerdings nehme ich außer meinem Deo nichts wahr. Die Geruchsnerven in meiner Nase sind vielleicht ausgeräuchert, die meiner Mutter aber garantiert nicht. Am besten rauche ich noch eine, bevor ich das Bürogebäude erreiche; es wäre zu auffällig, wenn ich mich nach einer Stunde grundlos für zehn Minuten verziehe und frisch eingequalmt zurückkehre. Für später erfinde ich ein Mittagessen mit Dave, *der sich einfach nie zurückhalten kann, Mom.*

In spätestens zwei Tagen hat sich mein Problem sowieso erledigt. Dann sind meine letzten beiden Schachteln leer. Schon bei dieser Vorstellung sehne ich mich bereits der nächsten Kippe. Ich trete gegen die Eingangstür des Gebäudes und stürme zum Lift. *Verdammt, ich war fast drei Jahre sauber, ein paar Stunden werde ich wohl aushalten!*

Meine Gedanken sind so vernebelt, dass ich ins Büro meiner Eltern stolpere und erst registriere, dass etwas anders ist, als mein Fuß gegen einen Karton stößt. Weit kommt der Karton nicht, denn er ist von anderen Boxen und Rollcontainern umgeben, die den gesamten Empfangsraum füllen. Ich hebe den Kopf und blicke direkt ins Konferenzzimmer gegenüber, aus dem der große Tisch in der Mitte verschwunden ist. Stattdessen hängt eine weiße Leinwand vor den Fenstern, flankiert von zwei riesigen Scheinwerfern und einem Kerl mit Kamera um den Hals, der gerade ein Stativ aufbaut.

Ich drehe mich um und laufe zurück zur Tür, um das Eingangsschild daneben zu überprüfen. Auf der kleinen Plexiglastafel prangt unser Firmenname in silbernen Buchstaben, aber jemand hat einen Zettel mit dem Logo eines Fotostudios daruntergeklebt. Meine Füße tragen mich ins Arbeitszimmer meiner Eltern, bevor mir auch nur im Ansatz klar wird, was das bedeuten soll.

Der Raum ist leer. Nicht ausgeräumt, alle Rechner, Unterlagen und der Plotter stehen noch drinnen, nur meine Eltern sitzen nicht an ihren Plätzen. Von den Bildschirmen leuchten mir die Pläne eines aktuellen Projekts entgegen, neben der Tastatur meines Vaters dampft eine Tasse Kaffee. Auf dem Tisch direkt vor mir liegen ein paar Kopien mit Unterschriften und Firmenstempel. Ich kralle mir das oberste Blatt und entziffere das fett gedruckte Wort in der Mitte: MIETVERTRAG.

Meine Eltern vermieten den Konferenzraum und die Schuhschachtel daneben, in die sie gelegentlich Freelancer pferchen, wenn sie große Aufträge haben. Mir gegenüber haben sie nie etwas dergleichen erwähnt.

Wenn niemand vor den PCs sitzt und nebenan ein Fotostudio eingerichtet wird, bleibt nur eine Möglichkeit, wo meine Eltern stecken können. (Mal abgesehen von der Einpersonen-Unisex-Toilette, in der man sich unmöglich zu zweit aufhalten kann, nicht mal, wenn man sich extrem nahesteht.) Ich lege den Vertrag zurück und marschiere in die Miniaturausgabe einer Küche, die gerade genug Platz für ein Waschbecken, einen Kühlschrank und eine Kaffeemaschine bietet.

Mom und Dad sitzen am schmalen Wandtisch und feilschen um einen Preis. Ich räuspere mich, und Dad blickt zu mir hoch. Der Stift in seiner Hand sinkt langsam herab, seine grauen Augen sind überrascht, mich zu sehen. Mom dreht sich zu mir um. Ihr Mund steht offen, als steckten noch Worte darin, die mein Erscheinen aufgehalten hat.

Es gibt zahlreiche unpassende Sätze, die ich in diesem Moment sagen könnte. Ich entschließe mich für diesen hier: »Habt ihr einen Job für mich?«

Mom wendet den Kopf zu Dad, und die beiden tauschen einen Blick. Mein Vater kratzt sich an der Schläfe, rafft sich auf und weiß offensichtlich nicht, wohin er seine Arme packen soll. Sie stecken irgendwo zwischen entschuldigendem Schulterzucken und erfreuter Umarmung fest. Er klopft mir stattdessen auf die Schulter. »Was für eine Überraschung.«

»Das Kompliment kann ich zurückgeben.« *Ich wäre nicht minder erstaunt, wenn ich in einer Flitterwochensuite auf den Fidschi-Inseln aufwachen würde und den Hund geheiratet hätte.* »Wieso vermietet ihr das Büro?«

»Wir vermieten nur einen Teil des Büros«, korrigiert meine Mutter hilfreicherweise.

»Was eine geschickte Antwort ist, um meine Frage zu umschiffen.« Sie können nicht um den heißen Brei herumreden, nicht mit mir. Ich habe jahrelange Gesprächserfahrung mit einem Mädchen, das fließend Ausweichmanöver spricht. Vielleicht sollte ich das demnächst in meine Bewerbungsunterlagen aufnehmen, vor allem weil mein grandioser Plan, bei meinen Eltern zu arbeiten, mit jedem bedauernden Blick, den sie mir zuwerfen, unwahrscheinlicher wird.

»Es ist eine Vorsichtsmaßnahme«, erklärt mein Dad. Er seufzt und bietet mir seinen Stuhl an, da es in dieser Küche nur zwei davon gibt. Ich lehne ab und schiebe meinen Hintern stattdessen vor die Kaffeemaschine. Mich überwältigt das Bedürfnis, meine Arme vor der Brust zu verschränken und mein Herz vor all dem zu panzern, mit dem es gleich befeuert wird. Mein Vater schluckt und ölt schon mal die Torpedoluke. »Erinnerst du dich an unser Shoppingcenter-Projekt im

Frühjahr?« Er schaut auf den Notizblock, auf dem er bis eben herumgeschmiert hat. Darauf befinden sich keine komplizierten Statikformeln, sondern einfache Additionsrechnungen. Vor ziemlich vielen Endergebnissen befindet sich ein fettes Minus. »Der Auftraggeber ging Konkurs, und wir rennen seit ein paar Monaten unserem Geld hinterher. Der Prozess könnte sich noch Jahre hinziehen.«

»Und deshalb habt ihr einen Fotografen engagiert, der kostenlos Nacktfotos von eurem Schuldner anfertigt, mit denen ihr ihn dann erpresst?«

»Deine Phantasie macht mir Sorgen.« Ein Lächeln umspielt den Mund meines Vaters. Er hat sich heute Morgen nicht rasiert, und an seinen Wangen leuchten mehr weiße Stoppeln, als ich in Erinnerung habe.

»Mir macht vor allem euer Schweigen Sorgen«, entgegne ich.

Mom atmet tief durch und setzt ihre professionelle *Wir-müssen-über-den-Preis-verhandeln*-Miene auf. Sie faltet ihre Hände auf dem Tisch, richtet sich auf und schmiert mir die Wahrheit so sanft wie geschmolzene Butter ans Ohr. »Es steckt ein Jahr Arbeit in diesem Projekt. Wir haben Ersparnisse, aber wir können es uns nicht leisten, zwölf Monate umsonst zu arbeiten. Also halbieren wir unter anderem die Bürokosten.«

Ich schlucke ihre Worte und weiß jetzt schon, dass ich sie nur schwer verdauen werde. »Unter anderem? Das Kleingedruckte interessiert mich ebenfalls.«

Mein Vater klickt nervös mit dem Kuli, einen Tick, den ich von ihm gar nicht kenne. Am liebsten würde ich ihm den Stift wegnehmen. »Wir machen einfach so viel wie möglich selbst.«

Ich schnappe nach Luft. »Keine Freelancer? Auch keine, mit denen ihr verwandt seid und die eventuell mit einem Vertrag einverstanden wären, der so schwarz wie die Seele des Teufels ist?«

Dad seufzt. »Unser Lohnniveau ist momentan so niedrig, dass sogar die Putzfrau ihre Lappen geworfen hat.«

Ich muss meinen Blick von den zwei Menschen abwenden, die vor mir sitzen. Jahrelang habe ich zu meinen Eltern aufgesehen, sie als unverwüstliche Vorbilder betrachtet, die das Leben kapiert haben. Jetzt begreife ich, dass vielleicht nicht alles so simpel ist, wie es den Anschein hatte. Die Tür zum Balkon leuchtet auf, weil die Sonne den richtigen Winkel durch all die Hochhäuser gefunden hat. Auf dem Glas erscheinen Putzmittelränder.

Ich starre ins Licht. »Was würdet ihr der Putzfrau denn bezahlen?«

Viki

Der Briefkasten quillt vor Post über. Ich öffne das Türchen und kann nicht verhindern, dass einige Briefe auf den Fußboden flattern. Allen voran ein Kuvert des städtischen Stromanbieters, das auf meine Füße segelt und in seiner schlichten Gestaltung förmlich das Wort *Rechnung* brüllt. Beinahe wünschte ich, Mel hätte ihre Drohung wahr gemacht und mich in ihrem Zimmer geknebelt. Nur mein Hinweis, dass ich mich um Kid kümmern muss, hat sie davon abgehalten. Sie hätte zwar den ganzen Tag auf mir herumgebrütet und meine gestutzten Flügel geleckt, aber vielleicht wäre mir dann nie in den Sinn gekommen, dass heute der erste September ist. Denn Monatsanfang bedeutet immer Rechnungen.

Meine Finger reißen die Umschläge auf. Eine Summe nach der anderen springt in mein Gesicht und gleitet zu den vorigen Blättern auf den Boden. Meine Knie werden weich, und in meiner Brust brennt die Erkenntnis, dass ich nicht mal die Hälfte bezahlen kann. Schon die Kreditrate, die ich diesen Monat alleine berappen muss, verschlingt mein halbes Gehalt. Ein Gehalt, das ich nur noch bis Ende September haben werde, bis die Uni wieder anfängt und ich auf ein paar Stunden am Wochenende reduzieren muss. Mitten im Hausflur, mit einem Packen Briefe in der Hand, wird mir schlagartig klar, dass ich mir mein Leben ohne Jay nicht leisten kann.

Der Gedanke an einen Bildungskredit schimmert in meinem Hinterkopf. Bevor ich volljährig wurde, konnte ich ihn nicht beantragen, zumindest nicht, ohne die Behörden darüber zu informieren, dass mein Erziehungsberechtigter abgehauen war. Mit achtzehn hielt mich der Umstand von der Antragsstelle fern, dass ich das Geld früher oder später sowieso zurückzahlen muss. Ich wollte mich nicht unnötig verschulden, immerhin war ich alt genug, um meinen Unterhalt selber zu verdienen, und die geteilten Rechnungen mit Jay waren für mich machbar. Vermutlich gäbe es noch andere Möglichkeiten, aber wieso sollte der Staat oder irgendeine wohltätige Einrichtung für meine Ausbildung aufkommen, wenn nicht mal mein eigener Vater das tut?

Drei Jahre lang habe ich mich an unsere Vereinbarung gehalten. Damals im Krankenhaus, als Jay vermeintlich im Sterben lag und mein Vater versprach, dass ich seine Visage nie wieder sehen müsste, wenn ich auf all meine Ansprüche verzichte. Es war ein guter Deal. Bis jetzt. Allein die Vorstellung, dass ich ihn wegen Kohle anbetteln muss …

Nein. So weit wird es nicht kommen. Eher schmeiße ich das Studium.

Die Umschläge zerknittern in meinen Fäusten. Ich stapfe durchs Treppenhaus und gewöhne mich schon an den Gedanken, für den Rest meines Lebens in diesem Loch festzusitzen. Vielleicht war ich zu hart mit meinem Vater; Alkoholmissbrauch scheint mir eine angemessene Reaktion auf solche Zukunftsaussichten.

Die Dunkelheit dieser Grübeleien reicht aus, um mich blind in meine Wohnung rennen zu lassen. Meine Finger sinken völlig automatisch in Kids Fell und wehren seine stürmische Begrüßung ab. Ich hänge meine Jacke auf, trete die Schuhe von den Füßen und wandere in die Küche, ohne viel wahrzunehmen. Erst mit einer Dose Hundefutter und einem Löffel in der Hand wird mir klar, dass etwas anders ist: Auf Kids Napf klebt ein gelbes Post-it. Zuerst halte ich es für eine Nachricht meines Hundes, der sich selbst das Schreiben beigebracht hat, um mir zu verklickern, was für ein miserables Frauchen ich bin. Dann reißen meine Finger das Papier ab, und ich erkenne Jays Handschrift.

Auch wenn er das Gegenteil behauptet: Kid hat sein Frühstück bereits erhalten.

Die Futterdose kracht auf den Fußboden, da ich beide Hände benötige, um mich an Jays Worten festzuhalten und der Erkenntnis, die sie mit sich bringen. Ich springe auf und stolpere über den Hund, der sich zwischen meine Beine gedrängt hat, um an die Fleischklumpen zu gelangen.

Meine Füße befördern mich ins Schlafzimmer. Die Tür schlägt an die Wand, und Sonnenlicht blendet durch die Glasscheibe. Jemand hat die Jalousien hochgezogen, das Fenster gekippt und das Bett gemacht. Da meine Morgenroutine für gewöhnlich daraus besteht, mich eine halbe Stunde vor dem Aufstehen zu drücken, zu verschlafen, in Panik aus den Federn zu stürzen und die Decken in einem dekorativen Haufen zurückzulassen, kann das nur eines bedeuten: Jay war hier.

Wo ist er jetzt? Ich renne ins Badezimmer, halb in der Hoffnung, ihn unter der Dusche vorzufinden, wo er sich grinsend Shampoo in die Haare reibt und mir offeriert, ihn bei der Reinigung seines Körpers zu unterstützen. Natürlich ist er nicht da. Die Badewanne ist leer, ebenso der Boden vor der Waschmaschine, den ich mit einem Berg Schmutzwäsche gepolstert hatte. Mein polterndes Herz kann sich nicht entscheiden, ob es darüber enttäuscht oder erleichtert sein soll. Es kauert in meiner Brust, hält sich Lisis Foto vor die Nase und fragt mich, ob es ihn dennoch vermissen darf. Ohne eine Antwort darauf zu haben, erreiche ich die Küche.

Kid hat die Futterdose inzwischen über den gesamten Fußboden geschoben, damit er an ihren duftenden Inhalt herankommt. Erschrocken über meine Unachtsamkeit nehme ich ihm die Dose ab und kratze den Rest in seinen Napf, um mein schlechtes Gewissen zu beruhigen und mich bei ihm zu entschuldigen. Er verzeiht mir schwanzwedelnd. Zum Glück waren die Ränder nicht scharf genug, um ihn zu verletzen.

Erst jetzt bemerke ich auch hier die Veränderung. Jay hat die Küche aufgeräumt und sogar das Pfannkuchenchaos beseitigt, das Mel und ich gestern hinterlassen haben. Auf dem abgewischten Tisch liegt ein weiterer Zettel. Ich stürze hin.

Einkaufsliste
- *Neues Handy (Ruf mich an)*
- *Waschpulver (Hab den Rest verbraucht)*
- *Milch (Ich hasse schwarzen Kaffee, ganz besonders im Müsli)*
- *Kauknochen, viele (Ich vermisse den kleinen Kerl, fast so sehr wie dich)*
- *Zertretene Smarties (Eure Krümel unterm Tisch müssen dringend erneuert werden)*
- *KEINE frischen Croissants mit Butter und Honig (Mach den Kühlschrank auf)*
- *Denk vor allem an den Punkt mit dem Handy*

PS: Check deine Mailbox

Ich sacke auf einen Stuhl und lese den Zettel ein Dutzend Mal. Würde er mir das schreiben, wenn er wirklich etwas mit diesem anderen Mädchen gehabt hätte? Die Antwort lautet: Ich weiß es nicht. Ich weiß nur, dass ich ein beknacktes Handy brauche und seine Stimme hören will.

Ich husche in den Flur, hole mein Portemonnaie und checke das Geldscheinfach. Dann das Münzfach. Danach sinke ich mit dem Rücken gegen die aufgehängten Jacken und seufze an die Decke.

Ich besitze noch 23 Euro und 11 Cent, die Hälfte davon in Münzen. Da ich von meinem Gehalt eine Million Rechnungen bezahlen muss und ich Nick bereits vor zwölf Tagen um einen Hunderter Vorschuss angebettelt habe, könnte das neue Handy etwas knapp werden. Selbst wenn ich die Croissants im Kühlschrank rationiere und den Rest der Woche von dem Brei in meinem Darm lebe.

Dabei könnte ich ihn nicht mal anrufen, wenn ich mir ein billiges Omahandy für zehn Euro leiste, denke ich bitter. Denn die traurige Wahrheit lautet: Ich kenne die Nummern meiner Freunde nicht auswendig. Selbstverständlich habe ich so etwas wie ein Gehirn mit Speicherfunktion, aber wozu sollte ich meine Festplatte da oben mit Ziffern vollramschen, wenn es dafür ein Telefonverzeichnis in meinem Smartphone gibt? Je smarter die Teile werden, desto mehr verblöden ihre Besitzer. Und weil die Touchfunktion meines alten Handys hinüber ist, besteht auch keine Chance, an mein Adressbuch zu kommen und meine Nachbarn um ein Telefonat zu bitten.

Kids Zunge trifft mich auf der Wange.

Ich zucke zusammen und nehme die Umgebung wieder wahr. Irgendwann in den letzten Minuten muss ich an der Wand heruntergerutscht sein. Jetzt sitze ich auf dem Teppich, mit einem Fellmonster zwischen den Beinen, das mir den Schock vom Gesicht leckt. Ich greife Kids haarigen Schädel mit beiden Händen.

»Hat Jay dir irgendetwas verraten? Warum er hier war, uns Frühstück besorgt hat und dann gegangen ist, ohne auf mich zu warten? Weißt du etwas von diesem Mädchen mit den blauen Haaren? Hast du sie an ihm gerochen?«

Nie zuvor habe ich mir so sehr gewünscht, dass Kid mich versteht. Er sieht mich mit seinen kugelrunden Hundeaugen an und schleckt meine Finger ab. Wer weiß, vielleicht spricht er längst mit mir. Vielleicht ist mein menschliches Gehirn so sehr auf Worte reduziert, dass ich all die Botschaften in seinem Fellgesicht übersehe.

Ich drücke ihn fest an mich, und Kid nutzt die Gelegenheit, um ein paar feuchte Küsschen an meinem Hals loszuwerden. Noch vor drei Jahren hielt ich es für undenkbar, etwas für dieses Tier zu empfinden. Zumindest etwas anderes als Eifersucht und Ekel. Ich schließe die Augen und bin wieder in diesem Moment, als Jay den lauszerfressenen Welpen aus dem Tierheim geholt und überglücklich an seine Brust gedrückt hat – in dieser einen schmerzhaften Sekunde, als mir klarwurde, dass Jay Feretty sich all meinen Vorsätzen zum Trotz in mein Herz gebrannt hatte.

Ich raffe mich auf, hole die Hundeleine aus der Küche und höre meine eigenen Gedanken in Kids vorfreudigem Gebell nicht mehr. Er springt an mir hoch und schnappt sich das Ende der Leine, als wollte er mich damit Gassi führen.

Niemand braucht ein Handy, beschließe ich, *solange er zwei funktionstüchtige Beine hat.*

Dave

»Da denkt man an nichts Schlechtes …« Ich quetsche mich in den Türspalt, weil der verfluchte Müllsack inzwischen von einem Geschwader Fruchtfliegen verteidigt wird, die jeden Menschen attackieren, der sich ihm nähert und ihn vielleicht sogar hinunter in den Hof tragen will. Ich war schon immer gegen die gewaltsame Zerstörung eines funktionierenden Ökosystems, weshalb ich ihm die Ecke meines Flurs zugestanden und seine Unabhängigkeit anerkannt habe. Demnächst spiele ich Gott, platziere einen weiteren Sack gegenüber und lasse die beiden Tierstaaten Kriege miteinander führen.

Viki funkelt mich an. Obwohl sie für ihre Verhältnisse ziemlich helle Klamotten trägt (dunkelblaue Jeans und ein aschgraues T-Shirt), umhüllt sie eine düstere Aura. Ich werde das Gefühl nicht los, ins Zentrum eines schwarzen Lochs gesaugt zu werden, und überlege fieberhaft, wie sich Matthew McConaughey in *Interstellar* daraus befreit hat. Vermutlich hätte ich das Buch lesen sollen.

Zu allem Überfluss wedelt hinter ihr der Köter mit dem Schwanz. Es ist keine Sporttasche in Sicht, darum gehe ich davon aus, dass es sich nicht um ein abartiges Déjà-vu handelt, in dem die Hauptdarsteller die Rollen getauscht haben.

Sie bleckt die Zähne. »Rave Dave.«

Es ist nie gut, wenn sie mich mit meinem alten Spitznamen anspricht. Ich fahre mir durch meine frisch gefärbten Haare und frage mich, ob Lila wirklich eine schlaue Wahl war. Ich sollte meinen besten Freund nicht um eine Farbberatung bitten, nachdem wir beide eine Flasche Whiskey gesoffen haben. Andererseits würde ich überhaupt niemanden um eine Farbberatung bitten, solange ich nüchtern bin. Vielleicht hätte ich mir zumindest einen Dreitagebart stehenlassen und den gleich mitfärben sollen? Wäre männlicher gewesen.

Da Viki keine Erklärung für ihr spontanes Auftauchen liefert, rate ich wild drauf los. »Möchtest du auf englischen Tee und Gurkensandwiches hereinkommen?«

Sie zieht eine Augenbraue hoch. »Zerquetschst du deine Geschlechtsorgane in der Tür, weil du deinen Saustall vor mir verbergen willst, oder ist Jay da drin?«

»Ich hab ein paar Tage nicht gesaugt ...«

Ihr düsterer Schutzschild reißt auf, und ein schmales Lächeln entkommt ihren Lippen. »Ich habe deine Couch mehrfach überlebt, meine Haut ist abwaschbar. Komm schon, lass mich rein.«

»Auf deine Verantwortung.« Ich halte ihr die Tür auf und sehe dabei zu, wie sie über den Müllsack steigt. »O verdammt, wie kommen denn diese stinkenden Abfälle hierher?«

»Du brauchst dringend eine Freundin.«

»Ich hätte dich für emanzipierter gehalten.«

Sie grinst zu mir zurück. »Eine Freundin, die dir in den faulen Arsch tritt, damit du endlich saubermachst.«

»Ich beneide Jay jeden Tag um dich. Wirklich. Extrem.«

Sie lacht und schüttelt den Kopf. Der Hund läuft Schlangenlinien zwischen ihren Beinen hindurch, um mir auszuweichen. Ich folge ihr ins Wohnzimmer und fege Brezelreste von der Couch, die ich nicht mehr essen kann, wenn sie dabei ist. »Um deine Frage zu beantworten, Jay ist nicht hier. Er wohnt wieder bei seinen Eltern.«

Ihre Schultern sinken. Ihr Lächeln ebenfalls.

Der Hund frisst mein Knabberzeug vom Teppich und verkrümelt sich hinters Sofa, nachdem er meinen tödlichen Blick registriert hat. Damit hat sich mein geheimer Plan, die Brezel nachher vom Fußboden zu knabbern, wenn mich niemand dabei beobachten und verurteilen kann, im Rachen eines hechelnden Sabbermauls erledigt.

»Jay war gestern bei mir, aber ich war nicht zu Hause«, beginnt sie.

Ich setze mich ihr gegenüber auf den Sessel und trommle mit den Fingern auf meine Oberschenkel. Wenn Frauen so sensibel sind, wie sie immer behaupten, dürfte das ein Signal in ihre Richtung senden, wie unangenehm mir diese Situation ist. Anderseits wirkte Viki nie sonderlich feminin auf mich, weshalb ich ihr eventuell doch ein Bier anbieten sollte, mit dem sie ihre Gefühle besprechen kann. Nicht, dass das bei ihrem Freund was genutzt hätte. Es zögerte das Unvermeidliche nur auf einen späteren Zeitpunkt mit einer höheren Promilleanzahl hinaus, die das Ganze nicht erträglicher machte, sondern nur leichter zu vergessen. Ich halte meine Finger an. Besser, sie spuckt es sofort aus.

Ihr Kopf sinkt. »Mein Handy ist kaputt. Ich kann ihn nicht mal anrufen.«

Sie erwartet hoffentlich nicht, dass ich sie deswegen in die Arme nehme. Wieso zum Teufel kommen die beiden überhaupt zu mir, wenn es in ihrer Beziehung kriselt? Ich habe null Erfahrung, was Gefühlsdramen anbelangt, und wenn es nach mir geht, wird es auch so bleiben.

Sie schweigt und stochert mit ihrem Blick in meinem Kram herum, den ich sorgfältig auf dem Couchtisch gestapelt habe.

Also klappe ich den Mund auf. »Willst du mit meinem Handy telefonieren?«

»Hmm … Okay.«

Na bitte, warum nicht gleich so? Ich stehe auf, werfe ihr mein Smartphone auf die Couch und gehe in die Küche, um das Gesülze nicht mit anhören zu müssen. Selbst dem Köter scheint diese Liebeskrise über den haarigen Kopf zu wachsen. Er tappt mir hinterher, versteckt sich unterm Küchentisch und schielt zu mir herauf.

»Ich habe deine Pissrunden nicht vergessen«, warne ich ihn.

Sein Schwanz klopft zögernd auf den Boden. Ich halte ihn nicht für so dumm, dass er meinen scharfen Tonfall überhört, vielmehr schickt er eine Art versöhnendes Lächeln zu mir hoch, um mein Urteil abzumildern.

»Der Teppich im Flur passte nicht in die Waschmaschine, ich musste ihn in der Dusche waschen und dabei eine lauwarme Mischung von altem Staub und Hundepisse über meine Füße spülen.«

Er leckt mir mehrmals übers Knie, was ich als Entschuldigung gelten lasse. Ich kraule ihn hinterm Ohr.

Kaum haben wir unsere imaginäre Friedenspfeife geraucht, ertönt Vikis Stimme neben mir. Sie taucht in der Tür auf und umklammert mein Handy. »Er hat aufgelegt. Zweimal hintereinander.«

Ich kratze mich an der Schläfe. »Das hätte ich dir vielleicht sagen sollen. Das letzte Mal, als ich Jay gesehen habe, hat er sich mit dem Angebot von mir verabschiedet, ihn am Arsch zu lecken. Wobei er den Arsch nicht explizit erwähnt hat. Um genau zu sein, war es eine freie Aufforderung, ihn zu lecken, und sein Hinterteil kam darin gar nicht vor, was mir jetzt irgendwie Sorgen bereitet, weil ich automatisch daran gedacht habe.«

Sie setzt sich auf den Barhocker mir gegenüber und sieht deprimiert aus. Selbst für Viki, deren Festtagsoutfit aus einem gebügelten Set schwarzer Klamotten besteht. »Ihr hattet auch Streit?«

Vermutlich ist es keine besonders gute Idee, ihr den Grund dafür zu nennen. Sie könnte mir die Sache mit dem Seitensprung, den ich ihrem Freund ans Herz gelegt habe, eventuell übelnehmen. Obwohl das die Wahrscheinlichkeit von weiteren Überraschungsbesuchen deutlich mindert, bin ich nicht diese Art von Arschloch. Da ich wieder nüchtern bin und keine fünf Becher Bier mein Urteilsvermögen trüben, halte ich den Vorschlag selbst für ziemlich bescheuert. Mal abgesehen davon, dass Franky eine Blutfehde anzetteln würde, wenn Jay seine kleine Cousine gevögelt hätte. Manchmal bin ich echt der Idiot, für den mich alle halten.

Sie ballt ihre Fäuste. Nichts an ihrer Stimme verrät ihre Gefühlslage, aber ihre Aura saugt jegliches Licht aus meiner Küche. (Wie auch die schmutzigen Fenster.)

Ihre grünen Augen blitzen. »Hatte Jay auf dieser Party was mit einer anderen?«

Also gut, hören wir mit dem Gepuste auf und stürzen uns direkt in den heißen Brei. »Hör zu, du weißt, dass Jay mein bester Kumpel ist. Ich würde eine meiner Lebern für ihn spenden …«

»Du hast nur eine Leber.«

»Ich würde eine meiner *Nieren* für ihn spenden.« Ich funkle sie an, ehe sie mich mit weiteren Weisheiten unterbrechen kann. »Worauf ich hinauswill: Ich würde ihm nie in den Rücken fallen. Das beinhaltet auch das Quatschen hinter seinem Rücken, insbesondere mit seiner Freundin, die eventuell kurz vor dem Ex steht.«

Das *Ex* lässt sie hart schlucken. Sie reibt an ihren Augen rum, über die sich ein verräterischer Schleier zieht. Mir bleibt keine andere Wahl, ich muss härtere Geschütze auffahren, wenn ich einen Atomkrieg verhindern will. Heulende Mädchen sind wie strahlendes Plutonium. Man kapiert erst, in welcher Gefahr man steckt, wenn sie dein Herz mit einer tödlichen Dosis unsichtbarer Gefühle durchlöchert haben.

Ich räuspere mich. »Ich möchte nur das Beste für ihn. Und er hat sich nun mal in seinen Sturschädel gesetzt, dass ausgerechnet du das bist. Also, bevor ich an all dem Schleim ersticke, der gerade meinen Mund ausfüllt, gebe ich dir einen gutgemeinten Rat: Hör auf, in seinem Handy zu spionieren. Es gibt keinen Grund für dein Misstrauen. Der Kerl ist dir so treu wie ein Frettchen, dem man die Eier abgeschnitten hat.«

Viki

Ich presse meine Nase an der Scheibe platt. Die U-Bahn donnert aus dem Tunnel, und die Beleuchtung des Bahnsteigs füllt meine Augen. Ich blinzle all die grellen Werbetafeln weg und suche im Durcheinander der Farben nach einer Uhr. Neben der Stationstafel hängt eine; es ist gleich neunzehn Uhr. *So ein Mist, ich wusste doch, dass mich der Umweg in die Vorstadt zu viel Zeit kostet!*

»Komm, wir rennen!« Ich packe Kids Halsband, quetsche mich zwischen den hereindrängenden Menschen hindurch und laufe die Treppe nach oben. Mein Plan, nach Hause zu joggen, verflüchtigt sich bereits auf der vorletzten Stufe. Seit der Schule und den staatlich angeordneten Folterrunden im Sportstadion hat meine Kondition sich bedauerlicherweise in den Ruhestand verabschiedet. Kid drängt zur nächsten Straßenecke, an der wohl ein betörender Duft wartet, und ich stolpere ihm atemlos hinterher.

Meine Schicht im Flashlight beginnt um zwanzig Uhr. Da ich mit den Öffis mindestens eine Stunde raus ins Industriegebiet brauche und ich vorher den Hund zu Hause abliefern muss, ist meine Verspätung schon vorprogrammiert. Ein wunderbarer Einstieg für meine gerade erhöhten Arbeitsstunden. Ich weiß, dass Nick mir damit einen Gefallen tut, und es kotzt mich an, es ihm so zu danken. Kurz spiele ich mit dem Gedanken, Kid in einem Hinterzimmer der Bar einzuquartieren und mit einer Portion Potatoe-Wedges zufriedenzustellen. Allerdings schiebe ich diese Woche Dienst mit Doris dem Dauerwellendrachen, deren spezielles Supertalent darin besteht, all ihre Kollegen auf Fehler zu reduzieren. Wenn ich darüber nachdenke, war sie vermutlich der Grund, warum diese Schicht noch unbesetzt war. Ein Hund in der Hinterkammer wäre ein gefundenes Fressen für sie, um mich beim Chef anzuschwärzen.

Ich straffe Kids Leine und renne los.

Diesmal schaffe ich es drei Straßen weiter, ehe mir alles vor den Augen verschwimmt. Ich halte an und reibe mir die geschlossenen Lider, aber ein Kontrollblick nach vorne bestätigt mir, dass es nicht viel gebracht hat: Kid hat sich in ein abstraktes Aquarell aus verschiedenen Goldtönen verwandelt, das einem geschmolzenen Karamellpudding ähnelt. Ich blinzle mehrmals und entdecke zwei Häuser weiter das Logo einer Apotheke. Zumindest hoffe ich, dass es sich dabei um einen von Schlangen umwundenen Stab handelt – und nicht um eine versiffte Poledance-Bar. Zusätzliche fünf Minuten werden an meinem Zuspätkommen auch nichts ändern, doch immerhin wäre ich dann wieder in vollem Besitz meiner Sehkraft. Der Glockenschlag im Hintergrund ertönt exakt sieben Mal, als ich ins Geschäft stürme.

»Der Hund muss draußen bleiben!«, brummt mir eine Männerstimme entgegen.

Ich wirble herum, knote die Hundeleine an einem Fahrradständer neben der Tür fest und laufe zurück an die Theke. Eine Frau mit einer Vorliebe für Schüßler-Salze nutzt die Gelegenheit, um sich vorzudrängeln und den einzigen Angestellten mit ihrer vollständigen Leidensgeschichte zu beglücken. Er verkauft ihr das halbe Sortiment, ehe die Alte endlich Leine zieht und ich mich vor den Apotheker werfe. Zehn nach sieben. Mir bricht der Schweiß aus.

»Ich brauche was gegen tränende Augen.«

»Wir haben seit zehn Minuten geschlossen.« Der Mann betrachtet mich abschätzig. Mein Körper verfault unter seinem Blick, jedenfalls sieht er mich so an, als würde er mich am liebsten aus dem Geschäft wischen. Für eine Dame mit Pelzhaube und Goldringen an den runzligen Fingern machte er gerne eine Ausnahme. Meine alte Lederjacke allerdings, die an den Ellbogen bereits abgewetzt ist, überspannt wohl seine Kundenfreundlichkeit.

»Können Sie mir bitte ein paar Tropfen geben?« Meine Fingernägel kratzen über die Glasplatte auf der Theke. »Ich muss dringend zur Arbeit.«

»Und ich muss dringend von der Arbeit weg.« Der Apotheker schnaubt durch seine Nasenlöcher, was ganze Büschel an störrischen Härchen in Bewegung versetzt. »Ich darf Ihnen nur was Rezeptfreies mitgeben.«

Er schlendert in aller Seelenruhe nach hinten, um dort in den deckenhohen Regalen zu stöbern, und kommt mit einer kleinen Schachtel zurück, die von oben bis unten mit Arzneikräutern bedruckt ist und die Aufschrift *Homöopathische Bio-Augentropfen* trägt. *Phantastisch. Falls sie nicht wirken, stammen die Tropfen wenigstens aus artgerechter Haltung.*

»Wie viel macht das?«

»Vierzehn neunzig, bitte.«

»So viel für Kräuterwasser?« Mir wird schlecht. Nicht, weil ich seit heute früh nur ein halbes Croissant gegessen habe. Sondern weil ich mein Portemonnaie hervorziehe und im Münzfach wühle, obwohl ich haargenau weiß, dass ich keine fünfzehn Euro mehr habe. »Hätten Sie vielleicht was Billigeres?«

Jetzt trommelt der Apotheker mit seinen Fingern auf der Theke. »Selbstverständlich haben wir das. Aber die gibt es nur auf Rezept.«

»Können Sie keine Ausnahme machen?« Ich werfe ihm meine beste Imitation von Kids Hundeblick zu, auf die er jedoch nur mit zusammengekniffenen Augen reagiert. »Oder mich anschreiben lassen? Ich könnte Ihnen meine Jacke als Pfand geben.«

»Haben Sie Halluzinogene konsumiert?«

»Wie bitte?«

Er nimmt die Schachtel vom Glas und verstaut sie unterm Tisch. »Am besten, Sie suchen morgen einen Augenarzt auf. Wenn Sie mich jetzt entschuldigen würden, ich muss die Tür schließen, abrechnen und mich um meinen Fernseher kümmern.«

Mit diesen Worten werde ich vor die Tür gesetzt. Ohne Medikament, dafür mit fünfzehn weiteren Minuten Verspätung, die Dauerwellen-Doris mir bis zum Tag des Jüngsten Gerichts vorwerfen wird. Diesmal verstehe ich wenigstens den Grund für die Tränen in meinen Augen.

Jay

Am Ende der Straße schimmert unser Haus im Abendlicht. Der schwer-süßliche Geruch weißer Herbstrosen weht zu mir herüber, als Dave mich zum dritten Mal an diesem Tag anruft. Nachdem ich ihn heute Mittag zweimal abgewürgt habe, beschließe ich, meinen besten Freund zu begnadigen und die Geschichte mit der Cousine zu vergessen. Auch wenn der Penner dafür einen Schlag auf den Hinterkopf verdient hätte, um seine durcheinandergeratenen Einfälle zu sortieren, war das nun mal seine verdrehte Art, mir zu helfen. Ich nehme ab.

»Bist du allein?«, begrüßt er mich.

»Auf diesem Planeten, in meiner groben Umgebung oder in meinem Kopf?«

»Das zweite.«

»Dann ja.« Ich schlendere durch unser Gartentor und zupfe verwelkte Rosen von den Büschen. Der Wind trägt die Blüten über den Gehweg und bläst sie in den geschützten Eingangsbereich. Besser, ich höre auf, bevor meine Eltern von ihrem Termin zurückkehren und verlangen, dass ich hier auch noch saubermache. »Vermisst du mich?«

»Nicht halb so sehr wie deine Süße, die heute Mittag bei mir aufgekreuzt ist.«

Mein Herz schlägt einen Salto. »Viki war bei dir?«

»Sie hat dich gesucht.«

Scheiß auf das bisschen Fegen. Ich streue so viele Rosenblüten vor meine Füße, als würde ich den Weg für eine kitschige Fernsehhochzeit vorbereiten. Eine, in der Viki aus der Hochzeitstorte springt, um sich freudestrahlend an meinen Hals zu werfen. Es ist kein Spiegel in der Nähe, allerdings deute ich das taube Gefühl um meine Mundwinkel als sicheres Anzeichen dafür, gerade belämmert vor mich hinzugrinsen.

»Ich hab ihr mein Handy gegeben, um dich anzurufen, aber du hattest deinen Sturkopf noch im Arsch stecken.«

»Sie war das?! Warum zum Teufel hast du mir nicht vorher geschrieben, damit ich abnehme?«

Er grinst hörbar. »Womit du verraten hättest, mich willentlich ignoriert zu haben. Obwohl ich nichts weiter als meine Kumpelpflicht erfüllt habe und dir zur Bewältigung deines trostlosen Singledaseins eine Aufmunterung besorgt habe.«

»Was hat sie gesagt?« Ich gehe die drei Stufen zu unserer Haustür rauf, bleibe jedoch draußen stehen, weil hier der Empfang besser ist und ich keine Silbe von Vikis Botschaft verpassen möchte.

»Sie wollte wissen, ob du mein Geschenk auf der Party angenommen hast.«

Mir wird heiß und kalt. Woher weiß sie davon? Haben ihre alten Schulfreunde mir etwa hinterherspioniert? Die Hakennase hat garantiert auf so eine Gelegenheit gewartet. Keine Ahnung, welches Märchen er Viki aufgetischt hat, um mich anzuschwärzen und seine eigenen Chancen bei ihr zu erhöhen.

»Keine Sorge, ich hab das Gebäude evakuiert und die Bombe entschärft, bevor einer von euch in die Luft geht. Sie weiß, dass nichts gelaufen ist. Wenn mich mein Spinnensinn nicht täuscht, kannst du bald wieder bei ihr einziehen.«

Ich sinke gegen die Wand und schließe die Augen. Dave plappert noch was von unserem Gig am Samstag und erinnert mich zum tausendsten Mal daran, um welche Uhrzeit wir das Set aufbauen müssen. Ich höre ihm nur halb zu. Meine Aufmerksamkeit flattert zwischen Vikis Besuch und der Müdigkeit eines anstrengenden Tages hin und her.

»… deine Mutter in Hotpants fotografieren?«

»Dave, ich rufe dich nachher zurück, okay?« Ich lege auf und seufze erleichtert. Langsam, aber sicher kommt alles in geordnete Bahnen. Viki will mich sehen, und ich habe sogar eine Art von Job. Falls man körperliche Folter so bezeichnen kann.

Meine Eltern haben sich in den Kopf gesetzt, mich für jeden Cent, den sie mir zu wenig bezahlen, hart arbeiten zu lassen. Sie betrachten das als gute Vorbereitung fürs spätere Berufsleben und trösteten mich mit dem Hinweis, dass ich froh sein könne, überhaupt eine Arbeit zu haben. Was für ein enormer Ansporn für mein Studium.

Vielleicht hätte ich nicht mit meinen Putzkünsten prahlen sollen, die ich mir in Vikis Wohnung angeeignet habe. Jedenfalls habe ich jetzt eine Blase am Finger und den Geruch von Chlorreiniger in der Nase. Beinahe bin ich betäubt genug, um die Post im Briefkasten zu übersehen. Meine Konzentration kehrt schlagartig zurück, als ich einen Packen aufgerissener Umschläge herausziehe, die mit einem Haargummi zusammengebunden wurden, an dem lange dunkelbraune Haare hängen.

Ich ziehe den Gummi ab, und Vikis Handschrift kommt zum Vorschein. Sieht so aus, als hätte sie das erstbeste Schreibmaterial benutzt, das sie in ihrer Handtasche finden konnte. Der Stift verschmiert unter meinem Daumen und hinterlässt einen schwarzen Streifen, der mich verflucht an Vikis Kajal erinnert. Die Worte verblassen Satz um Satz, am Ende sind nur noch eingekratzte Buchstaben erkennbar.

Jay,
weißt du eigentlich, wie TEUER Waschmittel ist?!
Ich konnte nur die Milch besorgen, die du haben wolltest, und weise dich ausdrücklich darauf hin, dass sie in vierzehn Tagen abläuft. Es wäre also besser, wenn du deinen Hintern in die Wohnung schiebst, ehe mein Geld sauer wird. Vorzugsweise auch, bevor mir die Kaffeebohnen ausgehen, was ich gleich noch erkläre.
Ich habe nicht die geringste Ahnung, wie die Smarties unter den

Küchentisch gelangen konnten, hege aber die Vermutung, dass Kid es irgendwie geschafft hat, das Gebäude zu verlassen und Süßigkeiten zu kaufen. Er vertilgt gerade einen Kauknochen, der es allerdings nicht zurück bis nach Hause schaffen wird. Ich versuche, die Krümel von eurer Schwelle zu wischen, und hoffe, dass Diana mir das nicht übelnimmt. Es ist keiner da. Wo steckst du?
Danke fürs Saubermachen und das Frühstück. Der Gedanke an Croissants, Butter und Honig führt meine Phantasie auf Abwege, die sie momentan nicht betreten darf. Was mich daran erinnert, dass du die Milch bald trinken solltest. Ich wünschte, ich wäre gestern da gewesen.
Und nun zu dem Punkt, den ich oben angedeutet habe und dessen Dringlichkeit eventuell auch in der Sache mit dem Waschmittel durchscheint: Ich würde echt gerne deine Nachricht abhören, aber ich habe keine Kohle für ein Handy.
Das bringt mich zum Abschluss: Ich muss heute arbeiten. (Bitte komm nicht ins Flashlight, ich kann es mir sprichwörtlich nicht leisten, diesen Job zu verlieren, weil ich mit dir Beziehungsverhandlungen führe.) Können wir uns morgen Abend sehen? Kommst du zu mir?
Kid vermisst dich wahnsinnig.
Viki

Ich laufe ins Haus und renne gegen die indische Kommode, weil ich Vikis Brief schon wieder lese. Vor allem den Punkt mit dem Frühstück. Ich hatte gehofft, dass meine spezielle Auswahl an Frühstücksutensilien schöne Erinnerungen in ihr wachruft, und klopfe mir zu diesem grandiosen Schachzug selbst auf die Schulter.

Meine Finger können kaum abwarten, bis ich ein Blatt Papier aus dem kleinen Homeoffice meiner Eltern besorgt habe und an der Kücheninsel sitze. Doch kaum liegt der leere Bogen auffordernd vor mir, weiß ich nicht mehr, was ich schreiben soll.

Alles in mir sehnt sich danach, sie heute Nacht zu treffen, sobald sie heimkommt. Allerdings ist eine Acht-Stunden-Schicht in einer lauten Musikhalle nicht die beste Voraussetzung, um anschließend ein entspanntes Gespräch zu führen. Besser, ich halte mich an ihren Vorschlag und besuche sie erst morgen Abend. *Gott, wenn ich sie nur anrufen könnte.*

Viki,
ich bin Kids Krümelspur durch den Garten gefolgt und habe deinen Brief entdeckt. Du solltest keine Milch kaufen, die vierzehn Tage lang hält, das ist abnormal und nicht gesund. Außerdem würde ich dich gerne im Haltbarkeitsdatum einer Frischmilch wiedersehen. Am liebsten einer Packung, die nicht im Kühlschrank steht, wenn du verstehst, was ich meine.
Es ist jetzt 20 Uhr, das heißt, du dürftest im Flashlight Gläser auswaschen. Ohne deinen kleinen Zusatz im Brief wäre ich schon auf dem Weg zu dir. Meine Sklaventreiber lassen mich morgen bis 19 Uhr schuften, was ich dir später erkläre. (Sobald ich das Büro meiner Eltern geputzt und den erstbesten Bus zu dir erwischt habe.) Ich will diesen verdammten Streit endlich aus der Welt schaffen.
Du fehlst mir.
Jay

Ich starre auf meine Nachricht und habe nicht die geringste Ahnung, wie ich sie ihr schicken soll. All meine Ideen enden bei WhatsApp und einer nicht vorhandenen Internetverbindung in ihrer Wohnung. Mein Blick fällt zurück auf ihre Worte, und mein Zeigefinger streichelt ihren Namen. Der Kajal verwischt und erinnert mich an ihre Augen nach einer langen Partynacht; an ihre Augen frühmorgens, wenn ich der erste Mensch bin, den sie ansieht.

Ich stehe auf, schnappe mir meine Jacke und verschwinde durch die Tür.

Viki

Mein Fuß stößt gegen etwas Weiches vor der Wohnungstür. Ich schrecke zurück und verliere meinen Schlüsselbund, der klimpernd auf einer braunen Einkaufstüte landet. Es ist vier Uhr nachts, und mein überarbeitetes Gehirn braucht ein paar Sekunden, um sich sicher zu sein, dass ich nicht träume. Ich bücke mich und entdecke eine Postkarte, die zwischen den Henkeln liegt. Sie zeigt ein altmodisches Werbeplakat, auf dem ein illustriertes Kleinkind mit roten Apfelwangen einen Löffel in Vanillepudding steckt. Auf der Rückseite steht nichts.

Das automatische Licht geht aus, und ich beschließe, den Inhalt der Tüte in meiner Wohnung zu inspizieren. Kaum stecke ich den Schlüssel ins Schloss, ertönt von drinnen Kids Alarmanlage, die jeden Moment meine Nachbarn aus dem Bett reißen wird. In meiner Eile, ihn ruhigzustellen, stolpere ich über die Einkäufe und poltere in den Flur.

Kid schießt vor und schnappt sich etwas, das auf den Teppich gefallen ist. Bevor ich ihn aufhalten kann, rennt er damit unter den Wohnzimmertisch. Ich nehme die Verfolgung auf und verliere beinahe meinen Arm, als ich das unbekannte Objekt zurückerobern will. Was mich nicht länger wundert, denn es handelt sich um eine Packung Würstchen, die zwischen Kids Zähnen klemmt. Er knurrt und wedelt gleichzeitig mit dem Schwanz, was so viel bedeuten soll wie: *Ich mag dich echt, aber das sind verdammt nochmal meine Würste!*

»Lass mich wenigstens das Plastik abmachen, du Fellmonster!« Ich fummle ein Stück Fleisch aus einem Loch, das Kid bereits hineingerissen hat, und lenke ihn damit so lange ab, bis ich den Rest befreit habe. Kid packt die Würstchen, dreht mir seinen Hintern zu und bringt sie in einer Ecke in Sicherheit. Kaum krieche ich unterm Tisch hervor, geht das Geschrei nebenan los.

Mein Brustkorb verkrampft sich, und für einige Sekunden erstarre ich im Wohnzimmer. Die Männerstimme wird durch die Wand gedämpft, dennoch dringt ihr alkoholgetränktes Lallen herüber. Plötzlich wankt er vor mir, der Mann, den ich seit meiner Kindheit verabscheut habe. Er ist nur eine Fata Morgana, die ich wegblinzeln müsste, doch meine Wimpern sind bei seinem Anblick festgefroren. Er sieht mir ähnlich, dieselben dunklen Haare, der harte Zug um seine Augen, der ein Leben andeutet, das nicht immer leicht war. Sein Körper schwankt vor und zurück, der säuerliche Geruch seines biergetränkten Atems stößt aus seiner Kehle und weht zu mir. Beinahe rieche ich ihn. Beinahe verliere ich mich in der Vergangenheit. Dann brüllt mein Nachbar erneut, und mein Vater platzt wie ein imaginärer Luftballon. Ich zucke zusammen.

Jetzt mischt sich das Geschrei eines Babys unter den Lärm. Wir wohnen im obersten Stockwerk, von unten pocht jemand an die Decke. Nebenan zerbrechen Geschirr und die verzweifelte Stimme einer Frau. Unter ihren abgehackten Schluchzern tröstet sie das Kind und beschwichtigt ihren Trunkenbold, der sich keineswegs beruhigen will. Weil sie es niemals wollen. Weil sie auf einer Welle von Macht reiten, die es ihnen erlaubt, die dreckigsten Sehnsüchte ihrer Seele auszuleben.

Plötzlich reißt ihre Wohnungstür auf, was ich gut hören kann, da meine eigene Tür noch immer offen steht. Mein erster Impuls ist es, ins Badezimmer zu laufen, zu den Besen, die neben der Waschmaschine hängen – nicht, um damit an die Wand zu klopfen, sondern um mich nie wieder von einem Betrunkenen schlagen zu lassen –, aber ich erreiche das Bad nicht rechtzeitig. Meine Nachbarin taucht auf meiner Schwelle auf, ihr schreiendes Kind an die Brust gedrückt.

»Komm rein«, rufe ich automatisch. Wir kennen uns nicht, sie wohnt noch nicht lange hier, doch selbst wenn es zwanzig Jahre wären, hätten wir uns nicht viel zu sagen gehabt. Es liegt an diesem Wohnhaus; an seiner schmutzigen Lage in einem grauen Teil der Stadt, die nur Menschen herziehen lässt, die keine andere Wahl haben.

Oder es für die Liebe tun.

Ich trete näher und reiche ihr eine Hand über die Einkäufe, die auf dem Boden liegen. »Hier drin bist du sicher.«

Unverständnis zieht sich über ihr Gesicht, dann färben sich ihre Wangen rot, und ein wütender Ausdruck zerknittert ihre Stirn. »Wenn du deinem Köter nicht beibringst, endlich sein verfluchtes Maul zu halten, werde ich dafür sorgen! Er hat das Baby geweckt, und mein Mann muss morgen arbeiten!«

Meine Hand sinkt. »Das Gebrüll deines Mannes hat das Kind aufgeweckt. Er wird immer Gründe finden, warum ihr an seiner miesen Laune schuld seid. Er wird nie aufhören.«

»Scheißdreckiges Gesindel!« Sie spuckt in meinen Flur und macht kehrt. Ihre Wohnungstür schlägt nicht zu, sondern gleitet völlig geräuschlos ins Schloss, wohl um das Monster nicht zu reizen, mit dem sie zusammenlebt.

Ich sehe ihr hinterher und verstehe nicht, wieso sie bei ihm bleibt. Weshalb ich selbst so lange geblieben bin.

Weil sie niemanden hat, der ihr eine andere Möglichkeit zeigt.

Mein Blick fällt auf die umgestürzte Einkaufstüte am Boden. Die Packungen verschwimmen vor meinen Augen, und ich reibe mit beiden Händen über die Lider. Ich spüre meinen Pulsschlag durch die dünne Haut. Der verzweifelte Versuch meines Herzens, am Leben zu bleiben, indem es Adrenalin durch meinen Körper jagt. Es macht keinen Unterschied, ob die Gefahr tatsächlich existiert oder nur aus einem bitteren Nachhall meiner Erinnerung besteht. Ich steige über die Tüte, schließe die Tür und drehe den Schlüssel zweimal herum.

Meine Knie sinken auf den Teppich, und meine Finger tasten nach den Einkäufen. Ein Glas Tomatensoße rollt neben meine Stiefel, die dazu passenden Nudeln liegen gleich daneben. In der Tüte befindet sich noch mehr davon, Fertigsoßen, Reis, Tomaten, Käse und Brot, ein Netz voller Äpfel. Ein Karton Waschmittel. Und ein Liter Milch.

Frische Milch, die bald abläuft.

Etwas tropft auf das Haltbarkeitsdatum, und mein Blick verschwimmt schon wieder. Es muss an der Müdigkeit liegen, die tief in meinen Knochen steckt; an dem Wissen, dass niemand im Bett auf mich wartet, in dessen Armen ich mich verkriechen kann. Ich wische mir die Tränen aus den Augenwinkeln und ziehe die Nase hoch.

Früher war dieser Flur mit einer moosgrünen Tapete beklebt, die sich an den Übergängen wellte. Ein Berg von Jacken und Schuhen türmte sich neben dem Eingang, eine kastanienbraune Kommode verschwand unter der Last von ungelesener Post. Nichts von all dem ist mehr übrig. Jetzt leuchten die Wände weiß und tragen die Gesichter all meiner Freunde, in kleinen bunten Bilderrahmen. Nur der Spannteppich ist derselbe und verströmt trotz unzähliger Reinigungsversuche einen Hauch der Trostlosigkeit, in der ich aufgewachsen bin.

Ich kralle meine Hände in seine Ränder, die unter der Wandleiste festgeklebt sind, und zerre mit aller Kraft daran. Der Teppich löst sich keinen Millimeter, nur meine Fingernägel reißen ein, und ich gebe widerwillig auf. Mit einem Mal wirken all unsere Versuche, aus diesem Ort ein Zuhause zu machen, lächerlich. Sein Charakter bleibt unverändert, egal wie viel Farbe ich darüberstreiche. Die Erinnerungen lauern für immer im Mauerwerk und warten nur auf Momente wie diese, um zurückzuschleichen und sich wie eiskalte Klauen um meinen Hals zu legen.

Mein Atem boxt sich durch die Kehle, und mein Oberkörper knickt ein. Auf allen vieren taste ich mich nach vorne und stoße dabei gegen die Karte, die ebenfalls auf den Boden geflattert ist. Ihr Papier biegt sich unter meinen Fingern auf.

Vanillepudding. Es gibt nur eine Assoziation, die ich dazu habe. Von einem achtzehnjährigen Jungen, der es kaum schafft, aufrecht in seinem Krankenhausbett zu sitzen. Dessen halber Schädel kahlrasiert ist, weil sich eine dicke Narbe in seine Kopfhaut frisst. Der seinen hellblauen Plastiklöffel mit der Treffsicherheit eines einjährigen Kindes in den Mund befördert.

Jay war nicht mehr derselbe wie vor seiner Operation. Mit Schrecken stellte ich fest, dass seine Befürchtung eingetroffen war, dass nur ein lächerlicher Abklatsch seines früheren Selbst vor mir saß, mit dem sich seine Eltern zufriedengaben, weil sie ihn nicht loslassen konnten.

Er sah mich an, und in seinen Augen stand all das geschrieben, was ich gerade über ihn dachte. Das war der Moment, in dem sich das Bild in meinen Gedanken für immer drehte. Schlagartig war es mir unmöglich, das unbeholfene Kind in ihm zu sehen. Er war ein Mann, von Kopf bis Fuß gefüllt mit dem Ehrgeiz, sich sein altes Leben zurückzuerobern.

In diesem Augenblick wurde mir klar, dass es keine Rolle spielte, ob er wieder so laufen können würde wie zuvor. Zumindest nicht, was meine Gefühle für ihn betraf. Ohne jeglichen Zweifel erkannte ich, dass meine unsichere Verliebtheit verschwunden war. Sie hatte sich zu etwas weiterentwickelt, das stärker und selbstsicherer war, das warm und ruhig in meinem Innern schlug. Ich realisierte plötzlich, was diese drei magischen Worte bedeuten.

Mein Bewusstsein taucht aus der Erinnerung auf. Ich drehe den silbernen Ring an meinem Finger und widerstehe dem Impuls, ihn abzuziehen und die Gravur noch einmal zu lesen. An unserem ersten Weihnachtsabend berührten mich diese Worte, sanken allmählich durch meine Haut und wurden Wochen später schließlich ein Teil von mir. An einem Krankenhausbett, das meinen Freund von all den Hüllen und Schalen befreit hatte, mit denen wir uns so sorgsam tarnen. Ich sah die pure Essenz seines Wesens und wusste, dass ich ihn liebe.

Jay

»Kann ich Ihnen helfen, junger Mann?«

»Ich suche was zum Putzen.«

Die Verkäuferin lächelt mit ihren Dritten zu mir hoch. »Wie wäre es mit meinem Fußboden zu Hause?«

Hat sie das eben wirklich gesagt? Ich untersuche ihr runzeliges Gesicht und entdecke einen schelmischen Ausdruck in ihren Augen. Mein Blick wandert runter auf ihren Arbeitskittel, an dem ein feinsäuberliches Namensschild hängt.

»Mal angenommen, Ihr Fußboden besteht aus geöltem Nussholzparkett, *Carolin*.« Ich ziehe einen Mundwinkel nach oben. »Was würden Sie mir empfehlen?«

Sie kichert wie ein Mädchen und wird rot dabei. »So feine Böden besitze ich leider nicht, aber ich habe das Richtige für Sie. Hier entlang.«

Die Verkäuferin watschelt los und führt mich in einen anderen Gang, in dem es speziellen Holzbodenreiniger gibt. Eine Lautsprecherdurchsage fordert Verstärkung bei der Kasse an, doch Carolin zuckt nur die alten Schultern und zwinkert mir verschwörerisch zu. »Ich muss mich schließlich um einen Kunden kümmern. Brauchen Sie sonst noch was?«

Ich besorge Reiniger für Parkett, Glas, Sichtbeton und Fliesen. Carolin versucht außerdem, mir ein Paar rosa Putzhandschuhe anzudrehen, um meine junge Haut nicht zu reizen. Zu spät kapiere ich, dass sie nur einen Vorwand brauchte, damit sie meine Hände betatschen kann. Ich fühle mich ein wenig benutzt, was sich jedoch rasch legt, als sie mir unerlaubterweise ihren Mitarbeiterrabatt abzieht. Mit fünfzehn gesparten Euro fühlt sich meine befleckte Ehre gleich viel besser an. Ich bin so eine Schlampe.

Carolin verabschiedet sich mit den Worten: »Kommen Sie zu mir, wenn Sie wieder was brauchen.«

Ich winke ihr zu und verlasse den Baumarkt. Draußen schlägt mir eine frische Septemberbrise entgegen, die durch meine Haare wirbelt und den Geruch von gerösteten Maroni zu mir herüberweht. Die Sonne hat ihren höchsten Punkt am Himmel erreicht und leuchtet ungehindert zwischen den Hochhäusern durch. Es ist ein strahlend schöner Tag, und ich deute das als gutes Omen für meinen Besuch bei Viki.

Vielleicht hätte ich ihr doch was auf die Karte schreiben sollen, nachdem ich Idiot meinen ursprünglichen Brief zu Hause vergessen hatte. Zumindest eine Zusage für heute Abend wäre klug gewesen, damit nicht wieder was dazwischenkommt. Wahrscheinlich versteht sie die Anspielung auf den Vanillepudding nicht mal, solange sie ihre Mailbox nicht abhören kann. Gestern hielt ich es für eine geniale Idee, in den nächsten Supermarkt zu marschieren und ihr Überlebensproviant zu besorgen, bis wir unsere Situation ausdiskutiert haben. Seit heute Morgen befürchte ich, sie könnte es als Almosen missverstehen.

Ich seufze und krame nach meinen Kippen. Meine kleinen Überlebenshelfer in Form von Tabakröllchen haben sich auf die Hälfte reduziert. Statt mich über das baldige Ende meiner Sucht zu freuen, rationiere ich sie bereits gedanklich. Es war damals ziemlich leicht aufzuhören, weil ich während der stärksten Entzugsphase unter Schmerzmitteln stand. Danach war es nur eine Frage des Willens, der von meiner Unfähigkeit bestärkt wurde, aus dem Bett aufzustehen und zum Krankenhauskiosk zu gehen. Mit voll funktionstüchtigen Beinen gestaltet sich das Aufhören wesentlich komplizierter.

Der erste Zug Nikotin knallt in mein Gehirn. Ich bade in seinem befreienden Gefühl, das im krassen Widerspruch zu dem steht, was die Droge in Wirklichkeit mit mir anstellt. Es ist meine fünfte Zigarette heute, und sie muss reichen, bis ich im Büro meiner Eltern fertig bin. Mom und Dad sind zeitig aufgebrochen und haben mir eine Notiz hinterlassen, dass ich am Abend putzen soll – als wüsste ich, was ich mit den restlichen Stunden des Tages anstellen könnte. Es ist zwar erst Mittag, aber je früher ich meine Putzarbeit erledigt habe, desto schneller kann ich zu Viki. Den ganzen Vormittag über widerstand ich dem Verlangen, zu ihr zu fahren, mich selbst in ihre Wohnung zu lassen und heimlich zu ihr unter die Bettdecke zu kriechen.

Ich erreiche das Büro und stelle fest, dass die Umzugskartons verschwunden sind. Im Vorraum begrüßt mich eine leere Fläche mit ausreichend Schuhabdrücken, um Carolins Beratungskünste auszutesten. Ich setze die Tüte mit den Einkäufen ab und klopfe ans Rechnerzimmer, bevor ich eintrete.

Meine Eltern sind nicht da. Der PC meines Vaters ist ausgeschaltet, nur der Bildschirm meiner Mutter leuchtet mir entgegen. Ich klemme den Einkaufsbeleg unter ihre Maus und spähe beim Hinausgehen ins vermietete Konferenzzimmer / Fotostudio.

Der Fotograf schaut von der Kamera auf, die er gerade auf einem Stativ justiert hat, und kommt auf mich zu. »Hallo, sind Sie mein Akttermin?«

»Akt?«, fällt aus meinem Mund. Mein Blick schweift hinter ihn, und erst jetzt bemerke ich den weißen Ledersessel vor der Leinwand, über den sich ein weiches Schaffell schmiegt. Als ich wieder zum Fotografen sehe, registriere ich seinen äußerst dekorativen Schal und den Dreitagebart, der mit der Präzision eines schwulen Arabers gestutzt wurde. »Sie fotografieren da drin nackte Menschen?«

Er lächelt warm. »Keine Sorge, wir ziehen die Jalousien vor die Fenster, schließen die Tür ab und sind völlig ungestört. Sie sollen sich ja entspannen.«

»Darf ich wenigstens meine rosa Putzhandschuhe tragen?« Ich deute auf die Tüte neben meinen Füßen.

Sein Lächeln flackert. »Wie bitte?«

»Ich bin die neue unterbezahlte Putze.« Ich reiche ihm meine Hand, die er verdutzt greift. »Jay Feretty. Fürs Nacktputzen verdreifacht sich der Preis.«

»Ach, Sie sind der Sohn! Irgendwie schade.« Er wiehert und schüttelt meine Hand. Sein Handschlag ist so weich wie ein Filzlappen, den man in einem Wassereimer vergessen hat. Garantiert schwul. Womit sich mein heutiger Beutefang von einer alten Dame auf einen homosexuellen Fotografen erweitert hätte. Ich brauche dringend Sex mit Viki, um meine Männlichkeit zu kitten.

»Haben Sie meine Eltern gesehen?«

»Na ja, ich war mit meinen Vorbereitungen beschäftigt.« Seine Augen gleiten über mein T-Shirt, und er seufzt bedauernd. »Aber ich glaube, sie sind heute Vormittag weggefahren.«

»Okay.« Ich sehe mich im Vorraum um. »Was dagegen, wenn ich hier anfange?«

»Nicht im Geringsten.«

Ausgezeichnet. Ich schnappe meine Tüte und verziehe mich in die Küche, erstens, weil ich Wasser benötige, und zweitens, weil ich keine Lust habe, dem echten Akttermin über den Weg zu laufen. Mit Schaudern wird mir klar, dass ich früher oder später auch im Fotostudio wischen muss. Den Ledersessel werde ich auf keinen Fall für zehn schwarze Euro die Stunde berühren, dafür müsste er schon das Doppelte hinlegen und mir außerdem eine Sprühflasche mit Desinfektionsmittel spendieren. Ich puste mir eine Strähne aus den Augen. Es ist nicht leicht, Kohle zu machen.

Mein Blick fällt auf die Balkontür. Ich linse zurück in den Flur, taste nach meinen Zigaretten in der Hose und beschließe, mir eine zusätzliche Dosis Entspannung zu gönnen, bevor meine Eltern von ihrem Termin zurückkehren. Die Tür ist nur angelehnt, und ich stoße sie geräuschlos auf.

Frischer Wind bläst mir entgegen, der hier oben im siebten Stock bereits den Hauch von Herbst mit sich trägt. Das Gebäude zählt zu den höchsten in der Umgebung, und ich bin jedes Mal von diesem Ausblick fasziniert. Ein grenzenloses Meer aus Dächern, Antennen und Kühlanlagen zieht sich bis zum Horizont, wo es zu einer grauen Linie unter der blauen Himmelskuppel verwischt. Dazwischen schwimmen grüne Inseln aus Parkanlagen und Dachgärten, die sich die Menschen hoch über dem Erdboden angebaut haben. Tief unter mir drängen sich Autos und Fußgänger durch den dichten Verkehr. Von hier aus wirkt das Straßennetz wie gewaltige Adern, die den Körper der Stadt nähren.

Ich stecke mir eine Kippe in den Mund, schütze sie mit der Handfläche vor dem Wind und drehe mich zur Seite. Der Deckel meines Zippo-Feuerzeugs schnappt auf, doch mein Daumen erstarrt, weil ich im Augenwinkel eine Bewegung registriere. Meine Aufmerksamkeit fokussiert sich von der Zigarette auf die Gestalt weiter hinten.

Meine Mutter lehnt am anderen Ende des Balkons und blickt hoch zur Sonne. Sie steht mit dem Rücken zu mir, und ihre blonden Haare flattern in der Luft. Bevor ich den verfluchten Glimmstängel aus dem Mund nehmen kann, dreht sie sich um und zuckt erschrocken zusammen.

In diesem Moment wird mir klar, dass sie nicht so früh mit mir gerechnet hat. Nicht nur das, ich weiß schlagartig, dass mein Vater nicht hier sein kann. Dass er einen Termin hat, weit genug weg, um nicht plötzlich hier aufzutauchen und meine Mutter bei etwas zu erwischen, das ich ihr niemals zugetraut hätte.

Sie steht nur drei Meter von mir entfernt. Mit großen blauen Augen und vor Schreck verzerrtem Gesicht. Ihre Hand sinkt in Zeitlupe von ihren Lippen und fällt schlapp gegen das Geländer. Die Zigarette, die sie zwischen ihre Finger geklemmt hatte, landet auf dem Boden.

Viki

Ein Kleinkind mit schokoladeklebrigen Fingern und einem fleckigen Latz stolpert auf mich zu. Ich hebe die Illustrierte hoch, um bloß keinen Blickkontakt mit der kleinen Kreatur herzustellen und damit der Mutter im Wartesessel gegenüber zu verdeutlichen, dass sie ihren Nachwuchs zurückpfeifen soll. Die Fingerchen berühren meine Jeans. Ich linse über den Rand der Zeitschrift.

»Bababa«, sagt das Kind.

»Selber«, flüstere ich.

Es quietscht und zerrt an meinem Ärmel. Aus einem undefinierbaren Grund scheint es mich zu mögen, obwohl ich garantiert nicht das Geringste getan habe, um seine Zuneigung zu verdienen. Am liebsten würde ich der Mutter vorschlagen, sie solle ihren Winzling an die Leine legen, wenn sie nicht imstande ist, ihn von anderen Leuten fernzuhalten. Bei Hunden, die ungefragt auf Fremde zusteuern, macht jeder sofort Theater. Warum sollte das bei einem bazillenverschmierten Kleinkind anders sein? Sie entdeckt meinen Blick und lächelt mir freundlich zu. Ihr runder Hintern bleibt sicher auf dem Sitz kleben.

»Was für ein süßer Schatz«, erklärt ein älterer Herr neben mir. Vielleicht löst der kleine Schmutzfink ein paar Opa-Erinnerungen in ihm aus, denn abgesehen von den Schokoresten unter den winzigen Fingernägelchen entdecke ich rein gar nichts Süßes an ihm.

Das Kind macht einen unsicheren Schritt auf ihn zu, und eine Welle der Erleichterung rauscht durch meine Brust. Dann gerät es ins Schwanken, krallt sich in mein Knie und hält sich mit beiden Händchen an mir fest. Die Finger hinterlassen ein braunes Tarnmuster auf meiner Jeans, und der Fratz lacht schallend darüber.

»Baba!«, zische ich.

Es klopft mir auf die Schenkel, als hätte ich einen tollen Witz gerissen. Offensichtlich ist mein Babydialekt ziemlich schlecht, sonst wäre es bereits auf dem Weg zu seiner Mutter. Wieso müssen die ihre Kleinkinder auch überall mit hinschleppen? Gibt es für solche Arzttermine keine Verwandten, bei denen man die Quälgeister für ein paar Stunden loswerden kann?

»Aaahhbababa!«, schreit das Kind mit allem, was seine kurzen Stimmbänder hergeben. Ich schüttle den Tinnitus mit dem Zeigefinger aus meinem Ohr und lege die Illustrierte auf den Tisch in der Mitte, bevor sie in schmutzige Pfoten gerät und ich schlimmstenfalls genötigt werde, sie zu ersetzen.

Durch den Lärm sieht die Sprechstundenhilfe von ihrem Platz hinter der Theke auf. Sie entdeckt mich und wird rot, was das unsichere Gefühl in mir aufkeimen lässt, dass sie meine Anwesenheit völlig vergessen hatte. Wie auf Kommando beugt sie sich nach vorne und spricht in ihr Mikrofon.

»Frau Stein, bitte.«

Ich hebe die Händchen von meinem Knie, stehe auf und lege sie sicher zurück auf den angewärmten Stuhl. Das Kind blickt überrascht zu mir hoch, als hätte es nicht damit gerechnet, dass ich plötzlich so groß werden könnte. Ich schätze, ich bin ihm trotz der Schokoflecken zu Dank verpflichtet.

»Ba«, sage ich zum Abschied.

Der Kleine klopft zufrieden auf die Sitzfläche.

»Sie haben Glück, dass wir Sie so schnell dazwischenschieben konnten«, empfängt mich die Sprechstundenhilfe mit etwas zu breitem Lächeln. »Gehen Sie bitte ins Untersuchungszimmer Nummer eins.«

Es ist wagemutig, von Glück zu reden, nachdem ich vier Stunden auf einen lächerlichen Termin beim Augenarzt gewartet habe. Wäre meine Sicht im Wartezimmer nicht mehrfach verschwommen und hätte meinen Fluchtweg verschleiert, wäre ich schon längst getürmt. Zugegebenermaßen haben mich auch mein extrem leichtes Portemonnaie sowie die Vorstellung, Jay heute Abend mit tränenden Augen zu empfangen, hier gehalten. Es hätte ihm das falsche Signal vermittelt.

Ich betrete das Untersuchungszimmer und werde von einer Ärztin begrüßt, deren Gesicht hinter einer riesigen Hornbrille verschwindet. Sie bittet mich, hinter einer Art Augenmikroskop Platz zu nehmen, und setzt sich selbst davor.

»Wo drückt der Schuh?«, fragt sie mich.

Ich hab ein Hühnerauge am Zeh, würde ich am liebsten sagen.

»Mein Blick verschwimmt dauernd.«

»Gut, ich sehe mir das an. Legen Sie Ihr Kinn bitte auf der weißen Halterung ab.« Sie schraubt am Gerät herum und untersucht mich eine Weile. »Ja, ich erkenne die Ursache. Der Gleitfilm auf der Iris wirkt sehr fettig. Seit wann haben Sie das Problem?«

Ich zucke mit den Schultern. »Seit ungefähr zwei Wochen?«

»Blinzeln Sie ein paarmal langsam.«

Ich gehorche ihr.

Sie lehnt sich zurück und atmet tief durch. »Keine Lidfehlstellung, kein Fremdkörper und auch keine Infektion sind erkennbar. Arbeiten Sie viel vor dem Bildschirm?«

»Nein.«

»Tragen Sie ein neues Parfum oder sind Sie anderen Substanzen ausgesetzt, die Ihre Augen reizen könnten?«

»Zählt ein leeres Bankkonto?«

Sie lächelt. »Vielleicht starkem Wind oder Rauch?«

Ich schüttle den Kopf.

»Nehmen Sie regelmäßig irgendwelche Medikamente?«

»Ähm … Nur die Antibabypille.«

»Hm.« Sie zieht eine Denkerschnute. »Haben Sie die Sorte in letzter Zeit gewechselt? Manche Inhaltsstoffe können als Nebenwirkung zu trockenen Augen führen, was ihr Körper eventuell mit einer übermäßigen Produktion von Tränensekret ausgleichen will.«

»Nein, ich nehme seit drei Jahren die gleiche.«

Ihr Hocker rollt vor den Schreibtisch, und sie tippt an ihrem PC herum. Der Drucker daneben rattert los und spuckt ein Stück Papier aus. Sie nimmt es raus, setzt einen Stempel sowie eine Unterschrift drunter und fügt handschriftlich etwas hinzu.

»Ich gebe Ihnen ein Rezept für ein paar milde Augentropfen, die das Problem lösen sollten. Falls die Symptome in zwei Wochen nicht aufhören, müssen Sie noch mal herkommen. Sollte es sich sogar verschlimmern, dann bitte gleich. Und wenn Sie schon mal in der Apotheke sind, besorgen Sie sich zur Sicherheit auch das hier.«

Sie reicht mir den Zettel, und ich entziffere nur mühsam ihre krakelige Ärztehandschrift. Vielleicht hätte ich mich mit meinen witzigen Sprüchen zurückhalten sollen, denn die Frau verarscht mich garantiert. Entweder das oder das letzte Drähtchen in meinem Hirn ist durchgeschmort.

»Ich glaub, ich seh nicht richtig.«

»Oh, Ihre Augen sind gesund, das kann ich Ihnen versichern.«

Mein Kopf schießt hoch und sucht ihren Blick unter der dicken Hornbrille. »Das ist ein Scherz, oder?«

Diana

»Sag es bloß nicht deinem Vater.« Ich trete auf den Zigarettenstummel und wische ihn mit der Schuhspitze über die Balkonkante, als könnte ich ihn so aus der Welt schaffen. Der Wind verwirbelt die Asche und löscht mein Geheimnis vom Fußboden, nicht aber aus dem Gedächtnis meines Sohnes. »Und damit meine ich auch deine.«

Jay starrt mich an. Obwohl er mir schon seit Jahren über den Kopf ragt und die weichen Züge seiner Kindheit beinahe verloren hat, erinnert er mich in diesem Augenblick wieder an meinen kleinen Jungen. An das hellblonde Kind, das mit vier Jahren an meinem Rock hing und mit leuchtenden Augen fragte, ob der Weihnachtsmann tatsächlich nur erfunden sei. An seine abgrundtiefe Enttäuschung, als ich mich für die Wahrheit entschied.

Wie vom Donner gerührt packt er seine Zigarette weg und versteckt die Schachtel in seiner Hosentasche. Er fährt sich durch die Haare und holt tief Luft. »Machst du das, um mir was zu beweisen?«

Ich kann nicht anders, das bringt mich zum Lachen. In diesem Moment klingt Jay eher wie meine verstaubte Mutter als nach dem jungen Mann, der seine gesamte Jugend damit verbrachte, seine Grenzen auszuloten und mir Sorgen zu bereiten. »Was sollte ich damit beweisen?«

»Keine Ahnung«, erwidert er. »Wie scheiße es ist, jemanden qualmen zu sehen, von dem man es nicht erwartet hat?«

»Du meinst jemanden, den man liebt?« Ich berühre seinen Arm und lächle ihn an, als kleinen Trost dafür, dass er meine Schwäche entdeckt hat. Die Fehler der eigenen Eltern zu erkennen gehört zum Erwachsenwerden, aber das macht es nicht unbedingt leichter. Wir alle sehnen uns nach einer unerschütterlichen Schulter, an der wir uns festhalten dürfen, wenn das Leben unter uns wegbricht. Vielleicht ist das der Grund, warum so viele Menschen an einen Gott glauben wollen, jeglicher Aufklärung und Unwahrscheinlichkeit zum Trotz. Sobald unsere Eltern ihre göttliche Unfehlbarkeit einbüßen, fühlen wir uns ebenfalls etwas verloren.

Ich drücke seine Hand und trete an ihm vorbei in die Küche, um ihm ein paar private Gedanken zu gönnen. In meiner Mundhöhle klebt noch Rauch, und wie immer überkommt mich das Bedürfnis, diesen Geschmack mit frisch gebrühtem Kaffee wegzuspülen. Ich schiebe eine Tasse unter die Maschine und drücke auf die Espressotaste. Der Geruch von Nikotin und Koffein versetzt mich jedes Mal zurück in meine Studienzeit.

Jay hat seinen Schock überwunden und taucht in der Balkontür auf. Der Wind bauscht von hinten seine Haare auf und verleiht ihm das Aussehen eines verwirrten Professors. »Wo ist Dad?«

»Insolvenzverhandlung.«

»Was?!«

»Nicht unsere. Er will sehen, was beim Kunden rauskommt, der uns Geld schuldet. Möchtest du einen …« *Kakao* hätte ich beinahe gesagt. Ob ich mich je an den Gedanken gewöhne, dass er längst erwachsen ist? »Kaffee?«

»Hast du Milch?«

Das lässt mich schmunzeln. Wahrscheinlich ist es ihm nicht bewusst, aber er hat mich das früher so oft gefragt. Wenn er heiser im Bett lag, weil er stundenlang draußen im Garten gespielt hat, um Motorräder und Piratenschiffe aus Schnee zu bauen. *Hast du Milch? Mit Honig?* Ich öffne den Kühlschrank und lege ihm eine Handvoll Milchdöschen auf die Theke, die wir unseren Kunden zum Kaffee reichen.

Er tritt an meine Seite und nimmt mir die Tasse ab, die ich für ihn aus dem Schrank holen wollte. »Ich mach das schon.«

Das kann ich selber, Mama!

Ich weiß, dass du es kannst, aber ich würde es so gerne für dich tun.

Ich setze mich an den Tisch, um den Platz vor der Kaffeemaschine frei zu machen. Es gibt nur zwei Stühle, und der Raum ist beengt, allerdings können wir nicht mehr ins Konferenzzimmer ausweichen. Zumindest für die nächsten zwölf Monate ist er zum Fotostudio umfunktioniert. Ich nippe an meinem Espresso und widerstehe dem Verlangen, mir eine neue Zigarette anzuzünden. Nicht, weil ich das Gefühl habe, dass ich sie brauche. Sondern weil ich sie gerne hätte.

Jay trommelt mit den Fingern auf den Metallrand des Waschbeckens, während die Maschine Kaffee in seine Tasse tropft. »Seit wann rauchst du?«

Ich lehne mich zurück und betrachte ihn von der Seite. Die Beule in seiner Gesäßtasche ist mir bisher nicht aufgefallen, entweder hat er sonst ein anderes Versteck für seine Zigarettenschachtel, oder er tut es noch nicht lange. »Die Frage würde ich gerne zurückgeben. Seit wann rauchst *du?* Ich meine, seit wann *wieder?* Ich weiß natürlich, dass du mit vierzehn angefangen hast. Erinnerst du dich an dein Gebrüll damals? Du warst gerade im Stimmbruch und hast mir in einem fürchterlichen Mischmasch aus hohen und tiefen Krächzern erklärt, dass du sehr wohl in der Lage bist, verantwortungsvolle Entscheidungen in deinem Leben zu treffen.«

Die Erinnerung zieht seine Mundwinkel hoch. »Um euch das zu beweisen, bin ich in den Garten ausgewandert. Ihr habt mich eine Woche lang in meinem Zelt ignoriert, bis ich die Nachbarn um Kekse angebettelt habe.«

»Hast du wegen des Streits mit Viktoria wieder angefangen?«

Das Lächeln erlischt. Er leckt sich über die Lippen. »Nein. Vorher. Ich wollte einfach nur wissen, wie sie mir nach drei Jahren schmecken. Es sollte nur eine sein …«

Ich ziehe eine schmale Metallbox aus meiner Weste und öffne den Deckel. Darin befinden sich drei Zigaretten, die trotz all der verstrichenen Zeit immer noch gut sind. »Die habe ich mir gekauft, als ich mit dir schwanger war.«

Sein Blick schnellt zu mir.

»Bevor ich es wusste«, ergänze ich rasch. »Sobald ich das Ergebnis hatte, konnte ich keine mehr anrühren. Obwohl ich mir in den ersten Wochen alles andere als sicher war, ob ich dich behalten würde. Vielleicht hat ein Teil meines Bewusstseins meine Entscheidung von Anfang an gekannt.«

Jay war zehn oder elf, als die Kinder in der Schule aufgeklärt wurden. Ich hatte schon vorher mein Bestes getan, um seine Fragen zu beantworten, aber als seine Freunde davon sprachen, erlangte das Thema eine neue Dimension. Plötzlich stand er vor mir in der Küche und wollte wissen, ob er ein Wunschkind war. Ich hielt ihn für alt genug, um ehrlich zu sein. Er sollte lernen, dass man sich auch für Wege entschließen kann, die nicht einfach sind.

»Warum hast du überhaupt gezweifelt?«, fragt er.

»Wie würdest du dich denn entscheiden? Ich war damals gerade drei Jahre älter als du jetzt.«

»Das ist was anderes! Du bist meine Mutter!«

Ich lege den Kopf in den Nacken und lache. »Ich studierte Architektur im sechsten Semester und traf mich mit irgendeinem Ami, den ich auf der Abschiedsfete meiner Mitbewohnerin kennengelernt hatte. Er wollte nach seinem Auslandsjahr wieder zurück über den Atlantik und hatte den fürchterlichen Tick, über all meine Witze eine Sekunde zu spät zu lachen. Weil er sie zuerst in seinem Kopf übersetzen musste, natürlich, doch ich kämpfte jedes Mal gegen den Drang, ihm die Pointe zu erklären. Ich fand ihn sehr attraktiv, aber ich war nicht in ihn verliebt.« Aus dem Augenwinkel heraus registriere ich, wie sich Jays Hand um den Rand des Waschbeckens krampft. »Ich habe ihn ab dem Moment geliebt, als er für mich und unser Baby hierbleiben wollte. Und er hat mich meistens sehr glücklich gemacht.«

Er schluckt. »Meistens?«

Ich trinke meinen Espresso langsam aus, um meine nächsten Worte mit Bedacht zu wählen. »Das Leben läuft nie geradeaus, Jay. Es schlägt Haken und zieht Schleifen, und selbst ein Partner, den man ehrlich liebt, treibt einen hin und wieder in den Wahnsinn.«

Sein Kopf knickt nach unten, und er stößt einen zustimmenden Laut aus.

Ich nicke auf die Metallbox vor mir auf dem Tisch. »Achtzehn Zigaretten waren da drin, als meine Morgenübelkeit anfing. Drei davon habe ich geraucht, ehe du zehn Jahre alt warst. Jeweils eine weitere in jedem Jahr von deinem vierzehnten bis zu deinem siebzehnten Geburtstag. Sieben allein in den Monaten vor deiner Operation. Und eine heute.«

»Warum heute?«

Ich spüre Tränen hinter meinen Augen und lächle sie für meinen Jungen weg. »Weil wir einen Teil unseres hart erarbeiteten Traumes vermieten müssen. Und weil mein Mann schon drei Hemden durchgeschwitzt hat, bevor er überhaupt zum Gericht aufgebrochen ist.«

Jay beugt sich zu mir herab und nimmt mich in die Arme. »Das tut mir leid.«

Sein Körper fühlt sich so groß und kräftig an. Ganz anders als der von Eric. Sein Vater war immer schlank und verbrachte viel Zeit auf dem Laufband, aber er war nie der draufgängerische Typ, der einarmige Liegestütze macht, bloß um seine Freundin zu beeindrucken. Ich streichle Jays Muskeln, um mich damit zu trösten, wie stark mein Junge geworden ist.

Wir lassen einander los, als die Kaffeemaschine aufhört zu rattern. Ich verstaue die Metallbox in meiner Weste, um sie noch dreimal in der Zukunft herauszunehmen. Um drei Tage damit zu überstehen, die an den Grundfesten meiner Existenz rütteln werden. *Wenn ich das scheußliche Ding nur nie wieder anrühren müsste.*

»Wann hörst du auf zu rauchen?«, frage ich meinen Sohn.

Er lacht verlegen und streicht sich die Haare aus der Stirn. »Keine Ahnung. Sobald meine Morgenübelkeit anfängt?«

Ich schüttle amüsiert den Kopf. »Denkst du denn schon an Kinder?«

»Bist du verrückt?! Ich bin erst zwanzig!« Seine Wangen laufen dunkelrot an, und er beschäftigt sich mit der Milch auf der Theke, um meinen Blicken auszuweichen. »Vielleicht später irgendwann ... Falls Viki sich dazu überreden lässt ... Sie ist nicht unbedingt der mütterliche Typ ...«

Weil sie ihre eigene Mutter zu früh verloren hat, nehme ich an. Über ihren Vater weiß ich fast nichts. Er hat sie sitzenlassen, bevor sie mit der Schule fertig war. Kein besonders guter Grundstein, um sein Vertrauen in eine Familie darauf aufzubauen. Jay war gerade mal achtzehn, als er zu ihr zog ...

»Dieser Ami, von dem ich dir vorhin erzählt habe, wurde zu einem unglaublich guten Vater«, erkläre ich Jays Rücken, da er ein Milchdöschen nach dem anderen in seinen Kaffee kippt und sich für Gefühle schämt, in die er noch nicht richtig reingewachsen ist. »Du wirst es bestimmt auch mal sein.«

Viki

Die kleine Plastiktüte aus der Apotheke hängt an meinem Handgelenk. Geld gespart hat mir der Besuch bei der Augenärztin nicht, so wie ich gehofft hatte. Ich musste Phil anrufen und mir von ihm einen Zwanziger pumpen, um das Rezept einzulösen. Mel wollte ich damit nicht behelligen, sie hätte eventuell gefragt, wofür ich die Kohle brauche.

Der Schlüssel verfehlt das Loch, so sehr zittern meine Hände. Kid kratzt von der anderen Seite an der Tür, weil er mich längst gehört hat. Sein Fiepen löst den Wunsch in mir aus, selbst auf die Knie zu sinken, meinen Kopf in den Nacken zu werfen und aufzuheulen, all diese letzten Wochen aus mir herauszuwaschen.

Selbstverständlich tue ich das nicht. Ich schließe auf, begrüße Kid mit einer freudigen Stimme, die sich unendlich weit entfernt von mir anfühlt, und lege die Tüte in der Küche ab, um den Hund zu füttern. Eine Weile beobachte ich ihn beim Fressen. Er kaut die Fleischbrocken kaum, schlingt sie einfach runter, ohne viel davon schmecken zu können. Sein Schmatzen erfüllt die Luft.

Ich stehe mit hängenden Armen da und verliere die Motivation, mich auch nur noch einen Millimeter zu bewegen. Mein Blick gleitet zum Tisch, auf die weiße Plastikfolie, die mit dem roten Apothekenlogo bedruckt ist. Seit ich mir die Augentropfen gekauft habe, ist mein Sichtfeld kein einziges Mal verwischt. Mein Tränenschleier hat sich gelöst, als hätte irgendetwas in mir nur darauf gewartet, dass ich zu diesem Punkt komme. Als hätte ich ein ominöses Ziel erreicht.

Kid leckt seinen Napf aus und stößt die Metallschale gegen den Schrank. Das Scheppern reißt mich zurück in meinen Körper. Es war nicht laut genug, um bis in die Wohnung nebenan zu dringen, doch meine Nachbarn benötigen nicht immer einen Hund als Vorwand, um in einen Streit auszubrechen. Ihre aufgebrachten Stimmen wühlen sich durch meine Eingeweide und jagen meinen Puls in den Hals.

Ich renne in mein altes Zimmer und stürze beinahe übers Bügelbrett, weil ich vergessen hatte, in welcher Zeit ich mich befinde. Die Wände hängen düster über mir, aber das Chaos von früher ist verschwunden. Es gibt keine Berge von Schulbüchern mehr, durch die ich mich graben muss, meine Schubladen sind sortiert. In den letzten Jahren hatte ich angenommen, dass dies auch für mein Leben gilt.

Das Foto meiner Mutter befindet sich links unten im Schreibtisch. Ich nehme den Bilderrahmen heraus und streiche behutsam übers Glas. Etwas Staub klebt auf ihren braunen Haaren, den ich mit meinem Shirt abwische. Ein kurzer Blick über die Schulter versichert mir, dass ich nach wie vor alleine bin. Niemand ist hier, der mein kleines, schmutziges Geheimnis entdecken könnte. Meine Finger finden die Halterungen des Rahmens und drücken sie zur Seite. Der Karton fällt gegen meine Hand, und die beiden Fotos rutschen heraus.

Mamas Porträt landet mit der Vorderseite auf dem Teppich. Jemand hat die Rückseite mit Datum und Namen versehen, in einem schwungvollen Königsblau steht dort: *Nikole, Dezember 2003.* Ein Jahr vor ihrem Tod. Zehn Monate vor ihrer Diagnose. Es ist das letzte Foto, auf dem sie ein Lachen trägt, als hätte sie noch ihr ganzes Leben vor sich.

Die zweite Aufnahme ist ein Polaroid, das ich als Kind hinter dem anderen Foto versteckt habe. Es zeigt einen Schnappschuss von Tante Elsas Hochzeit, unterbelichtet und unscharf, die Frisuren am Rand abgeschnitten. Es ist das einzige Foto, auf dem meine Eltern zusammen drauf sind. Nicht nur das einzige, das ich besitze. Sondern das einzige, das ich je gesehen habe.

Im Frühjahr nach Mamas Tod hat mein Vater alles weggeschmissen, ihre Kleider, die Schuhe, ihre Bilder, alles. Er hat ihre Anwesenheit in Müllsäcken entsorgt, während ich in der Schule saß und ein Bild mit Tulpen für unseren Kühlschrank malte. *Damit mein Papa die Blumen sieht, wenn er die Tür das nächste Mal aufmacht. Damit er vielleicht kein Bier trinkt, weil er sich so sehr darüber freut …*

Die Tulpen leuchteten blau auf dem Papier, als ich in eine Wohnung mit kahlen Wänden zurückkehrte. Ich suchte überall, fand jedoch keinen Klebestreifen, um die Zeichnung anzubringen, also klebte ich sie mit einem Stück Kaugummi fest, den ich in meinem Zimmer entdeckte. Es war ein benutzter Kaugummi, mit den Abdrücken meiner Milchzähne drauf, und ich musste ihn zuerst wieder weich kauen. Er hielt nicht lange. Was nichts machte, denn die Tulpen versagten noch am selben Abend.

Es ist einfach, einen Menschen zu hassen. Einfach, wenn er Alkohol säuft, Beschimpfungen regnen lässt oder sogar handgreiflich wird. Viel schwieriger allerdings ist es, einen Menschen zu hassen, der einem entgegenlächelt, wenn auch nur auf einem Polaroid. Wenn die Person jung ist und vor Glück strahlt. Wenn er ein pummeliges Baby auf dem Arm hält und mit dem anderen seine Freundin umarmt. Wenn jemand in Königsblau daruntergeschrieben hat: *Markus, Viktoria und Nikole.*

Es ist ein Witz.

Er war nie so. Niemals in meiner verdammten Erinnerung.

Es fällt mir schwer, das Kind auf dem Foto anzusehen; sein Doppelkinn und die verschwitzt abstehenden Haare, weil Mama mir gerade die Mütze vom Kopf gezogen hat. Ich mag dieses Baby nicht. Es hat nichts kapiert. Es ist dumm. Ich würde am liebsten schreien, dass es bald sein blaues Wunder erleben wird. Dass diese Aufnahme eine Lüge ist, an die eine Siebenjährige glauben wollte, weil sie sonst nichts hatte.

Nebenan flammt der Streit wieder auf. Ich springe hoch, um in die Küche zu laufen und Kaffeebohnen zu mahlen. Für gewöhnlich reicht ein doppelter Espresso, um das ärgste Geschrei meiner Nachbarn zu übertönen, doch als die Mühle aufhört zu rattern, stelle ich fest, dass mein Ausweichmanöver diesmal wirkungslos war.

Die Auseinandersetzung ist heftiger als üblich.

Ich umklammere die Tasse und will mir nicht vorstellen, dass es meinen Eltern früher genauso erging. Ich habe keine Ahnung, ob er meine Mutter jemals geschlagen hat, aber vielleicht war ich einfach zu jung, um es zu merken. Oder er hat siebzehn Jahre gebraucht, um seinen Hass in handfeste Schläge auszureifen.

Das Baby kreischt. Die Mutter heult. Der Vater brüllt.

Mein Herz klopft bis in den Hals.

Wo bleibt Jay? Ich wünschte, er wäre hier. Ein Beben erfasst meinen Körper und schüttelt ihn aus seinen Fugen. Das Polaroid war ein Fehler, eine Abrissbirne, die mit vollem Schwung ausholt und auf mich niedersaust. Ich brauche jemanden, der mich zusammenhält, bevor ich einstürze.

Plötzlich knallt es nebenan, und die gesamte Welt friert ein.

Unheimliche Stille folgt.

Kid hebt den Kopf von seinen Pfoten und sieht zu mir herüber. Meine Kaffeetasse kracht auf den Tisch, meine Füße rennen über den Teppich im Flur. Ich fummle am Schloss und bin draußen im Hausflur, ohne zu wissen, was ich hier verloren habe.

Das Kind schreit wieder, das ist gut, normal. Ich halte inne und lausche vor der Nachbartür auf weitere Stimmen. Nichts. Nicht mal die vergeblichen Versuche der Mutter, ihr Baby zu beruhigen. *Ich sollte klingeln. Oder die Polizei alarmieren. Oder zurück in meine Wohnung gehen, den Fernseher aufdrehen und mich um meine eigenen Probleme kümmern.*

Mein Finger drückt auf die Klingel. Dreimal hintereinander. Ich klopfe an und brülle durch die Tür. »Wenn keiner aufmacht, rufe ich die Bullen!« Eine leere Drohung ohne Handy, aber das wissen meine Nachbarn nicht.

Endlich nähern sich Schritte. Ein Schatten huscht vor den Spion, kurz darauf öffnet sich die Tür, soweit es die Vorhängekette zulässt. Die Visage des Vaters erscheint. Ein ausgemergelter Mann, mit Vollbart und weit aufgerissenen Augen. Ängstlichen Augen.

»Was ist passiert?«, frage ich.

»Ich wollte das nicht«, erwidert er. »Ich schwöre es.«

Hinter ihm dringt ein Stöhnen durch die Tür. Er sieht meinem Gesicht an, dass ich es gehört habe, und begreift gleichzeitig, dass keine seiner Ausreden mich aufhalten wird.

»Es war nur ein Schubser …«

»Lass mich zu ihr.«

Zu meiner Überraschung öffnet er die Tür. Als ich an ihm vorbeitrete, entdecke ich das Zittern an seinem Körper. Er hat mich nicht hereingelassen, weil mein Tonfall ihm keine andere Wahl ließ, sondern weil er unter Schock steht. Meine Nachbarin kauert an der Wand und hält sich ihren blutenden Kopf.

Ich stürze hin und zerre ihre Finger von der Wunde, um mir die Verletzung anzusehen. Sie protestiert, aber ihre Augen fokussieren nicht richtig, und ihr Widerstand ist kraftlos. Jetzt wünschte ich doch, ich würde ihren Namen kennen, wenn auch nur, um sie bei Bewusstsein zu halten. Die Hausverwaltung hat vielleicht die Fassade renoviert, trotzdem sind die Bewohner noch dieselben. Es war nie ein Haus, in dem Nachbarn sich gegenseitig zum Kaffee einladen.

Eine Platzwunde klafft über ihrer linken Schläfe. Nichts Lebensbedrohliches, soweit ich das einschätzen kann, allerdings braucht sie einen Arzt, der mit Nadel und Faden umgehen kann, ein Röntgenbild und einen Anwalt. Ich nehme ihre Hand und drücke sie gegen die Wunde, um die Blutung zu stoppen.

Mein Blick schießt zu ihrem Freund hoch, der diesen Titel nicht verdient hat. »Ruf einen Krankenwagen!«

Wenigstens gehorcht er.

Gemeinsam helfen wir ihr ins Erdgeschoss runter, damit die Sanitäter keine Zeit auf den Treppen verlieren. Sie kann gehen, aber ihre

Beine knicken hin und wieder weg. Der Waschlappen, den ich ihr in aller Eile besorgt habe, färbt sich unter ihren Fingern rot.

Es dauert eine Ewigkeit, bis das Martinshorn ertönt und Blaulicht an den grauen Hausfassaden aufflackert. Die Frau wird in den Wagen geladen und sofort von zwei Rettungsleuten versorgt. Ich fühle mich nicht länger zuständig und wende dem Spektakel den Rücken zu.

Eine ölige Stimme erklingt hinter mir: »Sie ist auf dem Teppich ausgerutscht und gegen den Wohnzimmertisch gefallen.«

Es geht mich zwar einen Scheißdreck an, trotzdem kann ich das so nicht stehenlassen. Vor allem weil seine Freundin keinerlei Anstalten macht, dem Mistkerl zu widersprechen. Ich drehe mich zurück und berühre einen der Sanis am Ellbogen, damit er mich ansieht und die Botschaft versteht. Mein Kinn nickt auf die heuchlerische Kreatur neben ihm. »Der da war der Teppich.«

Mein Nachbar packt mich am Arm.

Ich starre ihm entgegen. *Willst du mir auch eine reinhauen? Bitte sehr*, würde ich am liebsten sagen, *schlag zu, und ich schwöre bei Gott, dass du nie wieder einen Fuß in dieses Haus setzen wirst.*

Doch der Schlag, den er mir versetzt, hat nichts mit seinen Fäusten zu tun. Er zieht seinen Schlüsselbund aus der Tasche, hält ihn vor meine Nase und sagt: »Pass bitte auf das Baby auf.«

Mel

Ich klemme mir das Handy zwischen Schulter und Wange und binde mir die Stiefel. Viki hatte Glück, dass ich die unbekannte Festnetznummer zu dieser Uhrzeit überhaupt angenommen habe. Und noch mehr Glück, dass ich sie nicht für eine gestörte Irre hielt, die unverständliches Zeug in den Hörer brabbelt. Dass Vikis Nachbarn ausgerechnet *ihr* ein Baby anhängen, kommt auf meiner Liste der Unwahrscheinlichkeiten direkt nach einem romantischen Dinner mit Chris Hemsworth. *Ich würde versehentlich den Salzstreuer umstoßen, unsere Hände griffen zeitgleich danach, meine Finger berührten seine gestählten Unterarmmuskeln. Er würde sagen …*

»Bitte komm her, bevor es in die Hosen kackt!«

Meine Traumblase zerplatzt nicht nur – sie wird gewaltsam niedergeschlagen und mit den Füßen getreten, bis der letzte Rest meiner gefühlvollen Phantasie gestorben ist. Vikis Stimme katapultiert mich von einem weiß gedeckten Restauranttisch zurück in meinen langweiligen Flur. »Wie kommst du darauf, dass ich dir helfen kann?«

»Du hast einen kleinen Bruder! Und er lebt noch!«

»Nur weil meine Eltern ihn nicht umtauschen wollten.« Ich schnappe meine Tasche und verabschiede mich von meiner Mutter, die auf dem Sofa sitzt. Sie stopft sich Popcorn in den Mund und bemerkt nicht mal, dass ihr die Hälfte danebenrieselt. Im Fernseher zieht *Thor* sich sein Hemd aus. Ich seufze wehmütig und eile die Stufen runter. Unsere Wohnungen liegen an derselben U-Bahn-Linie, aber ich brauche trotzdem eine halbe Stunde zu Viki. Dem anschwellenden Grad an Panik in ihrer Tonlage entnehme ich, dass jede Minute zählt.

»Wieso zum Teufel schreit es so?!«

»Vielleicht hat es Hunger?«

»Was soll ich ihm denn geben?«

»Wie alt ist es?«

»Sehe ich aus wie ein Biologe?! Den Fettringen unter seinem Kinn nach zu urteilen, ist es siebeneinhalb.«

»Kann es laufen?«

»Nein! Es ist ein BABY!«

Besser, ich *renne* die Stufen zur U-Bahn hinab. »Mein Empfang wird schlechter. Ich bin bald bei dir. Halt durch!«

Ich verpasse die Bahn um Haaresbreite und muss auf die nächste warten. Keine Ahnung, was ein Kleinkind in neun zusätzlichen Minuten mit Viki anstellen kann. Ausgerechnet, wenn sie von ihren Nachbarn zum Babysitten gezwungen wird, ist Jay nicht mehr da. Nicht dass der sonderlich viel Erfahrung mit Kindern hätte, aber sein Selbstbewusstsein sorgt normalerweise dafür, dass er sich von solchen Kleinigkeiten nicht aufhalten lässt. Wenn er Viktoria Stein davon überzeugen konnte, bei ihr einzuziehen, kann er einem nassen Baby auch einreden, in trockenen Windeln zu liegen.

Eine Dreiviertelstunde später klingle ich völlig außer Atem an Vikis Wohnungstür. Zu meiner Überraschung schwingt die Tür nebenan auf, und ein Monster mit zerzausten Haaren und übergroßen Augen springt mir entgegen.

»Endlich bist du da!« Viki packt meinen Arm und schleift mich in die Nachbarwohnung. Es dauert keine fünf Sekunden, bis ich das Problem rieche. Bereits im Flur ist der Duft nach Babykacke überdeutlich und verdichtet sich exponentiell, je näher wir dem Elternschlafzimmer kommen.

Ein Kind von acht bis zehn Monaten liegt in der Babykrippe und brüllt sich die Mandeln aus dem Hals. Eine äußerst verständliche Reaktion, wenn man bedenkt, dass es dem Gestank in seiner Hose nicht entkommen kann.

Ich wedle mit der Hand vor der Nase. »Wieso hast du seine Windeln nicht gewechselt?«

»Es ist gerade erst explodiert! Ich hab nach Windeln gesucht, als du geklingelt hast.«

Jetzt fällt mir auf, dass Viki mit beiden Händen eine weiße Babywindel umklammert. Ich nehme sie ihr ab, bevor sie das kostbare Stück in zwei Teile reißt. »Warum ist die feucht?«

»Das ist mein Schweiß«, keucht Viki.

»Okay, beruhige dich zuerst mal.« Ich hole tief Luft (was sich als ausgesprochen blöde Strategie erweist), unterdrücke ein Würgen und beschließe, nur noch durch den Mund zu atmen. »Wir tun es zusammen, einverstanden?«

Sie umschlingt ihren Brustkorb und nickt.

Ich versuche, so selbstsicher zu klingen, wie es mir mit zugehaltener Nase möglich ist. »Du gehst hin, machst die alte Windel runter und wischst den Popo mit ein paar Feuchttüchern sauber.«

Viki weicht zurück. »Und was ist deine Aufgabe?!«

Ich wedle mit der frischen Windel. »Ich mache die neue dran. Es sei denn, du weißt, wie man das tut?«, füge ich hinterlistig hinzu.

»O Gott …«

»Der kann dir nicht helfen, Viki. Das einzige Kind, das der hatte, wurde von einem Leihvater großgezogen.«

Sie schnappt sich die Feuchttücher von der Kommode, tritt zwei Schritte auf die Todeszone zu und wirft einen letzten Blick über ihre Schulter. »Bitte kümmere dich um meinen Hund, falls ich es nicht lebend da rausschaffe …«

Operation *Kackwindel-Wechsel* dauert zehn Minuten, weil mir die Klebestreifen abreißen und Viki drei Runden durch die Wohnung rennt, ehe sie einen Mülleimer mit Deckel findet. Während ich das Kind hochhalte, umwickelt sie die Windel mit genügend Tesafilm, um sie wasserdicht zu machen. Sicherheitshalber checke ich das Bündchen, damit es den Speckbauch nicht einschneidet, und nicke ihr anerkennend zu. »Gratuliere. Du hast deine erste Windel gewechselt. Mit erhöhtem Schwierigkeitsgrad.«

Die Beine knicken unter ihr weg, und sie sackt auf das Doppelbett neben der Krippe. Das Baby in meinen Armen strampelt, und ich halte es ihr hin. Die Schatten unter ihren Augen vertiefen sich.

»Was soll ich damit?«

»Sprich mit ihm.«

»Worüber soll ich denn reden?«

»Es ist ein Baby.« Ich lächle ihr aufmunternd zu. »Du kannst mit ihm über alles sprechen, solange deine Stimme klingt, als hättest du eine Dosis Lachgas inhaliert. *Nicht wahr, du kleiner Stinker?«*

Das Baby gluckst, und Viki sieht aus, als hätte man ihr soeben den Geheimweg zum Heiligen Gral eröffnet. Sie klappt den Mund zu und hebt zögerlich die Arme. Ich überreiche ihr das zappelnde Kind und bin heimlich froh darüber, es so schnell loszuwerden. Die Windel ist zwar frisch, aber das Hemdchen riecht, als würde der Kleine es schon eine Weile als Spucknapf benutzen.

Viki klammert es umständlich an ihre Brust. »Ich habe keine Ahnung, was ich hier tue«, singt sie mit wackeliger Gute-Laune-Stimme. »Dein Vater ist eine verantwortungslose Bestie, die dich einer wildfremden Person anvertraut, die nicht den geringsten Schimmer davon hat, womit man dich füttern darf.«

Das Baby hängt gebannt an ihren Lippen.

Viki zieht ihre Augenbrauen hoch und blickt verzweifelt zu mir. »Was tun wir, wenn die heute Nacht nicht zurückkommen? Du musst hier schlafen! Mel! Bitte!«

»Also gut, ich bleibe.« Ich setze mich neben sie aufs Bett und strecke dem Kleinen meinen Zeigefinger hin, den er sofort mit seinem Fäustchen umklammert und zum Mund zerrt. Mit den Augen suche ich sein Bettchen nach einem Schnuller ab, doch es liegt nirgendwo einer rum. Erst jetzt bemerke ich die Löcher im Teppich und den Geruch nach ungelüfteter Wohnung um uns herum. Auf einem der Nachttische stehen sieben leere Bierflaschen. Mir dämmert, dass es eventuell gar keinen Schnuller gibt.

Was tut man in so einer Situation? Das Jugendamt informieren, und das Kind in ein Heim stecken? Bis es irgendwann alt genug ist, um sich zu fragen, warum keiner es haben wollte? Oder die Klappe halten und so tun, als gäbe es keine schlechten Eltern auf dieser Welt? Hätte man Viki damals ihrem Vater weggenommen, wäre ein völlig anderer Mensch aus ihr geworden. Vielleicht hätte sie die schüchterne Rothaarige ignoriert, die neu in ihrer Klasse auftauchte und die für keine der angesagten Mädchencliquen gut genug war. Wir wären niemals beste Freundinnen geworden. Ihr Vater hätte sie nie im Suff verprügelt … Kinderheim oder saufende Eltern? Das ist keine Entscheidung, die ich treffen will, weder für Viki noch für dieses Baby hier. Ich wünschte nur, das Nichtstun würde sich richtiger anfühlen.

»Männer sehen eine Frau und nehmen automatisch an, dass wir uns mit *so was* auskennen«, beschwert sich Viki neben mir. Der kleine Racker sitzt auf ihrer Hüfte und unterzieht ihr Shirt einer Zerrreißprobe. Wenn sie Glück hat, kommt der ausgeleierte Kragen irgendwann in Mode. »Wir werden mit Eierstöcken geboren, verdammt nochmal, nicht mit einer Kinderbetreuungsanleitung! Die betrachten ihren Schwanz als Freifahrtschein, um die Verantwortung abzutreten, wenn es lästig wird.«

Das Baby verzieht sein Gesicht und gibt einen protestierenden Schrei von sich.

»Das hättest du nicht sagen sollen.« Ich ziehe meinen Zeigefinger weg, der bis zur Hälfte mit Babyspucke beschmiert ist, und wische ihn am Leintuch ab. Was keinen großen Unterschied macht, da sich bereits ein Muster aus verschiedenen Schmutzschichten auf dem Stoff abzeichnet.

Viki senkt die Stimme. »Warum nicht?«

»Weil es ein Kerl ist.« Ich stehe auf und halte meinen Blick stur auf

Viki gerichtet, damit mir nicht noch mehr Dinge in dieser Wohnung auffallen, die meinen Magen verdrehen. Dinge, die mich an Vikis altes Leben erinnern und meine Unfähigkeit, daran etwas zu ändern. »Gehen wir zu dir rüber? Dieser Ort deprimiert mich.«

Jay

Viki öffnet die Tür und trägt ein Baby auf dem Arm.

»Ich wusste nicht, dass ich *so* lange weg war«, begrüße ich sie.

»Halluziniere ich?« Dunkle Ringe hängen unter ihren Augen, und ihre Haare wirken, als wäre sie kopfüber in einen Ventilator gefallen. Sie hat sich nicht für mich rausgeputzt, dafür hängt ihr Ausschnitt so tief unten, dass ich die Wölbungen ihrer wunderschönen Brüste sehe. Ein fairer Ausgleich.

Ihr Blick wandert an mir herab und bleibt an der Bäckereitüte in meiner Hand haften. Lächelnd halte ich sie hoch. »Ich hab Frühstück dabei.«

»Es ist Abend.«

»Tatsächlich?« Ich beiße auf meine Unterlippe. »Wenn das so ist, muss ich bis morgen früh bleiben.«

Sie mustert mich, als müsste sie in meinem Gesicht nach einer Bestätigung dafür suchen, wie ich das gemeint habe. Als sie die Antwort findet, füllen sich ihre Wangen mit Farbe. »MEL! Komm her und nimm mir den Klotz ab!«

Ich bin ein wenig enttäuscht, dass sie Melanie eingeladen hat. Eigentlich hatte ich gehofft, wir könnten unsere Differenzen endlich beseitigen und zu den schönen Seiten unserer Beziehung zurückkehren. Andererseits sieht die Sache mit dem Baby nicht so aus, als wäre dieser Tag so verlaufen, wie Viki sich das vorgestellt hat.

Mel joggt durch den Flur, ohne zu merken, dass orangefarbene Essenreste aus ihren Locken kullern und ihren Pulli einsauen. Sie entdeckt mich und stößt einen freudigen Laut aus, wird jedoch von einer Mauer aus Fleisch und Blut abgefangen. Viki schneidet ihr den Weg ab und überreicht ihr das Kind wie eine Handgranate mit gezogenem Stöpsel. Augenblicklich erstarrt Mels Lachen, als wäre sie auf eine Mine getreten und könnte sich durch die kleinste Bewegung das Bein wegsprengen.

Kaum ist die Kindsübergabe vollzogen, wirbelt Viki herum und fliegt an meinen Hals. Überrascht drücke ich sie an mich und genieße das Gefühl ihres Körpers in meinen Armen. Ihr Duft füllt meine Nase, und ich schließe die Augen, um vollkommen darin abzutauchen und die Welt für einige Sekunden zu vergessen. Ihre Nähe durchströmt mich mit warmem Kribbeln und schiebt ein Lächeln auf mein Gesicht.

Warum haben wir das nicht schon vor zwei Wochen getan?

»Endlich bist du hier«, seufzt sie an meinen Nacken. »Kannst du Windeln wechseln?«

Amüsiert blicke ich über ihre Schulter. »Irre ich mich oder sieht der Kleine wie das Kind unserer Nachbarn aus?«

»Du hast das erkannt?!« Erstaunt zieht Viki ihre Augenbrauen hoch und fügt murmelnd hinzu: »Für mich sehen die alle gleich aus …«

Sie erzählt mir, was am Nachmittag geschehen ist, und auch von der Tatsache, dass die Eltern seitdem nicht mehr aufgetaucht sind.

»Wir haben ihr Festnetztelefon auf Mels Handy umgeleitet, für den Fall, dass sie da anrufen, aber bisher hat sich keiner gemeldet«, schnaubt sie. »Wie kann man so verantwortungslos sein und *jemandem wie mir* ein Kind überlassen? Selbst der Hund wäre dafür besser qualifiziert.«

Apropos, kein trippelnder Freudentanz, keine Krallen in meinen Oberschenkeln und keine Sabberküsschen auf meiner Hand?

»Wo steckt Kid eigentlich?«

Viki starrt mich an, als hätte ich die Millionenfrage im Fernsehquiz gestellt und ihr würde soeben klar, dass sie die Antwort nicht weiß. Ihr Gesicht entleert sich sämtlicher Farbe. Sie dreht den Kopf zum Publikumsjoker, doch Mel wippt nur das Kind auf der Hüfte und zuckt mit den Schultern. Aus der Küche dringt ein verdächtiges Scheppern.

»O nein!« Wie vom Donner gerührt lässt sie mich los und stürmt an Mel vorbei durch den Flur. Ich erreiche die Küche, gerade als sie den Hund vom Tisch zerrt und mit ihm um einen Plastikteller kämpft, dessen Inhalt farblich zu Mels Flecken passt. »Pfui! Aus!«

Ich gehe in die Hocke, klopfe auf meine Oberschenkel und rufe nach Kid. Mit eingezogenem Schwanz und schuldbewusstem Hundeblick weicht er Vikis Schimpfen aus und trippelt zu mir rüber. Er überflutet meine Wangen mit feuchten Küssen, und ich kneife meine Lider zu, bevor er meine Augäpfel rauslutschen kann.

»Du verfressenes Fellmonster!«, zetert Viki. »Soll ich dem Baby dafür dein Hundefutter geben?!«

»Pssst! Nicht so laut«, zischt Mel.

Viki stemmt die Hände in die Hüften. »Er muss kapieren, dass er was falsch gemacht hat.«

»Um den Hund geht es mir nicht, sondern um die tickende Zeitbombe hier.« Sie nickt auf das Kind in ihren Armen, doch die Warnung kommt zu spät. Sein kleiner Kopf legt sich bereits in Falten und färbt sich knallrot, wie eine Tomate, die man ein paar Tage lang in der Sonne vergessen hat. Abgehackte Schluchzer brauen sich in seiner Kehle zu etwas Gewaltigerem zusammen, das jederzeit über uns hereinbrechen wird. »Jetzt haben wir den Salat! Es fängt wieder an.«

Viki rauft sich die Haare. »Er hat eine neue Windel bekommen, Wasser getrunken und Karottenbrei gegessen! Was will er denn noch?«

»Keine Ahnung«, ruft Mel über das Aufheulen des Babys hinweg. »Bestimmt möchte er zu seiner Mutter! Nimm ihn mir ab!«

»Ich bin aber nicht seine Mutter!«

»Mädels …« Ich stehe auf, wische mir die Hundehaare vom Hemd und blicke zwischen den aufgebrachten Frauen hin und her. Sie sehen aus, als hätten sie einen Boxring betreten und würden jeden Moment aufeinander losgehen. Zeit, den Schiedsrichter zu spielen. »Gebt mir das –«

Mel stürmt her und drückt mir den Winzling in die Hände.

Sein Brüllen verstummt augenblicklich. Vermutlich, damit er checken kann, ob er jetzt endlich in Reichweite einer dicken Milchbrust liegt. Dummerweise erkennt er meinen Dreitagebart und legt erneut los, deshalb fasse ich ihn unter den Armen und schwinge ihn zur Zimmerdecke hoch. Viki und Mel schreien gleichzeitig auf, als hätte ich vor, das Baby zum Fenster rauszuwerfen.

»O Gott!«

»Was tust du?!«

Der Kleine sieht mich mit großen Kulleraugen von oben an. Ich hole ihn runter und stemme ihn nochmals rauf. Er zappelt vergnügt, also werfe ich ihn ein weiteres Mal hoch und lasse ihn diesmal sogar ein paar Zentimeter über meine Finger fliegen. Sein freudiges Quietschen schrillt durch die Küche.

»Ich wusste nicht, dass du so gut mit Kindern umgehen kannst«, meldet sich Viki im Hintergrund. Ihre Hände schweben noch eingriffsbereit in der Luft, doch ihre Augen sind nicht mehr vor Schreck geweitet.

»Das ist einfach, wenn man die vier Grundbedürfnisse von Babys kennt.« *Die ich gerade erfunden habe, aber das brauche ich den beiden nicht zu erzählen.* Ihre Augen hängen anbeterisch an meinem Mund, und ich breite ein selbstsicheres Lächeln aus. »Ein trockener Hintern, jede Menge Nickerchen, prall gefüllte Brüste und Extremsport.«

»Du hast den Schnuller vergessen«, fällt Mel dazwischen.

»Die Brüste decken den ab. Und kommt einem Mann nicht mit diesen kalten Plastikersatzteilen. Nichts ersetzt einen warmen Frauennippel zwischen unseren Lippen.«

Das Baby gluckst zustimmend.

Ich trage den Kleinen ins Wohnzimmer und schaffe es bis zur Couch, obwohl sich der Hund eifersüchtig durch meine Beine drängt.

Kid verzieht sich unter den Tisch und wirft mir vorwurfsvolle Blicke zu, während ich es mir auf den Polstern bequem mache. Dem Kind gefällt die plötzliche Ruhe nicht, also halte ich es über meinen Kopf und schwinge es hin und her, bis es wieder lacht.

Viki und Mel lauern an der Zimmertür.

»Ich hätte gerne einen Kaffee mit Milch und was Leckeres zu futtern, wenn es sich einrichten lässt«, rufe ich zu ihnen rüber. »Bestenfalls in mundgerechten Häppchen vorbereitet, die ich einarmig essen kann.«

Ihre Mienen verfinstern sich.

»Denkst du, wir bedienen dich, nur weil du fünf Minuten lang ein Kind auf dem Arm hältst?«, mault Viki. »Wir hatten den Klotz über drei Stunden lang am Hals und bekommen dafür nichts.«

Ich hebe das Baby hoch, und es kreischt vergnügt. »Solange ihr mich bedient, behalte ich das Kind.«

Die beiden werfen sich einen Blick zu, drehen sich gleichzeitig um und marschieren wortlos in die Küche, um mit den Töpfen zu klappern. Es dauert nicht lange, bis ich gemahlenen Kaffee rieche und das Brutzeln von Fett in der Pfanne höre. Der Kleine wird langsam schwer in meinen Armen, also lege ich ihn ab und schneide ihm ein paar Grimassen mit rausgestreckter Zunge, die er zum Quietschen findet.

»Lektion Nummer eins, kleiner Mann«, flüstere ich ihm zu. »Finde heraus, was Frauen wirklich wollen, besorg es ihnen, und sie machen dich zum glücklichsten Kerl der Welt.«

Mel

Ich schicke meinen Röntgenblick zu Viki, doch sie panzert ihre Miene mit Blei. Völlig selbstverständlich nimmt sie eine Tasse aus dem Schrank, stellt sie unter den Automaten und tut so, als wäre es ganz normal, dass Jay im Nebenzimmer sitzt.

»Ihr beide habt euch sehr vertraut begrüßt«, zische ich zu ihr rüber. Das Baby quietscht zwar im Wohnzimmer, aber ich weiß nicht, wie gut die Wände uns abschirmen. »Du hast genau einen Café Latte Zeit, um mich auf den neuesten Stand zu bringen. Oder ich packe meine Zunge aus und stelle ihm selbst ein paar Fragen.«

Sie holt die Milch aus dem Kühlschrank, ein nettes Ausweichmanöver, damit sie ihr Gesicht vor mir verbergen kann. »Ich war gestern bei Dave. Er sagt, dass mit der Blauhaarigen nichts war.«

»Und du glaubst ihm das, weil?«

Ihr Blick flackert zu mir. »Es aufrichtig klang?«

»Der Kerl würde auch behaupten, er hätte eine Horde tanzender Mäuse dabei erwischt, wie sie ihm Marihuana in die Tasche stecken, um seinen Hintern zu retten.« Ich seufze schwer. Warum muss ausgerechnet ich die Spielverderberin sein, die Vikis Kopf wieder geraderückt? Früher war sie nicht so leicht zu blenden. Früher war sie nicht bis über beide Ohren in den Verdächtigen verliebt. »Und was meint Jay dazu?«

Sie zuckt die Schultern und verschüttet die Milch. Fluchend betupft sie Jays Glas, als würde ihn das stören. »Wir wollten heute Abend reden. Zumindest war das vor der Babykatastrophe geplant.«

»Aha. Und wann hättest du mir das gesagt?«

Sie fährt sich durch die Haare. »Ehrlich? Ich hatte es vergessen.«

»Du hast vergessen, dass heute Abend dein Freund vorbeikommen wollte, damit ihr über eure Beziehung quatscht?« Ich mustere sie aufmerksam. »Das sieht dir überhaupt nicht ähnlich.«

»Es war viel los …« Plötzlich hält sie inne und starrt zum Küchentisch, auf dem noch immer die Reste des Karottenbreis kleben, den wir ans Baby verfüttert haben. Sie stürzt rüber und schnappt sich eine kleine Tüte, die mir vorhin schon aufgefallen ist, weil das Apothekenlogo drauf ist. Mir entgeht nicht, dass sie die Öffnung mit ihrer geballten Faust umschließt.

»Meine Augentropfen«, stammelt sie und wird rot.

Ich beobachte sie genau. »Was ist damit?«

»Ich … ähm … bring die mal ins Bad. Medikamente sollten nicht in der Reichweite von Kindern liegen.« Ihre Flucht aus der Küche wäre nicht auffälliger, wenn ein großer Leuchtpfeil über ihrem Kopf hinge, auf dem steht: *Ich verheimliche was!*

Würde sie tatsächlich Wert auf ihre Privatsphäre legen, müsste sie sich mit ihren Ausreden schon etwas mehr Mühe geben. Sicherheitshalber schiebe ich die Pfanne beiseite, damit nichts anbrennt, und folge ihr.

Viki stopft gerade die Tüte in eine Schublade, als ich an die angelehnte Badezimmertür klopfe und meine Nase reinstecke. »Alles in Ordnung?«

Ihre Finger krallen sich ans Waschbecken, und ihr Adamsapfel hüpft sichtbar unter der Haut. »Ja. Klar. Alles bestens.«

Ich schnaube und ziehe eine Schnute. »Na gut, dann tue ich mal so, als ob ich dir das abkaufe. Immerhin hast du ein Baby am Hals und einen Beinahe-Exfreund im Wohnzimmer. Aber glaub nicht, dass du ewig damit durchkommst. Wir werden brunchen müssen. Am Sonntag.«

»O-okay.« Das Wort quetscht sich durch ihre Kehle.

Ich würde gerne was hinzufügen, doch in diesem Moment weiten sich ihre Augen, und ich registriere die knarzenden Dielen hinter mir. Jay taucht im Flur auf und drückt das Kind einhändig an seine Brust, um uns mit der anderen zu winken. Seine Handfläche ist so breit wie der gesamte Babyrücken, und an sein Hemd klammern sich winzige Fäustchen, kaum größer als die Knöpfe daran. In all dem Gestank und Geschrei war mit entgangen, wie süß der kleine Kerl in den Armen eines anderen aussieht. Schlagartig wird mir klar, dass das im Umkehrschluss auch für all die niedlichen Kinder gelten könnte, die ich bisher bewundert habe. Möglicherweise waren meine Pläne, bald nach dem Studium eigenen Nachwuchs zu bekommen, etwas zu voreilig.

»Wie wär's, wenn ich mich um den Kleinen kümmere *und* was zu essen mache? Ich hab noch eine Hand frei.« Jay wackelt mit den Fingern und schenkt uns ein überlegenes Grinsen. »Wenn ihr mir einen Lappen an die Füße bindet, könnte ich dabei auch die Küche wischen.«

Amüsiert schüttle ich den Kopf. »Wenn du dein Ego noch weiter raushängen lässt, fällt es aus deinem Mund.«

Er lehnt sich an den Türrahmen und mustert Viki. »Konferiert ihr beide hier drin heimlich über mich?«

Vikis Kopf knickt nach unten, und ihr Hals läuft an. Sie erwidert nichts, kein einziges Wort, und ich würde sie am liebsten schütteln und ohrfeigen, weil das nicht die Viki ist, mit der ich seit fünf Jahren befreundet bin. Auch Jay scheint was zu bemerken. Seine Augen gleiten zu mir und stellen die stumme Frage, ob er was Falsches gesagt hat. Hilflos zucke ich die Achseln.

»Vielleicht wäre es besser, wenn ich gehe«, überlege ich laut. »Ich sollte dringend nach Hause und meine Leber motivieren, immerhin ist morgen Abend euer großer Auftritt, und sie muss eine Menge Bier durchhalten.«

Ein Leuchten huscht über Jays Gesicht. »Kommst du?«

»Natürlich komme ich.« Ich stoße ihm freundschaftlich eine Faust gegen die Schulter. »Man bekommt nicht oft die Gelegenheit, zwanzig Euro Eintritt für dein melodisches Brüllen zu bezahlen.«

Er strahlt. »Du findest es melodisch? Das ist das Netteste, was ihr je über meine Musik gesagt habt. Bei unserem letzten Soundcheck hat Viki vorgeschlagen, wir sollten unser Intro an eine Insektenvernichtungsfirma verkaufen.«

Viki beißt auf ihr Schmunzeln und wirft ihm einen entschuldigenden Blick zu. »Das war Ausdruck meiner grenzenlosen Bewunderung. Seit wir Kid zur Bandprobe mitgenommen haben, hat er keine Milben mehr in den Ohren.«

»Er hatte noch nie Milben in den Ohren«, widerspricht Jay. Sein Oberkörper biegt sich über Viki, und sie hebt ihren Kopf, als würde sie von einem riesigen Magneten angezogen. »Schließlich kümmere ich mich um meine Familie.«

Ihre Wangen färben sich rosa, und ihre Augen überziehen sich mit einem trüben Schleier, als hätte man ihr eine Bratpfanne über den Schädel gezogen. Jays Konzentration purzelt ebenfalls aus seinem Gesicht und hinterlässt den Anblick eines hypnotisierten Hundewelpen. Höchste Zeit, von hier zu verschwinden und die beiden sich selbst zu überlassen. Bevor sie bemerken, dass das Baby wieder aufgewacht ist und bereits seinen nächsten Brüllangriff plant.

Ich hole meine Jacke und bin schon fast bei der Tür, als ein ekelhafter Geruch in meine Nasenlöcher strömt. Wir stieben auseinander, als hätte jemand eine Stinkbombe zwischen uns geworfen, aber der Fußboden vor uns bleibt leer. Weil die Ursache sich auf Jays Arm befindet, wie auch ihm gerade klar wird.

Seine blauen Augen werden kugelrund, und er spricht durch die Nase: »Ich hab noch nie eine Windel gewechselt.«

»Ich muss aufs Klo!«, quietscht Viki und schlägt die Badezimmertür zu.

Ich schnappe meine Tasche, zwänge meine Füße in die Stiefel und hebe meine Hand zum Abschied. »Die Leber ruft. Bis morgen!«

Bevor mich der Anblick eines hilflosen Mannes mit Kleinkind dazu überreden kann, meine Mutterinstinkte auszupacken und den beiden zu helfen, stürme ich zur Tür raus und rausche die Treppe nach unten in den nächsten Stock. Erst als ich mir sicher bin, von niemandem verfolgt zu werden, binde ich meine Schuhe und stöhne vor Erleichterung auf.

Die Sache mit den eigenen Kindern kann definitiv warten. Außerdem sollte ich mich zuerst mal auf einen passenden Samenspender konzentrieren, denn die sind heutzutage nicht leicht zu finden. Zumindest nicht die freiwillige Sorte, die Kinder als eine Bereicherung des Lebens betrachten. Eine Einstellung, die ich ihnen nach heute Abend nicht völlig übelnehmen kann. Meine einzige Hoffnung bleibt, dass eigener Nachwuchs besser riecht. Und leiser ist. Und länger schläft. Ich muss die Kondome zu Hause unbedingt auf ihr Haltbarkeitsdatum überprüfen.

Mit einem letzten Blick nach oben verlasse ich das Treppenhaus. Die beiden werden das schon ohne mich schaffen. Es ist ja nur vorübergehend.

Jay

Ich musste Frankys Sneakers ertragen, die er drei Tage lang ununterbrochen auf einem Festival trug, nur um sie dann im Bus auszuziehen. Daves Wohnung habe ich ebenfalls überlebt und selbst den Makkaroni-Auflauf, den Viki und ich über eine Woche im Backofen vergessen hatten. Doch all das ist nichts gegen den Geruch, der mir jetzt in die Nase strömt. Ich knie auf dem Teppich vor der Couch, mit einem zappelnden Kind vor mir und habe die Windel noch nicht mal *geöffnet.*

Hinter mir klackt die Badezimmertür. »Kommst du klar?«

Ich hebe meinen Daumen über die Schulter. »Kein Kerl schüchtert mich ein, der eineinhalb Meter kleiner ist als ich.«

Viki tapst ein paar Schritte auf mich zu. »Die frischen Windeln liegen da drüben im Korb. Mel hat alles für mich zusammengepackt, sie war meine Rettung heute Nachmittag. Ich habe nicht mehr mit Puppen gespielt, seit ich sieben Jahre alt war, geschweige denn an echten Babys geübt …«

Etwas an ihrem Tonfall dreht meinen Kopf nach hinten. Viki steht auf der Schwelle zum Wohnzimmer und schlingt ihre Arme um sich selbst. »Mein Vater hat damals alle Puppen in einen Müllsack gestopft. Nicht um mir weh zu tun, sondern weil ich nachts kein Auge mehr zubekam und ihm damit auf die Nerven ging. Ich ertrug den Gedanken nicht, dass sie mich heimlich ansehen, wenn ich schlafe. Ihre Glasaugen erinnerten mich an das Totenbett meiner Mutter, an ihren starren Blick zur Zimmerdecke, in dem kein Leben mehr steckte …«

Das Baby liegt sicher auf dem Teppich, also stehe ich auf und gehe zu ihr rüber. Ohne ein Widerwort sinkt sie in meine Umarmung und vergräbt ihr Gesicht in meiner Brust. Ich streichle ihre Haare. »Du hast als Kind deine tote Mutter gesehen?«

»Vielleicht wollte er, dass ich es sofort kapiere«, nuschelt sie in mein Hemd. »Damit ich keine blöden Fragen stelle.«

»Mein Angebot von damals steht noch. Bist du dir sicher, dass ich ihm keine reinhauen soll?«

Sie schüttelt den Kopf und reibt ihre laufende Nase über mein Schlüsselbein. Ich küsse ihre Stirn und wische mit dem Daumen die Tränen von ihren Wangen, die rasch von neuen ersetzt werden. Ihr Blick senkt sich unter langen, feuchten Wimpern. »Denk nicht weiter darüber nach, ich bin nur müde …«

»Warum legst du dich nicht in die Badewanne und entspannst dich ein bisschen? Mein kleiner Freund und ich kommen schon miteinander zurecht. Notfalls ziehe ich mir eine Youtube-Wickelanleitung rein.« Ich streiche dunkle Haarsträhnen hinter ihre Ohren und hebe ihr Kinn sachte hoch, aber sie sieht mich nicht an. Das Geständnis mit den Puppen zieht ihre Selbstachtung auf den Fußboden, und einmal mehr überwältigt mich das Verlangen, diesem Dreckskerl von Vater eine Abreibung zu verpassen.

Sie schließt die Augen. »So hast du dir den Abend sicher nicht vorgestellt.«

»Ich bin bei dir. Das ist alles, was zählt.« Ich drücke meine Lippen an ihren Mund und schmecke das Salz ihrer Tränen. Ihre Haut fühlt sich weich an und bebt sanft unter meiner Berührung. Behutsam setze ich meine Küsse fort, ohne sie zu vertiefen, ohne Viki zu etwas zu zwingen, das sie vielleicht nicht möchte.

Ein zittriger Seufzer befreit sich aus ihrer Kehle, und ihre Augen öffnen sich wieder. Sie blicken mir klar und grün entgegen. »Du hast gar keine Vorstellung davon, wie sehr ich dich vermisst habe.«

»Du hast gar keine Vorstellung davon, wie sehr ich dich liebe«, flüstere ich.

Sie lacht kurz auf, ein erleichtertes und zugleich tieftrauriges Geräusch, das sie erneut zum Weinen bringt. Die Fröhlichkeit in ihrer Stimme wackelt. »Ich sollte deinen Vorschlag mit der Badewanne annehmen. Wenn ich so weitermache, überflute ich den Flur.«

»Lass dir ein heißes Bad ein und mach dir keine Gedanken über uns. Sobald der Kleine schläft, komm ich zu dir.«

»Okay.« Sie drückt sich an letztes Mal an mich und verschwindet im Bad.

Mir entgeht nicht, dass sie an ihren Augen reibt, als sie sich umdreht. Alles in mir sehnt sich danach, ihr zu folgen und diese Traurigkeit von ihrem Gesicht zu küssen. In den vergangenen drei Jahren trat sie nur selten an die Oberfläche, aber ich lernte, sie auch tief in ihrem Blick zu erkennen, wenn eine Situation sie an ihre Eltern erinnerte. Viki ist ein schlafender Vulkan, unter ihrer Steinkruste brodelt flüssige Lava. Schwache Eruptionen wie diese hier sind wahrscheinlich besser als ein Jahrhundertausbruch, bei dem Zivilisationen zerstört werden. Ich wünsche mir nur, dass sie irgendwann zur Ruhe kommt.

Das Wasserrauschen dringt durch die Wand. Mein Stichwort, um mein Versprechen einzulösen und mich einem geruchsintensiveren Problem zu widmen. Das Baby gibt einen protestierenden Schrei von sich, als ich mich wieder vor es hocke. Trotz seiner geringen Größe lässt er sich nicht auf dem Kopf herumtanzen. Es ist gut, wenn Männer wissen, was sie wollen.

»Sorry für die Verspätung, Kleiner.« Zur Versöhnung strecke ich meinen Zeigefinger hin, den er sofort mit seinem Händchen packt und ordentlich schüttelt. »Jetzt zeig mal, was du in der Hose hast.«

Kid robbt unterm Tisch hervor und streckt seine Nase her. Hunde riechen eine Million Mal besser als Menschen, und ich weiß echt nicht, wie er das überlebt. Seine Schnauze drückt sich in den Windelstoff, und ich muss beide Hände nehmen, um seinen haarigen Sturschädel wegzuschieben. Widerwillig weicht er zurück und durchbohrt mich mit einem beleidigten Hundeblick. Hätte er Finger an den Pfoten, würde er mir den mittleren davon hochhalten.

Womit fangen wir an? Am besten ich breite zuerst das Werkzeug aus und verschaffe mir einen Überblick.

Ich rutsche auf Knien zur Couch und hole den Korb herunter. Meine Hand taucht in die Wundertüte und zieht eine frische Windel, Reinigungstücher, Puder und Salbe heraus. Ansonsten befindet sich nichts darin. Keine Schere, um die geschätzten fünf Meter Klebeband zu durchtrennen, mit denen das Bündchen umwickelt wurde, kein luftdichter Müllbeutel, keine Beißzange, keine Gasmaske und keine Person, die so etwas schon einmal gemacht hat.

Dann muss ich eben improvisieren.

Ich raffe mich auf und humple mit eingeschlafenen Beinen in die Küche. Über dem Dampfabzug finde ich einen Plastikbeutel, in der Schublade darunter eine Schere sowie unsere Spaghettizange, die ich nach kurzem Überlegen zurücklege, weil ich nie wieder davon essen könnte. Gasmaske besitze ich bedauerlicherweise keine, aber ich habe eine Taucherbrille im Kleiderschrank, die zumindest verhindern würde, dass ich durch die Nase einatme. Ich hole sie.

Zurück in der Gefahrenzone lege ich die Gegenstände in der Reihenfolge aus, in der ich sie brauchen werde: Maske, Müllsack, Reinigungstücher … Kommt die Salbe oder der Puder zuerst? Ich erinnere mich an die mahnenden Worte meiner Mutter, dass der Puderzucker immer zuletzt über den Kuchen gestreut wird; also zuerst die Salbe, dann der Puder. Und schließlich die Windel. Gar nicht so schwierig, wenn man alles ordentlich vorbereitet.

Leider stellt sich bereits Punkt eins als fataler Denkfehler heraus. Ich setze die Tauchermaske auf, atme durch den Mund ein und stelle zwei Dinge fest: Erstens läuft die Brille an, weil ich Trottel durch die Nase ausgeatmet habe. Zweitens schlüpft der Gestank einfach auf umgekehrtem Weg in meine Geruchsknospen. Ich ziehe die Maske runter und werfe sie auf die Couch. Das war ein Fehlschlag, ich werde auf die gute alte Weise meine Luft anhalten müssen.

Die Windel zu öffnen ist leicht, die Klebestreifen lassen sich problemlos durchschneiden. Worauf ich nicht vorbereitet bin, ist ihr Inhalt. Ich hätte mich nicht so lange mit Viki unterhalten sollen, denn in der Zwischenzeit hat eine Kernschmelze stattgefunden. Mit aufgeblasenen Backen und zusammengekniffenen Augen taste ich nach dem Plastikbeutel, befördere den Atommüll hinein, zerre die Bänder zu und verknote sie doppelt, damit nichts mehr nach außen dringen kann.

Mein Atem platzt aus mir hervor, gerade als ich den Beutel beiseitelege. Ein weiterer Fehler, denn der Geruch klebt noch in braunen Streifen am Po des Babys. Ich reiße die Reinigungstücher an mich, wische das Kind ab und verfluche mich selbst für meine Kurzsichtigkeit, weil ich den Sack so gut verknotet habe, dass ich ihn nicht mehr aufkriege. Also springe ich auf, renne in die Küche und entsorge die Tücher im Hausmüll.

Das Baby zappelt auf dem Teppich und stößt ein amüsiertes Brabbeln aus, als ich zurückkehre. Ich kitzle seinen Bauch, um es ihm heimzuzahlen, und ernte einen freudigen Quietscher. Der Rest ist ein Kinderspiel. Ich pudere den Hintern, wickle ihn neu und erinnere mich erst an die Hautcreme, als der Kleine gut verpackt vor mir liegt.

»Waschechte Männer salben ihren Pimmel sowieso nicht ein«, erkläre ich dem Jungen.

Er gluckst zustimmend.

»Give me five.« Ich halte ihm meine Handfläche hin, damit er einschlägt. Stattdessen kickt er mich mit seinem Füßchen, was ich auch gelten lasse.

Gerade als wir es uns vor dem Fernseher gemütlich machen wollen, schnappt Kid den Plastikbeutel vom Boden und rennt in die Küche.

Ich stürze hinterher. »Aus! Kid!«

Er zieht den Schwanz ein, öffnet seinen Kiefer jedoch keinen Millimeter. Ich muss Gewalt anwenden und reiße ein Loch ins Plastik, um den Beutel endlich zu befreien. Sicherheitshalber stecke ich ihn in einen weiteren Müllsack, verknote ihn doppelt und lege ihn auf den

Kühlschrank, wo der Hund nicht mehr drankommt. Kid stürmt unter den Küchentisch und wirft sich mit einem lauten Seufzer in die hinterste Ecke.

Ich beuge mich unter die Tischplatte und nehme Blickkontakt auf. »Wenn mit deinem Frauchen alles klappt, bleibe ich ab sofort wieder hier. Wir machen einen langen Spaziergang am Sonntag, und ich kaufe dir was beim Metzger, einverstanden?«

Er dreht sich um und legt sich mit dem Gesicht zur Wand. Ich bin vielleicht kein Hundeflüsterer, aber ich habe genügend Beziehungserfahrung hinter mir, um eines zu wissen: Für heute habe ich es vermasselt.

Neben den Überresten des Karottenbreis steht noch eine halbvolle Babyflasche, deren Inhalt nach Tee aussieht. Ich nehme die Flasche, besorge mir selbst ein Glas Wasser und marschiere zurück ins Wohnzimmer, um mit meinem Kumpel zu trinken.

Wir liegen gemeinsam auf der Couch und diskutieren über die jeweiligen Vorzüge von Bikinis und Badeanzügen, bis der Kleine endlich wegdöst und ich ihn zwischen die Kissen bette, damit er nicht runterkullert. Zur Sicherheit schließe ich die Tür zur Küche und schleiche auf leisen Sohlen zum Badezimmer.

Ich klopfe nicht an, weil Kid auf das Geräusch für gewöhnlich mit Bellen reagiert, sondern schlüpfe einfach in den mit Dampf gefüllten Raum. Über unsere Beziehung zu reden, während einer von uns nackt ist, fühlt sich unfair an, also öffne ich die Schnalle meines Gürtels und ziehe ihn aus den Schlaufen. Weiter komme ich nicht, bevor mir das Lächeln vom Gesicht fällt und zusammen mit meinem Herz in die Hose rutscht.

Viki liegt in der Badewanne. Ihre Haare hängen wie eine dunkle Wolke unter der Wasseroberfläche, die so glatt wie ein Spiegel daliegt. Keine Luftblasen steigen empor, nichts rührt sich. Ihr Kopf befindet sich unter Wasser.

Viki

Meine Jeans gleiten über die Knöchel, und ich steige aus der Hose. Neben mir rauscht das heiße Wasser in die Wanne und verströmt den Duft von Kokosmilchschaum, der sich unter dem Hahn auftürmt. Der Spiegel beschlägt und verhüllt meinen nackten Oberkörper. Mein Blick gleitet zur Schublade, in der ich die Apothekentüte verschwinden ließ, und dann zur Badezimmertür.

Ich habe nicht mehr abgeschlossen, seit Jay bei mir eingezogen ist. In seiner Gegenwart fühlt es sich falsch an, geradezu nach einem Verbrechen an unserem gegenseitigen Vertrauen. Es ist eine Schwelle, die ich nicht übertreten möchte, denn sie würde noch viel mehr zwischen uns trennen als nur zwei Zimmer. Ich trete an die Tür und lausche nach draußen.

Das Baby quietscht, und Jay tadelt den Hund. Die Geräusche tragen das Bild von vorhin zurück in meine Vorstellung: Jay mit dem Kind auf seinem Arm, das an seiner breiten Brust so winzig wirkte. Der Anblick machte mich traurig. Vielleicht weil er mir eine Möglichkeit zeigte, die ich für mich ausgeschlossen habe.

Mein Zeigefinger legt sich auf den Schlüssel, gleitet aber daran herab. Ich linse zum Badezimmerschrank und seufze tief, weil sich die Luft plötzlich zu schwer anfühlt. Der Wasserdampf sammelt sich in meinen Augen und verwischt meine Sicht, als wolle er mir mitteilen, dass ich für heute genug gesehen habe. Ich drücke die Lider aufeinander und spüre zwei letzte Tränen, die über meine Wangen gleiten. Es wird Zeit, sie abzuwaschen.

Ich steige in die Badewanne und sinke in den Schaum. Die Hitze umhüllt mich und klopft meine Muskeln weich, die sich wie ein orientalischer Teppich über meinen Rücken knoten. Mein Hintern rutscht nach vorne, mein Kinn durchstößt die Wasseroberfläche, und der Geschmack von Kokosmilch dringt durch meine Lippen. Das Wasser füllt meine Ohren und verschluckt die Geräusche in der Wohnung. Noch einmal sauge ich Luft in mich hinein, bevor auch meine Nase abtaucht und ich in einer Welt versinke, die nur aus dem Rauschen meines Blutes besteht.

Ich stelle mir die roten Adern vor, die sich durch meinen Körper ziehen, ein Netz aus Tunneln, gefüllt mit Blutplättchen und Plasma. Meine Vorstellung wandert durch mein pumpendes Herz, hinunter in meinen Bauch, durch meine Beine und zurück nach oben. Sie landet in meinem Kopf, wo ein Gedanke pocht, der dort nicht hingehört. Ein Fremdkörper, von dem ich mir wünschte, man könnte ihn einfach herausschneiden. Meine Lunge brennt, doch ich gebe dem Verlangen nicht nach, wieder aufzutauchen und diesem nagenden Keim frisches Futter zu besogen. Mein Gehirn verlangt nach Sauerstoff, und ich beschließe, es stattdessen auszuhungern.

Plötzlich packen mich zwei Hände an den Oberarmen und reißen mich aus dem Wasser. Vor Schreck verschlucke ich mich am Badeschaum und krümme mich hustend nach vorne. Flüssigkeit läuft aus meinen Ohren, und ich höre Jays Stimme neben mir.

»Verdammt, hast du mich erschreckt!« Er lässt mich los, und sein Hintern sackt auf die Fersen. »Ich dachte, du wärst bewusstlos!«

»Ich wollte nur für ein paar Sekunden abtauchen.«

Er sieht mich an. Das künstliche Licht färbt seine Augen marineblau. Etwas Dunkles und Warmes lodert in seinem Blick, flüssiges Feuer, das in Wellen über meinen nackten Körper gleitet und tief in mir drin Hitze entfacht. Meine Hand taucht auf, streicht über seine kratzige Wange und befeuchtet die Haarspitzen an seiner Schläfe. Er lehnt sich gegen meine Finger und drückt seine Lippen an meinen Mundwinkel.

Es ist ein zarter Kuss. Ein Versprechen dessen, was noch folgen wird, zumindest wenn es nach mir geht. Mein Atem beruhigt sich nicht, obwohl meine Lungen sich längst wieder mit Sauerstoff gefüllt haben. Ein anderer Hunger breitet sich in mir aus, einer, der sich nur stillen lässt, indem ich Jays Haarschopf fasse und seinen Mund mit meiner Zunge öffne. Sein Stöhnen hallt sanft in mir wider.

»Sollten wir über das reden, was geschehen ist?«, flüstert er nach einer Weile. Seine Augen bleiben geschlossen, und seine Stimme kratzt an der Schwelle des Hörbaren.

»Ist etwas geschehen, das wichtig ist?«

»Nein.« Er will den Kopf schütteln, doch meine Lippen halten ihn auf.

»Dann hätten wir das geklärt.«

Sein Körper bewegt sich, während wir uns küssen. Er zieht sich aus, ohne seine Liebkosungen zu unterbrechen, und steigt zu mir in die Wanne – nur mit einem T-Shirt bekleidet, das er nicht abstreifen kann, weil ich meine Arme um seinen Hals geschlungen habe.

Er drückt mich gegen das Porzellan, und Wasser schwappt auf den Fußboden. Die Badewanne ist zu klein für zwei Personen, selbst wenn sie sich eng aneinanderschmiegen, selbst als Jay meine Beine hochhebt und sich zwischen meine Schenkel legt. Ich spüre seine Erektion, noch nicht in mir, aber längst bereit dafür. Alles in mir sehnt sich danach, seine Berührung so zu genießen wie früher, ihn so zu lieben, als gäbe es nichts Wichtigeres auf dieser Welt, zumindest nicht an diesem Ort und nicht in diesem Augenblick.

Meine Instinkte übernehmen die Kontrolle und drücken mich gegen ihn, bis er mich endlich ausfüllt. Mein Kopf wirft sich in den Nacken, meine Fingernägel kratzen über sein nasses Shirt. Er stößt mich gegen den Rand, langsam zuerst, dann immer schneller, als sein Körper Gefallen daran findet. Das Wasser plätschert im selben Rhythmus auf den Boden. Meine Oberschenkel quietschen an den Wannenrändern, und mein Hinterkopf reibt an den Fliesen.

Meine Augen öffnen sich, doch Jay ist noch weit entfernt, seine Gedanken haben sich längst in Gefühle aufgelöst. Es dauert ein paar Sekunden, bis mein Zögern durch den Nebel in seinem Verstand sickert und er in seinen Bewegungen innehält. Seine tiefe Stimme vibriert an meinen Lippen. »Alles okay?«

»Es ist ein bisschen unbequem …«

Mehr brauche ich nicht zu sagen. Jay hievt sich aus der Wanne, um mir Platz zu machen und gießt einen Schwall Badewasser über meine Brust, das aus seinem T-Shirt läuft. Er zerrt den nassen Stoff über den Kopf, wirft ihn auf die Waschmaschine und beugt sich zu mir herunter. Seine Arme tauchen ab und heben mich aus dem Wasser, bevor ich überhaupt kapiere, was er vorhat. Ich schlinge mich um seinen Nacken, damit ich nicht runterfalle, und höre mein eigenes Lachen in der Luft.

»Schschsch.« Er drückt seine Lippen an meinen Mund und flüstert: »Weck das Baby nicht auf. Ich bin noch nicht mit dir fertig.«

Ich verstecke mein Kichern an seinem Hals, während er mich durch den Flur trägt und den Türgriff zu unserem Schlafzimmer mit dem Hintern runterdrückt. Sein Rücken stößt die Tür auf, und er bringt mich zum Bett, wo er mich behutsam auf der Decke ablegt. Mir bleibt keine Gelegenheit, aufzustehen und die Tür hinter uns zu schließen, damit wir nicht leise sein müssen. Sein Knie schiebt sich zwischen meine Schenkel, und sein Gewicht presst mich in die Matratze.

Sein schiefes Lächeln schimmert über mir im Zwielicht. »Du hast einen Wunsch frei. Ich mache alles, was du willst.«

»Wirklich alles?« Ich beiße auf meine Unterlippe, als könnte ich so das freche Schmunzeln aufhalten, das mein Gesicht überwältigt. »Was treibst du dann noch hier oben?«

Ein amüsiertes Schnauben stößt aus seiner Nase, und er senkt den Kopf. Schmetterlingszarte Küsse flattern über meinen Kieferknochen, meinen Hals, zwischen meinen Brüsten hindurch und über meinen Bauchnabel hinunter. Meine Wirbelsäule biegt sich ihm entgegen, als er die Mitte zwischen meinen Beinen erreicht. Das Gefühl seiner Zungenspitze auf meiner sensiblen Haut durchzuckt meinen Unterleib, überwältigend schön und gleichermaßen unerträglich. Ich vergrabe meine Finger in seinen Haaren und stoße ihn weg, weil ich es nicht länger aushalte.

Er zieht meine Hände von seinem Kopf und presst sie in die Bettdecke. Ein teuflisches Grinsen erwacht auf seinen feuchten Lippen, bevor er sich wieder hinunterbeugt und meine Oberschenkel noch weiter auseinanderdrückt. Ich kann mich kaum bewegen, seiner Liebkosung nicht mehr entkommen, selbst als sie zu viel für mich wird, meine Beherrschung durchbricht und in einem tiefen Stöhnen aus meiner Kehle dringt.

Ich spüre sein Lächeln, obwohl ich es nicht sehe. Fühle seine Zunge, die breit und träge über mich leckt, um mir eine Sekunde Erholung zu gönnen, ehe seine Lippen sich erneut schließen und langsam an mir saugen. Unsere Finger verschränken sich ineinander, so fest, dass nichts sie auseinanderreißen könnte. Kein Streit, kein Gedanke. Nicht mal dieses Gefühl in mir, das sich Minute um Minute zu einer meterhohen Welle auftürmt, die schließlich ihren Höhepunkt erreicht und in weißem Licht über mir zusammenbricht.

Ich tauche auf. Über mir schwebt eine dunkle Zimmerdecke. Ein Keuchen hallt in meinen Ohren nach, das aus meinem eigenen Hals stammt. Das Gewicht löst sich von meinen Schenkeln, und Jay legt sich neben mich. Er spielt an einer nassen Strähne, die über mein Gesicht hängt, und lächelt mich an. »Du hast mich wirklich vermisst.«

Ich hebe meine Hand und fahre seinen schönen Mund nach, bis er die Lippen öffnet und zärtlich in meinen Finger beißt. Unsere Blicke treffen sich und kommen zur stillen Übereinkunft, dass dieser Abend gerade erst angefangen hat.

»Wetten, du vermisst mich auch?«, raune ich.

Jay

Viki schält sich aus meinen Armen und tappt aus dem Zimmer. Ich wälze mich zur Seite, blinzle in das graue Morgenlicht und checke die Uhrzeit auf dem Radiowecker. Es ist halb sechs, keine zwölf Stunden mehr, bis wir zum Flashlight fahren und unser Equipment aufbauen müssen. Der Gedanke kribbelt durch meine Brust und verscheucht den Rest von Müdigkeit aus meinen Gliedern. Ich raffe mich auf und versuche, meine Haare zu bändigen, die in der Nacht auf dem Kopfkissen trockengerubbelt wurden, aber die Mühe ist vergebens. Eine ausgiebige Dusche wird das richten müssen.

Normalerweise habe ich kein Problem damit, nackt durch die Wohnung zu wandern, und nach unserer Versöhnungsnacht heute dürfte Viki das ebenso sehen. Allerdings befindet sich ein fremdes Baby in unserem Wohnzimmer, und ich verspüre nicht die geringste Lust, ihm meinen Pimmel zu zeigen. Auch wenn ich seine Miniversion schon gesehen habe, fühlt sich das grundlegend falsch an. Also laufe ich rüber zum Schrank, ziehe mir Shorts über den Hintern und besorge mir ein trockenes T-Shirt.

Draußen im Flur erinnere ich mich an meine Jeans, die ich gestern Abend vor der Badewanne abgestreift habe. Mein Magen sackt ab, als mir klar wird, dass meine Zigaretten in der Tasche stecken. Verrückterweise ist es nicht die Vorstellung, dass Viki die Schachtel entdecken könnte, die mich schlagartig nervös macht. Sondern die Erinnerung an mehrere Liter Wasser, die aus der Wanne geschwappt sind und vermutlich meine letzten drei Kippen aufgelöst haben. Ich gehe zum Bad und drücke die Klinke nach unten, doch es ist abgeschlossen.

»Ich brauch noch ein paar Minuten!« Vikis Stimme dringt durchs Holz und klingt panisch, als hätte ich sie bei was Unanständigem erwischt.

»Seit wann schließt du ab?«

Sie klappert mit dem Klodeckel. »Ich … hab was Falsches gegessen. Es könnte länger dauern.«

Alles klar. Unser Badezimmer hat kein Fenster, und sie schämt sich nach unserer romantischen Nacht garantiert dafür, menschliche Bedürfnisse zu haben. Hoffentlich nebelt sie den Raum nicht wieder mit einer ganzen Flasche Duftspray ein, das letzte Mal wäre ich beim Pissen beinahe an einer Treibgasvergiftung gestorben.

Ich lehne mich an den Türspalt. »Ist meine Hose nass?«

»Solltest du das nicht merken?«

Meine Mundwinkel ziehen sich nach oben. Ich hab mein freches Mädchen vermisst. »Die Hose auf dem Fußboden vor der Badewanne.«

»Falls du den Lappen meinst, der in der Wasserlake schwimmt …«

»Lass sie liegen. Ich räum sie später weg.« Gestern war nicht der richtige Zeitpunkt, um ihr meine Zigaretten zu gestehen, und ich habe keine Lust, dass meine aufgeweichten Jeans das für mich erledigen. Kurz spiele ich mit der Verlockung, ihr vielleicht gar nichts davon zu sagen. Wenn mein Plan hinhaut und es sich da drin um meine letzte Zigarettenpackung handelt, könnte ich ihr meinen Rückfall auch beichten, sobald ich wieder sauber bin. Es ist leichter, über Fehler zu reden, die in der Vergangenheit liegen.

»Soll ich uns Frühstück machen, oder willst du zurück ins Bett?«, frage ich durch die Tür. Diesmal antwortet sie nicht. Kein Klopapierrollen dringt nach außen, kein Scheuern der Bürste, nicht mal das Sprühen des Raumsprays. Hat sie etwa die Hose aufgehoben? Sind die Kippen rausgefallen? Mein Herz hämmert in der Brust. »Hörst du mich?«

»Ja.«

»Hast du Hunger?«

Sie schweigt mehrere Sekunden. »Ich hab doch gesagt, dass mir schlecht ist.«

Schlecht? Dann habe ich ihre Aussage vorhin also falsch interpretiert. Hat sie denn gestern Abend überhaupt was gegessen oder sich nur um das Baby gekümmert? In der Küche jedenfalls konnte ich keine Anzeichen von Abendbrot entdecken. »Brauchst du was?«

»Nein.«

Ich sollte sie in Ruhe lassen und die Frühstückscroissants aufbacken, die ich mitgebracht habe. Vielleicht will sie später davon essen, wenn es ihr wieder besser geht.

Im Wohnzimmer stelle ich fest, dass unser kleiner Freund ebenfalls schon wach ist. Er strampelt mit den Beinchen, als ich in seinem Blickfeld auftauche, und ich kontrolliere seine Windel. Diesmal hat er nur ein bisschen reingepinkelt, was die Säuberungsaktion extrem vereinfacht. Ich hebe ihn hoch und trage ihn in die Küche, um Frühstück für den Kleinen aufzutreiben, obwohl ich bezweifle, dass eine fertig präparierte Babyflasche im Kühlschrank auf mich wartet. Keine Ahnung, was Kinder in dem Alter essen können, aber etwas Karottenbrei und Tee fühlt sich nach zu wenig an. Hoffentlich taucht seine Mutter bald auf und bringt ihre dicken Milchbrüste mit.

Kid lauert bereits hinter der Küchentür und springt mich an. Sein Bellen schmettert durch die morgendliche Stille des Hauses, und ich beeile mich, ihn mit einer Portion Hundefutter ruhigzustellen. Leider rasseln die Hundekuchen eine Sekunde zu spät in den Napf, denn das Baby fängt an zu weinen. Ich schaukle ihn auf meinem Arm und suche fieberhaft nach einem Lied, das ich ihm vorsingen könnte, allerdings werden meine Lieblingssongs vorzugsweise mit voller Lautstärke ins Mikrofon gebrüllt. Schlussendlich wird es *Boys Don't Cry* von The Cure, weil zumindest der Text passt.

»I try and laugh about it, hiding the tears in my eyes, because boys don't cry …« Würde Dave mitkriegen, dass ich eine schnulzige Ballade von 1979 vor mich hinsumme, würde er mich an den Eiern aufhängen.

Hoffentlich entwickelt sich daraus kein lästiger Ohrwurm, der mich für den Rest des Tages verfolgt.

Der Kleine beruhigt sich, und ich krame im Kühlschrank nach etwas Essbaren, was sich als extrem schwierig herausstellt, wenn man nur einen Arm frei hat. Der Respekt vor meinen Eltern wächst mit jeder Minute, vielleicht sollte ich Mom und Dad mal einen Blumenstrauß mit einer Dankeskarte besorgen. Die Kuhmilch schmeckt frisch, doch ich finde keinen Hinweis auf der Packung, ob die für so junge Kinder geeignet ist.

Ich mustere den Winzling von oben bis unten. »Du siehst einem Kälbchen nicht besonders ähnlich. Sollen wir mal in deiner Wohnung nachsehen, ob wir einen Babybrei auftreiben?«

Er betrachtet mich mit großen Augen, was ich als Zustimmung werte. Immerhin bezieht sich seine Erfahrung als Kind gerade mal auf wie viele Monate? Zehn? Für ihn bin ich ein verantwortungsvoller Mann, der in jeder Lebenslage weiß, was zu tun ist. Obwohl das von der Realität ziemlich weit abweicht, schürt es das Verlangen in mir, seinen vertrauensvollen Blick nicht zu enttäuschen. Ich kann für dieses Baby erwachsen sein. Einen Tag schaffe ich locker.

Viki steckt nach wie vor im Bad, aber ich entdecke die Schlüssel zur Nachbarswohnung auf der Kommode und gehe mit dem Kleinen rüber. Die Wohnung hat denselben Schnitt wie unsere, mit dem einzigen Unterschied, dass sie spiegelverkehrt angelegt wurde. Würde man die Wand zwischen unseren Wohnzimmern herausreißen, ergäbe das eine nette Raumgröße, die man gut mit einer Fensterfront zur Geltung bringen könnte. Vermutlich bin ich von meinem Elternhaus verwöhnt, trotzdem hoffe ich, dass wir uns irgendwann aus dieser Schuhschachtel befreien können. Ich sollte mal im Bürogebäude meiner Eltern rumfragen, ob noch jemand eine Putzfrau mit zwei Semestern Architekturerfahrung braucht …

Wenigstens ist mir das Glück in der Küche gewogen. Nicht nur finde ich ein essfertiges Glas Kindernahrung im Kühlschrank, ich trete auch auf den Babyschnuller. Oral befriedigt verwandelt sich das Baby augenblicklich in ein schnurrendes Kätzchen.

Eigentlich habe ich vor, den Babybrei in unserer Küche aufzuwärmen, doch als ich unseren Flur betrete, steht Viki plötzlich vor mir. Sie ist angezogen, trägt ihre Straßenschuhe und die alte Lederjacke. Offenbar hat sie nicht mit mir gerechnet, denn sie wirbelt herum und wird bei meinem Anblick käseweiß. Die Handtasche rutscht aus ihren Händen, und sie hebt sie rasch vom Boden auf.

»Wo willst du so früh hin?«

»Ich …« Ihr Blick fällt auf den Kleinen in meinem Arm und schnellt dann zu mir hoch. Das Weiß schillert in ihren Augen, wie bei einem Fuchs, der von einer Meute wilder Hunde durch den Wald gejagt wird. Eine Erklärung liegt bereits auf ihrer Zunge, aber sie schluckt sie runter und verkriecht sich lieber in einem Erdloch. »Muss weg.«

Sie drängt sich an mir vorbei aus der Wohnung und poltert die Treppe hinab. Ich folge ihr, stelle jedoch auf der fünften Stufe fest, dass dem Kind die Erschütterungen missfallen. Er verliert den Schnuller und bricht in heulenden Protest aus. Ich lehne mich übers Geländer und entdecke Viki im zweiten Stock.

»Was ist denn los?«, rufe ich ihr hinterher. Entweder leidet sie unter schlagartiger Taubheit, oder sie beschließt, dass sie mich nicht hören will. Mit dem Kleinkind bleibt mir jedenfalls keine andere Wahl, als zurück in unsere Wohnung zu marschieren und dort nach einem Hinweis für ihren überstürzten Aufbruch zu suchen.

Das Badezimmer sieht aus, als hätte eine Gruppe junger Seehunde in der Wanne getollt und dabei ihre Kleider verloren. Meine Hose liegt unberührt da, und ich stupse mit den Zehen nach der aufgeweichten Zigarettenschachtel in der Tasche. Was auch immer so plötzlich in sie gefahren ist, meine Kippen haben sie zumindest nicht hier rausgejagt.

»Lektion Nummer zwei, kleiner Mann.« Ich streife den Schnuller an meinem Hemd sauber und stecke ihn in seinen Mund. »Manchmal ist es absolut unmöglich herauszufinden, was Frauen wirklich wollen.«

Viki

Die Sonne steckt hinter den Hochhäusern, aber ihr Licht bleicht den Morgenhimmel über mir. Hin und wieder reißt die Smogdecke auf und entblößt ein unendliches Blau, eine Kuppel aus blühendem Vergissmeinnicht, das meine Füße in eine Richtung lenkt, die mein Verstand noch nicht begriffen hat. Es wird ein strahlend schöner Tag. Ein kleiner Scherz des Universums, das den Misthaufen, den es mir heute zum Frühstück serviert hat, mit einer Kirsche dekoriert. Aus Protest ziehe ich den Reißverschluss meiner Lederjacke bis zum Hals hoch und stopfe meine Hände in die Seitentaschen.

Schweiß sammelt sich in meinem Nacken, als ich in einen leeren U-Bahn-Wagen steige und mich an die Haltestange kralle. Selbstverständlich könnte ich mich setzen, doch die Panik, die meine Speiseröhre hochkriecht, erlaubt mir diese Bequemlichkeit nicht.

Ich sehe Jay vor mir, sein Anblick ist auf meiner Netzhaut eingebrannt wie zu grelles Blitzlicht: das nuckelnde Baby auf seinem Arm und der überraschte Ausdruck in seinen wasserblauen Augen, als er mich angezogen vor der Garderobe entdeckt. Noch immer verspüre ich das Verlangen, ihm das Kind herunterzureißen und mich vor dem Schmerz zu schützen, den sie beide in mir auslösen.

Ich hätte es keine Sekunde länger in dieser Wohnung ausgehalten, ohne einen von uns zu verletzen. Es ist besser, wenn ich verschwinde und meinen Kopf wieder geraderücke, auch wenn ich keine Ahnung habe, wie ich das anstellen soll. Ich hasse diese Angst in mir, die in meinen Fingern zittert und meinen Magen von innen nach außen stülpt, verabscheue sie so sehr, dass ich sie am liebsten aus mir herausbrüllen würde.

Die Bahn schießt aus dem Tunnel, und Sonnenlicht flutet das Abteil. Die dichtgedrängten Hochhäuser der Innenstadt liegen hinter mir, jetzt brechen die Häuserreihen auf und ziehen wie kleine Spielzeughäuschen an mir vorbei, ihre Vorgärten mit Plastikbäumchen und Sträuchern aus Schaumgummi geschmückt. Die Welt rückt aus ihrer Wirklichkeit und lockt mich mit der Versuchung, nicht mehr an diesen Tag zu glauben. Vielleicht ist alles nur Einbildung, wer weiß, eventuell träume ich schon mein ganzes Leben. Ich will nicht mehr aufwachen, zu groß ist meine Furcht, dass diese Trugbilder sich mit der Realität decken.

Meine Augen kneifen sich zusammen und schicken meinen Geist aus dem Körper. Ich steige durchs Dach und betrachte die dahinbrausende Bahn von oben. Der Wind peitscht in mein Gesicht, doch er trübt meine Sicht nicht. Mein Ziel liegt klar vor mir, in den Ausläufern dieser Stadt, die grün an den Horizont branden. An einem ihrer schönsten Orte, an dem die Toten ihr Dasein genießen, während sich die Lebendigen kilometerweit entfernt in den Schmutz der Straßen drängen. Dort hinten gibt es jemanden, dem ich all meine Verzweiflung ins Antlitz brüllen kann. Zumindest, was davon noch übrig ist.

»Endstation. Bitte alle aussteigen.«

Ja, genauso fühle ich mich.

Ich bin die Einzige, die so früh an diesem Samstag hier herausgefahren ist. In den Geschäften vor der Station gibt es außer Blumen und Steinfiguren nicht viel zu kaufen. Eine Bäckerei zieht gerade ihre Rollläden hoch, der Duft von frisch gebackenem Brot strömt aus der offenen Tür.

Ich stelle mir vor, wie ich hineinwandere und die Verkäuferin darum bitte, eine Zimtschnecke mit heißem Kaffee zu übergießen. Sie würde mich verständnislos ansehen, mich für etwas irre halten und sich doch gleichzeitig nach einem Behältnis für meinen sonderbaren

Wunsch umsehen. Ich würde mich über die Theke lehnen, ihr zulächeln und flüstern, dass meine Mutter ihr Frühstück am liebsten so gegessen hat. Dass ich auf dem Weg zu ihr bin, rüber zum Friedhof auf der anderen Seite, und sie heute damit überraschen möchte. Der Ausdruck der Frau würde sanfter werden, sie würde mir nicht sagen, dass ich völlig überschnappe, dass nichts mehr in diesem Sarg unter der Erde liegt, das ein aufgeweichtes Teigstückchen genießen könnte. Sie würde sich zurückhalten und mir die Phantasie gönnen, wenn sie mich glücklich macht.

Ich stehe vor der Tür der Bäckerei und erkenne nun, dass hinter dem Tresen ein Mann arbeitet, dem der Schlaf noch im Gesicht hängt. Er ist nicht der Grund, warum ich mich auf der Schwelle abwende. Die wahre Ursache ist viel einfacher und deprimierender: Ich habe nicht die geringste Ahnung, was meine Mutter gerne gefrühstückt hat.

Die Friedhofstore sind geschlossen und hängen unbeweglich in ihren dicken Eisenangeln. Ich drücke meinen Kopf durch die Gitterstäbe und versuche, einen Blick aufs Verwaltungshäuschen zu ergattern, aber es drängt sich zu dicht an die Mauer. Der Rost kratzt an meinen Wangenknochen, ich ziehe mich zurück und entdecke die Öffnungszeiten auf einer Messingtafel neben mir.

Eine Stunde zu früh.

Meine Finger tasten blind nach etwas, woran ich mich festhalten kann. Vor mir verschwimmt die Welt, und ich bereite mich innerlich schon auf den Aufprall vor, weil mein Körper jeden Moment umkippen wird. Ich fühle mich verraten, als er aufrecht stehenbleibt und mich nicht mit alles auslöschender Ohnmacht befreit. Der Schwindel vergeht, und meine Überlebensinstinkte übernehmen für mich die Kontrolle. Sie zwingen meinen Atem regelmäßig in meine Lungen, streicheln über meine Gedanken, bis sie sich sanft niederlegen, und schieben meine Füße gemächlich an der Friedhofsmauer entlang, deren Ausmaße so gewaltig sind, dass ich sie in sechzig Minuten genau einmal umrunde.

Der Bäckerladen kommt erneut in Sicht, die Blumengeschäfte haben ihre Auslagen aufgedeckt und werben mit zwei Gestecken zum Preis vom einem. *Besuchen Sie Ihre Toten im Doppelpack.* Das Friedhofstor steht offen, und ich kehre beinahe wieder um, weil ich nicht mehr weiß, was ich hier verloren habe.

Die Hoffnung hast du verloren. Diese eine Stimme in deinem Hinterkopf, die für dich da sein sollte. Sieben Jahre lang flüsterte sie dir zu, und dann verschwand sie für immer.

Der Friedhof erstreckt sich über mehrere Kilometer. Mächtige Bäume, denen der zu heiße Sommer bereits das Grün aus dem Laub zieht, säumen die Wege. Der helle Kies knirscht unter meinen Docs und blendet mich, wo das Sonnenlicht durchs Blätterdach dringt. Auf den offenen Flächen reihen sich die Gräber sorgfältig aneinander, zentimetergenau ausgemessen und wie mit dem Lineal in die Landschaft gezogen. Ein Versuch, den Tod zu kontrollieren, damit er uns nicht länger um den Verstand bringt.

Die Blumen auf dem Grab meiner Mutter sind vertrocknet. Meine Knie fallen in den Staub vor der Steinbegrenzung, und meine Finger zerren an den verwelkten Blättern, um sie aus der schwarzen Friedhofserde zu reißen und in hohem Bogen wegzuschleudern. Ich verfalle in eine Raserei, bis ich jegliches Unkraut herausgerissen habe, das unerlaubt im Boden wächst. Als nichts mehr davon übrig ist, mache ich mit den restlichen Pflanzen weiter. Das Vergissmeinnicht, das ich nur wenige Monate nach Jays Operation mit bloßen Händen in die eiskalte Erde gegraben habe, ist zu braunen Stängeln verdorrt. Ich sollte sie abschneiden, damit der Stock nächstes Frühjahr wieder austreibt, doch ich wünsche mir mit aller Bitterkeit seinen Tod.

Die Blume darf nicht leben.

Meine Mutter durfte es auch nicht.

»VERFLUCHTE SCHEISSE!« Ich springe auf und schleudere den Wurzelballen über die anderen Gräber. Niemand ist in meiner Nähe, der meinen Ausbruch sehen könnte, aber selbst wenn es so wäre, würde es mich nicht kümmern.

Mein Blick fällt runter auf den Grabstein, auf dem der Name meiner Mutter in starren goldenen Lettern steht. »Wieso musstest du sterben?! Verrate es mir! War es zu viel verlangt, keine Scheiß-Zigaretten zu rauchen?! Was hast du dir dabei gedacht, mich mit diesem Dreckskerl alleine zu lassen? Ich war erst sieben Jahre alt, verdammt nochmal! ICH HABE DICH GEBRAUCHT!«

Ein scharfer Schmerz fährt durch meinen Oberkörper, und ich breche vor dem Grab zusammen. »Ich brauche dich immer noch …«

Heiße Tränen laufen über meine Wangen und verstopfen meine Nasenlöcher. Ich schniefe und schlinge meine Arme um den Bauch, weil ich fürchte, dass meine Schluchzer ihn sonst auseinanderreißen. Eine unbändige Sehnsucht türmt sich in meiner Brust auf. Der Wunsch, dass sie vor mir steht, mich umarmt und fest an sich drückt. Dass ihre Lippen in mein Ohr flüstern und mir versichern, dass ich alles, alles, alles bin, was sie sich jemals erträumt hat.

»Sag es mir«, keuche ich. »Sag mir doch bitte ein einziges Mal in meinem Leben, was ich tun soll, Mama.«

Der Stein vor mir schweigt. Er kennt die Antwort auf diese Frage genauso wenig wie ich.

Dave

»Mir gefallen eure Veränderungen in der Wohnung.« Ich steige über einen Berg Schmutzwäsche im Flur, der den Wasserspuren nach zu urteilen, aus dem Badezimmer geflohen ist. »Verleiht eurem altbackenen Teppich einen Hauch von charmantem Chaos.«

Jay streicht seine Haare zurück. »Ich wollte die Klamotten in die Waschmaschine stopfen, aber ich musste mich ums Baby kümmern.«

»Das hast du am Telefon schon erwähnt, weshalb ich überhaupt erst den Umweg hierher gemacht habe. Wo steckt die Gute denn?« Ich folge Jay durch den Gang ins Wohnzimmer und stelle zufrieden fest, dass die Couch ihren sterilen Look aufgegeben hat und zu einem gemütlichen Haufen Kissen aufgetürmt wurde. Mein Hintern schwingt sich in Richtung Erholung, allerdings hechtet Jay mit einem Aufschrei dazwischen und schnappt sich die Wolldecke.

»Pass auf!« Er hebt das Bündel hoch und bohrt mit den Fingern im Stoff.

Ich verziehe meinen Mundwinkel. »Hat der Hund etwa draufgekotzt?«

Jay zieht die Decke beiseite und fördert eine haarige Kugel zutage. »Nein, das Baby liegt hier drin.«

»Das … was?« Unter dem behaarten Abschnitt kommen die Miniaturausgaben von zwei Augen, einer Nase und einem Mund zum Vorschein. Mein Kiefer klappt runter, als die jahrtausendalte Evolution meines menschlichen Gehirns alle Einzelteile zu einer Erklärung zusammenfügt. »Das ist ein … Baby.«

Jay wiegt es auf seinem Arm. »Sag ich doch die ganze Zeit.«

»Als du vorhin bei unserem Gespräch meintest, du würdest gerade das Baby pudern …« Ich werfe ihm einen vielsagenden Blick zu, aber Jay knüllt verständnislos seine Augenbrauen zusammen. Also verdeutliche ich meine Annahme mit einer audiovisuellen Unterstützung, indem ich mit der Faust ein paarmal auf die flache Hand klopfe und unanständige Geräusche erzeuge.

»Du dachtest, ich würde das Kind …«

»Scheiße, nein! Ich dachte, du vögelst deine Alte!« Rasch sehe ich mich nach beiden Seiten um. »Die hoffentlich nicht hier irgendwo lauert und das gehört hat. Nach ihrem letzten Dämonenblick fielen mir eine Woche lang die Haare aus. Und zwar nicht die am Kopf.«

Jay hält dem Kleinen die Ohren zu. »Sei leise, er mag keinen Lärm.«

Ich schaue hilflos in den Flur. »Hab ich mich in der Tür getäuscht? Klebt mein Gehirn vielleicht an irgendeinem Straßenschild und mein Geist wurde in eine irrwitzige Paralleldimension geschleudert? Wie lautet mein geheimer Mittelname?«

»Erwin.« Jay entfaltet ein dunkles Grinsen auf seinem Gesicht. »Möchtest du noch mehr Beweise? Dein erster feuchter Traum landete in deiner linken Sportsocke, die du anschließend den ganzen Tag über getragen hast, damit deiner Mutter nichts auffällt.«

Ich sinke auf die Couch und widerstehe dem Verlangen, meinen Schädel zwischen die Knie zu klemmen und wie ein Irrer herumzuschaukeln. »Ich wusste, dass es ein Fehler war, euch das zu beichten.«

Jay setzt sich neben mich und steckt einen Schnuller in den Mund des Kleinen. »Es ist das Kind unserer Nachbarn. Ich hab versucht, die Mutter im Krankenhaus zu erreichen, aber die wurde offenbar vor vierzig Minuten entlassen. Ich kann nur hoffen, dass sie auf dem Weg hierher ist.«

»*Hoffen?!* Was willst du damit sagen?« Jays mahnender Blick hält mich davon ab, wieder laut zu werden, also zische ich so eindringlich wie möglich. »Wir müssen zum Flashlight fahren, das Set aufbauen und den Sound checken, bevor die ersten Gäste um acht eintrudeln.«

»Ich weiß.« Jay bettet das Kind zwischen die Kissen und streicht ihm liebevoll eine Locke aus der Stirn, als würde es sich dabei um das Produkt seiner eigenen Lenden handeln. »Gib mir eine Kippe.«

»Ich hab keine mehr! Irgendein schnorrender Penner hat meine Monatsration weggeraucht.«

»Bitte, Mann. Nur noch eine.« Jay klatscht in seine Hände und hypnotisiert mich mit seinem Hundeblick, der vielleicht bei Viki funktioniert, mir hingegen nur die Eier zusammenzieht. »Dann verrate ich auch niemanden, was mit deiner rechten Sportsocke passiert ist.«

Ich verenge meine Augen. »Ich habe keine einzige mehr.«

»Echt nicht?« Sein Kopf klappt runter, und er reibt sich den Nacken. »Heute ist ein miserabler Tag, um ein zweites Mal mit dem Rauchen aufzuhören. Ich hab schon jede verdammte Schublade in dieser Wohnung durchwühlt.«

»Wo steckt deine Süße? Brennen ihre weiblichen Hormone nicht darauf, sich um ein Kind zu kümmern?« Jay wirft mir einen ungläubigen Blick zu, und ich senke meine Aussage auf ein realistisches Niveau. »Können wir sie nicht wenigstens fürs Babysitten bezahlen?«

Jay springt auf und geht rüber zu den Heizkörpern, auf denen er kleine Pappmascheefiguren trocknet. Als sie zwischen seinen Fingern zerbröseln, erkenne ich die kümmerlichen Überreste aufgeweichter Zigaretten. Seine langgezogene Miene trauert den sterbenden Kippen hinterher. »Vikis Handy ist immer noch kaputt, außerdem muss sie heute Abend auch arbeiten. Zumindest denke ich, dass sie dort aufkreuzt …«

Ich ignoriere Jays bedrückten Unterton, der darauf hindeutet, dass er sich mit mehr als nur einer Babykomplikation herumschlagen musste. Stattdessen konzentriere ich mich auf die Lösung des dringendsten Problems, jenem, das neben mir zappelt und beunruhigende Laute von sich gibt. »Rufen wir halt die Feuerwehr. Die kümmern sich auch um kleine Katzen.«

»Wenn sie auf Bäumen festsitzen.«

»Dann bringen wir das Baby auf einen Baum!« Ich werfe meine Arme in die Luft. »Da kommen in nicht mal drei Stunden achthundert Leute zu unserem Auftritt und erwarten eine mordsgeile Show! Du darfst uns nicht hängenlassen!«

Jay sinkt in die Knie und kratzt den Tabak vom Fußboden, als würde er mit dem Gedanken spielen, das Zeug einfach zu fressen. »Franky kann meine Gitarre stimmen.«

Ich klatsche meine Hände auf die Oberschenkel und beuge mich nach vorn. »Was für eine grandiose Idee! Warum lassen wir ihn nicht alles erledigen? Immerhin singt Franky wie ein Kerl, dem man gerade in die Kniescheiben geschossen hat. Wetten, das Publikum vergisst uns danach nie wieder? Mit etwas Glück lynchen die uns auch, damit wir uns nicht an die Schmach erinnern müssen.«

Das Bündel neben mir regt sich und spuckt den Schnuller aus. Ich suche in den Tiefen meiner Eingeweide nach dem väterlichen Impuls, ihm das schleimige Gummiteil zurück in den Mund zu stecken, entdecke aber nur den Wunsch, so schnell wie möglich von hier abzuhauen. Es ist mir ein Rätsel, wieso Jay sich freiwillig um das Kind kümmert, statt die Fürsorge anzurufen oder es bei einem Nachbarn loszuwerden. Bestimmt betrachtet er es als eine Art Herausforderung, wie damals in der Schule, als wir darum gewettet haben, ob er unsere runzelige Mathelehrerin dazu rumkriegt, uns keine Hausaufgaben über die Ferien aufzubrummen. Die alte Frau Miller war für den Rest des Jahres heiß auf ihn, so gut hat er seinen Job erledigt. Er hasst es einfach, sich eine Niederlage einzugestehen. Selbst wenn sie in Form eines müffelnden Kleinkindes daherkommt.

Vermutlich hat er mich deshalb noch nicht aufgegeben …

Ich seufze und sammle meinen Atem für einen letzten Versuch. »Wie steht's mit den anderen Mädels? Da reihen sich doch garantiert jede Menge Nummern in deinem Handy, die alle ein Kind von dir wollen. Du könntest eine davon heute Abend sehr glücklich machen.«

Jay starrt zu mir rauf, und ich weiß, dass keines meiner Argumente eine Chance gegen seinen Dickschädel hat. »Baut das Set ohne mich auf. Ich komme rechtzeitig zum Auftritt. Du kannst dich auf mich verlassen.«

Viki

Ich blicke aus dem Zugfenster und verliere meine Gedanken in der vorbeirasenden Landschaft. Das aufgewühlte Grab meiner Mutter pocht in meinem Herzen. Bereits jetzt bereue ich meinen Ausbruch und werde die Blumen ersetzen, sobald ich ein paar Cent dafür übrig habe. Den Wurzelballen des Vergissmeinnichts fand ich fünf Reihen weiter auf einer Marmorplatte. Ich habe ihn zurück in die Erde gesteckt, die trockenen Halme mit meinen aufgerissenen Fingernägeln abgezwickt und ihn mit Friedhofswasser und Tränen getränkt. Ich weiß nicht, ob er es überleben wird.

Die Bahn verschwindet im Stadttunnel, und aus Tag wird schlagartig Nacht. Meine Überlegungen verdunkeln sich, sinken in Tiefen hinab, aus denen ich vielleicht nie wieder heil auftauchen werde. Meine Mutter konnte mir nicht helfen, aber es gibt noch einen anderen, den ich aufsuchen kann. In meinem Handy, das mausetot in einer Schublade zu Hause liegt, ist eine Telefonnummer gespeichert, die ich seit drei Jahren nicht mehr gewählt habe. Ich habe sie nie gelöscht, aus demselben Grund, warum ich einst die Nummer eines One-Night-Stands behalten habe: um gewarnt zu sein, falls er je anruft. Im Gegensatz zu Jay hat sich mein Vater seitdem nicht mehr gemeldet.

Ein paar Wochen nach seinem Auszug hat Tante Elsa mir erzählt, dass er in einer Fabrikarbeiterwohnung im östlichen Stadtteil untergekommen ist. Damals habe ich so getan, als könnte es mich nicht weniger scheren, was aus dem Dreckskerl wird. In Wirklichkeit jedoch war jede einzelne meiner Hirnzellen in hellwacher Alarmbereitschaft. Ich habe mir die Adresse gemerkt und später im Stadtplan nachgeschlagen, um seinen Aktionsradius abzuschätzen und meinen Hintern davon fernzuhalten. Nicht mal Jay konnte ich eingestehen, dass ich mich vor U-Bahn-Fahrten zwischen halb fünf und halb sechs Uhr scheue, weil mein Vater dann Schichtwechsel hat. Ich habe mein Leben sorgfältig um ihn herumgeplant und war damit sehr erfolgreich. Man sollte es für unmöglich halten, dass wir in derselben Stadt wohnen und uns fast drei Jahre lang nicht über den Weg gelaufen sind, und sei es nur im Supermarkt oder im Einkaufszentrum oder in einer Bar. Aber es stimmt. Ich habe die Straßen gemieden, in denen billige Tänzerinnen ihre Körper um Stahlstangen winden, und er würde höchstens einen Campus betreten, um gegen eine der Statuen zu urinieren. Das letzte Mal, als ich ihn von Angesicht zu Angesicht gesehen habe, lag er vor mir auf dem Fußabtreter unserer Badewanne.

Es wäre leichter, meine Frage am Telefon zu stellen, statt durch die halbe Stadt zu fahren. Andererseits wäre es auch einfacher für ihn, mich rasch wegzudrücken. Obwohl sich alles in mir sträubt, diesem Mann gegenüberzutreten, weiß ich doch, dass er genauso für mich empfindet. Ich kann nicht leugnen, dass es mir einen abartigen Nervenkitzel verschafft, unangemeldet vor seiner Haustür aufzukreuzen und ihm einen Schrecken einzujagen.

Das Industriegebiet liegt am hässlichen Ende der Stadt, weit entfernt von sanften Hügeln und blühenden Familiengräbern. Das Flashlight, in dem ich an den Wochenenden arbeite, befindet sich an seinem äußersten Rand, wo es statt nörgelnder Anwohner billige Parkplätze gibt. Die Fabrikarbeiterhäuser ragen einige Kilometer weiter im Stadtinneren auf, am Ausläufer des U-Bahn-Netzes.

Ich erreiche die Station und betrete eine Wohngegend, in die ich noch nie zuvor einen Fuß gesetzt habe. Die Häuser hängen mit gekrümmten Schultern an den Straßenrändern und bröckeln ihren Putz auf die Gehwege. Die meisten Geschäfte haben für immer geschlossen, ihre verstaubten Schaufenster starren mir blind aus den Untergeschossen entgegen. Nur ein paar zwielichtige Bars, Wettbüros, ein Kiosk und ein Billigsupermarkt blühen in der Trostlosigkeit dieser Nachbarschaft. Die Luft riecht überraschend frisch, was mich angesichts der qualmenden Schornsteine am Horizont verunsichern sollte. Es macht mir klar, welchen unsichtbaren Dreck ich Tag für Tag in der Innenstadt einatme.

Obwohl ich nie hier war, kann ich mich auf meinen Orientierungssinn verlassen. Der Stadtplan in meinem Gedächtnis legt sich über die Straßen und führt mich geradewegs zum richtigen Gebäude, einem fünfstöckigen Klotz mit grauer Kunststoffplattenfassade, die man nicht streichen muss. Es ist Samstagnachmittag, was mir jedoch nicht garantiert, dass mein Vater heute frei hat. Die Konservendosenfabrik qualmt rund um die Uhr, sieben Tage in der Woche, ein ganzes, erbärmliches Leben lang. Mein Finger drückt auf die verrostete Klingel neben seinem Namen.

Sekunden vergehen.

Er ist nicht da. Du solltest umkehren. Schnell, bevor er kommt!

Der Türsummer reißt durch meine Muskeln.

Keine Frage ertönt im Lautsprecher, nicht mal ein besoffenes Schnaufen, vielleicht ist die Gegensprechanlage kaputt. Also stoße ich die Tür mit der Schulter auf und betrete einen heruntergekommenen, aber sauberen Eingangsbereich mit brandneuen Briefkästen, die messingfarben glänzen und die grauen Wände betonen.

Die fünf Stockwerke fahren mir in die Glieder, obwohl ich sie gewohnt sein müsste. Eventuell ist es auch etwas anderes, das meinen Puls in die Höhe treibt und bunte Flecken vor meinen Augen tanzen lässt: jemand, der sich zwei Ebenen weiter oben über die Brüstung des Treppenhauses hängt, um herunterzubrüllen, was ich denn nun will. Ich ziehe meine Hand vom Geländer und werde für ihn unsichtbar. Die Überraschung möchte ich ihm nicht verderben.

Auf den letzten Stufen muss er mich erkennen, doch ich hebe meinen Kopf nicht, um es herauszufinden. Stattdessen warte ich, bis ich im obersten Stock angekommen bin und seine durchlöcherten Hausschuhe vor mir auftauchen. Erst dann sehe ihn an.

Unrasiert. Die Haare kürzer, aber nicht gekämmt. Das Hemd fleckig.

Dreh dich um und geh!

Ich kann nicht.

Ihm den Rücken zuzudrehen und zu flüchten wäre so, als würde ich vor einem tollwütigen Wildschein davonlaufen. Keine Ahnung, ob sein Irrsinn ihn in die entgegengesetzte Richtung jagen würde, oder ob er es an der Zeit fände, meine Haare zu packen und meinen Mund gegen die Treppenstufen zu schlagen. Wir betrachten uns gerade mal eine Sekunde, und schon überprüfe ich geistig meine Bekleidung *(alte Jeans, in denen ich schnell rennen kann, feste Lederstiefel)* und schaue mich nach Waffen um *(ein Fußabtreter vor der Tür).*

Unsere Blicke prallen aufeinander. Er ist zu weit weg, um seine Fahne zu riechen, mal abgesehen davon, dass ein paar Dosen Bier zu seinem Grundpegel gehören, ohne den er nicht funktioniert. Mein Vater benötigt schon etwas Härteres, um sich im Sessel vor dem Fernseher in die Hose zu pissen oder Hand an mich zu legen. Er kommt nicht näher, spürt wohl meine Abneigung wie eine erhobene Hand, die ich gegen seine Brust drücke. So viel Einfühlungsvermögen hätte ich ihm gar nicht zugetraut.

»Was willst du?«, bellt er.

Ich erwarte nicht, dass er einen Freudenschrei ausstößt und mich hereinbittet. Selbst wenn er es täte, würde ich diese Wohnung nicht betreten und mich mit einem Kerl einschließen, der sich zu meinem achten Geburtstag eine Flasche Schnaps gekauft hat. Zumindest würde ich es nicht tun, wenn ich eine bessere Wahl hätte.

Denn kaum hole ich Luft, um meine Frage loszuwerden, strömt der säuerliche Geruch aus seinen ungelüfteten Räumen in meine Nasenlöcher. Eine Mauer aus Erinnerungen rast auf mich zu und prallt mit voller Wucht gegen mich. Von einer Sekunde auf die nächste wird mir kotzübel, und ich presse eine Hand vor meinen Mund, um meinen

Mageninhalt nicht im Treppenhaus zu verteilen. Panisch blicke ich mich nach Fenstern um, die ich aufreißen und mich hinausbeugen könnte, doch im letzten Stockwerk gibt es nur Oberlichter. Es bleibt mir nichts anderes übrig, als mich an ihm vorbeizudrängen und zu hoffen, dass sich das Badezimmer in der Nähe der Eingangstür befindet.

Ich stolpere durch die erste Tür und habe Glück. Eine Toilette mit hochgeklappter Brille und trübem Spülwasser wartet auf mich. Saure Flüssigkeit läuft bereits durch meine Finger, und ich beuge mich so weit vor, wie es geht, ohne etwas in diesem Zimmer zu berühren. Es kommt nicht viel aus meinem Magen. Mein Frühstück bestand nur aus Friedhofsluft.

Gott sei Dank gibt es Klopapier. Nicht nur das, es hängt sogar auf der dafür vorgesehenen Halterung, das hätte ich von meinem Vater nicht erwartet. Früher war immer ich es, die alte Papprollen wechseln musste, seine häuslichen Pflichten waren damit erledigt, mich um Essensgeld betteln zu lassen. Meine zitternden Hände strecken sich nach der Papierrolle aus, doch erreichen sie nicht mehr.

Eine Tür knallt zu, und ich wirble herum.

Mein Vater steht im Flur. Zwischen mir und der geschlossenen Haustür. Mir und dem Ausgang.

Jay

Selbstverständlich würde ich niemals rüber zu meinen Nachbarn gehen und verbotenerweise in ihren Schränken nach Zigaretten wühlen. Was ich suche, ist so eine Art Notfallnummer, vielleicht die einer Oma, die ich darüber informieren könnte, dass mir jemand das Kind abnehmen muss. Die Nummer steht weder an der Kommode mit dem Telefon, noch ist sie in den Schubladen neben dem Bett oder in den Küchenschränken. Sie befindet sich auch nicht in den Jacken und Handtaschen, die vor dem Eingang hängen, und liegt nicht unterm Couchtisch im Wohnzimmer.

»Gratuliere dir.« Ich wende mich dem Kind zu, das ich in einen Tragekorb gebettet habe. »Deine Eltern sind Nichtraucher.«

Er schlägt seine Faust an eine rasselnde Plastikkette, die vom Griff herunterhängt. Man muss die kleinen Erfolge im Leben feiern, so viel scheint er in seinem kurzen Dasein schon begriffen zu haben. Bei einer Familie wie seiner sind die kleinen Erfolge eventuell die einzigen, die ihm bleiben.

»Hättest du Lust auf einen Ausflug?« Ich beuge mich zu ihm runter und kitzle seinen Bauch. »Ich kenne da jemanden, der sich phantastisch mit Babys auskennt. Und das sind keine leeren Versprechungen, denn ich habe die beiden jahrelang auf ihre Elterntauglichkeit überprüft.«

Und zwar so gut, dass ich ein Einzelkind geblieben bin, aber das braucht er nicht zu wissen. Mit acht Jahren habe ich Mom damit in den Ohren gelegen, dass sie mir ein Brüderchen anschaffen soll, immerhin brauchen Piratenkapitäne und Helikopterpiloten einen treuen Untergebenen, der ihre zahlreichen Heldentaten würdigt. Aus dem Bruder wurden neue Eishockeyschuhe. Ich war einverstanden.

Rasch packe ich sämtliche Babyutensilien zusammen, die ich finden kann, und ziehe dem Kind eine sportliche Sommermütze über den Haarflaum. Mit etwas Glück taucht seine Mutter auf, bevor ich das Gebäude verlasse, und all meine Nachrichten werden niemals gelesen; trotzdem hinterlasse ich Notizen über den Verbleib des Kleinen am Küchentisch, im Wohnzimmer und auf dem Doppelbett.

Mit zwei Armladungen Baby und einem Hund an der Leine trete ich aus dem Haus. Ich blicke die Straße rauf und runter, entdecke jedoch nirgends eine kreischende Frau, die mit ausgebreiteten Armen auf mich zurennt. Was mir allerdings ins Auge sticht, ist ein Mittvierziger, dem die Wampe über den Gürtel hängt, während seine Lippen genüsslich an einer Kippe nuckeln. Meine Füße marschieren auf ihn zu.

Es gab Momente in meinem Leben, da wäre ich für eine Zigarette stundenlang durch die Stadt gefahren und hätte sogar Penner angebettelt. Bis heute habe ich geglaubt, nie wieder auf dieses Niveau sinken zu können. *Jemand wie ich kann nicht von Nikotin abhängig werden, wie lächerlich, beklebt jede freie Stelle meines Körpers mit Raucherpflastern, und mir geht es ausgezeichnet!*

Vielleicht ist es an der Zeit, mir ernsthaft Gedanken darüber zu machen, wie hoch mein Suchtpotential tatsächlich ist. Verdammt nochmal, ich weiß, dass ich nicht qualmen sollte. Ich werde es nicht tun. Ein Polizist oder ein Zeuge Jehovas wird mich vorher aufhalten. Wo zum Teufel stecken die bloß alle?

Vollkommen ungehindert erreiche ich den Raucher. Ich trete in seinen Dunstkreis und werde vom vertrauten Geruch abgebrannter Zigaretten eingehüllt. Mir wird ein wenig übel, und ich klammere mich an diese Abneigung, weil sie eventuell ausreicht, um mich unbeschadet entkommen zu lassen, doch mein Magen stabilisiert sich rechtzeitig. Wenigstens sieht der Kerl geizig aus. Er wird mich keine schnorren lassen.

»Kann ich eine –«

Der Typ hält mir seine Packung hin, bevor ich meine Frage fertig formuliert habe. Nicht eine einzelne Kippe, sondern die ganze, verfluchte Schachtel, als könnte ich mir so viele nehmen, wie ich wollte. Ich setze den Wickelkorb neben meinen Füßen ab, befehle Kid, sich brav hinzusetzen und ziehe mit zitternder Hand eine heraus. Ein Streichholz flammt mir gegenüber auf, und der Duft von verbranntem Schwefel lässt mein Herz vor Vorfreude schneller schlagen.

Dann rasselt die Kette.

Ich will nicht hinsehen, in diesen Korb auf meinem anderen Arm, weil ich weiß, was ich danach tue. Der weiße Stängel zwischen meinen Fingern verschwimmt, und unter ihm erscheint das Gesicht eines Babys. Es lacht mich an. Quietscht. Rasselt mit dem Spielzeug. Feiert die kleinen Erfolge.

Ich seufze und stecke die Zigarette zurück in die Brusttasche ihres gütigen Spenders.

»Deshalb habe ich keine Kinder«, erklärt der Kerl großmütig.

Warum? Weil sie dich dazu bringen, dein Leben ernst zu nehmen?

Ich reibe mir über meine verspannten Kiefermuskeln und hebe den Wickelkorb auf.

In der U-Bahn lenke ich mich damit ab, dem Kleinen das Zählen beizubringen. Ich nehme seine Fingerchen der Reihe nach in die Hand und flüstere ihm die Ziffern zu. Nach ein paar Minuten beugt sich eine Frau zu mir herüber und lächelt in den Tragekorb, als würde er das größte Glück der Welt beinhalten.

»Sie sind ein guter Vater«, sagt sie zu mir.

Am liebsten würde ich lachen und das Missverständnis aufklären, aber die Worte verhaken sich in meinem Hals. *Sie hält mich für seinen Vater? Wieso nicht für seinen Bruder? Ich könnte durchaus sein älterer Bruder sein, den die Eltern zum Babysitten verdonnert haben, obwohl er an einem Samstagabend offensichtlich was Besseres vorhat. Sie muss doch erkennen, dass ich für so was viel zu jung bin.*

Die Frau zwinkert mir zu und lehnt sich zurück.

Wen zum Teufel sieht sie in mir?

Für den Rest der Fahrt habe ich das Gefühl, ein Hochstapler zu sein.

Kid kennt den Weg zu meinen Eltern und zieht mich mit straffer Leine bis vor unser Gartentor. Ich klingle an der Haustür, weil meine Schlüssel irgendwo in der Jacke stecken und meine beiden Hände damit beschäftigt sind, ein Baby und einen Wickelkorb zu tragen. Hinter dem Wellglas geht das Licht an, und die Silhouette meines Vaters bewegt sich auf mich zu. Kid drängt seine Schnauze in den Türspalt und rotiert seinen Schwanz, als würde er jeden Moment abheben. Wenn ich meinen Eltern schon ein Kind anhänge, können sie auch gleich auf den Hund aufpassen.

Die Tür springt auf, und Kid fetzt hinein. Dad biegt seine Beine um den Hund und breitet ein überraschtes Lächeln auf seinem Gesicht aus, das sich in Entsetzen verwandelt, als er das Bündel im Tragekorb identifiziert.

»Hey Granddaddy«, begrüße ich ihn. »Herzlichen Glückwunsch!«

Er dreht sich um und ruft über seine Schulter: »Diana!«

Ich schiebe mich an ihm vorbei und setze den Korb auf die Kommode, bevor mir der Arm abfault. Mom taucht in der Tür zum Wohnzimmer auf und trägt ein Tapetenmusterbuch, das langsam gegen ihre Oberschenkel sinkt. Sie wirft einen verwirrten Blick zu meinem Vater, der so aussieht, als würde sich sein Geist jede Sekunde vom Körper trennen. Die beiden treten wortlos zueinander und fassen sich an den Händen.

Ich befreie das Baby aus dem Leintuch und halte es vor meine Brust. »Darf ich vorstellen? Das geheime Liebeskind von Dave und mir. Wir nennen ihn Erwin, er wurde in einer Socke befruchtet.«

»Du machst mir Angst, Jay«, haucht mein Vater.

Mom seufzt. »Wessen Kind ist das?«

Ich gehe rüber und reiche den Kleinen meiner Mutter, weil sie stabiler wirkt. Sie war immer diejenige von den beiden, die meine Sprüche gnadenlos durchschaut hat und mich mit ihrem *Keinen-Scheiß*-Tonfall zurück in die Realität holte. Das Baby greift nach ihrer langen blonden Mähne, was mich daran erinnert, so schnell wie möglich von hier abzuhauen, bevor meinen Eltern ein Gegenargument einfällt.

»Falls meine Nachbarn anrufen und behaupten, ich hätte ihr Kind entführt«, sage ich rasch, »richtet ihnen von mir aus, dass sie verantwortungslose Idioten sind, die den Winzling nicht verdient haben. Ich hab ihnen eure Nummer und eine Erklärung hinterlassen. Krieg ich den BMW?«

Mein Vater klappt den Mund auf. Nicht mehr und nicht weniger. Er steht neben Mom wie ein eingefrorener Goldfisch.

Trotz der Babykrake in ihren Haaren verzieht meine Mutter nicht mal das Gesicht. Sie besitzt Haarwurzeln aus Stahl, ihre Kopfhaut wurde in meiner frühkindlichen Phase ordentlich von mir abgehärtet. »Es ist das Kind deiner Nachbarn?«

Ich drehe mich zurück zur Kommode und nehme mir den Autoschlüssel aus der Schale. »Sie haben uns gestern Abend zum Babysitten gezwungen und sind seitdem nicht mehr aufgetaucht. Viki und ich müssen arbeiten, bitte kümmert euch um ihn, wir holen ihn morgen ab. Danke fürs Auto!«

Ich sprinte in die Garage, ehe die Baby-Betäubung in den Mienen meiner Eltern nachlässt und sie kapieren, dass ich ihren BMW klaue. Während sich das Garagentor in Zeitlupe öffnet, schlüpfe ich hinter den Fahrersitz und trommle aufs Lenkrad. Mein Puls donnert in der Kehle, und meine Augen kleben an der Tür zum Haus, als könnte jederzeit ein Motorsägenmörder darin auftauchen, der Kleinholz aus mir macht. Als die Bahn endlich frei ist, lege ich den Rückwärtsgang ein, schaue nach hinten und gebe Vollgas.

Viki

»Was soll diese Scheiße?«, erkundigt er sich nach meinem Wohlbefinden. Er hat die Wohnungstür zugeworfen und sich davor aufgebaut. Seine Atmung verströmt den bitteren Geruch von Bier und lässt ihn beinahe unmerklich schwanken. Einem neutralen Beobachter würde das wahrscheinlich nicht auffallen, doch meine Sinne wurden jahrelang darauf geschärft, jede Andeutung eines Rausches zu erkennen. Als Kind rief dieser Zustand Angst in mir hervor, als Teenager nur noch abgrundtiefe Verachtung.

Ich wische mir den Mund mit Papier ab und werfe es nach hinten in die Kloschüssel, ohne mich von ihm abzuwenden. Ihn aus dem Blick zu lassen kann gefährlich werden, meine Kopfhaut schmerzt bei der Erinnerung an das letzte Mal, als ich ihm unvorsichtigerweise den Rücken zugedreht habe. Wenn es etwas gibt, das ich aus dieser Situation gelernt habe, dann ist es Folgendes: Angriff ist die beste Verteidigung.

Ich trete in den Flur und stehe ihm unmittelbar gegenüber. Normalerweise ist er zehn Zentimeter größer als ich, aber meine Schuhe und seine gekrümmte Körperhaltung gleichen das wieder aus. Wir sehen uns Auge in Auge an.

»Da ist diese Frage, die mir einfach keine Ruhe lässt«, erkläre ich so ruhig wie möglich. »Die niemand sonst mir beantworten kann.«

Ein verwirrter Ausdruck tritt in sein Gesicht. Eventuell sollte ich mein Anliegen simpler formulieren, Alkohol und verschachtelte Sätze vertragen sich nicht. Ich entscheide mich für den direkten Weg.

»Hat Mama sich ein Kind gewünscht?« Ich schlucke hart. »Wollte sie … Wollte sie mich haben?«

Ein paar Sekunden lang tut er nichts anderes als zu schnaufen und mich anzusehen. Ein paar Sekunden lang halte ich es für Überraschung, vielleicht sogar für Schock. Doch als ein Lachen aus seinem Oberkörper bricht, begreife ich, dass es nur der Fahrtweg von seinem Ohr bis zu seinem Gehirn war, der so lange gedauert hat. Seine Brust buckelt unter dem Gelächter, wie ein alter Gaul, dem Sporen in die Flanken getrieben werden.

»*Deswegen* bist du hier?« Er zieht seinen Rotz hoch, und ich zucke zurück, weil ich für einen Moment tatsächlich glaube, dass er ihn mir ins Gesicht spucken will. Er mag schon einige Bier intus haben, aber dieser Hinweis auf mein Unbehagen ist ihm nicht entgangen. Seine Mundwinkel kräuseln sich. »Da schickt man dich auf so eine *Schlauenschule,* und du bist trotzdem zu blöd, um es zu kapieren.«

Seine Beleidigung tut nicht weh. Ich bohre in meinen Gefühlen nach verdrängtem Schmerz, den ich mir vielleicht nicht eingestehen will, allerdings kommt nichts zutage. Meine Erwartungen an diesen Mann habe ich längst aufgegeben, und ohne Erwartungen gibt es keine Enttäuschung mehr.

»Dann klär mich doch auf«, erwidere ich.

Er lacht erneut, diesmal weniger amüsiert. Statt mir meine Antwort zu geben, schleppt er sich an mir vorbei und verschwindet in einem anderen Raum. Das Klappern einer Kühlschranktür und das vertraute Zischen einer Bierdose treibt Magensäure in meine Kehle. Diesmal schlucke ich sie runter.

Er kommt nicht zurück, und meine Beine wissen nicht, in welche Richtung sie gehen sollen. Mein rechter Fuß schiebt sich zur Ausgangstür, die endlich wieder frei ist, mein linker zeigt zur Küche, in der er verschwunden ist.

Du bist hier, um endgültig abzuschließen. Wenn du jetzt gehst, wirst du diese Frage weiterhin in dir tragen. Und mit ihr einen Teil von ihm.

Ich schließe die Augen und hole zögerlich Luft, weil es in der Wohnung nach ungewaschenen Stoffen und verrottenden Lebensmitteln stinkt. Meine Hände ballen sich zu Fäusten, mein Puls klettert in meinen Hals, selbst mein Bauch zwickt, als wollte er mich zurückhalten. Dennoch folge ich ihm.

Die Küche ist klein und dreckig. Auf den Ablageflächen häuft sich Müll, der sich nicht einfach wegwischen lässt, da er von feuchtem Schmutz an den Untergrund geklebt wird. An der Wand lehnen drei aufgeplatzte Restmüllsäcke, die ihren Inhalt auf den Boden streuen. Das gekippte Fenster gleicht einer Autobahn für Fruchtfliegen.

Er kauert auf einem Küchenstuhl, dem einzigen im Raum, und umklammert eine Bierdose auf dem Tisch. Bei seinem Anblick fällt es mir schwer, ihn als meinen Vater anzusehen. Er ist mein Erzeuger, das kann ich leider nicht abstreiten, darüber hinaus hat er nichts geleistet.

»Na los, sag es mir«, fordere ich ihn auf.

Meine Stimme reißt durch seine Glieder. Entweder hat er nicht damit gerechnet, dass ich ihm nachgehe, oder er hat meine Anwesenheit schon wieder vergessen.

Ich balle meine Fäuste und wage mich einen weiteren Schritt vor, nah genug, um ihn meinen Kampfgeist spüren zu lassen, weit genug weg, damit sein ausgestreckter Arm mich nicht erwischen kann. Ich rieche billiges Männerparfüm, das sich mit dem Geruch von Schweiß mischt.

»Du siehst aus wie sie.« Sein Ausdruck bleibt eine Maske, keine Spur von Trauer, kein Hauch einer Emotion. Er sieht aus, als säße er vor der Zeitung an unserem alten Küchentisch und würde sich nicht darum kümmern, was gerade in der Welt geschieht, solange seine Bierdosen im Kühlschrank klappern. »Sie hat gut ausgesehen. Früher. Bevor sie eine Entschuldigung dafür hatte, fett zu werden.«

Ich sollte wirklich gehen.

Ich sollte nicht fragen: »Hat sie sich über mich gefreut?«

Er lacht. Sein Kopf kippt nach hinten und sein Oberkörper bebt, bis sich Husten dazumischt und ihn wieder nach vorne zwingt. »Zu ihrer Zeit war es noch eine Schande, ein Kind wegzumachen. Und sie hatte einen verfluchten Dickschädel.«

Ich will nicht wissen, ob *er* mich haben wollte. Die Antwort hat er mir in siebzehn Jahren meines Lebens mehr als nur einmal deutlich gemacht.

»Hat sie mich geliebt?« Ich frage es, weil ich nichts mehr zu verlieren habe und weil niemand sonst mir das beantworten könnte. Vielleicht auch, weil keiner außer er mir die Wahrheit sagen würde, falls sie es nicht tat. Ich erinnere mich zwar an ihre Küsse, obwohl ich sie nicht mehr auf meiner Haut spüre, und weiß ohne jeden Zweifel, dass *ich* sie geliebt habe – aber das sagt nicht besonders viel aus. Denn mit sieben Jahren sind die Bierdosen die Bösen und der Mann, der sie in sich hineinschüttet, ein völlig anderer Mensch. Mit sieben Jahren liebt man sogar einen Säufer, egal was für ein Arschloch er ist.

»Sie hat vor allem ihre Zigaretten geliebt.«

Ich schließe die Augen. *Was habe ich eigentlich erwartet?*

»Das erinnert mich an was. Du solltest diesen Brief bekommen, schätze ich.«

Brief? Ich blicke ihn an.

Er beugt sich über den Küchentisch und schiebt seine Hand unter einen Haufen alter Tageszeitungen und Werbeprospekte. Ein in der Mitte zusammengefalteter Briefumschlag kommt zum Vorschein, der so aussieht, als hätte man ihn eine Weile in der Hosentasche herumgetragen. An seiner Kante stehen Papierfetzen ab. Er wurde bereits geöffnet.

Plötzlich kann ich nicht mehr atmen, denn eine Möglichkeit taucht in meinem Herzen auf, die meine Kehle zuschnürt. Könnte es ein Brief meiner Mutter sein? Sie wusste, dass sie sterben würde. Nicht von Anfang an, doch als die zweite Chemo wirkungslos an ihren zugewucherten Lungen verpuffte, da muss sie es begriffen haben. Natürlich konnte sie nicht mit mir darüber reden, ich war viel zu jung. Aber was, wenn sie ihre Worte niederschrieb, sie in einen Umschlag steckte und einem Kerl anvertraute, der sie in seiner Sauferei einfach vergaß?

Er streckt seinen Arm aus und hält mir den Briefumschlag entgegen.

Nun kann ich die Tränen nicht mehr zurückhalten. Sie laufen heiß über meine Wangen, obwohl mein Vater noch vor mit sitzt und sie sieht.

»Jetzt heulst du sogar wie deine Mutter.«

Seine Stimme verklingt in meinem Hinterkopf. Es existiert nur das Papier in meinen Händen. Meine Finger zittern, als sie den Bogen herausziehen, und mein Atem stoppt, sobald ich die gedruckten Buchstaben erkenne.

Es ist keine Handschrift. Ich bin verwirrt.

Dann lese ich den Betreff: *Dritte Mahnung. Friedhofsgebühren für Frau Nikole Viktoria Stein.*

Von wegen letzte Nachricht. Er will bloß, dass ich die Rechnung bezahle. Meine falsche Hoffnung stürzt sich von einem Hochhaus, und ich kann nichts weiter tun, als ihren Todesflug zu beobachten. Ihr Aufprall wird etwas in mir drin für immer töten.

»Früher habe ich auf dem Bau gearbeitet. Eine Scheißarbeit, zu viele Wetterschichten, zu viel Stempeln. Nikole hatte diese grandiose Idee mit der Fabrik. Sie sagte, es wäre wichtig, dass ich regelmäßig Geld verdiene …«

Ihn den Namen meiner Mutter aussprechen zu hören, bürstet mein Fell gegen den Strich. Ich widerstehe dem Impuls, das Wort von seinem Maul zu schlagen und es ihm zu verbieten. Allerdings würde ihm das unendlich viel Munition geben, und davon habe ich ihm in den vergangenen Minuten schon zu viel besorgt. Ich wende mich von ihm ab, diesmal fest entschlossen, dass er mich nicht aufhalten kann. Doch er schafft es ein zweites Mal, in dem er seine Stimme erhebt und mir hinterherruft.

»Nicht mal ein Jahr, nachdem ich den Trupp verlassen hatte, gab es einen Großauftrag in China. Viele meiner ehemaligen Kollegen gingen hin. Sie scheffelten Kohle und vögelten kleine Schlitzaugen, während ich neben einem fetten Elefanten auf der Couch saß.« Seine Finger drücken sich in die Aludose, und das Geräusch von sich verbiegendem Metall erfüllt die Küche. »Von der ersten Sekunde an wusste ich, dass du ein Fehler warst. Nikole wollte mich überreden, sie war überzeugt, dass ich meine Meinung ändern würde, sobald du auf der Welt wärst. *Warte nur ab, bis du sie siehst,* sagte sie. *Viktoria wird wunderschön, das kann ich fühlen.* Du warst nicht schön. Du warst das hässlichste Kind, das ich jemals gesehen habe, rot und zerknittert und mit ekelhaftem Schleim beschmiert. Alle beglückwünschten mich und erwarteten, dass ich Freude heuchle, aber ich hätte dich am liebsten dorthin zurückgestopft, wo du rausgequetscht wurdest.«

Metall quietscht, und Bier läuft über seine Hand. Er registriert die Sauerei, die er auf dem Tisch anrichtet, und findet einen passenden Schuldigen dafür. Sein Kopf wirbelt herum, und er schleudert mir die Bierdose entgegen.

Ich zucke zurück, und die Dose klatscht gegen die Wand. Nur einen Moment lang erlaube ich mir hinzusehen, denn mein Instinkt zwingt mich, die wahre Gefahr nicht aus den Augen zu lassen. Ich kommentiere seinen Ausbruch nicht, gebe ihm keinen Hinweis auf mein Herz, das durch meine Brust rast und versucht, von hier wegzukommen. Er soll nur meine Schale sehen, doch nichts von dem, was ich wirklich bin. Ich werde nicht zurückweichen, werde ihm niemals zeigen, dass ich mich vor ihm fürchte.

Er steht auf, stellt seine Füße weiter auseinander, damit er weniger schwankt, und brüllt so sehr, dass ihm Spuckefetzen von den Lippen fliegen. »Soll ich dir sagen, was du einfach nicht kapierst? DU HAST MEIN SCHEISS LEBEN VERSAUT! VERSCHWINDE ENDLICH!«

Meine Beine gehorchen ihm, ohne mein Gehirn zu konsultieren. Der staubige Teppich im Flur fliegt unter mir hinweg, meine Finger kratzen über den Türgriff, das Treppenhaus hallt unter meinen Schritten. Ich renne aus dem Haus und stürze die Straße entlang, nur mit dem Ziel der U-Bahn vor Augen. Meine Seiten stechen, und mein keuchender Atem übertönt den Verkehr um mich herum.

Das ist die Wahrheit.

Die Leute wagen es nicht, sie auszusprechen, aber manchmal durchbricht sie das Tabu. Manchmal, wenn genug Bier getrunken, wenn genügend Jahre verschwendet wurden, dringt der Satz an die Oberfläche. Nur weil er Eltern verboten wird, heißt es nicht, er würde nicht existieren.

Hörst du? Das ist die Wahrheit: Kinder können bereut werden.

Ich will nicht, dass du mein Fehler wirst.

Jay

Die Reifen quietschen in der engen Kurve, und der Motor brüllt auf. Der Bordcomputer wurde definitiv von einer Frau programmiert: Sie weist mich mit nörgelndem Unterton darauf hin, dass ich zu schnell fahre, was ich dankend registriere und für den Rest der Strecke ausblende. In meiner grenzenlosen Naivität bin ich davon ausgegangen, dass die Eltern des Kleinen alles daransetzen müssten, so rasch wie möglich nach Hause zu kommen, und habe bis neunzehn Uhr auf ihre Rückkehr gewartet. Was bedeutet, dass ich es mit durchgedrücktem Gaspedal gerade noch rechtzeitig zum offiziellen Einlass schaffe. Zwar spielen wir erst eine Stunde später, aber ich möchte den Jungs Zeit lassen, ihre durchweichten Hosen zu wechseln, die sie sich inzwischen garantiert vollgepisst haben. Franky, Schitty und Dave lieben es, auf der Bühne Musik zu machen, allerdings kriegt keiner von denen vor Hunderten Besuchern die Klappe auf.

Ich fummle mein Handy aus der Hosentasche, um die nahende Rettung anzukündigen, und realisiere mit einem dumpfen Gefühl im Magen, dass Viki sich den ganzen Tag über nicht gemeldet hat. Mein Hirn rattert nach einem Hinweis darauf, was ich falsch gemacht haben könnte, fördert jedoch keine Lösung zutage. Falls sie wie geplant heute Abend arbeitet, werde ich spätestens nach dem Konzert Gelegenheit dazu haben, es herauszufinden.

Ich drücke die Spracheingabetaste am Lenkrad. »Warum zum Teufel seid ihr Frauen so kompliziert?«

»Ich verstehe die Frage nicht«, antwortet die Computerstimme.

»Genau das meine ich.« Das Smartphone wurde inzwischen vom

System wiedererkannt und erscheint auf dem Display. »Anrufen. David.«

»David wird angerufen.«

Es klingelt nicht mal eine halbe Sekunde, bis Daves gehetzte Stimme durch die Lautsprecher hallt. »Verdammt, wo steckst du?«

Ich kann mir einen kleinen Scherz nicht verkneifen. »Hey Alter, wie war das noch gleich? Spielen wir um zehn oder um elf Uhr?«

»Wir spielen um NEUN! UM NEUN!«

Ich grinse in den Rückspiegel und blinke. Das Industriegebiet liegt nur zwanzig Autobahnminuten von meinen Eltern entfernt, und ich fahre glücklicherweise gegen den Wochenendverkehr. Am Horizont erscheinen die ewig qualmenden Schlote der Fabriken. »Keine Panik. Ich bin so gut wie da.«

Dave flucht mit einer imposanten Reihe von christlichen Heiligen, die ich ihm nicht zugetraut hätte. Wir beide haben uns in der Schule für Ethik entschieden und die Stunde für gewöhnlich damit verbracht, unseren Lehrer an die Schwelle des Wahnsinns zu treiben, weil er das *Fliegende Spaghettimonster* partout nicht in die Liste der Weltreligionen aufnehmen wollte.

Auf dem Parkplatz vor dem Flashlight herrscht heute Abend Hochbetrieb. Ich schlängle mich durch reihenweise Besucher, die vor dem Knurren des Motors zurückweichen und dem Auto ihre Köpfe hinterherdrehen. Der Weg zum Hintereingang führt über eine ausgefahrene Spurrinne, und jeder einzelne Kieselstein, der gegen den Lack geschleudert wird, sticht wie eine Nadel in meinen Rücken. Daves Bandbus rostet vor der Laderampe, und ich parke gleich daneben. Der Bordcomputer verabschiedet sich mit einem heiseren Piepsen, das ich mit *Gott sein Dank* übersetze.

Ein Sicherheitsmann steht an der Hintertür und raucht. Er betrachtet mich von oben bis unten, registriert meine zerknitterten Jeans sowie den von kleinen Händen malträtierten Stoff meines T-Shirts und zieht die richtigen Schlüsse. »Band?«

»Ja. Ich weiß, wo's langgeht.«

Die Rampe führt auf direktem Weg zur Bühne, kurz davor zweigt eine Tür in den Bandraum ab, in dem ich vor drei Jahren um ein Haar abgekratzt wäre. Plötzlich schleicht sich ein matschiges Gefühl in meine Brust, eine üble Vorahnung, die durch den fernen Lärm einer sich füllenden Halle verstärkt wird. Mein Atem beschleunigt sich, und meine Hände fangen an zu schwitzen. Aufregung gehört zu jedem Auftritt dazu, aber die Übelkeit in meiner Kehle fühlt sich eher nach einer heranstürmenden Panikattacke an. Ich brauche sofort eine Zigarette.

Meine Hand drückt die Klinke zum Bandraum runter, und ich erstarre im Licht meiner Vergangenheit. Vier Leuchtstoffröhren hängen in unregelmäßigem Abstand an der Decke. Vielleicht dieselben wie damals, als ich vor der Couch lag, umringt von einer schockierten Traube feiernder Leute, die nicht wussten, wieso ich Schaum aus dem Mund spucke. Ich erinnere mich an Daves Gesicht über mir, an seinen verzerrten Ausdruck und die weitaufgerissenen Augen, deren tiefschwarze Pupillen von denselben Drogen erweitert waren, die ich eine halbe Stunde davor geschluckt hatte. Ich krümmte mich auf einem Boden, der von Dutzenden Bands zuvor bespuckt und vollgekotzt worden war, und fragte mich, warum zum Teufel ich in einem Zimmer sterbe, in dem nicht mal die Lampen ordentlich aufgehängt wurden. In den Wochen danach wünschte ich mir jede verdammte Sekunde, dass ich wirklich abgekratzt wäre und nie von diesem verfluchten Gehirntumor erfahren hätte. Bis ich ein düsteres Mädchen kennenlernte und beschloss, dass es noch etwas gab, das ich erleben wollte …

»Alles klar?« Dave taucht neben mir auf, und sein frisch geschnittener Irokesenschnitt von damals verwandelt sich in eine kürzere fliederfarbene Version. Seine Pupillen hängen wie winzige Stecknadelköpfe in den hellgrauen Augen, und sein Atem riecht nach Bier. Er ist älter geworden und seine Wahldrogen weicher.

»Scheiße, da bist du ja endlich!« Franky schlägt den Kühlschrank zu – die heilige Quelle all des Freibiers in diesem Raum – und röhrt seine Erleichterung in einen Flaschenhals. »Ich habe schon angefangen, deine beknackten Texte auswendig zu lernen! Ist dir bewusst, dass kein Wort davon einen Sinn ergibt?«

»*Hay* Jay!« Auch Schitty wälzt sich von der abwaschbaren Ledercouch und kommt zu mir rüber, um mich in seine ausgebreiteten Arme zu schließen und seine Wange an meine Brust zu kuscheln. Der vertraute Geruch einer abgebrannten Marihuanaplantage hüllt mich ein.

Hay Jay. Rave Dave. Frank the Skank. Und Schitty Shithead. Unsere bezaubernden Kosenamen, die wir mit vierzehn erfunden haben und auf unsere Welttournee-Poster drucken lassen wollten, eintätowiert auf die Riesenmöpse eines Pornostars. Frankys Mutter hat ihm damals den Arsch versohlt, weil er das Layout dafür auf die Rückseite seines Jahreszeugnisses gezeichnet hatte.

Ich tätschle Schittys Rastas und wende mich an Dave. »Wie viel hat er gekifft?«

Dave zuckt die Schultern. »Wir waren alle etwas nervös, Mann. Die haben uns heute eine volle Halle angekündigt. Wenn wir diesen Auftritt versieben, sind wir endgültig weg vom Fenster.«

»Der Veranstalter hat sich speziell nach dir erkundigt«, fügt Franky mit Grabesstimme hinzu. »Keine guten Erinnerungen, denke ich.«

Ich schiebe Schitty von mir und fahre mir durch die Haare. »Hat jemand eine Kippe für mich?«

Dave setzt sein Bier an, und Franky rollt die Augen, nur Schitty ist von meinem Rückfall begeistert. Er murmelt was von »Ich hab genau das Richtige für dich, Alter« und »Willkommen zu Hause«, während er zur Couch schwebt und zwischen den leeren Bierflaschen auf dem Tisch stöbert. Statt meiner angeforderten Zigarette kommt er mit einem feinsäuberlich gedrehten Joint zurück, den er auf beiden Handflächen trägt, als würde er den Leib Christi höchstpersönlich transportieren. Die Tüte leuchtet beinahe.

»Alle erwarten, dass du heute Abend auf Hochtouren läufst«, rattert eine Stimme im Hintergrund, die sich nach Franky anhört. Mein Blick klebt noch immer an Schittys Händen und seiner großzügigen Opfergabe an mich. »Nach deinem unfreiwilligen Abwurf vor drei Jahren wird es an der Zeit, dass du wieder in den Sattel steigst und Major Malfunction zurück in den Rockhimmel reitest.«

Meine Finger schließen sich um den Joint und heben ihn zu meinem Mund. Schittys Lachen dehnt sich bis über seine Mundwinkel aus, Dave schüttelt den Kopf und dreht sich weg. Eine Flamme erscheint vor meinem Gesicht. Ich halte das Ende des Joints hinein, höre das vertraute Abbrennen des überstehenden Papiers und ziehe das Feuer tiefer in den Tabak. Der Geschmack von tiefgrünem Moos breitet sich in meiner Mundhöhle aus. Meine Augen rollen nach hinten, und meine Lippen stoßen den schweren Qualm an die Zimmerdecke.

Das THC fährt mir schneller ins Gehirn als früher. Nach fast drei Jahren Abstinenz fühlt es sich an, als wären meine grauen Zellen da oben noch jungfräulich. Ich lehne mich an den Türrahmen und angle nach dem Gedanken, den ich eben noch hatte.

Franky geht die Songliste durch. Es ist die ewige alte Leier, weil Schitty nur die gemütlichen Songs spielen möchte, Franky geil auf elendslange Riffs ist, Dave keine Zugabe geben will, für die wir nicht bezahlt werden, und ich meine Stimme bis zum Ende einteilen muss.

»Alle einverstanden?«, hakt Franky schließlich nach, sieht dabei aber nur mich an.

»Gib mal rüber.« Schitty streckt seine Hand aus und will was vom Joint abhaben, ehe ich mich in ihn verliebe und mit ihm durchbrenne.

Ich halte ihm die halb abgebrannte Tüte hin und überlege gerade, ob ein Bier nach dem Auftritt ausreicht, um meinen Mund von allen Beweismitteln reinzuwaschen, als die Tür neben mir aufschwingt und Viki den Bandraum betritt.

Dave

Ich würde gerne wissen, ob sich die Titanic und der Eisberg auf eine ähnliche Weise angestarrt haben, kurz bevor sie aneinanderkrachten und sich gegenseitig im Meer versenkten. Die Frage, wer von den Zweien das Schiff und wer das gefrorene Wasser ist, stellt sich jedoch nicht. Jay verbiegt sich bereits unter ihrem eiskalten Blick.

Ich springe nach vorn, weil ich meinen Kumpel decken muss, und weil Schitty, der Penner, vor dem Joint zurückweicht, als hätte er sich in eine Giftschlange mit tropischen Ausmaßen verwandet. Noch offensichtlicher könnte er Jay nicht in die Scheiße reiten, das schlechte Gewissen strahlt aus seinem bescheuerten Dauergrinsen. Ich stelle mich zwischen die beiden (was mich offiziell zu einem Rettungsboot macht) und hoffe, von den panischen Passagieren nicht umgerissen zu werden. Entweder ich rette Leben, oder ich werde zwischen den Fronten zermalmt.

»Viki, wir haben dich vorhin überall gesucht.« Ich spanne meine Lippen quer übers Gesicht, was sie mit tiefgefrorener Ignoranz quittiert. »Ich wollte dich fragen … Ähm … Wo ist eigentlich das Klo?«

Zuerst denken, dann sprechen, verdammt nochmal.

Ihre Augen gleiten zu mir, und sie nickt mit dem Kinn auf eine Tür neben uns, auf der ein riesiges Schild mit zwei ziemlich eindeutigen Buchstaben hängt. Zu allem Übel steht sie einen Spaltbreit offen, und man erkennt selbst von hier aus die Hälfte einer Kloschale. Ich sollte hingehen und meinen weichen Schädel darin ertränken.

»Wollte schon immer wissen, wofür das C steht …«, murmle ich.

Viki räuspert sich. Sie trägt wieder ihre dunklen Klamotten, und obwohl ihre Haare in den letzten Jahren schokobraun nachgewachsen sind, saugen sie die Schatten aus der Umgebung und färben sich so tiefschwarz wie ihre Mimik. »Nick meinte, ich soll euch ein paar Flaschen Wasser auf die Bühne stellen, aber wie ich sehe, seid ihr bestens versorgt.«

Jay löst sich vom Türrahmen und tritt auf sie zu.

Bleib, wo du bist, Alter, schreit mein Blick, doch ich kann die Naturgewalten nicht mehr aufhalten. Es bleibt mir nichts anderes übrig, als einen Schritt zurückzuweichen, und mir Leonardos Untergang mit eigenen Augen anzusehen. Er nimmt Viki in die Arme und drückt sie an sich. Für eine Sekunde sieht es tatsächlich so aus, als würde sich die Geschichte umschreiben, allerdings erwidert sie die Geste nicht, und die Fronten brechen auseinander.

»Hast du etwa gekifft?«, flüstert sie.

Er öffnet den Mund, weiß nicht, was er sagen soll und sagt damit genau das Falsche.

Warum lügt der Trottel nicht einfach?

»Nur ein paar Züge«, antwortet die Ratte mit den roten Augen. Leo ist längst abgesoffen, bloß das Ungeziefer klammert sich noch an einen schwimmenden Balken, in der irrwitzigen Hoffnung, auf dem Eismeer nicht zu verrecken.

Viki versenkt ihn mit nur einem Wort. »Okay.«

Jay hebt seine Hand, als wollte er sie berühren, und entscheidet sich auf halber Höhe, es doch nicht zu tun. »Können wir irgendwo reden?«

Sie reibt die Lippen übereinander und schüttelt den Kopf. Ihre Augen glänzen, aber sie heult nicht. Sie ist Viktoria Stein, ihr Stolz ragt höher hinauf als der Mount Everest. Eine Menge Leute kratzen ab, ehe sie so weit kommen.

»Meine Schicht fängt jetzt an«, erwidert sie und blickt von zwanzigtausend Höhenmetern auf ihn herab. Allein von ihrem Anblick bekomme ich Schnappatmung, Jay jedoch hält sich wacker auf den Beinen, obwohl ihm bereits die Luft ausgehen muss. Ohne ihm eine

Sauerstoffmaske zu reichen oder auch nur ein kleines Lächeln auf seine jämmerliche Gestalt zu werfen, macht sie auf dem Absatz kehrt und rauscht aus dem Zimmer.

Jay will ihr folgen. Ich packe ihn am Arm und ziehe ihn zurück. »Erstens müssen wir in fünfzehn Minuten auf die Bühne, weshalb es keine gute Idee ist, deiner Freundin nachzujagen. Zweitens klemmt ein Joint zwischen deinen Fingern, was eine noch beschissenere Idee ist, falls du meinen brüderlichen Ratschlag in den Wind schießt und ihr trotzdem hinterherrennst.«

Er betrachtet die Tüte und schmeißt sie achtlos in den Bandraum. Ich habe kaum genügend Zeit, um meine Hand von seinem Arm zu entfernen, bevor er durch die Tür springt und sie vor meiner Nase zukracht.

Schitty hechtet nach vorn und kniet sich vor seine brutal misshandelten Drogen, während Franky einfach neben dem Kühlschrank stehen bleibt und vergessen hat, dass eine Flasche Bier auf halbem Wege zu seinem Mund in der Luft schwebt. Er wirft mir einen unsicheren Blick zu, mit dem ersten Hauch von panischem Glanz in den Pupillen. »Fünfzehn Minuten reichen doch, um sich wieder zu versöhnen? Sag mir, dass alles gut wird, Dave.«

Ich schaue zur Uhr und atme tief durch. »Lern deinen Text auswendig.«

Jay

Viki ist verdammt schnell, wenn es darum geht, vor mir abzuhauen. Allerdings habe ich kein Baby mehr zwischen den Füßen, und ich renne ihr in vollem Tempo hinterher. Der einzige Vorteil, den sie hat, sind die verschachtelten Gänge und Lagerräume, die sie wie ihre Westentasche kennt. Sie verschwindet durch eine Tür und hängt mich beinahe zwischen aufeinandergestapelten Getränkepaletten ab, weil ich sie für eine Minute aus dem Blickfeld verliere. Nur die entrüstete Stimme einer Mitarbeitern, die ihr hinterherruft, dass sie an der Bar gebraucht wird, lenkt mich in die korrekte Richtung. Ich presche durch eine Schwingtür in einen schmalen Flur, und plötzlich ist sie wieder vor mir.

»Viki! Bleib stehen!«

Sie hält tatsächlich an, wirft ihre Haare herum und starrt mich mit großen Augen an. »Hier ist nur Zugang für Personal.«

Ich nähere mich und hebe beschwichtigend meine Handflächen. »Wieso läufst du vor mir weg? Und erzähl mir nicht, dass es wegen dieses dämlichen Joints ist. Heute Morgen hatte ich nichts geraucht.«

Ihr Oberkörper kippt nach vorn, und sie keucht durch den Mund. Sie stützt ihre Hände auf den Oberschenkeln ab, sinkt langsam in die Hocke und hängt ihr Gesicht zwischen die Knie.

Ich kauere mich vor sie und reibe ihren Rücken. »Hey, was ist denn los mit dir?«

Sie schüttelt bloß den Kopf.

»Der Joint war eine einmalige Sache. Eigentlich …« Ich hole tief Luft und puste sie seufzend heraus. »Eigentlich wollte ich nur eine Zigarette.«

»Du rauchst wieder?«, flüstert sie in Richtung Boden.

Es wird an der Zeit, mit der Wahrheit rauszurücken. Diese Geheimnistuerei tut uns beiden nicht gut, und wenn ich möchte, dass sie offen mit mir spricht, sollte ich mit bestem Beispiel vorangehen. Auch wenn sich das Eingestehen meiner Niederlage wie Betonblöcke auf meine Brust wirft.

»Ich wollte aufhören, bevor du es merkst. Ob du es glaubst oder nicht, aber ich bin nicht sonderlich stolz darauf, wieder angefangen zu haben.« Ich lehne meine Stirn an ihre. »Ende des Semesters hatten wir mit der Studiengruppe ein paar Baustellen besichtigt. Die letzte war ein Wolkenkratzer in der Neustadt, eine beeindruckende Glasfassade über hundertfünfzig Meter hoch. Wir standen oben auf dem Dach, der Wind schlug in unsere Gesichter, und ich dachte mit einem Mal: *Das ist es. Genau so was will ich entwerfen.* Ich hatte das Gefühl, dass sich diese Ansammlung von Kursen auf einmal in einem Lebensplan vor mir ausbreitet. Ein echtes Ziel. Ich fühlte mich so zuversichtlich. Jemand reichte Kippen rum, und ich nahm mir eine, um mich von meinem alten Leben zu verabschieden. Weil ich glaubte, dass sie mir sowieso nicht mehr schmeckt. Aber das Nikotin hob mich hinauf in die Wolken …«

Sie erwidert nichts, hockt einfach nur da.

»Als ich nach Hause kam, hab ich mich sofort geduscht«, fahre ich fort. »Ich war davon überzeugt, du würdest es trotzdem merken, mir eine scheuern und damit hätte sich die Sache erledigt. Es ist dir nicht aufgefallen. Die zweite Zigarette ein paar Tage später war plötzlich ein Spiel. Es verschaffte mir einen Kick, herauszufinden, wie lange ich damit durchkomme.«

»Ich hab es gemerkt«, haucht sie in den dunklen, engen Raum zwischen unseren Gesichtern. »Nur zog ich die falschen Schlüsse. Ich befürchtete, du hättest was mit einer anderen Frau.«

»Deshalb hast du in mein Handy geschaut …« Es ist keine Frage. Ich bin so ein Trottel. Nicht sie war diejenige, die sich verrückt verhalten hat, sondern ich. Viki hat bloß auf ihre Weise darauf reagiert.

Ich küsse die Stelle über ihren Augenbrauen. »Es tut mir leid.«

Sie zieht sich zurück, verliert das Gleichgewicht und kippt auf ihren Hintern. Ich strecke meine Hand aus, um ihr hochzuhelfen, doch sie stößt sich mit den Füßen weiter von mir weg. Meine Finger hängen unbenutzt in der Luft. In ihrem grünen Blick schwimmt etwas, das ich nicht einordnen kann. Noch nie hat sie mich so angesehen, als wäre etwas zwischen uns für immer anders.

»Ich mach es wieder gut«, verspreche ich.

Sie schüttelt den Kopf. »Das kannst du nicht«, dringt es beinahe lautlos aus ihrem Mund.

Die Verzweiflung in ihren Worten sinkt bleischwer in meinen Magen. Auf Knien rutsche ich zu ihr rüber, aber sie hält mich mit ihren Armen auf Abstand und dreht ihr Gesicht von mir weg.

»Es sind nur ein paar verdammte Zigaretten, Viki.« Ich fahre mir durch die Haare, weil mich das Verlangen überkommt, mich an etwas festzuhalten. »Du hast mich als Raucher kennengelernt, und es war okay für dich. Ohne diese Joints im Black damals wären wir wahrscheinlich nie zusammengekommen. Zumindest nicht so schnell und intensiv.« Ich schenke ihr ein Lächeln, das sie an unseren ersten Abend erinnern soll, doch ihr Kehlkopf hüpft sichtbar im Hals, als müsste sie etwas Hartes hinunterschlucken.

Ihr versteinerter Ausdruck bringt mir eine andere Erinnerung. Zwei Monate später, als ich ihr sagen musste, dass uns die Zeit davonrinnt. Als ich ihr dieses wunderschöne Lachen stahl, das ich so mühsam in den Wochen zuvor aufgebaut hatte. Als sich ihr hoffnungsvoller Blick wieder dunkel färbte.

Ich nehme ihre Hand und halte sie fest, obwohl Viki sie wegziehen möchte. »Der Tod lauert an jeder Ecke unserer Existenz, in jeder Autofahrt, in jedem Flugzeug, in jedem Stückchen Erdnuss, das wir essen.

Wir können uns nicht ständig davor fürchten. Wir können nur unser Leben so führen, dass wir am Ende so wenig wie möglich bereuen. Ich stand ihm schon einmal direkt gegenüber, und ich habe in diesem Augenblick an dich gedacht und all die Jahre, die wir nicht zusammen haben können. Ein zweites Mal wird mir das nicht passieren. Ich gebe dich nicht auf.«

Ihre Mundwinkel zucken, und das Beben breitet sich über ihr Kinn aus. Ihr Gesicht zerknittert und verschwindet unter ihren Handflächen, die sie rasch davorschlägt, damit ich die Tränen nicht sehe.

Es ist mir egal, dass sie mich wegstoßen will, ich rutschte zu ihr rüber und drücke sie so lange an mich, bis ihr Widerstand bricht und sie gegen meinen Oberkörper sinkt. Ihre Fäuste ballen sich auf meiner Brust, und ihr Protest versickert in meinem T-Shirt.

»Ich höre mit dem Rauchen auf«, verspreche ich. »Alles wird so wie vorher.«

Sie krallt sich in den Stoff und kratzt ihre Fingernägel über meine Haut. »Nicht … Du machst … es noch schlimmer.«

»Was mache ich schlimmer?«, frage ich sanft.

»Ich kann das nicht.« Sie hebelt sich von mir los, stößt mich weg und stolpert rückwärts auf ihre Füße. Ihre Gestalt taumelt über mir. Sie stützt sich mit einer Hand an der Wand ab und wiegt ihren Kopf hin und her, wie ein Pferd, das einsam in eine Box gepfercht wurde. »Ich kann das einfach nicht …«

Plötzlich schwingt eine Tür hinter ihr auf, und die Frau, die ihr im Lagerraum hinterhergerufen hat, streckt ihre gebleichte Dauerwelle über die Schwelle. »Verdammt nochmal, das Konzert fängt an! Was treibst du hier?!«

Ich klappe den Mund auf, um mich zu rechtfertigen, und kapiere erst dann, dass sie nicht mich gemeint hat. Ihr wütender Blick klebt auf Viki, die ihr nasses Gesicht in die andere Richtung wendet und der Blonden nur den Hinterkopf zeigt.

»Ich komme gleich«, erwidert sie gefasst.

»Das will ich hoffen! Die Leute warten schon meterweise vor den Bars!« Sie knallt die Tür zu und lässt uns beide im Nachhall ihres Gebrülls alleine.

Ich stehe auf und klopfe mir den Staub von den Jeans, obwohl das mein Outfit auch nicht mehr rettet. Es könnte mir nicht egaler sein, wie ich aussehe. »Wenn du möchtest, fahren wir jetzt sofort von hier weg. Wir steigen ins Auto meiner Eltern, lassen all das zurück und kümmern uns nur umeinander.«

Ihre Finger rutschen an der Wand hinab und klatschen leblos an ihren Oberschenkel. Sie steht vor mir im Gang und neigt sich in einen schiefen Winkel, der nur von ihren breitgestellten Füßen getragen wird. Ihr Blick hängt im Nichts. »Ich hab nicht mal Geld, um mir was zu essen zu kaufen … Es geht einfach nicht …«

»Zu zweit kriegen wir das hin. Wir haben es drei Jahre lang geschafft.« Ich trete auf sie zu, halte jedoch genug Abstand, um sie nicht zu bedrängen. Ihre Augen gleiten von mir ab.

»Und wenn du nicht mehr da bist?«, haucht sie. »Ein paar lächerliche Zigaretten haben gereicht, um uns auseinanderzubringen. Denkst du, im Leben kommt nichts Schwierigeres auf uns zu? Nein, so funktioniert das nicht … Ich muss eine Entscheidung treffen, die ich alleine tragen kann …«

»Was meinst du damit?«

»Ich hab sie immer regelmäßig genommen, aber irgendwie …« Ihr Satz verliert sich auf ihren Lippen.

Im Nebenraum hallen aufgeregte Stimmen, und schwere Schritte poltern auf uns zu. Jede Sekunde werden wir erneut unterbrochen, und ich greife automatisch nach ihrem Arm, um sie von hier wegzuziehen, zum Auto zu bringen, uns beiden ein paar ruhige Augenblicke zu –

»Ich bin schwanger.«

Unsere Blicke prallen aufeinander. Sie weicht zurück, und mein Arm löst sich von ihrem. Hinter ihr springt die Tür auf, kracht an die

Wand, und der blonde Drache zerrt sie von mir weg. Daves Gesicht schwebt plötzlich vor mir. Er packt mich an der Schulter und rüttelt mich.

»Hey Alter, träumst du?« Er untersucht meine Pupillen, als wollte er feststellen, wie bekifft ich bin. »Ich wusste, dass dieser Joint ein Fehler war. Reiß dich zusammen, Mann. In einer Minute stehst du auf der Bühne.«

Viki

Meine Worte haben die Wirkung einer Spritze, die ich in Jays Hals jage, um sämtliches Blut aus seinem Gesicht zu ziehen. Meerblaue Augen starren mich an, ein ganzer Ozean rauscht mir entgegen, der alle Oberflächlichkeiten von uns abspült, bis wir beide völlig nackt voreinanderstehen und die Wahrheit zwischen uns betrachten. Sein Mund öffnet sich und verharrt lautlos in dieser Position. Sein Griff auf meinem Arm lockert sich.

Ein Knall reißt mich von Jays Anblick los. Der Dauerwellendrache stürmt in den Flur und zerrt mich herum, womit sie unter normalen Umständen nicht weit kommen würde. Jetzt aber nutze ich die Gelegenheit, um mich forttragen zu lassen und hinter der Bar eine Routine zu suchen, die den Strudel in meinen Gedanken besänftigt. *Auch Jay braucht einige Minuten alleine*, rede ich mir ein. Seinem schockierten Blick nach vielleicht sogar Jahre.

Die Bartür schwingt auf, die letzte Barriere vor einer Wand aus genervten Gesichtern, die sich an die Theke drängen und Geldscheine in der Hand halten. Doris spuckt mir eine Feuerwolke in den Nacken und verzieht sich in ihre Ecke. Ich trete an meinen Platz und weiß nicht, welchen herübergebrüllten Getränkewunsch ich zuerst bedienen soll, also schnappe ich mir ein paar Bierbecher und stelle sie unter alle Zapfhähne, die mir zur Verfügung stehen. Goldene Flüssigkeit sprudelt hervor, weißer Schaum rinnt über die Ränder herab, meine Finger finden ihren Weg in die Tretmühle, und mein Kopf rechnet Wechselgeld aus, ohne darüber nachdenken zu müssen. Scheine wandern in die Kasse, Alkohol über die Bartheke, und langsam, langsam entlädt sich die geballte Gewitterwolke am Horizont, und ich werde dem Ansturm Herr.

Plötzlich geht das Licht aus. Nicht die schwache Beleuchtung über der Bar, sondern die großen Scheinwerfer über dem Publikum. Jeden Moment werden die Strahler auf der Bühne eingeschaltet, um die Feiernden wie Motten anzuziehen. Nur wenige Sekunden, und ich sehe ihn wieder.

Die Dunkelheit, das Gedränge um mich herum, die heiseren Stimmen, die den Namen der Band durch die Halle brüllen – all das trägt mich zurück an unseren ersten Abend im Black. Als mich meine Freunde mit einem Joint beschenkten, der mich die dröhnende Musik und den selbstverliebten Weiberhelden vor dem Mikro ertragen ließ; betäubender Rauch, der mich weitertrug, über meine Selbstbeherrschung hinaus und hinein in ein spöttisches Gespräch, das sich aller Gegenwehr zum Trotz in einen Flirt verwandelte.

»Wie viel davon muss ich rauchen, um dich zu mögen?«

»Wie sehr magst du mich denn jetzt?«

»Ich fürchte, dieses Tütchen reicht nicht aus.«

Ein breites Lächeln. Eine angenommene Herausforderung. »Ich hab noch mehr dabei, genug für die ganze Nacht. Lass uns rauchen und tanzen.«

»Ich tanze niemals mit dir.«

»Dann siehst du eben nur zu, stellst dich in eine einsame Ecke und bereust für den Rest des Abends, dass du mein Angebot ausgeschlagen hast.«

Seine Arroganz lässt mich auflachen. »Wir werden ja sehen, wer von uns beiden zuerst einknickt.«

Ich gehe weg. Meine Finger streifen wie zufällig den Saum meines Faltenrocks, der Stoff schwingt über die Netzstrumpfhosen. Ein amüsierter Blick über meine Schulter.

Er wirft den abgerauchten Joint weg und folgt mir …

»Krieg ich endlich mein Bier?!«

Ich schaue auf und frage mich, wer dieser Mann an der Bar ist. Einen Herzschlag später erkenne ich den Zehner in seiner behaarten Hand, und mir wird klar, dass dieses Gespräch mit Jay schon lange vergangen ist. Unsere erste Nacht, an die ich mich nie erinnern konnte. Der Morgen danach, als Mel mir den Gedanken in den Kopf pflanzte, dass ich eventuell … Ich kann es nicht mal denken.

Damals wäre es einfach gewesen, eine glasklare Entscheidung. Ich hatte nichts. Kannte diesen Kerl nicht. Schaffte es kaum, mich selbst am Leben zu erhalten, geschweige denn für jemand anderen ein lebenswertes Dasein zu bieten. Ich wollte niemals Kinder, nicht aus Eigennutz, sondern um keinem anderen Wesen dasselbe Schicksal wie mir anzutun. Hat sich das wirklich geändert?

Bin ich anders?

Ist Jay anders?

Fast alle unserer Freunde trinken oder rauchen gelegentlich Gras. Es sollte mich nicht schockieren. Verdammt, immerhin habe ich ihn so kennengelernt, und da hat es mir nichts ausgemacht. Aus irgendeinem Grund verdaue ich diese Neuigkeit wesentlich schlechter, als ich es selbst von mir gedacht hätte. Ich brauche eine Runde Tequilashots mit Zitronenschreiben, ehe mir etwas klar wird: Vielleicht wurde nach dieser Operation kein neuer Mensch aus ihm, vielleicht war nur ich es, die ihn so sehen wollte. Hat er sein Trauma von damals überwunden und ist einfach wieder zu sich selbst geworden? Einem Kerl, den ich früher nicht ausstehen konnte?

Oder suche ich nur nach einer plausiblen Ausrede, um meine Entscheidung zu rechtfertigen, die ich still und heimlich längst in meinem Hinterkopf getroffen habe?

Mein Kopf knickt nach unten, und ich seufze.

»Ich glaub, ich seh nicht richtig.«

»Oh, Ihre Augen sind gesund, das kann ich Ihnen versichern.«

»Das ist ein Scherz, oder?«

»Keineswegs. Da wir eine Reihe von anderen Ursachen ausgeschlossen haben, sollten Sie diese Möglichkeit zumindest abklären. Jede Frau reagiert unterschiedlich auf die Umstellung, bei manchen erhöht sich der Fettgehalt in der Augenflüssigkeit, weil sich der Körper darauf einstellt, Reserven anzulegen …«

Ich fühlte mich nicht anders, bis ich heute Morgen dieses Ergebnis auf dem Schwangerschaftstest entdeckt habe. Jetzt springen die Hinweise klar und deutlich aus meiner Erinnerung: die Gefühlsschwankungen, eine Million Tränen, mehr als in meinem gesamten Leben zuvor, Schokocreme, die nach Asche schmeckt, Übelkeit auf einer Party … Selbstverständlich können diese Tests irren, selbstverständlich muss ich einen Frauenarzt aufsuchen, um mir vollkommen sicher zu sein. Doch je tiefer ich in mich hineinsehe, desto eindeutiger erkenne ich die Wahrheit.

Mein Kopf fährt hoch. Habe ich Alkohol getrunken? Damals beim Brunch? Nein, den habe ich wieder ausgespuckt. Wieso pocht mir das Herz bis in den Hals? Es würde doch keine Rolle spielen, wenn ich es getan hätte. Oder?

Ich weiß haargenau, was ich tun muss. Es gibt keine andere Möglichkeit. Allein darüber nachzudenken ist lächerlich.

In nicht mal zwei Monaten werde ich zwanzig. Zwanzig! Das ist kein Märchentraum, der mir passiert, der sich mit ein paar Versprechungen versiegeln lässt und für den Rest des Lebens unveränderlich anhält. Ich glaube, dass Jay mich liebt. Ich bin mir sicher, dass ich ihn liebe. Trotzdem hat keiner von uns auch nur die geringste Ahnung, wie lange das so bleibt. Gott, ich selbst habe den besten Beweis dafür erlebt, wie schnell sich die Fronten ins Gegenteil verkehren können! War das nicht der wahre Grund, warum ich heute Nachmittag meinen Vater besucht habe? Wollte ich diesem Lebensfunken in mir damit nicht belegen, was für eine üble Idee es ist, sich in meinem Innern einzunisten?

Geh wieder weg. Ich bitte dich. Das hier ist keine gute Idee. Ich … Ich möchte dich nicht töten.

Jetzt denke ich schon so was! Als ob es bereits etwas Lebendiges wäre, ein richtiges Kind, aber das ist es nicht, da befindet sich nicht mehr in meinem Bauch als bei jeder monatlichen Regelblutung, und der weine ich auch nicht hinterher. Es müssen die Hormone sein, die in mir verrücktspielen, eine andere Erklärung habe ich nicht dafür, weshalb sich erneut Tränen hinter meinen Augäpfeln aufbauen und nur auf einen weiteren bitteren Gedanken warten, um über mein Gesicht zu strömen.

Ich hätte Jays Angebot annehmen sollen. Von hier verschwinden, mich krankmelden, mit etwas Glück hätte ich meinen Job sogar behalten können. Und mit ihm meine Selbstachtung, die nun in dicken Tropfen auf die Theke fällt. Ich drehe mich um und wische sie mit einem Lappen weg. Die andauernde Flut von Getränkewünschen hält sie nicht auf.

Ein Pfeifen fährt durch die Menge. Die Leute werden ungeduldig, die Bühne ist seit Minuten abgedunkelt. Schlechtes Gewissen überspült mich wie eine Dusche aus Eiswürfeln. Ich hätte keinen mieseren Zeitpunkt wählen können, um Jay die Neuigkeit zu verkünden. Es war ihm gegenüber nicht fair, ein paar zusätzliche Stunden hätte ich auch noch ausgehalten. Zumindest diesen Abend hätte ich ihm schenken sollen.

Meine Finger krallen sich in den Putzlappen und schleudern ihn von mir. Fair! Was ist schon fair?! Verdammt, ist es *fair*, dass ich mich damit rumschlagen muss? Dass nur ich es auszubaden habe, wenn er genauso viel Schuld daran trägt wie ich? Er ist nicht derjenige, der es mit sich herumtragen muss, jetzt und für immer; es wird ihn ihm verblassen, ein Schreckgespenst seines Erwachsenwerdens, mehr wird es nicht sein. Aber was ist mit mir? Ich kann mich entscheiden, ich kann es akzeptieren – nur vergessen werde ich es nie. So ist es doch, nicht wahr?

Was geht in diesem Moment in ihm vor?

Daves Intro grollt durch die finstere Halle, und mein Kopf schnellt nach oben. Die Menge johlt, drängt sich nach vorne und verschwindet im gleißenden Licht der Bühnenscheinwerfer.

Dave

Scheiße, da steht der Trottel alleine in einem Flur und starrt Löcher in die Luft. Schitty hat Glück, dass er nicht hier ist, sonst würde ich ihm seine blöde Idee zusammen mit dem Joint ins grinsende Maul stopfen. Unseren Sänger kurz vor dem Auftritt lahmzulegen, wenn Franky schon beim Ablesen der Songtexte stottert, konnte echt nur dem aufgeweichten Gehirn eines Dauerkiffers entspringen.

»Jay, wir müssen los.«

Phantastisch. Er dreht sich nicht mal nach mir um. So viel kann er doch gar nicht geraucht haben, bevor seine Süße ihm den Hahn abdrehte. Andererseits sind Schittys Tüten gut geladen, und Jay war seit Ewigkeiten nicht mehr auf der Abschussliste. Da reichen vielleicht ein paar Züge, um ihn wegzuknallen.

»Hey Alter, träumst du?« Ich umrunde ihn und rüttle eine Antwort aus seinem Körper. Endlich findet sein Blick zu mir, das Rosa in seinen Augen leuchtet vor dem Hintergrund seiner aschfahlen Haut. Meine Güte, hoffentlich kotzt er nicht alles voll. »Ich wusste, dass dieser Joint ein Fehler war. Reiß dich zusammen, Mann. In einer Minute stehst du auf der Bühne.«

Er blinzelt, und seine Gesichtszüge erwachen zum Leben. »Ich muss zu Viki …«

»Auf keinen Fall!« Ich packe ihn am Oberarm und schleife ihn mühelos hinter mir her; seine Muskeln kleben ihm wie nutzloses Kaugummi auf den Knochen. »Die muss genauso arbeiten wie du, kapiert? Franky kackt jeden Augenblick ein, und er trägt helle Hosen. Das kannst du deinem Kumpel nicht antun.«

Diese Lagerhallen sind ein gottverfluchtes Labyrinth! Ich schaffe es, zweimal denselben Getränkecontainer zu umrunden, und der Matschbirne neben mir fällt es nicht mal auf. Ich mustere Jay von oben bis unten. Auf seinen Jeans prangen zwei kreisrunde Dreckflecken, als wäre er Viki auf den Knien hinterhergerutscht. Was jetzt, wo ich genauer darüber nachdenke, höchstwahrscheinlich so war. Auch sein Shirt ist nicht besser dran: orangefarbene Essenskleckser in Form von Kinderhänden und ein ausgeleierter Kragen, der ihm bis zur Brustwarze runterhängt. Zum Glück sind wir eine Punkband. Es wird niemandem auffallen.

Endlich finde ich den richtigen Gang und stoße mit einem lauten »Tadaaa!!« die Tür zum Bandraum auf. Ich schleudere Jay ins Zimmer, als wäre ich der beschissene Weihnachtsmann höchstpersönlich, der seinen prall gefüllten Geschenkebeutel vor den Kindern ablegt. Schitty lacht mit zusammengekiffenen Augen zu uns rüber. Franky hingegen bricht bei unserem Anblick fast in Tränen aus, die Zettel mit den ausgedruckten Songtexten flattern von seinen zitternden Fingern und segeln zu Boden. Jetzt ist er es, der beinahe auf die Knie fällt und die Füße unseres blonden Romeos abknutscht – seinem abrasierten Haar und den knallharten Tattoos zum Trotz. Die Bühnenangst kocht ihn zu einem Weichei.

Die Tür springt erneut auf, und der Chef des Schuppens steckt sein pickliges Gesicht herein. »Wo bleibt ihr denn? Es ist fünf nach neun!«

»Ach tatsächlich? Unsere Uhr muss stehengeblieben sein«, erwidere ich laut, bevor irgendein dämliches *Ich-muss-zu-Viki*-Gebrabbel aus Jays Mund entweichen kann. Der übrigens noch immer leicht offen steht, was ihm keinen sonderlich intelligenten Ausdruck verleiht, wenn wir mal ehrlich sind. Ich poche ihm mit dem Fingerknöchel gegen den Schädel. »Tick-Tock. Jemand zu Hause?«

Jay weicht zurück und wirft mir einen finsteren Blick zu. Na bitte, das ist besser als sein leeres Vorsichhingestarre von eben.

Franky betrachtet Jay besorgt. »Müssen wir schon raus?«

»Wir kommen in ein paar Minuten!«, quakt Schitty von der Couch und hält dabei seinen neuen Glimmstängel hoch, der zum Glück kein Joint ist. *Keine Drogen,* so lautet eine der Vertragsklauseln.

»Wir kommen sofort«, falle ich dazwischen, bevor der Meister den betörenden Marihuanageruch hier drinnen erwähnt. Seine Nasenlöcher müssten bis zum Hirn verstopft sein, um den nicht wahrzunehmen. »Jetzt gleich. Wir sind so gut wie auf dem Weg.«

Zum Beweis schubse ich Jay nach vorn, der gereizt meinen Arm von sich abschüttelt. Er fährt sich mit beiden Händen durch die Haare und kriegt seine große Klappe nicht auf, um den Chef zu beruhigen, der ihn bereits misstrauisch mustert. Wetten, der hat den beinahe verreckenden Jugendlichen nicht vergessen, der vor drei Jahren vor genau dieser Couch um sein Leben zappelte?

So ein Mist. Ich hab es ganz sicher nicht vergessen.

Brüderlich hänge ich meinen Ellbogen um Jays Nacken und reite ihn aus der Scheiße, von der er nicht mal zu bemerken scheint, dass er bis zur Nase drinsteckt. »Er ist ein bisschen schüchtern vor dem Auftritt. Draußen legt sich das wieder.« *Will ich hoffen.*

Der Chef schnaubt sein Einverständnis und gibt uns eine Minute Zeit, um unsere kläglichen Hintern auf die Bühne zu schaffen. Franky wirft einen unschlüssigen Blick auf die verstreuten Songtexte am Boden und fragt Schitty, ob er sie besser mitnehmen sollte, doch der winkt nur lachend ab. »*Hay Jay* packt das schon«, gurrt er. »Auf ihn ist immer Verlass.«

Ich drehe mein Gesicht zu Jay, um Schittys Prophezeiung zu überprüfen. Aber er schlüpft unter meinem Arm hindurch, läuft zur Tür und lehnt sich dagegen. »Ich kann nicht raus. Ich muss nachdenken …«

»Du hast in den letzten zwanzig Jahren nicht nachgedacht!«, beschwert sich Franky von hinten. »Also fang gefälligst jetzt nicht damit an! In der Halle stehen fast achthundert Leute, und von denen will keiner, dass du nachdenkst! Dave, sag ihm, dass ich recht habe!«

»Er hat recht.« Ich trete auf Jay zu, stemme meine Arme in die Hüften und setze meine beste Imitation eines amerikanischen Guerillakriegers auf, der seine Jungs in den Tod schickt. »Was auch immer dir deine Süße in den Kopf gesetzt hat, es bleibt sicher hier drinnen im Bandraum, wo du es später abholen und ausführlich darüber nachgrübeln kannst. Da draußen auf dem Schlachtfeld hat es nichts verloren, kapiert?«

Jay seufzt und sackt sichtbar in sich zusammen.

Verfluchte Weiber. Was hat sie ihm nur angetan?

Ich klatsche in die Hände und scheuche die Hühnerschar hinaus. »Los jetzt! Raus mit euch! Der Hahn zuerst! Nicht du, Schitty, der andere. Jay, beweg deinen Arsch!«

Endlich kommt Bewegung in die Runde. Schitty reibt sich die Augen und kann sie fast wieder einen Millimeter öffnen, was für seine Basskünste vollkommen ausreicht. Franky massiert sich die Tattoos auf den Oberarmen und knetet die Finger warm, die er fürs Gitarrenintro braucht. Ich trommle mit der Zungenspitze den Takt an den Gaumen und Jay … Jay setzt einen Fuß vor den anderen, was ich einen Anfang nenne. Wir latschen durch den Gang und zweigen wenige Meter später auf den Bühnenaufgang ab.

Noch sind die Scheinwerfer aus, und wir für das Publikum unsichtbar. Schitty positioniert sich auf der linken Seite, streift den Ledergurt über sein Hanfhemd und streichelt liebvoll den Hals seiner Bassgitarre. Franky bleibt rechts, greift beide E-Gitarren und reicht eine davon rüber zu Jay, der sie zum Glück entgegennimmt und ohne zu zögern umhängt. Ich setze mich ans Schlagzeug, hole die Sticks unterm Hocker hervor und wirble sie zum Warmwerden in der Luft.

Jay schlurft zum Mikro. Ein paar Leute, die nahe genug stehen, haben ihn entdeckt und drängen weiter nach vorne. Nicht mehr lange, und jeder in dieser Halle weiß, dass wir hier oben sind. Wir haben nur Sekunden für den Überraschungseffekt. Ich checke ein letztes Mal die anderen Bandmitglieder, die bereit auf ihren Positionen warten, und schlage die Drumsticks dreimal aufeinander.

One. Two Three.

Los geht's!

Das Adrenalin rauscht mit dem ersten Schlag durch meine Venen, der Takt brennt sich in meine Muskeln, und das Drumintro steigert sich vom leisen Mäusetrippeln zum anschwellenden Morgengrollen des Jüngsten Gerichts. Meine Drums sind die Donnerschläge und Schittys Basseinsatz ihr dumpfer Nachhall. Franky stellt seine Beine breiter, tritt einen Schritt nach hinten und bringt seinen Pick auf den Stahlseiten in Stellung. Meine Unterarme brennen heiß vor Anstrengung, mein Trommeln wird schneller, jagt immer weiter, immer höher hinauf, bis es kurz vor dem Höhepunkt für die Dauer eines Herzschlages aussetzt. Das ist der Einfall des Gitarrensolos. Das ist das Stichwort für den Lichtmeister irgendwo am anderen Ende der Halle, um die Bühnenbeleuchtung einzuschalten.

Eine Sekunde herrscht Stille, dann bricht die Rockmusik in voller Härte übers Publikum herein. Licht flutet die Stage, und eine Welle von hochgeworfenen Armen strandet zu Jays Füßen. Franky wirft einen Blick zu mir rüber. Das ist seltsam, und ich überprüfe automatisch meinen Takt, um herauszufinden, ob ich vielleicht das falsche Lied angesetzt habe. Es dauert ein paar Schläge, bis mir klar wird, dass mit meinem Spiel alles stimmt, dass es etwas anderes ist, das die Farbe aus Frankys Visage zieht. Es fehlt die zweite Gitarre im Rhythmus. Jay, dieser gottverdammte Vollidiot, steht einfach nur da und starrt nach vorne auf ein tobendes Meer aus erwartungsvollen Besuchern, ohne auch nur einen Finger zu rühren.

Jay

So viele Leute unter mir. Sie allen wollen etwas, strecken ihre Hände hoch, rufen zu mir rauf oder schleudern leere Pappbecher gegen meine Jeans. Hinter mir dröhnt unser Introsong, und ich weiß, dass mein Einsatz längst gekommen ist, aber die Noten sind aus meinem Gehirn geflattert. Ich kann nicht singen, nicht mal brüllen, meine Zunge hängt schlapp in meinem Mund, und meine Lunge füllt sich kaum mit ausreichend Luft, um mich auf den Beinen zu halten.

Mein Blick wandert über die Wogen des Publikums hinweg und sucht die Bars im Hintergrund ab. Die Bühnenbeleuchtung ist zu hell, das Licht weiter hinten zu schwach, ich kann sie nirgendwo entdecken. Irgendwo da draußen steht Viki und sieht vielleicht zu mir rüber. Sie sollte nicht in so einem stickigen Loch arbeiten, wenn …

Ich schließe die Augen und schalte den Trubel um mich herum aus. Endlich wird alles still. Leise genug, um die Stimme in meinem Innern zu hören, die unentwegt in mein Ohr flüstert, von Erwartungen, Verpflichtungen und dem Ende meiner Jugend.

Ich habe damit gerechnet, dass dieser Moment irgendwann kommen wird. So wie ich mit meiner allerersten Autofahrt gerechnet habe, dem ersten Mädchen, das nicht Nein zu mir sagte, meinem Führerschein, dem Abi, meinem Auszug von zu Hause, der ersten Vorlesung, meinem ersten Vollzeitjob. Ich habe nur nicht heute damit gerechnet. Nicht so unfassbar schnell.

Die Erkenntnis schaltet in den sechsten Gang, lässt den Motor in meinem Schädel aufheulen und jagt mit quietschenden Reifen direkt über meinen Verstand hinweg. Während ich noch am Boden liege und den Schmutz von meinen Gedanken wische, rast sie bereits in die Zukunft. Viel zu spät wird mir klar, dass meine Hände mit einem Seil an ihrem Auspuff befestigt sind, mir bleibt nur eine Sekunde Zeit, bevor mein Körper mit Lichtgeschwindigkeit hinterhergerissen wird.

Ein Teil von mir möchte argumentieren. Es ist die Logik, unkompliziert und geradlinig, der erste meiner Prozessoren, der den Schock überwunden hat und wieder hochgefahren wird. Logisch betrachtet sind wir zu jung, um ein Baby zu bekommen. Nicht biologisch, aber gesellschaftlich. Wir haben einen Plan, dem wir folgen müssen, um in diesem Leben erfolgreich zu werden. Schule, Studium, Job. Die Voraussetzung für Geld. Die Voraussetzung für Wohlstand. Die Voraussetzung für Zufriedenheit. Kinder sind wie Kieselsteine in diesem Getriebe, sie halten es vielleicht nicht auf, doch sie erschweren die Fahrt. Und alles, was schwer ist, stellt sich unserem Vergnügen entgegen.

Ist nicht das unser oberstes Ziel? In jeder Minute, ach was, in jeder Sekunde glücklich zu sein? Selbst wenn das unmöglich ist? Weshalb sonst basteln wir diese perfekte Scheinwelt um uns herum, die wir anderen Menschen auf jede erdenkliche Art und Weise unter die Nase reiben?

Hm, sieht so aus, als wäre mein Zynismus nun ebenfalls online.

Logisch betrachtet sind wir uns also einig, dass ein Kind im besten Fall eine Verzögerung unseres ewigen Strebens nach Vergnügen bedeutet. Logisch betrachtet wissen wir auch, dass der kürzere Weg stets der bessere wäre. Es ist reine Physik. Arbeit ist Kraft mal Weg. Weniger Weg, weniger Kraft, weniger Arbeitsaufwand.

Sagen wir es ihr doch. Der Frau, die sich vorhin kaum auf den Füßen halten konnte, weil die Verzweiflung auf ihren Schultern sie niederdrückte. Sagen wir ihr, dass sie *logisch betrachtet*, einen blöden Zeitpunkt gewählt hat, um schwanger zu werden. Ich lache innerlich auf, weil ich diesem Dreckskerl die Abreibung gönne, die Viki ihm nach so einem Kommentar verpassen würde.

Meine Emotionen fahren hoch, eine nach der anderen. Ich weiß, dass ich nicht so ein Mensch bin. Es gab Zeiten, da habe ich es vorgegeben, mit ziemlich viel Erfolg. Wenn man sechzehn ist, männlich und vollgetankt mit Testosteron, dann prügelt man diesen Schlappschwanz im Herzen so lange in eine Ecke, bis er die Klappe hält. Man schreit die Gefühle nieder, die einem in die Quere kommen, versetzt ihnen einen letzten Tritt in den Arsch und zieht mit seinen Kumpels um die Häuser, um sich zu besaufen und nicht mehr darüber nachdenken zu müssen.

Doch ich habe diesen Penner hinter mir gelassen. Vermutlich etwas schneller als die meisten Kerle in meinem Alter. Vielleicht weil ich früher damit angefangen habe oder weil mir verdammt nochmal klar ist, dass man am Ende seines Lebens kein Vergnügen in Flaschen abfüllen kann. Am Ende zählt man selbst nicht mehr. Es bleibt nur das, was man zurücklässt.

Ein Kind …

Mit den Emotionen kommt die Furcht. Die Gewissheit, unqualifiziert zu sein. Ich habe nicht die geringste Ahnung, was es bedeutet, ein Kind großzuziehen. All die großartigen Dinge, die mein Dad für mich war, kann ich unmöglich sein. Mir fehlen die Antworten auf so viele Fragen.

Aber Erfahrung kann man nicht auswendig lernen. Man muss sie durchleben.

Das dürfte mein Optimismus sein. Er klopft mir auf die Schulter und zieht mich aus dem Straßengraben, bevor ich überhaupt kapiere, dass der Wagen längst angehalten hat und mit brummendem Motor vor mir steht. Am Steuer sitzt jemand, den ich nicht kenne. Noch nicht.

Der Fahrer trägt kein Gesicht, trotzdem lächelt er mir zu, während ich Dreck und Grashalme aus dem Mund spucke. Ich glaube, ich mag den Typen, auch wenn jemand ihm dringend beibringen sollte, wie man richtig Auto fährt. Ich trete näher ran, um ihn mir genauer anzusehen, doch mit jedem Schritt schrumpft der Wagen vor mir, bis er die

Größe eines Spielzeugautos hat, das neben meinen Schuhen parkt. Ich bücke mich und hebe es auf.

Die Vorfreude tritt vor mich. Sie macht Fotos von einem Paar, das in einem Sandkasten hockt und Motorengeräusche mit den Lippen erzeugt. Eine Frau, mit langem dunklem Haar und stolzem Lächeln. Ein Kind zu ihren Füßen, das uns beiden ähnlich sieht.

Ich drücke das Spielzeugauto in meiner Hand und gehe auf die zwei zu. Fürs Autofahren ist es zu früh, probieren wir erst mal ein Dreirad aus, ein Fahrrad, Eislaufen, ein Moped … Das sind Dinge, die ich jemandem beibringen kann, weil ich sie selbst gelernt habe.

Vielleicht habe ich bereits mehr Antworten, als ich mir zugetraut hätte …

Die Vorstellung verblasst, und hinter ihr tauchen reihenweise Arme auf. Ich spüre die Stahlseiten wieder unter meinen Fingern, den Druck des Gurts auf meiner linken Schulter, höre das Ende unseres ersten Songs, aus dem ich eine Instrumentalnummer gemacht habe, mit der wir gerade so davonkommen. Ich muss mich nur zusammenreißen und so tun, als wäre nichts geschehen, als wäre ich immer noch derselbe Kerl wie vor fünfzehn Minuten.

Mein Blick gleitet rüber zu Franky, der jetzt auf gleicher Höhe steht und verzweifelt so tut, als wäre alles in Ordnung. Seine Hände bearbeiten die Gitarre und würgen die kompliziertesten Riffs aus ihr hervor, die ich je von ihm gehört habe. Alles, um das Fehlen meiner Stimme zu kompensieren, realisiere ich.

Vielleicht wird es an der Zeit, einen Neuen 'ranzulassen? Zurückzutreten und meinen Kumpel mit diesem Konzert ins eiskalte Wasser zu stoßen? Vor unserem ersten Auftritt vor sechs Jahren habe ich mir Backstage die Seele aus dem Leib gekotzt, und das hatte absolut nichts mit Alkohol zu tun. Wer sich auf eine Bühne stellt, liefert sich einer gnadenlosen Beurteilung aus. Die Hemmungen fallen von den Zuschauern ab, man wird zu einem Produkt, das mit Punkten bewertet wird, und wenn man nicht schmeckt, fliegt man aus dem Sortiment.

Franky hat keine Ahnung, wie gut er ist, weil er sich nie auf die Probe gestellt hat.

Er sieht zu mir herüber, liest mein Angebot von meinen Lippen ab und schüttelt sachte den Kopf. *Wage es nicht, Alter. Tu mir das nicht an.*

Du kannst das. Ich weiß es. Jahrelang habe ich seine Stimme gehört, wenn wir abgeschirmt im Proberaum übten und keine Angst vor Fehlern hatten. Franky steht mir in nichts nach. Er muss nur seinen eingefrorenen Hintern auftauen und sein Bestes geben.

So wie ich.

Ein Lächeln huscht über mein Gesicht, gefolgt von dem rauschenden Prickeln eines waghalsigen Planes. Frankys Augen weiten sich – eine letzte Warnung –, aber ich streife meine Gitarre ab und lege sie neben den Lautsprecher auf den Boden. Die Feiernden brechen in Gegröle und Buhrufe aus, sie haben ein Menü bestellt und fühlen sich um die Hauptspeise betrogen. Ich trete ans Mikro, sammle jeden Zweifel, jede Unsicherheit, jeden Milliliter Furcht in meinem Innern zusammen und brülle sie mit allem, was ich zu bieten habe, aus meinem Hals.

Das Öl spritzt ins Feuer, und das Publikum brennt lichterloh. Ihre Arme flackern auf, ihre Füße hüpfen auf dem heißen Sound, und die Pappbecher, die auf mich fliegen, sind Beschwörungen an meine Stimme, bloß nicht damit aufzuhören. Ich warte auf den Siedepunkt, und als die Menge endlich kocht, weiche ich ein paar Schritte zurück und nehme Anlauf.

Mit dem Singen ist es ähnlich wie mit dem Kinderkriegen. Man wird kein Vater, weil eine Frau einen positiven Schwangerschaftstest in den Fingern hält. Man wird einer, indem man es ist.

Ein letzter Blick rüber zu Franky. *Sie sind angeheizt. Jetzt musst du nur die Platte warmhalten.*

Dann stürze ich auf die hochgestreckten Hände zu.

Mel

Das Flashlight ist brechend voll, als ich gegen neun Uhr dort auftauche. Genau wie Tom und Chris hinter uns. Die zwei haben in der U-Bahn gelallt, dass nur ein Sommer, an den sie sich später nicht mehr erinnern können, ein guter Sommer sei. Ich ziehe es vor, mich an mein Praktikum zu erinnern, auch wenn ich den süßen Londoner Assistenten vermutlich nie wiedersehe …

»Und sie will noch mit ihm reden?«, hakt Lisi neben mir nach. Sie knickt andauernd um, weil sie die neuen Absätze nicht gewohnt ist, trotzdem kramt sie unbekümmert in ihrer Handtasche nach Lipgloss.

»Es gibt keinen Beweis, dass er in fremden Seen gefischt hat.«

Lisi schmiert sich Kirschsirup auf die Lippen. »Jeder auf dieser Party wusste, dass Frankys Cousine scharf auf Jay ist. Offenbar hat sie mit ihren Wünschen diesbezüglich nicht hinterm Zaun gehalten. Sie waren beide nur ein paar Minuten dort und sind spurlos verschwunden, ohne wieder aufzutauchen. Dann die Sache mit seiner Duscherei in den Wochen davor …«

Ich bleibe stehen und kralle mich in Lisis Oberarm. »Das war eine *vertrauliche* Info.«

Ihre dick getuschten Wimpern klimpern unschuldig. »Ich meine ja nur. Wir sind schließlich Vikis beste Freundinnen und müssen für sie da sein, falls es sich doch bewahrheitet.«

»Das sind wir …« Seufzend reiche ich meine Jacke über die Theke der Garderobe und nehme den Abholschein entgegen.

Tom und Chris werden so ausführlich von den Türstehern gefilzt, als suchten diese nach passenden Organspendern für ihr todkrankes Baby. Lisi lächelt ihnen mit rotem Kussmund zu, und wir werden durchgewunken, obwohl sie einen Flachmann in ihrem Handtäschchen schmuggelt, der bis zum Rand mit Bacardi gefüllt ist. Sie bestellt sich grundsätzlich nur Cola und nennt das ihren Studentenrabatt.

Major Malfunctions Auftritte waren in den letzten Jahren spärlich genug, um die Halle heute Abend bis zum Bersten zu füllen. Außer dem schwarzen Dach über unseren Köpfen, von dem die Scheinwerfer herunterblitzen, erkennt man zwischen all den Besuchern kaum etwas. Je tiefer wir ins Gewühl vordringen, desto höher schraubt sich der Lärmpegel. Noch spielt die Musik von der Platte, und die Bühne ist leer, aber sobald die Band loslegt, wird jede Unterhaltung in diesem Raum von dröhnender Rockmusik ausgelöscht werden. Schon jetzt verstehe ich nichts von dem, was Lisi mir entgegenbrüllt.

»WAS?«, schreie ich in ihr Ohr.

Sie zeigt mir ein V mit den Fingern, dann ein I und mehr brauche ich nicht zu lesen, um ihre Botschaft zu kapieren. Lisi deutet auf eine Bar weiter vorne, die von einer Traube Leute umschwärmt wird. Zwischen den Hinterköpfen taucht hin und wieder Vikis gehetztes Gesicht auf.

Ich will zu ihr rüber, doch plötzlich kreischt die Meute auf, und ein bedrohliches Drum-Solo donnert durch die Halle, dicht gefolgt vom Aufheulen einer E-Gitarre. Die Scheinwerfer springen an, und Lisis Augen leuchten vor Begeisterung auf, als sie die Jungs auf der Bühne entdeckt. Franky links außen trägt nur ausgebleichte Jeans und einen Gitarrengurt über dem nackten Oberkörper. Schitty auf der anderen Seite versteckt seinen Gesichtsausdruck unter herabhängenden Rastas, während seine Fingerspitzen zielsicher über den Bass gleiten. Dave versumpft im halbdunklen Hintergrund, prügelt das Schlagzeug und verwandelt sich dabei in eine hinduistische Gottheit mit zu vielen Armen. Jays Gitarre hängt unbenutzt an seinem Körper, er steht einfach nur da und starrt in die Menge, vielleicht um noch mehr Geschrei aus den Leuten zu provozieren.

Tom und Chris stürzen sich waghalsig ins Gewühl, aber wir bleiben hinten stehen, weil Lisi bereits nüchtern auf ihren Schuhen schwankt und ich mein neues Top gerne wieder mit nach Hause nehmen möchte. Unser Plan lautet, die harten Stimmungsmacher auszuharren und bei den langsameren Songs mitzutanzen.

Auf einmal legt Jay seine Gitarre ab, schlingt die Hände ums Mikrofon und brüllt mit einer Lautstärke ins Publikum, die meine Zunge zerfetzen würde. Mir wird klar, dass er zu einer Hochform aufläuft, die er schon lange nicht mehr gezeigt hat. Zumindest nicht in diesem Ausmaß. Wüsste ich es nicht besser, würde ich behaupten, er ist absolut high.

Als hätte er diesen Gedanken gehört, tritt er ein paar Schritte zurück und neigt seinen Körper angriffslustig nach vorne. Selbst von hier aus erkenne ich, dass Franky den Kopf schüttelt, Jay seinen Einwand jedoch völlig ignoriert. Dave ist in seinem Drum-Solo gefangen, und Schitty kriegt hinter seinen Rastas wie üblich nichts mit. Ohne es zu merken, laufe ich los.

Jay scheint irgendetwas zwischen den Zuschauern zu suchen. Er winkt die vordersten Reihen näher zu sich und breitet ein unheilvolles Grinsen auf seinem Gesicht aus. Schlagartig wird mir klar, was er vorhat. Eine Akrobatiknummer, die auch dann blöd ausgehen kann, wenn keine Drogen im Spiel sind. Ganz zu schweigen von einem miserablen Gleichgewichtssinn, die er seiner Operation zu verdanken hat. Direkt vor ihm bildet sich ein ausgelassener Mob, der sich gegenseitig zerfleischt. Major Malfunction sind keine Schmuseband.

Ich versuche, Viki an der Bar auszumachen, doch der Andrang dort ist ungebrochen, und ich erhasche nicht mal einen Blick auf sie. Falls die beiden gestern Abend miteinander gesprochen haben, hat es vielleicht keine Aussöhnung gegeben. Vielleicht ist das hier Jays überdrehte Art, damit fertigzuwerden.

»Lass den Scheiß!« Mit voller Lautstärke schreie ich ihm meine Warnung entgegen, allerdings sind die Leute inzwischen so angeheizt, dass ich nicht mal meine eigene Stimme höre. Ich brande am äußersten Rand der dichtgedrängten Masse und bleibe zwischen verschwitzten Muskeln und sprayverklebten Haaren stecken. Selbst auf meine Zehen zu steigen, bringt mich nicht viel weiter nach oben. Noch nie habe ich meine Größe mehr verflucht. Es bleibt mir nichts anderes übrig, als mit den Feiernden mitzuhüpfen und das Spektakel im Sekundentakt zu beobachten.

Jay spannt seinen Körper wie eine Steinschleuder und prescht zum Bühnenrand. Einem Kunstspringer gleich breitet er die Arme aus, stürzt sich ins zwei Meter tiefergelegene Publikum und reißt mit seinem Gewicht ein Loch hinein.

So ein Mist! Ich hüpfe mehrmals, kann ihn jedoch nirgendwo entdecken. Die Menschen bilden einen Kreis um die Gefallenen und ziehen einander zurück auf die Füße. Schitty spielt in seiner Traumwelt, nur Franky tritt an den Rand der Bühne und sieht hinunter, ohne sein Gitarrenspiel zu unterbrechen. Es dauert eine gefühlte Ewigkeit, aber plötzlich taucht ein blonder Kerl zwischen den Leuten auf, der triumphierend in die Luft boxt und unter tosendem Gebrüll bejubelt wird.

Erleichtert lasse ich mich aus der Menge schwemmen und strande ein paar Schritte weiter hinten, wo ich wieder Sauerstoff zum Atmen habe und nicht inmitten der Tanzenden zerrieben werde. Gerade will ich mich nach Lisi umdrehen und ihre Meinung zu Jays waghalsigem Stagediving einholen, als mir klar wird, dass er es nicht auf die Treppe an der Bühnenseite abgesehen hat. Jay pflügt durch die ausgeflippten Fans, die sein T-Shirt in kleinen Souvenirfetzchen herunterreißen, und steuert quer durchs Publikum. Mein Blick folgt seiner angestrebten Richtung, und ich erkenne, dass er sein Ziel nicht zufällig gewählt hat: Es hat dunkelbraune Haare, steht hinter der Bartheke und starrt ihm mit blassem Gesicht entgegen.

Fehlende Körpergröße hin oder her, das lasse ich mir nicht entgehen! Ich bin eine Sekunde schneller an der Bar als Jay, weil ich dem Tumult ausweichen kann, während er sich hindurchkämpfen muss.

Die Theke ist rundum besetzt, doch einige der Besucher haben ebenfalls das Ziel des durchgeknallten Sängers erkannt und weichen ihre Reihen auf, bereit, jeden Moment abzuhauen, falls er tatsächlich auf sie zu stürmt. Ich quetsche mich in eine entstehende Lücke, gerade als Jay Anlauf nimmt und mit einem gewaltigen Satz auf die Theke springt.

Bierbecher und Softdrinks schießen unter seinen Schuhen davon, eine paar Leute schreien auf und bringen sich mit hochgeworfenen Armen und eingezogenen Köpfen in Sicherheit. Ich bin weit genug weg, um nicht von der herumspritzenden Flüssigkeit getroffen zu werden, allerdings auch *zu* weit weg, um etwas anderes zu tun, als hilflos zuzusehen.

Vikis Hintern stößt an die Rückwand. Ihre Hände tasten nach etwas, woran sie sich festhalten kann, ihre aufgerissenen Augen kleben an dem Kerl über ihr. Sein Oberkörper bebt vor Anstrengung, das T-Shirt hängt in Fetzen von seiner schweißnassen Schulter, und sein Atem dampft in der trüben Barbeleuchtung. Die rohe Gewalt seines Ansturms verebbt bei ihrem Anblick. Ein Lächeln erscheint auf seinem Gesicht, ungewöhnlich sanft und zärtlich. Leichtfüßig hüpft er von der Theke.

Viki

Er wirft sich von der Bühne, und ich kann mich nicht mehr bewegen, bin genauso eingefroren, wie Jay es Sekunden zuvor war. Für einen schmerzhaften Augenblick denke ich, dass er nicht zwischen den Leuten auftauchen wird, dass er für immer spurlos verschwindet und irgendwann zu einer Erinnerung verblasst, die sich nicht mehr echt anfühlt. Dann schießt sein blonder Haarschopf hoch und trägt ein Grinsen unter sich, frei wie die Sonne, die plötzlich hinter einer Wolke aufblendet.

Er brennt sich seinen Weg durchs Publikum, direkt auf mich zu, und ich sehe an seinem Ausdruck, dass ich etwas unternehmen sollte. Mit aller Willenskraft fordere ich meine Füße dazu auf, sich gefälligst zu rühren, doch statt mich ihm entgegenzutragen, weichen sie einen Schritt zurück. Ich stoße an die Wand und kann nichts weiter tun, als dabei zuzusehen, wie er über die Bartheke springt und vor mir landet.

Er neigt sich zu mir herab. Heißer Atem schlägt mir entgegen, seine blaue Iris taucht an den Rändern in gerötetes Weiß, die Wimpern fächern sich zu einem schweißverklebten Kranz darüber. Er legt beide Hände an meine Wangen, streichelt mit den Daumen über meine Haut und schließt den Abstand zwischen uns.

Ich liebe dich, haucht er an meinen Mund. Worte, die ich im Hintergrundlärm nicht hören kann, aber deren Bewegung ich allzu gut kenne, weil er sie mir tausendmal zugeraunt hat. Sie sind wie die Seite eines Magneten und ziehen ihren Gegenpol aus meiner Kehle, ehe ich mir dessen bewusst werde.

Ich dich auch, formen meine Lippen.

Er schließt die Augen und lehnt seine Stirn an mich. Ich spüre sein Lächeln auf meinem Gesicht, bevor er mich küsst. Unglaublich, wie schnell mir seine Nähe zu Kopf steigt, wie das Gefühl seiner Zunge durch meinen Körper feuert und meine Brust in Brand setzt. Ich werfe meine Arme um seinen verschwitzten Nacken und schlinge meine Beine um seine Hüften.

Weit hinten in meinem Verstand registriere ich unsere Bewegungen und das Aufjohlen der Schaulustigen. Ich werde rückwärts getragen, eine Tür schlägt an meinen Rücken und schwingt bereitwillig zurück, eine zweite Türklinke muss erst von seiner Hand runtergedrückt werden. Ein Schloss klickt. Es wird finster und eng. Irgendwelche Behälter fallen um, mein Hintern wird abgesetzt, ein Besenstiel fällt an meine Schulter. Er löst sich von meinem Mund, um die getroffene Stelle zu küssen, doch ich packe seinen Haarschopf und drücke ihn von mir weg.

»Bist du vollkommen übergeschnappt?«, keuche ich. »Was machst du denn?«

»Das sagst ausgerechnet du.« Durch den Türspalt dringt ein wenig Licht. Als meine Augen sich an die Dunkelheit gewöhnt haben, erkenne ich seine Gesichtszüge, schwach nur, aber gerade gut genug, um sein Lächeln zu sehen.

»Wir verlieren beide unseren –«

Er legt seinen Zeigefinger an meine Lippen und stoppt meine Worte. »Nichts da draußen zählt jetzt. Nur wir zwei, hier drin. Nur das, was zwischen uns geschehen ist.«

Mein Kopf senkt sich. Für ein paar Sekunden hatte ich es tatsächlich vergessen. Dieses aufwühlende Gefühl in mir, dass ich eine Schwelle ohne Wiederkehr überschritten habe, dieses Brennen meiner Eingeweide, weil ich eine Vase zerbrochen habe, die sich selbst mit allergrößter Sorgfalt nie völlig reparieren lässt. Nun kehrt es mit voller Wucht zurück und lässt mich trocken würgen. Meine Hand schlägt sich in seine Schulter und reißt versehentlich das letzte Stoffstück seines T-Shirts herunter. Es dauert einige Augenblicke, bis die Übelkeit nachlässt und ich endlich aufatmen kann.

»Geht's wieder?« Er streichelt mein Gesicht. »Oder war das nur ein billiger Vorwand, um mich auszuziehen?«

Ich lehne meine Stirn an sein Schlüsselbein. »Mir ist nicht nach Scherzen zumute.«

Er zieht mich in seine Arme und wiegt mich hin und her. Minutenlang reden wir nichts mehr. Hören bloß den Musiklärm zwei Räume weiter und das aufgeregte Gackern meiner Arbeitskollegin, die uns in den Flur gefolgt ist und sich mit einer Person streitet, die sich nach Mel anhört. Die Geräusche verblassen. Wir sind allein.

Nein, widerspricht eine düstere Stimme in mir. *Seid ihr nicht.*

»Seit wann weißt du es?«, flüstert er.

Ich schlinge mich um seine Taille und drücke mich so fest an ihn, wie es geht. »Heute Morgen … Ich hätte nicht wegrennen dürfen … Es war einfach zu viel …«

»Schon okay.« Er küsst meine Schläfe und weicht keinen Millimeter zurück, sein Körper ragt wie eine unerschütterliche Mauer über mir, und ich bin ihm dafür unendlich dankbar. Im Gegensatz zu ihm bröckelt in mir drin alles weg.

»Ich hab einen Test auf der Toilette gemacht«, krächze ich. »Keine Ahnung, wie weit ich bin, ich kann frühestens am Montag zum Frauenarzt.«

»Soll ich mitgehen?«

»Ich weiß nicht …« *Soll er? Um sich mit eigenen Augen davon zu überzeugen, dass in mir etwas wächst, das ich nicht haben will? Würde es ihm nicht zu sehr weh tun? Oder würde es ihm erst begreiflich machen, den Hauch einer Vorstellung verschaffen, was gerade in mir vorgeht?* »Ja … Bitte komm mit.«

»Ich bin für dich da«, wispert er. »Für immer.«

Ich lächle an sein Schlüsselbein und spüre gleichzeitig das Aufwallen meiner Tränen. »Das kannst du nicht wissen. Niemand kann das.«

»Ich will es aber sein«, erwidert er trotzig.

»Versprechen sich das nicht alle Paare? Irgendwann willst du es vielleicht nicht mehr. Sieh dir nur mal die Scheidungsraten an.« Ich schlucke hart. »Sieh dir an, was aus meinen Eltern geworden ist. Ich werde nicht denselben Fehler wiederholen.«

Er drückt mich von sich und klingt ungewöhnlich ernst. »Ich bin nicht dein Vater, Viki.«

Ein humorloses Lachen stößt aus meiner Kehle. »Mein Vater? Du denkst, ich sehe meinen beschissenen Vater in dir?! Es ist genau andersrum! Siehst du das denn nicht?«

Er blickt mir verständnislos entgegen.

»Erkennst du nicht, wohin wir beide uns bewegen? Deine Zigaretten, deine Joints, dein Stagediving, dein naiver Optimismus, dass alles schon nicht so schlimm wird? Und mein ewiger Pessimismus, meine Unfähigkeit, ein halbvolles Glas zu sehen, mein Wunsch, vor allem zu fliehen?« Meine Stimme wird so dünn, dass sie zerbricht. Zitternd sauge ich Luft durch meine Nasenlöcher. »Soll unser Kind dabei zusehen, wie du Ende zwanzig langsam an Lungenkrebs verreckst? Wie kann ich zulassen, dass es bei einer Person endet, die nicht fähig ist, es richtig zu lieben? Die so kaputt ist wie ihr eigener Vater?« Ich schüttle den Kopf und Tränen fallen von meinen Wimpern. »Ich bin es, verstehst du? *Ich* bin das Problem. *Ich* bin mein Vater.«

»Das bist du nicht!« Er packt mich an den Oberarmen. »Red dir so einen Scheiß nicht ein.«

»Und woher willst du das wissen?«, hauche ich. »Wie willst du meine Entwicklung vorhersagen, wenn nicht mal ich selbst sie kenne? Es könnte alles Mögliche aus mir werden. Aus uns. Nein … Ich kann nicht schwanger bleiben.«

»Du willst eine Garantie?«, zischt er. »Es gibt keine Garantien im Leben, Viki. Wir können die Abkürzung wählen, und ich gehe den Weg mit dir, wenn du möchtest. Aber es gibt keine Gewähr dafür, dass unsere Zukunft besser wird, wenn wir uns für die bequeme Alternative entscheiden. Sieh dich doch nur mal um! Sieh dir die Leute im Publikum an, die sich eine Woche lang in ihren trübsinnigen Jobs abhetzen, um ihre Kohle einem ebenso trübsinnig dreinblickenden Türsteher in die Hand zu drücken, damit sie sich einen Kerl auf der Bühne anhören können, der ihnen ins Gesicht brüllt, wie trübsinnig ihr Dasein ist!« Er schnaubt und schüttelt den Kopf. »Die Menschheit räumt seit Jahrtausenden jegliche Unannehmlichkeit aus ihrem Weg, von Säbelzahntigern bis hin zu schwitzenden Achseln. Wir betten uns in so viel Komfort, bis wir uns langweilen und unseren Alltag verzweifelt mit Dingen stopfen, von denen uns eingeredet wird, dass sie uns dieses Kribbeln geben, das wir alle tief in unserem Innern vermissen. Macht uns das wirklich glücklich?« Seine Augen springen hin und her auf der Suche nach einer Antwort in meinem Blick. »Ich spüre dieses Kribbeln jetzt, Viki, diese Mischung aus Angst und Ungewissheit und Abenteuer. Es fühlt sich richtig an. Spürst du es nicht auch?«

Meine Unterlippe bebt. »Ich habe *nur* Angst.«

Er drückt mich wieder an sich. »Aber Angst allein ist ein schlechter Ratgeber. Sie darf nicht deine Entscheidungen bestimmen.«

»Also willst du es haben?« Für den Splitter einer Sekunde taucht er auf, dieser lächerliche Wunsch, dass er aller Vernunft zum Trotz *»Ja, ich will«* sagt. Mich in den Sattel seines weißen Hengstes hebt und mit mir gemeinsam in eine Zukunft reitet, die aus ewigem Sonnenaufgang und zwitschernden Vögeln besteht. Zumindest, bis der Abspann anfängt und die Namen der Darsteller über den Bildschirm rollen.

»Ich will das, was du willst«, antwortet er. »Wenn wir genau Bescheid wissen, uns über alle Möglichkeiten erkundigt haben und in Ruhe darüber nachdenken konnten.«

Plötzlich löst sich ein Knoten in meiner Brust, und das Atmen fällt mir leichter. Er ist kein Traumprinz, und ich alles andere als eine Prinzessin, dennoch steigt die Sonne hinter dem Horizont empor und wärmt meine Haut mit einer Hoffnung, die noch so neu ist, dass ich ihr nicht ganz vertraue.

Ich blicke zu ihm hoch und schüttle das Lächeln auf, das zerknittert auf meinem Gesicht hängt. »Wer weiß, vielleicht ist das Glas ja doch halbvoll.«

Jay

Ein schmaler Lichtstreifen aus dem Türspalt fällt über Vikis Gesicht und färbt ihr rechtes Auge moosgrün. Es gäbe bestimmt irgendwo einen Lichtschalter, aber die schummrige Atmosphäre spinnt einen privaten Kokon um uns herum, eine Seidendecke, gewebt aus Dunkelheit, die uns von der Außenwelt abschirmt. Ich erkenne den Rhythmus, der durchs Mauerwerk dringt und in meinen Beinen vibriert. Es ist einer meiner Songs, geschrieben vor über drei Jahren, und nur ein einziges Mal live vor Publikum gespielt. An jenem Abend, als ich dieses Mädchen kennenlernte, die wie ein Schatten aus dem Nichts auftauchte.

»Wir zwei alleine in einer Besenkammer«, flüstere ich ihr zu. »Nur mit dem Grollen von Rockmusik im Rücken. Woran erinnert dich das?«

Eine Falte bildet sich auf ihrer Stirn. »An nichts?«

»Stimmt, du behauptest ja starrsinnig, unsere erste Nacht vergessen zu haben.« Mein Zeigefinger gleitet von ihrem Kieferknochen, über ihren Hals und endet am Saum ihres T-Shirts. »Dabei habe ich mir solche Mühe gegeben.«

Ein Lächeln flattert um ihren Mund. »Ach ja? Womit denn genau?«

»Wir werden ja sehen, wer von uns beiden zuerst einknickt.«

Dieser dunkle, verführerische Blick, den sie mir zuwirft, legt einen Schalter in meinem Kopf um. Bis vor wenigen Minuten hatte ich geglaubt, den Rest meiner Reserven ins Publikum gebrüllt zu haben. Ich blähte mich auf der Bühne wie eine sterbende Sonne, schleuderte meine

Energie mit jedem Lied hinaus in die unendlichen Weiten der Halle und blendete die Zuschauer so sehr, dass sie nicht merkten, wie ich als ausgebrannter Mensch die Gitarre ablegte.

Mein letzter Song. Meine letzte Nacht, in der ich leben wollte. Begleitet von Neil Youngs fast fröhlicher Stimme in meinem Hinterkopf: It's better to burn out than to fade away …

Ihre Fingerspitzen streifen den Saum ihres Rockes, ein Versehen oder ein Versprechen für später? Mein Blut wallt auf, und ich schnippe den Joint weg, um es herauszufinden.

Sie tanzt nicht mit mir. Selbstverständlich nicht. Doch sie bleibt in der dichtgedrängten Masse vor der Bühne stecken, wirft ihren Kopf herum, um nach einem Ausweg zu suchen, und wirkt beinahe überrascht, dass ich noch hinter ihr stehe. Meine Hände finden ihre. Ich verschränke unsere Finger ineinander, damit wir uns im Gewühl nicht mehr verlieren.

Sie sagt etwas, aber ich verstehe sie in all dem Lärm nicht.

Ich beuge mich zu ihr runter und rufe in ihr Ohr: »Wenn du unbedingt willst!«

Bevor sie was erwidern kann, hebe ich ihre Arme und lege sie um meinen Hals.

Ihre schwarzen Augenbrauen pressen sich zusammen, und sie stellt sich auf die Zehenspitzen, um mir das Missverständnis entgegenzubrüllen. »Ich hab gesagt: Gehen wir zur Bar?!«

Ich schlinge mich um ihre Taille und ziehe sie näher an mich. Ihr Gesicht schwebt nur weniger Zentimeter vor mir, und obwohl ihre Fingernägel über meinen Nacken kratzen, nimmt sie die Hände nicht herunter. Von allen Seiten drängen uns Körper enger aneinander. Ich lasse sie nicht mehr los.

»Du findest mich wunderbar?« Ich grinse sie an.

Sie beißt die Zähne aufeinander und schüttelt heftig den Kopf. »Ich tanze nicht! Wollen wir was trinken?«

»Kein Problem. Du musst dich nur an mir festhalten.« Ich packe

ihre Oberschenkel und lege ihre Beine um meine Hüften. Sie schreit auf und krallt sich in meine Schultern, damit sie nicht rücklings runterfällt.

»Lass mich sofort runter!«

»Noch schneller?« Ich wirble uns im Kreis und nehme keine Rücksicht auf all die Leute, die wir gezwungenermaßen dabei anrempeln. Die entgegengebrüllten Beleidigungen versumpfen in der Musik und erreichen uns nicht. Alles, was ich höre, ist das befreite Lachen aus dem Mund dieses Mädchens, das ihre Haare nach hinten wirft und mir ihren Hals entgegenreckt. Ich beiße auf meine Unterlippe, damit ich mich nicht vorlehne und ihre Haut zwischen meine Lippen sauge.

»Du Spinner!«, schimpft sie, als ihr Kopf zurück nach vorne kippt. Ihre Augen leuchten flaschengrün unter der schwarzen Schminke. Sie ist schön.

»Ich heiße Jay, aber Spinner ist auch okay. Wie ist dein Name?«

Sie kneift ihre Augen zusammen, kann jedoch ihr Schmunzeln nicht mehr verbergen. »Vergiss es.«

»Werde ich sowieso. Ich hab zwei Tüten geraucht. Komm schon, verrat ihn mir, sonst muss ich mir einen ausdenken, und das Resultat wäre garantiert schlimmer.«

Das weckt ihren Spieltrieb. »Wie würdest du mich denn nennen?«

»Ludmilla.«

»Was?! Okay, das war's! Lass mich sofort runter!« Sie zappelt in meinen Armen, was ihre Pobacken abwechselnd in meine Handflächen drückt. Es fällt mir wirklich schwer, ihrem Wunsch nachzugeben, trotzdem setzte ich ihre Beine wieder ab. »Kein Kerl nennt mich Ludmilla, der sich auf der Bühne anhört wie ein Rudel läufiger Hunde, die von einem Lkw überfahren werden!«

»Du fandst mich echt so gut?« Ich strahle sie an.

Sie wirft ihren Kopf zurück und lacht erneut. »Kann man dein Ego irgendwo kaufen?«

»Ich geb dir kostenlos was ab.«

Sie sieht mich an. Ein zweifelnder Ausdruck schwimmt in ihrem Vergnügen. »Ich will gar nichts von dir.«

Ich ziehe ihre Hüften näher. Ihre Hände liegen immer noch lose auf meinen Schultern. »Bist du dir sicher? Vor einer Minute wolltest du auch nicht tanzen, und jetzt tust du es doch.«

Sie blickt sich um, als würde ihr gerade erst auffallen, dass wir inmitten all der Leute, die zu harten Trancebeats hüpfen, in unserer eigenen kleinen Seifenblase miteinander tanzen. Augenblicklich drückt sie sich enger an mich. Nicht aus Zuneigung, wie mir schmerzlich klar wird, sondern um sich vor ihren Freunden zu verstecken. »Wenn Mel das mitkriegt, kommt sie garantiert her, und dann muss ich …« Sie mustert mich von oben bis unten, und ihre Stimme wird schlagartig heiser. »… all das hier erklären.«

»Wir können woanders hingehen. Wo wir beide ungestört sind.«

»Damit ich Nummer hundertsiebenundachtzig auf deiner Liste werde?«

»Du wirst keine Nummer.« Du wirst das letzte Mädchen, mit dem ich schlafe, bevor ich mit all dem Wahnsinn Schluss mache. Bevor sie mich einliefern und aufschneiden und mit Plastikröhren am Leben erhalten. Vielleicht sollte ich dir das sagen, aber du würdest es bloß für einen weiteren meiner Scherze halten. Das ist das Problem an einem Hirntumor im Frühstadium. Man sieht nicht so aus, als würde man sterben. »Diese Nacht ist etwas Besonderes für mich. Und das macht dich auch zu etwas Besonderem, Mädchen ohne Namen.«

Sie linst rüber zur Bühne, wo noch unsere Instrumente liegen. »Wieso hörst du auf?«

»Weil ich wie ein überfahrener Hund klinge.«

Ein Schmunzeln breitet sich über ihre Lippen aus. »Heutzutage ist die Musik doch zweitrangig, da geht es nur ums Aussehen.«

»Du denkst also, ich hätte Chancen?«

»Du könntest auf jeden Fall Modell stehen.« Sie beißt sich frech auf die Unterlippe. »Für männliche depressive Barbies.«

Die ganze Zeit über waren wir uns nah, da wir uns sonst nicht verstanden hätten. Jetzt schließe ich die letzten Zentimeter und gleite mit meiner Nasenspitze über ihre Wange. »Du siehst wie ein Mädchen aus, das gerne mit männlichen depressiven Barbies spielt.«

»Ich hasse Puppen«, haucht sie.

»Ich bin lebendig.« Noch. »Und ich würde dich verdammt gerne küssen.«

Ihr Blick fällt auf meinen Mund, und ihre Stimme wird so heiser, dass sie in der Musik untertaucht. »Wieso redest du dann –«

Ich schließe meine Augen und berühre ihre weichen, vollen Lippen. Sie seufzt auf, und ihr warmer Atem strömt in mich hinein. Das ist kein Kuss, der vor Leidenschaft brennt oder mir ungeduldig die Klamotten vom Leib reißt. Dieser Kuss stürzt mich in einen Windkanal und wirbelt all meine Organe durcheinander, mein Herz klopft im Kopf, mein Magen sackt in die Knie. Ich fühle mich nicht mehr wie ich selbst, sondern wie eine aufgeschäumte Version von mir. Beinahe so, als gäbe es da noch eine andere Seite, etwas, das ich bisher nicht ausprobiert habe …

»Du küsst ziemlich gut«, stößt sie atemlos hervor.

Ich sollte ihr sagen, dass ich ein miserabler Küsser bin. Dass sie allein den Unterschied macht.

»Danach haben wir uns in einem Raum hinter der Bühne verschanzt, der leider nicht so attraktive Besen hatte.« Ich nehme den Stiel und lehne ihn an die gegenüberliegende Wand, wo er uns nicht mehr in die Quere kommt. »Dave war stinksauer, weil er mich die halbe Nacht lang gesucht hat.«

Viki legt ihre kühlen Hände auf meine Brust. »Denkst du, er sucht dich heute auch?«

Ich lausche auf die Musik im Hintergrund und erkenne das Lied, das durch die Tür dringt. »Die haben noch nicht mal das erste Set beendet. In der Pause allerdings könnte er versuchen, meinen Schädel zwischen seine Trommeln zu spannen. Vielleicht sollte ich mal rausgehen und nach den Jungs sehen.«

»Bleib hier«, bettelt sie. »Ich will dich bei mir haben. So nah es geht.«

Verzweiflung schwingt in ihren Worten mit, der unterschwellige Wunsch, für ein paar Minuten alles zu vergessen und in eine Zeit abzutauchen, in der es nur uns beide gab und nichts dazwischen. Ich lehne mich vor und summe den Songtext an ihre Lippen, bis sie den Mund öffnet und die Melodie tiefer in ihre Kehle dringt. Ihre Atmung schlägt den Beat dazu, langsam zuerst, dann immer schneller.

Ungeduldige Finger krallen sich in meinen Gürtel und reißen mich an ihren Körper. Sie löst die Schnalle, zerrt an meinen Shorts, berührt mich an Stellen, die mir das Blut aus dem Kopf saugen und die Welt in heißen Dampf tauchen.

Nichts anderes zählt mehr, nur die Person vor uns, die mit jedem Stückchen, das wir voneinander berühren, lebendiger wird. Sie trägt die schwarzen Jeans, die ich ihr schon unzählige Male ausgezogen habe. Ich öffne den Knopf, ziehe den Reißverschluss runter und schiebe meine Hände über ihre Pobacken. Der Stoff rutscht hinab und die kühle Oberfläche des Tisches trifft ihre Haut. Sie keucht überrascht auf.

Ich liebe ihren Anblick. Ich liebe es, einen Teil von mir in ihr verschwinden zu sehen. Ich liebe die verzweifelten Laute, die sie von sich gibt, weil sie dieses Gefühl kaum aushält, weil sie mehr von mir will.

Mein Name, getaucht in ihre Stimme.

Fingernägel, die in meinen Nacken beißen.

Bewegungen, die ihr den Atem von den Lippen schlagen.

Viki möchte vergessen, aber ich kann nicht anders, als daran zu denken. Vielleicht geht es ihr ähnlich, vielleicht realisiert sie jetzt, genau wie ich, dass es keine Barriere mehr zwischen uns gibt. Kein Kondom, keine Hormone, nichts, das unsere Körper aufhalten könnte, miteinander zu verschmelzen und neues Leben zu erschaffen. Das ist es, was wir beide, verdammt nochmal, gerade tun. Es fühlt sich richtig an, so unglaublich gut, dass sie nur ein weiteres Mal meinen Namen zu rufen braucht und ich komme.

Ich will niemals aus unserem Kuss auftauchen. Doch die Welt um uns herum, die perfekte Symmetrie, in der wir für einige Sekunden schweben, bricht dennoch auseinander. Hintergrundrauschen gerinnt zu Musik, Nervenimpulse formen sich zu Gedanken, und ein vereinter Pulsschlag entwirrt sich zu zweien. Sie öffnet die Augen und sieht mich an, als würde sie mich bereits vermissen. Ihre Finger streicheln meine verschwitzten Nackenhaare, und ich lehne mich in die Berührung.

»Sollen wir von hier weg?«, schlage ich ihr zum zweiten Mal an diesem Abend vor.

Sie seufzt. »Ich kann Nick nicht im Stich lassen. Nicht noch länger …«

Was mich daran erinnert, dass ich heute nichts getan habe, um mir meine Gage zu verdienen. Falls die Jungs mich nicht von der Bühne treten, könnte ich das zweite Set aufmischen und mir meinen Anteil sichern. Auch wenn ich lieber bei ihr bleiben würde.

»Bist du sicher?«

Sie nickt gefasst. »Wir brauchen das Geld.«

Ich würde ihr gerne sagen, dass ich mich darum kümmere, denn es fühlt sich plötzlich so an, als wäre es meine Aufgabe. Als würde ich meine Vertragsseite der Beziehung nicht ordentlich erfüllen, wenn ich meine schwangere Freundin raus in den Trubel schicke. Kurz spiele ich mit dem Gedanken, ihr das zu erklären, allerdings trage ich noch keine Hosen, und ich fürchte, dass sie mir dafür die Eier abreißt. Viki steht auf Unabhängigkeit.

Wir verlassen die Besenkammer Hand in Hand.

Die Wirklichkeit trennt uns an der Bar, hinter der Melanie herumrennt und kurzzeitig Vikis Part übernommen hat. Vikis Blick fällt nach unten, und das Fauchen ihrer blonden Arbeitskollegin vom anderen Ende reißt sie von mir los, ehe ich mich verabschieden kann. Sie würde mich sowieso nicht hören, weil Dave und Franky ihre Solos mischen, um das Gejohle des Publikums zu übertönen. Zumindest einen Abschiedskuss würde ich ihr gerne geben, aber sie nimmt bereits Bestellungen entgegen. Also schiebe ich meine Worte zurück in den Hals und schlucke sie runter.

Ich kann nicht einfach die Treppe zur Bühne raufsteigen und so tun, als wäre nichts geschehen. Stattdessen nehme ich Anlauf und springe über die Stufen nach oben. Ich tanze um Frankys schwitzende Gestalt herum und ignoriere die ungeduldigen Pfiffe, die mir gelten. Dave prügelt seine Drums mit einer Intensität, die mich vermuten lässt, dass er in seiner Vorstellung meinen Schädel einschlägt. Nur Schitty grinst mich an, mit zusammengekniffenen Augen und erhobenen Daumen. Für ihn und das THC in seinem Blut waren es vielleicht nur Sekunden, in denen ich weg war.

Ich schnappe mir das Mikro und kapiere im selben Moment, dass ich Viki alles mitteilen kann, was ich möchte.

»Sorry, Leute. Ich musste meiner Frau sagen, wie sehr ich sie liebe.«

Die Scheinwerfer schwenken von der Bühne über ein Meer aus Köpfen. Ein paar Männer pfeifen, die Mädchen in ihren Armen schmachten mich an, und alle anderen werfen ihre halbausgetrunkenen Bierbecher auf mich. Ich nehme meine Gitarre vom Boden und würze Frankys Riff mit einer zweiten Stimme. Für den Rest des Auftritts bleiben meine Füße auf festem Untergrund, nur meine Stimmung bricht durchs Hallendach und fliegt, so hoch sie kann.

Mel

»Das war *sooo* süß!« Lisi kriegt sich gar nicht wieder ein. Sie hat Jay schon immer mit diesem Glanz in den Augen angesehen, lange bevor er und Viki ein Thema waren. Auch wenn sie sich eher zu einem Mann umoperieren würde, als das zuzugeben, verschleiert sie ihre Schwärmerei heute miserabel. Mit glühenden Wangen steht sie vor dem Spiegel in den Toilettenräumen und tuscht sich die Wimpern nach.

Ich lungere daneben an der Wand und zupfe Papiertücher aus dem Spender, weil sich meine Fingerspitzen anfühlen, als hätte ich damit drei Liter Bier aufgesaugt. Es hat eine Weile gedauert, bis ich den Bogen mit dem Zapfhahn raushatte, aber noch viel schwieriger war es gewesen, Vikis Arbeitskollegin zu überreden, mich überhaupt erst ranzulassen. Ihre Hand schwebte bereits über dem Telefon zum Chefbüro, nur mein Handy und ein Foto von Viki und mir zusammen überzeugte sie schließlich davon, dass wir uns tatsächlich kennen. Der rübergeschobene Zwanziger erledigte den Rest. Dafür wird Viki mit mir brunchen müssen.

»Er hat sie seine Frau genannt«, keucht Lisi und senkt den Mascara. Ihre Augen weiten sich, und sie wirbelt zu mir herum. »Hat er sie etwa gefragt, ob sie ihn heiraten will?!«

Ich pruste amüsiert, weil die Vorstellung von Viki in einem weißen Hochzeitskleid so absurd ist. Sie würde mit verkrampften Fäusten vor dem Altar stehen, ihren Strauß würgen und die Blumen mit ihrem finsteren Blick verdorren. »Hätte Jay das wirklich getan, wären die zwei danach nicht wieder aufgetaucht. Viki müsste seine Leiche irgendwo in einem Hinterzimmer verscharren.«

Lisi seufzt. »Ich wäre so gerne Brautjungfer …«

»Der Zug mit der Jungfer ist längst abgefahren, Süße.« Ich grinse und ernte einen halbherzigen Tritt in meine Richtung.

Sie wendet sich ihrem Spiegelbild zu und betrachtet nacheinander die Seiten ihres Gesichts, als suchte sie einen Fehler darin. »Kein anderes Pärchen war so lange zusammen wie die beiden. Nicht mal du und Phil. Meine Beziehungen dagegen sind einseitig und von der Dauer eines vorgetäuschten Orgasmus.«

»Wie viel Bacardi hast du getrunken?«

»Vielleicht ende ich als alte *Nicht-mehr*-Jungfer. Ist dir aufgefallen, dass die Lachfalte unter meinem linken Auge nicht mehr völlig verschwindet? Viel Zeit habe ich nicht mehr …«

Ich tue, was eine echte Freundin tun muss, und zerre sie vom Spiegel fort. »Du wirst deinen Traummann schon finden. Auch wenn du dir die Kandidaten nicht mit deinen Adern voller Rum aussuchen solltest.«

»Kein Junge wird jemals auf einer Konzertbühne stehen und vor allen Leuten sagen, dass er mich liebt.« Nach ihrem leiernden Tonfall zu urteilen, steuern wir auf die gefährliche Grenze zwischen knallvollem Übermut und selbstbemitleidendem Gefühlabsturz zu. Ich hake mich unter Lisis schlappen Arm und ziehe sie nach draußen in die feiernde Menge.

»Sieh mal zur Bühne rauf!«, brülle ich in ihr Ohr.

Major Malfunction erreichen ihren Höhepunkt, was ich daran erkenne, dass sie ihr Equipment zerstören. Dave trommelt sein Schlusssolo, Franky schlägt seine Gitarre auf den Boden, und Schitty tritt die Boxen von den Ständern. Jay schnappt sich eine Wasserflasche und schüttet sie mit ausgestrecktem Arm von oben in seinen Mund. Der Großteil des Wassers prallt an seinem nackten Oberkörper ab und färbt den Bund seiner Jeans dunkelblau. Er wirbelt wie ein afrikanischer Buschtänzer um die eigene Achse und schleudert die spritzende Plastikflasche ins Publikum.

»Ich würde nichts sonderlich ernst nehmen, was Jay heute Abend von sich gibt«, tröste ich Lisi. »Er ist stockbesoffen. Oder Schlimmeres.«

Sie hält ihr Ohrläppchen nach vorne, um mir zu verdeutlichen, dass sie mich nicht verstanden hat, doch ich schüttle bloß den Kopf und winke ab.

Es ist Mitternacht, als Dave aufspringt und nach einem letzten Knall die Drumsticks in eine Ecke pfeffert. Die Scheinwerfer erlöschen, und die Jungs verschwinden in der Dunkelheit. Ein harter Kern von Feiernden hüpft weiterhin vor der Bühne und scheint nicht mal zu bemerken, dass der nächste Song nur vom Band gespielt wird.

Lisi möchte unbedingt in den Bandraum, und nach einem Blick rüber zu Vikis Bar, die inzwischen von ganzen Horden gestürmt wird, stimme ich widerwillig zu. Ein Teil von mir will Jays Zustand nicht unter hellem Licht und aus kurzer Distanz analysieren, weil es derselbe Teil ist, den ich Viki verpflichtet habe. Bei jedem anderen Kerl wäre es mir egal, wenn er sich den Schädel volldröhnt, bei ihm hingegen würde es mich zu einer Petze machen. Meine Zweifel werden von einer lallenden Stimme überquatscht, die den Türstehern mitteilt, dass wir Freunde der Band sind und bereits erwartet werden. Wir gehen durch einen Gang, und wenn ich ehrlich bin, breitet sich jetzt doch ein Kribbeln in meinen Eingeweiden aus. Es ist wie die perverse Faszination eines Unfalls, der direkt vor mir passiert und den ich trotz moralischer Abscheu gerne beobachten würde. Ich weiß nur noch nicht, wen es schlimmer erwischen wird, Viki oder Jay.

Der Raum ist brechend voll. Schitty schläft zwischen einem halben Dutzend Leute auf der Couch, Franky reicht wie am Schnürchen Bierflaschen aus dem Kühlschrank, und Dave zündet sich in der Ecke seine Feierabendzigarette an. Er inhaliert einmal und gibt die Kippe wortlos an Jay weiter, der sie sofort entgegennimmt und in den Mund steckt. Nach einem tiefen Zug sinkt sein Arm herunter, und sein Hinterkopf fällt gegen die Wand. Er schließt die Augen und lässt sich vom Rauch einnebeln, den er aus seinen Nasenlöchern stößt.

Ich stupse ihn an.

»Hay Jay«, nenne ich ihn, obwohl er den Unterschied zu einem gewöhnlichen Gruß nicht heraushören kann. *Hay. Wie Heu. Wie getrocknetes Gras.* Auch wenn er jetzt nur Tabak raucht, so erkenne ich doch die Symptome von etwas Stärkerem in ihm. Keine Ahnung, was genau es sein könnte; sein Auftritt heute Abend spricht eigentlich nicht fürs Kiffen, sondern für etwas Aufputschendes. Was auch immer es sein mag, eines ist unübersehbar: Er ist absolut berauscht.

Seine Augen öffnen sich und schimmern violett von all den geplatzten Äderchen darin. Zuerst breitet er ein Lächeln auf dem Gesicht aus und schließlich auch seine Arme, um mich an sich zu ziehen. Lisi zappelt neben mir, und ich befreie mich aus Jays Umklammerung, bevor er sein Gehirn auf meiner Schulter vergisst. Sie wird als Nächstes von ihm umarmt und drückt sich glückselig an seinen nackten Oberkörper. Ich beschließe, diese Beobachtung dem Flachmann und ihrer Sehnsucht nach etwas Nähe zuzuschreiben.

Jay gibt die Zigarette an Dave zurück. Entweder ist es ihm tatsächlich egal, dass wir ihm dabei zusehen, oder seine Gedanken sind schon zu weit weg, um ihm noch Sorgen zu machen. Ich frage mich, ob Viki seinen Zustand mitgekriegt hat. *Sie muss*, rede ich mir ein, *sie ist nicht dumm. Gott, ich will nicht diejenige sein, die es ihr sagt.*

Dave dreht seinen Körper von uns ab, und Jay scharrt mit den Füßen. Erst jetzt fällt mir auf, dass die beiden sich nicht direkt ansehen, offenbar hat es nun auch in dieser Beziehung gekriselt. Das kommt wohl davon, wenn die besten Freunde ein kleines Schäferstündchen in der Besenkammer ausbaden müssen. Viki brachte zwar nur ein ersticktes »Danke« heraus, allerdings konnte ich die Spuren auf ihrem fleckigen Hals und den rotleuchtenden Wangen ablesen. Eigentlich dachte ich, brüderliche Kumpel nehmen alles in Kauf, um dem anderen einen Ausflug ohne Hose zu ermöglichen; dass die Kronjuwelen zwischen ihren Beinen solche Lächerlichkeiten wie Rücksichtnahme und Freundschaft für kurze Zeit aushebeln. Aber Daves beharrlichem Schweigen und Jays mahlendem Kiefer nach zu urteilen, sind die Jungs doch nicht so einfach gestrickt, wie sie immer tun.

»Habt ihr euch wieder vertragen?«, frage ich Jay. Es geht mich vielleicht nichts an, und ein ungeschriebenes Gesetz verlangt, dass ich diese Information von meiner Freundin einhole, trotzdem interessiert mich seine Interpretation.

Seine Aufmerksamkeit löst sich von Dave und landet auf mir. Er betrachtet mich eine Weile, als wüsste er nicht, was er mir anvertrauen darf. Sein Blick wirkt sehr fokussiert, und ich zweifle plötzlich an meiner Drogentheorie.

»Weißt du es?«, fragt er ungewöhnlich leise. Seine Schulter schiebt sich vor Lisi, die im Hintergrund mit jemandem quatscht. Er möchte sichergehen, dass niemand mithört.

»Ich weiß 'ne Menge, unter anderem, dass deine Augen etwas zu rot für eine gewöhnliche Zigarette sind. Allerdings hab ich keine Ahnung, was genau du von mir wissen willst. Könntest du das etwas näher definieren?«

Er reibt sich übers Gesicht und versteckt sämtliche Beweise unter seinen Händen. »Das liegt an … Ich bin den Rauch einfach nicht mehr gewohnt.«

»Wie wäre es, wenn wir zu meiner Ausgangsfrage zurückkehren?« Ich hebe eine erwartungsvolle Braue.

Seine Augen verlieren ihre Schärfe und sehen jetzt etwas anderes vor sich, etwas, das ein Schmunzeln über seinen Mund jagt und die Anspannung aus seiner Muskulatur löst. Seine Reaktion lässt keinen Zweifel daran, dass er die nächsten Worte tatsächlich so meint. »Zwischen Viki und mir ist alles klar.«

Ich atme tief durch. Also hat sich mein Einsatz hinter der Theke wenigstens bezahlt gemacht. »Was wolltest du denn fragen? Was soll ich wissen?«

»Nichts.« Er schüttelt den Kopf, kann jedoch das schmale Lächeln nicht verbergen, das meine offensichtliche Unwissenheit in ihm auslöst. Was auch immer es ist, das ihm gerade durch den Schädel geistert, er scheint froh darüber zu sein, dass ich nicht im Bilde bin. Es muss etwas sein, das Viki ihm gesagt hat, andernfalls würde seine Frage keinen Sinn ergeben. Etwas, das er weiß, ich aber nicht. Wenn Viki was vor mir verheimlicht, dann für gewöhnlich, weil ihr bewusst ist, dass ich ihr deswegen den Kopf waschen würde.

Plötzlich rauscht Lisis wahnwitzige Vermutung zurück in mein Gedächtnis und hinterlässt das mulmige Gefühl in meinen Eingeweiden, dass sie vielleicht nicht so weit danebenlag. *Ich musste meiner Frau sagen, wie sehr ich sie liebe.* Er wird doch nicht etwa …

Ich untersuche seinen Ausdruck und stelle mit Schrecken fest, dass tatsächlich etwas anders ist. Eine Weichheit hängt in seinen Augen, wenn er von Viki spricht, die ich nie zuvor gesehen habe. Was auch immer er sich vor dem Konzert reingezogen hat, wird ihn hoffentlich nicht dazu verleitet haben, ihr einen Antrag zu machen?!

Mein Magen stülpt sich von innen nach außen. Mir wird schlecht beim Gedanken daran, was passieren könnte, falls er sich in ein paar Tagen ausgenüchtert wieder aus der Schlinge ziehen will. Viki ist zäh, aber sie wurde schon so oft fallen gelassen, dass sie vielleicht trotzdem in tausend Splitter zerbricht.

Ich packe seinen Oberarm und starre ihn an. »Was zum Teufel habt ihr beiden angestellt?«

Seine Wangen hauchen sich rosa. Ausgerechnet in dem Moment drängt Lisi sich zwischen uns und hängt ihre Arme in unsere Ellbogen ein. »Wie lange sitzen wir hier noch auf dem Trockenen?«, lallt sie.

»Ich hole euch ein Bier.« Jay fängt ihre Aufforderung wie einen Rettungsreifen auf und verschwindet in der feiernden Menge. Ich hätte nicht geglaubt, dass irgendetwas ihn vor meiner Inquisition bewahren könnte, sobald er mit dem Bier zurückkehrt – allerdings kommt er niemals beim Kühlschrank an.

Dave

Die Tür zum Bandraum springt auf, und eine Reihe von schwarz gekleideten Typen, deren aufgepumpte Oberarme förmlich *Security* schreien, platzen in unsere Mitte. Einer tritt vor und zieht den Stecker aus dem Lautsprecher, der die Musik von der Hauptanlage hereinüberträgt. Leise wird es trotzdem nicht, der Musiklärm aus der angrenzenden Halle und das Geschnatter der Feiernden füllen die Luft. Der Kerl muss seine haarige Brust blähen und mit voller Lautstärke brüllen: »Die Party hier drin ist vorbei! Alle raus! Bis auf die Band!«

Frankys Gesicht entleert sich jeglicher Farbe. *Schon gut, Alter,* würde ich am liebsten sagen. *Die kommen nicht, weil du schlecht gesungen hast. Ich verwette meinen Arsch darauf, dass ihr Auftauchen einen völlig anderen Grund hat. Einen mit Strohschädel, der einen Meter vor dem Kühlschrank festgefroren ist.*

Es dauert eine Weile, bis die Sicherheitsleute alle Gäste aus dem Bandraum befördert haben. Zu ihrem Missmut bewegen sich die Leute absichtlich lahmarschig; es sind ihre jugendliche Gene, die gegen jede Form von erwachsener Bevormundung aufbegehren. Vikis Freundinnen werden ebenfalls hinausgespült, sichtlich unerfreut über das jähe Ende ihres Besuchs. Nicht dass die beiden auch nur ein Wort mit mir gesprochen hätten. Egal, wie riesig der Haufen Scheiße ist, den Jay absetzt, er zieht doch immer sämtliche Fliegen an. Manche Typen können einfach nicht verlieren.

Der Chef taucht im Türrahmen auf, schwenkt seinen Scheinwerferblick durch den Raum und fokussiert seine Aufmerksamkeit auf Jay. »Der da. Mit den blonden Haaren. Schmeißt ihn raus.«

Hm. Vielleicht hab ich mich geirrt.

Die schwarzen Bulldoggen kreisen Jay ein und legen ihre Pfoten auf seinen Arm. Er reißt sich sofort los und sträubt die Haare auf seinem Buckel. »Was soll das?«

»Ich will dich in meiner Halle nie wieder sehen, kapiert?!« Das Pickelgesicht schleudert einen Umschlag mit Geld auf den Couchtisch und hält ausgerechnet mir einen Zettel vor die Nase. »Das ist eure Gage, abzüglich des Lautsprechers, den ihr demoliert habt. Unterschreib die Übernahme.«

»Gegen so was seid ihr doch versichert«, beschwert sich Jay.

Der Chef wirft den Kopf herum. »Ihr könnt froh sein, dass ich euch keine Anzeige auf den Hals jage!«

Schitty, der uns den Lautsprecher eingebrockt hat, schnarcht noch auf der Couch und kriegt von dem Theater nichts mit. Ich seufze tief. Manchmal bereue ich es, dass ich der Fahrer unserer kleinen Truppe bin und immer nüchtern bleiben muss. (Andererseits würde ich keinen dieser Penner hinters Steuer meines Babys lassen. Um diese Uhrzeit sind schon genug Irre auf den Straßen, und der vollgeladene Bus braucht in den Kurven eine sensible Führung.)

»Ich wusste, dass es ein Fehler war, euch ein zweites Mal zu engagieren«, fährt der Hallenbesitzer fort und erinnert sich zweifellos an meine bekloppte Idee mit dem Ecstasy vor drei Jahren. Jay sah damals so aus, als würde er sich vor Kopfschmerzen gleich ankotzen, und ich Volltrottel hatte tatsächlich geglaubt, es würde ihm danach besser gehen. »Ihr seid ein für alle Mal raus!«

Frankys Knie verwandeln sich in Gummi, und er sackt auf einen Hocker. »Ist es … Ist es wegen mir?«

»Nein, es ist wegen diesem Idioten.« Der Picklige plustert seine Hühnerbrust und schnippt seine Finger auf Jay. »Den ich dafür bezahlt habe, meine Gäste zu unterhalten. Und nicht über meine Bedienung herzufallen und sie von der Arbeit abzuhalten.«

Jay fletscht die Zähne. »Sie ist nicht *deine* Bedienung. Sie ist *meine* Freundin.«

Okay, Zeit zu intervenieren, bevor er sein Testosteron aufpumpt und dem Würstchen die Kehle durchbeißt. Nicht, dass der besonders viel gegen Jays Statur ausrichten könnte, doch er hat ein ganzes Rudel von Kampfhunden, die Jay bereits in den Nacken hecheln.

Ich laufe zu meinem Kumpel, stelle mich vor seine Brust und blicke ihm tief in die Augen. »Hau ab. Ich regle das hier.«

»Aber Viki –«

»Es wäre nicht sonderlich klug, sich mit dem Boss deiner Süßen anzulegen«, zische ich. »Tu es für sie.«

Er schnaubt und reißt sich vom Rausschmeißer los, der ihn erneut am Ellbogen greifen will. »Verpiss dich! Ich geh schon!« Ehe er sein Versprechen einlöst, streift er meine Schulter und schaut mich durchdringend an. »Sag ihr, dass ich auf sie warte.«

Jay wird nach draußen geleitet, und ich unterschreibe den verfluchten Übernahmeschein. Ein Tausender ist immer noch besser, als den Rest der Nacht auf einer Polizeistation festzuhängen und den Bullen fünfmal zu erklären, wie genau dieser Lautsprecher zu Bruch gegangen ist. Ich werde mir die Kohle mit Franky teilen, wir zwei sind die Einzigen, die ihn heute Abend wirklich verdient haben. Vielleicht sollten wir ein reizendes Duett gründen.

Die Pickel des Chefs verlieren an Leuchtkraft, als Jay endlich aus dem Raum verschwunden ist und er den unterschriebenen Wisch in der Hand hält. Die Spannung lässt nach, und Franky sieht sich dazu genötigt, eine Schleimspur auszulegen, auf der er mit etwas Glück wieder ins Programm des Veranstalters rutschen kann. Seine Noten in der Schule waren so schlecht, dass er in der Zehnten abgegangen ist; für ihn ist der Rockstartraum überlebenswichtig. »Dieser Zwischenfall war so nicht geplant. Es tut mir leid, Mann. Wir könnten auch in einer anderen Formation auftreten …«

Der Boss steckt seinen Kuli in die Brusttasche, wischt uns beiden mit einem abfälligen Blick über die Gesichter und wendet sich ab, ohne auf Frankys Entschuldigung einzugehen. »Packt euer Zeug und verschwindet.«

Ich setze ihm hinterher, aber eines seiner Schoßhündchen springt zwischen uns und hängt seine Schnauze vor meine Visage. Ich rufe über die Schulter des Türstehers hinweg. »Ich muss nur kurz rein und seiner Freundin Bescheid geben! Lasst mich für eine Minute an die Bar.«

Der Chef dreht sich im Gang um und schüttelt den Kopf. »Nicht nötig. Ich kümmere mich darum.«

Viki

Nach dem Konzert plärren Nicks kalorienreduzierte Mp3s durch die Halle, die sich die Besucher an den Bars wieder fettsaufen. Für gewöhnlich schwirrt mindestens die Hälfte der Leute innerhalb der nächsten Stunde ab, um den Nachtbus in die Innenstadt zu erwischen. Meistens die bessere Hälfte; die andere ist schlichtweg zu besoffen, um die Uhr zu lesen.

Drachen-Doris nutzt eine Lücke an der Bartheke und verschwindet in den Hinterräumen, garantiert um mir meine *Pause* heimzuzahlen. Ich bin zu ausgelaugt, um mich deswegen mit ihr zu streiten, und schicke ein Stoßgebet hinauf zu den Scheinwerfern, dass sie es ebenfalls ist. Ihre Seite der Theke mit abzudecken gleicht die schwindenden Besucherzahlen wieder aus. Ich hetze von einem Ende zum anderen und kriege den Vorgang auf der Bühne erst mit, als Dave schon sein Schlagzeug rausrollt.

Irritiert bleibe ich stehen. Normalerweise holen die Bands ihren Kram später ab, wenn das Flashlight geschlossen hat. Nicht wenige lassen ihre Sachen sogar bis zum Vormittag hier, weil sie nach ihrem Konzert zu müde sind und die Halle erst am nächsten Abend wieder öffnet. Jays Gitarre und Verstärker sind noch da. Mit einem flauen Gefühl im Magen wird mir klar, dass er nach dem Auftritt nicht zu mir gekommen ist.

Eine junge Frau klappt über der Bar zusammen und taucht ihre Haare in eine Bierpfütze. Zu meiner Überraschung entdecke ich Mels Lockenkopf neben ihr. Sie streichelt Lisis Rücken und wirft mir einen vielsagenden Blick zu. Ich eile rüber.

»Wie lange musst du arbeiten?«, brüllt sie mir entgegen.

»Mindestens bis Viertel nach drei.« *Wenn der Drache auftaucht und seine Seite selber putzt.*

»Ich muss diesen Trunkenbold nach Hause schleppen, solange sie noch stehen kann.« Mel hievt Lisi aus dem Bier, und ich reiche ihr ein paar Servietten, damit sie ihre aufgeweichte Stirn abwischen kann, von der bereits die Schminke tropft. »Kommst du zurecht oder bringst du dich wieder in Schwierigkeiten, sobald ich dich fünf Minuten alleine lasse? Ich will mich ja nicht selbst beweihräuchern, aber ich habe dir heute das Leben gerettet. Deine Kollegin lauerte mit einem Zitronenmesser bewaffnet vor eurem Liebesnest.«

Hitze kriecht mir ins Gesicht. »Wir haben nur –«

»Geredet. Schon klar.« Sie kräuselt ihre Lippen. »Falls du deine Aussage revidieren willst, darfst du mir das morgen ausführlich mitteilen. Ich bin gegen vier Uhr bei dir, bringe ein Stückchen Sahnetorte mit und erwarte ein volles Geständnis.«

Etwas an ihrem Tonfall sagt mir, dass sie mehr weiß, als sie verrät. Plötzlich fühle ich mich schlecht dabei, ein Geheimnis vor ihr zu verbergen, selbst wenn es nur vorübergehend ist. Dennoch gibt es Dinge, die ich nicht mal ihr anvertrauen kann. Ich könnte den Blick nicht ertragen, den sie mir zuwerfen würde; die Enttäuschung in ihren braunen Rehaugen, weil ich in dieser Sache nicht so stark bin, wie sie es vielleicht erwartet. Mel drückt mir einen Schmatzer auf die Wange, und ich reibe verlegen über Lisis Hinterkopf. Die beiden wanken bereits von mir weg, als Mel sich abrupt umdreht und irgendwas zurückruft. Ich verstehe sie nicht.

Sie schleift Lisi noch mal rüber. »… rausgeschmissen.«

»Was?«

»Dein Chef hat die Jungs rausgeschmissen.« Mel nickt mit dem Kinn zur Bühne, wo Franky Gitarrenpicks vom Boden sammelt. »Anscheinend hat Schitty einen der Lautsprecher zerlegt. Zumindest lautet so das Gerücht.«

Ich schätze, auch Jays Akrobatiknummer, bei der er ein halbes Dutzend Besucher von den Beinen gerissen hat, dürfte Nick nicht gefallen haben. Mal ganz abgesehen von der Aktion danach …

»Was ist mit Jay?«

»Keine Ahnung, die Sicherheitsleute haben …« Sie stockt, und ihre Augen weiten sich plötzlich. »Warum fragst du nicht deinen Boss? Er steht hinter dir.«

Erschrocken wirble ich herum und registriere Mels Abschiedsruf nur noch im Hinterkopf. Nick lauert vor mir, stützt seine Ärmchen in die Hüften und sieht nicht sonderlich glücklich aus. Genau genommen erwidert er nicht mal einen Millimeter des dünnen Lächelns, das ich ihm anbiete.

»Komm bitte in mein Büro.«

Mein Herz schlägt einen Rückwärtssalto. »Aber meine Schicht –«

»Doris macht das für dich.«

Ich entdecke den Drachen hinter ihm, der ebenfalls wieder aufgetaucht ist, und verfluche mich für meine grenzenlose Naivität. Doris saugt die Lippen in den Schnabel und kann ihre Genugtuung kaum hinter ihrer Dauerwelle verbergen. Ohne ein Wort an sie zu richten, folge ich Nick nach hinten. Wir gehen an der Besenkammer vorbei, mit der ich seit zwei Stunden eine Intimität teile, die ich niemals für möglich gehalten hätte. Mit gesenktem Kopf schleiche ich an ihr vorüber und fühle mich wie ein Mistkerl, der sein Mädchen nach vollzogener Nummer nicht mehr ansieht.

Nick führt mich in sein schlichtes Büro, das außer einem zerkratzten Schreibtisch und einem abschließbaren Metallschrank nichts beherbergt, und schließt hinter mir die Tür. Ich kenne diese Szene. Ich habe sie vor ein paar Jahren schon einmal erlebt.

»Bin ich gefeuert?«

Er seufzt und lehnt sich mit verschränkten Armen an den Schrank. »Ich habe keine andere Wahl.«

Ich schließe die Augen und schlucke einen dicken Papierkloß im

Hals, der aus all den Rechnungen in meinem Briefkasten besteht. »Es tut mir leid, Nick. Es wird nie wieder vorkommen, das verspreche ich dir. Ich brauche diesen Job.« *Denn ich weiß nicht, wovon ich in den nächsten Monaten leben soll.*

»Mir tut es auch leid. Ich konnte mich immer auf dich verlassen.«

Ich sehe ihn an und spüre Tränen hinter meinen Augen aufwallen. »Jeder macht mal Fehler. Bitte gib mir eine zweite Chance.«

Dennoch weiß ich es, noch bevor er seinen Mund aufmacht und es mir verdeutlicht. Ich weiß, dass es Fehler gibt, die man nicht mehr rückgängig machen kann. Seit heute früh ist mir das so klar, wie nichts anderes auf dieser Welt.

»Du hast recht, jeder hat eine zweite Chance verdient.« Nick löst sich vom Schrank und legt eine Hand auf meine Schulter. »Aber als Chef von über dreißig Mitarbeitern kann ich mir so was nicht leisten, verstehst du? Ich gebe dir eine Empfehlung mit.«

Meine Oberlippe zuckt, und ich sauge sie in den Mund, damit er es nicht sieht. Es ist nur ein Job. Ich kriege einen anderen. Ich werde nicht verhungern. Ich bin neunzehn Jahre alt, habe Abi und lebe mitten in Europa. Ich *kann* nicht verhungern.

Es dauert ein paar Sekunden, bis ich meiner Stimme genug vertraue, um eine letzte Frage loszuwerden. »Darf ich den Monat noch fertig machen?«

»Ich möchte, dass du auf der Stelle gehst«, erwidert er leise.

Dave

Shithead, Franky und ich räumen unser Equipment von der Bühne, während Jay draußen auf der Rampe steht und das Zeug in meinen Bulli stapelt. Er ist mies drauf, weil keiner von uns eine Zigarette hat, und noch mieser, weil ich den Anteil seiner Gage nicht rausrücke. Stattdessen drücke ich ihm seine Gitarre in die Hände, und er funkelt mich an.

»Ist Viki noch da drin?«, fragt er mit lauerndem Unterton. Als würde seine Freundin in den Hinterräumen gefangen gehalten und er müsste jeden Moment hineinstürmen, um sie zu befreien. Bestenfalls indem er dem Besitzer eins überbrät, schätze ich. Die beiden haben sich im Bandraum wie zwei aufgeblasene Gockel umkreist. Jay mag es nicht, wenn man in sein Territorium pisst, und wenn er bekifft ist, befindet sich dieses heilige Land immer dort, wo er gerade steht. Das hatte ich beinahe vergessen.

»Sie arbeitet an der Bar, wie du heute zweifelsfrei erkannt hast. Die schließen erst in über zwei Stunden.«

»Ich bleibe hier und warte auf sie.«

»Das kannst du gerne machen.« Ich schiebe einen Verstärker in den Kofferraum und stelle fest, dass kein Platz mehr für mein Drumkit bleibt. Wie zum Teufel haben wir das Teil vorhin in den Wagen bekommen? Statt mir behilflich zu sein, dreht Jay seine Gitarre im Licht des Außenscheinwerfers und ist für meinen Geschmack etwas zu fasziniert von der Reflexion des Lacks.

»Ist dir klar, dass du kantendicht bist?«

»Ich bin nur in Gedanken …«

»Alter. Es tut mir weh, das zu sagen.« Ich packe seine Schulter, damit er mich ansieht und meine Worte mit etwas Glück durch die Watte in seiner Birne dringen. »Aber du verträgst nicht mehr so viel wie früher. Du bist so breit wie der Ozean.«

Er lächelt. »Der atlantische oder der pazifische?«

»Der breitere.«

Jay stört diese Information nicht sonderlich, er wirbelt den Gitarrenhals nochmals um die eigene Achse und verstaut sein Baby sorgfältig im Kofferraum. Ich hab echt keine Lust, den Spielverderber zu mimen, oder noch schlimmer, den Beziehungsberater. Allerdings hat sich mein bester Kumpel gerade in einen Sportwagen gesetzt und rast mit Vollgas auf eine Klippe zu. Ich sollte ihn zumindest warnen.

»Vielleicht wäre es besser, wenn du zuerst deinen Rausch ausschläfst, bevor du dich mit Viki triffst. Du möchtest doch nicht den positiven Nebeneffekt eures Schäferstündchens zunichtemachen? Sie war jedenfalls nicht sehr erbaut davon, dich kiffen zu sehen. Und aus irgendeinem Grund bist du inzwischen weit über dieses Stadium hinaus. Hast du dir in dieser Besenkammer was eingeworfen?«

Er lacht, als hätte ich einen absurden Witz gerissen.

»Könnt ihr euch bemuttern, wenn der Bus beladen ist? Ich will diesem Scheißschuppen endlich den Rücken kehren und nie wieder herkommen«, mault Franky und unterstreicht seinen Unmut, indem er meine Drumsticks zu uns rüberwirft.

Ich fange einen davon auf, der andere trifft Jay an der Schulter. Er will ihm ausweichen, allerdings befindet sich seine Aufmerksamkeit am anderen Ende des Pazifiks, und sein verzögerter Schritt nach hinten befördert ihn direkt von der Rampe. Wie ein abgeschossener Vogel kracht er runter.

Ich springe ihm hinterher. Es ist nur ein Meter, dennoch liegt Jay auf dem Boden und drückt sich die Handballen in die Augenhöhlen.

Ich knie mich neben ihn. »Was gebrochen?«

Jay zieht scharf die Luft ein. »Noch nicht … Aber wenn Frank runterkommt, können wir das ändern.«

Ich halte ihm meine Hand hin. »Besser, du stehst auf und reißt dich zusammen. Gerade eben ist eine dunkelhaarige Furie durch die Hintertür geplatzt, die nach einer frischen Seele dürstet und deiner Liebsten verdammt ähnlich sieht.«

Die Ankündigung wirkt Wunder. Jay steht auf seinen staubigen Beinen, ehe ich zweimal blinzeln kann. Er entdeckt Viki auf der Rampe, und meine Anwesenheit wird vollkommen ausgelöscht. Die Blicke der beiden treffen sich, und rosarotes Glitzerkonfetti rieselt vom Himmel, das offenbar direkt in ihre verträumten Schädel schneit und sämtliche höheren Gehirnfunktionen lahmlegt.

Ich rolle die Augen. »Na los, geh zu ihr. Ich hole deinen Kram für dich raus.«

Da Franky so aussieht, als würde er am liebsten mit einer Shotgun in die Hochzeit platzen, packe ich ihn am Gürtel und schleife ihn mit rein. Sein Protest geht in meinem Vorschlag unter, den demolierten Lautsprecher einzupacken, für den wir immerhin bezahlt haben. Eventuell lässt er sich reparieren, und wir können ihn danach verscheuern.

Es dauert eine Weile, bis wir die Boxen losgeschraubt haben, was vor allem an dem Bühnentechniker liegt, der sich zwischen uns wirft und seinen Boss anfunkt. Pickelgesicht taucht wieder auf und will uns seine Köter auf den Hals hetzen, nur meine kühle Argumentation (und ein kurzes Googeln nach besagten Lautsprechern in Frankys Handy) rettet uns. Wie sich herausstellt, ist das Modell selbst neu keinen Tausender wert, und wir einigen uns auf einen anderen Tauschhandel. Die Boxen bleiben an Ort und Stelle, und wir kassieren nochmals fünfhundert Euro bar auf die Hand.

»Kein Wort zu Schitty«, zischt Franky auf dem Rückweg nach draußen. »Die Kohle gehört uns.«

»Der fliegt sowieso in Nimmerland rum.« Wir betreten die menschenleere Rampe und laden Jays Verstärker in den Kofferraum. Schitty schnarcht bereits auf dem Beifahrersitz, und ich klopfe an die Scheibe, damit er sie runterrollt. Seine zusammengekniffenen Augen blinzeln mir entgegen.

»Sind Jay und Viki auf den Nachtbus?«

Er gähnt. »Nö, die sind mit dem Auto weg.«

»Welches Auto?«

»Na, der fette BMW, der gleich neben uns geparkt hat. Die Karre seiner Eltern. Warst du blind, oder was?«

Ich wirble herum und starre auf die Lücke neben dem Bus. Natürlich habe ich den Wagen gesehen, ich habe bloß nicht weiter darüber nachgedacht, ihn für einen der Angestelltenautos gehalten. Mir wird heiß und kalt.

»Du lässt ihn in dem Zustand fahren?«, fällt von meinen Lippen.

Viki

Vielleicht bin ich theatralisch. Vielleicht sind es nur die Hormone. Aber in diesem Augenblick, als ich aus dem Gebäude trete und über den Parkplatz blicke, fühlt es sich so an, als würde die Welt auseinanderbrechen. Risse ziehen sich durch meine Selbstachtung, klaffen weiter auf, sprengen Löcher in meine Brust und bringen mich ins Wanken. Es ist nur noch eine letzte Insel übrig, eine einzige Person, die meinen Absturz aufhalten kann. Jay rennt nach vorne an die Rampe, streckt seine Hände zu mir hoch, und ich springe in seine Arme.

Der Aufprall ist etwas zu hart und presst meinen Atem aus der Lunge. Ich schlinge mich um ihn, spüre seine Muskeln, seine Knochen, seine lebendige Wärme unter meinen Fingern. Sein Geruch strömt durch meine Nase, frischer Schweiß vermischt mit altem Rauch und seinem ureigenen Duft. Seine Nähe tröstet mich, schmiert sich wie Balsam auf meine verwundeten Stellen und lindert ihr Pochen. Er küsst meine Schläfe, wieder und immer wieder, bis ich endlich den Kopf hebe und seine Lippen mit meinem Mund auffange.

Liebe, stelle ich fest, *klebt selbst eine zerbrochene Welt zusammen.*

Unsere Küsse enden nicht, weil wir es nicht zulassen. Selbst als wir gemeinsam zum Wagen stolpern und uns gegenseitig daran hindern, einzusteigen und aus dieser Nacht zu fahren, die unser Leben wie eine Schneekugel durchgeschüttelt hat. Ich will diesen Augenblick nicht mit Worten unterbrechen, mit laut ausgesprochenen Fragmenten meiner Gedanken, die mich zwangsläufig zurückführen würden, auf einen Weg, der kohlrabenschwarz vor mir liegt und sich weigert, meine Zukunft zu offenbaren. *Keine Entscheidun-*

gen. Nicht heute. Nicht jetzt. Ich bleibe einfach in diesem Moment stehen.

Trotzdem dringt etwas durch meine Seifenblase, ein Vibrieren, das an meinen Lippen startet und sich über meinen Körper ausbreitet, über jede einzelne Stelle, die von Jay berührt wird. Ich beende den Kuss nicht, halte ihn bloß für eine Sekunde an, um nach der Quelle dafür zu suchen. Er ist es. Der dünne Schweißfilm auf seinem nackten Oberkörper zittert in der frischen Luft.

»Willst du meine Jacke?«

Er schüttelt sachte den Kopf, greift nach den losen Enden meines Reißverschlusses und schließt ihn bis zu meinem Hals. »Die brauchst du.«

»Mir ist nicht kalt.«

»Mir auch nicht.« Er lächelt an meinen Mund. »Solange dir warm ist.«

»Deine Zähne klappern, wenn du lügst.« Ich streiche eine Strähne von seiner Stirn. »Steigen wir wenigstens ins Auto und drehen die Heizung auf.«

Damit ist er einverstanden. Ich umrunde den Wagen, um mich auf den Beifahrersitz zu setzen, doch plötzlich steht Jay vor mir und hält mir die Tür auf. Ich lache darüber, weil er genau weiß, für wie überholt ich diese Geste halte.

»Was kommt als Nächstes?«, ziehe ich ihn auf. »Trägst du mich zu Hause von der Türschwelle ins Schlafzimmer? Ich muss dich warnen, das sind fünf Stockwerke und jede Menge Stufen.«

»Vielleicht will ich dort gar nicht hin.« Er nimmt meine Hand und hilft mir, Platz zu nehmen, als hätte ich nicht zwei voll funktionstüchtige Beine, die das von alleine schaffen. Ich gönne ihm das Vergnügen, und wenn ihr ehrlich bin, genieße ich diesen altmodischen Charme sogar. »Wir können aus der Stadt fahren, irgendwohin ins Grüne, wo es schön ist und wir beide ungestört. Die Sonne geht in ein paar Stunden wieder auf.«

Ich blicke ihn unter meinen Wimpern an. »Was machen wir bis dahin?«

»Was immer du möchtest.« Er biegt sich über mich, küsst mich und schnallt mich gleichzeitig an. Ich kichere in seinen Mund.

Schitty hat sein Werk am Kofferraum des VWs beendet und schlendert zu uns herüber. Seine Anwesenheit, die ich bisher kaum registriert habe, presst mich mit doppelter Erdanziehungskraft ins Polster des Sitzes. Ich bin froh, als er nur seine Hand hebt, kurz durchs Fahrerfenster hereinwinkt und sich dann in den Bus setzt. Trotzdem hat sein Auftauchen etwas in mir verändert, wie Blubberbläschen, die nach einem zu tiefen Tauchgang in meiner Lunge feststecken.

Die Tür öffnet sich, und Jay rutscht an meine Seite. Er reibt sich die Gänsehaut von den Unterarmen, startet den Motor und fingert an der Konsole rum. Das Gebläse der Heizung löscht die Hintergrundgeräusche aus und hüllt uns beide in unsere eigene, kleine Wirklichkeit. Dennoch ist unser Abstand voneinander zu groß, und das nagende Gefühl, dessen Ursprung ich allzu gut kenne und mit aller Kraft zurückdränge, bricht erneut in meiner Brust auf. Ich ignoriere die Trockenheit in meinem Hals und rede auf meinen Magen ein, damit er die aufkommende Übelkeit unten behält und unsere Stimmung nicht völlig ruiniert. Meine Atmung beschleunigt sich. Egal, wie viel Luft ich auch hole, es ist nicht mehr genug.

»Alles klar?« Jay greift nach meiner Hand und drückt sie. Tatsächlich hilft es augenblicklich. Ich presse die aufwallende Panik zurück in meinen Hinterkopf und klammere mich an seine Nähe.

»Ich bin für dich da«, sagt er ernst.

Ich schlucke meine Antwort runter, weil sie plötzlich in Tränen schwimmt.

»Das bin nicht ich«, würge ich schließlich hervor. »Ich will so nicht sein.«

»Dann setzen wir alles daran, dass es dir bald besser geht.«

»Tut mir leid, ich kann dich damit nicht belasten, ich –«

»Doch, du kannst.« Er lehnt sich rüber und zwingt mich, ihm in die Augen zu sehen. »Ich hab mich in der Rehaklinik auf dir abgestützt, als ich noch nicht richtig gehen konnte, und jetzt bist du an der Reihe. Wir müssen nicht beide den gesamten Weg durchhalten, wir müssen nur darauf achten, dem anderen zu helfen, wenn er strauchelt. Du musst nicht immer stark sein.«

Ich wische mir die Wangen ab und schüttle den Kopf, weil ich diese Weinerlichkeit so sehr verabscheue, dass ich mir am liebsten selbst eine runterhauen würde. Weil Starksein alles ist, was mich in meinem Leben auf den Beinen hielt. Weil es sich so anfühlt, als würde ich sterben, wenn ich loslasse.

»Ich fürchte mich davor, was hinter meiner Stärke steckt«, wispere ich. »Ich fürchte mich davor, welcher Mensch ich darunter bin.«

Jay küsst mir eine Träne von der Haut. »Hast du mich geliebt, als mir der Pudding vom Kinn tropfte?«

Ich sehe ihn verwirrt an.

»Als ich nicht mit dir schlafen konnte, weil ich nicht mehr wusste, wie ich meine Hüften bewegen soll? Hast du eine Ahnung, wie sich das für mich angefühlt hat? Wie jämmerlich ich mir vorkam?«

»Natürlich habe ich dich geliebt«, krächze ich.

»Dann weißt du, wie es mir jetzt geht.« Sein Adamsapfel hüpft im Hals, und mit Schrecken realisiere ich, dass nun auch seine Augen schimmern. Seltsamerweise hat seine Traurigkeit den gegenteiligen Effekt auf mich. Sie nüchtert mich schlagartig aus, als gäbe es einen Instinkt in mir, der dafür sorgt, dass ich mich um ihn kümmern kann. Eine Art Notstromaggregat, das ich nicht für mich selbst benutzen kann, aber für einen Menschen, der mir alles bedeutet.

Ich schließe die wenigen Zentimeter zwischen uns und küsse ihn sanft, nur mit sachte geöffneten Lippen. Unsere Atemzüge verschmelzen ineinander, seine ruhigen und meine heftigen, bis wir endlich denselben Rhythmus finden und uns langsam voneinander lösen. Ein letztes Mal sehen wir einander an, ehe wir in der Wirklichkeit landen und uns entschließen, diese Nacht hinter uns zu lassen.

Schitty schnarcht am Busfenster gegenüber, als Jay das Auto startet und den Schotterplatz mit einer Staubwolke füllt. Seine rechte Hand findet mich, sobald er sie nicht mehr zum Schalten braucht.

»Bist du nüchtern genug?« Wir verlassen den Parkplatz und biegen auf die Hauptstraße ab. Um diese Uhrzeit herrscht kaum Verkehr, trotzdem gibt es immer ein paar Schwachköpfe, die eine leergefegte Straße mit einer Rennstrecke verwechseln.

Er drückt meine Finger und lächelt zu mir rüber. »Ich fahre selbst stockbesoffen besser als du.«

»Was daran liegt, dass ich mir keine Fahrstunden leisten kann, du Angeber.« Meine Lippen kräuseln sich dennoch. »Ich mein's ernst. Was ist mit dem Joint?«

Er zuckt die Schultern. »Das war vor über vier Stunden, Viki. Ich bin so sauber wie eine Flasche Desinfektionsmittel.«

»Aber du wirkst so anders …« Ich mustere ihn von der Seite und betrachte seinen Oberkörper, der sich selbstsicher ins Polster lehnt und das Lenkrad mit nur einer Hand festhält. Seine Augen blitzen im Takt der vorbeisausenden Straßenlaternen auf, und um seine Mundwinkel hängt ein ruhiges Lächeln, das mich plötzlich an seinen Vater erinnert.

Er sieht zu mir herüber, und für den Bruchteil einer Sekunde, ein Flackern meiner Wimpern, glaube ich, dass sein Blick auf meinen Bauch fällt. Instinktiv schlinge ich meine Arme darum und drehe mich weg, damit ich die Gefühle nicht sehen muss, die mein Anblick in ihm auslöst. Diese Zärtlichkeit, die meine Haut aufritzt und den Hohlraum in meiner Brust mit schlechtem Gewissen füllt.

Die Umgebung jagt an meinem Fenster vorüber, zu schnell für mein menschliches Auge, um ihre Details wahrzunehmen, dennoch registriere ich das Leuchten in der Scheibe, die zwei kleinen Kreise, die aufblitzen und sich schlagartig ausdehnen. Ehe ich auch nur meinen

Mund aufkriege, um jemanden zu warnen, füllt sich die Fahrerkabine mit grellem Licht und die Welt um uns herum explodiert.

Jay

Der Schmerz ist wieder da und mit ihm die Erinnerung.

Ich liege auf dem Boden in einer Kneipe, erkenne den panischen Ausdruck des Mädchens über mir und weiß, dass ich sterbe. Sie weint nicht um mich. Sie beugt sich zu mir herab, streichelt meine Wange und befiehlt mir im Tonfall eines Generals, der seine Truppen aufs Schlachtfeld schickt, unbedingt wach zu bleiben und sie anzusehen.

Die Erfüllung ihres Wunsches kostet mich zu viel Kraft. Mein Gehirn ist so unfassbar müde, als hätte es sich auf der Tartanbahn hinter der Schule zu Tode gerannt. Jetzt bricht es in die Knie und kommt nicht mehr hoch.

Ich würde mich gerne bei meinen Eltern entschuldigen. Dafür, dass sie mir alles gegeben haben, was ich mir jemals wünschen konnte, und ich sie trotzdem im Stich lasse. Mein Leben rast an mir vorbei und hakt sich an bestimmten Momenten fest, die mich geprägt haben und die ich ein letztes Mal vor mir sehen will.

Da ist Mom. Der stolze Glanz in ihren Augen, als ich mit zehn Jahren von meiner allerersten Gitarrenstunde komme und ihr mit Müh und Not Guantanamera *vorspiele. Ich bringe meine Finger kaum um den dicken Gitarrenhals, und die Metallseiten schneiden in meine Kuppen, weil sich noch keine Hornhaut gebildet hat. Sogar den Text der ersten Strophe habe ich auswendig gelernt, obwohl ich kein Spanisch kann. Ich weiß nicht, welche Worte sich da in meinem Kopf befinden, und plötzlich schäme ich mich, vor meiner Mutter einen Fehler zu machen und damit meinen Erfolg zu schmälern. Ich singe dieses erste Mal nicht vor ihr, und vielleicht ist das der wahre Fehler, denn ich wage es auch an keinem Tag danach.*

Hat hier meine Pubertät begonnen, noch nicht körperlich, aber geistig? Ist es nicht nur Schamgefühl, das mich vom Vorsingen abhält, sondern der Wunsch, etwas allein für mich zu behalten? Was auch immer es ist, es pflanzt einen Samen in meine Gedanken und wächst mit den Jahren zu einer Hecke heran, hinter der ich klammheimlich so heranwachsen kann, wie ich es will.

Der Film springt weiter. Mein erster Auftritt vor Publikum.

Kalter Schweiß glänzt auf meiner Stirn, und ich stehe seit Minuten vor dem Urinal, obwohl ich keinen Tropfen aus mir herauspressen kann. Rave Dave platzt herein, und ich tue so, als würde ich abschütteln und packe meinen trockenen Schwanz zurück in die Hose. Der Lärm des Schulfestes dringt durchs gekippte Fenster, und ich spüle ihn mit dem Rauschen des Wasserhahns fort.

Den ganzen Sommer über hockten wir in Frank the Skanks verschimmelter Garage, wo ich zwangsläufig beschloss, der Sänger der Band zu werden, weil Franky nicht mal vor seinen besten Kumpels einen Ton herausbringt. Seit wir das Set heute Morgen hinter dem mit Blümchen bestickten Vorhang der Theatergruppe aufgebaut haben, zweifle ich an dieser Idee. Falls die Oberstufler beschließen, dass wir eine Gruppe von kleinen vierzehnjährigen Schwuchteln sind, lassen die ihren Stress bestimmt am Frontmann aus. Wieso zum Teufel bin ich ausgerechnet blond?! Vielleicht hätte ich Dads Verbot ignorieren und meine Haare einfach braun färben sollen. Ein tiefes, männliches, äußerst heterosexuelles Braun. Zumindest hätte ich meinen Eltern nicht verbieten dürfen, dass sie herkommen und mich mit ihrer bloßen Anwesenheit vor meinen Freunden beschämen. Sie würden im Ernstfall garantiert einen Notarzt rufen.

Auf dem Rückweg zum Turnsaal, wo unser Fest stattfindet, laufen wir einer Truppe von Zehntklässlern über den Weg. Sie lachen und ritzen ihre Kehlen mit den Zeigefingern auf, dabei kleben ihre fiesen Schlitzaugen nur auf mir und der dämlichen Matte auf meinem Kopf. Ich schaffe es ein paar Meter weiter, hinter einen privaten Busch, bevor ich mich übergebe. Dave tut so, als hätte er nichts gemerkt, und ich streife meine angekotzten Chucks auf der Fußballwiese sauber.

Einige Monate später fühle ich mich erwachsen.

Ich rauche. Es schmeckt scheiße, fühlt sich aber geil an. Es ist keine große Sache, an den Tabak zu kommen, Frankys ältere Brüder verkaufen uns die Packungen mit einem geringfügigen Aufpreis. Auch das Gras ist einfach, Schitty Shithead muss nichts weiter tun, als die Vorräte seiner dauergrinsenden Eltern zu plündern. Ich wünschte, meine Alten wären etwas lockerer.

Mom dreht völlig durch, als sie die Longpapes in meinem Nachttisch findet. Ich sage ihr, dass ich alt genug bin, um meine eigenen Entscheidungen zu treffen, und dass ich in zwei Jahren sowieso rauchen darf, wenn ich das will. Sie kontert mit dem Argument, das Marihuana für Erwachsene genauso illegal ist. Eine Sekunde lang steht mein Mund offen, ich hatte keine Ahnung, dass Mom – meine eigene Mutter! – weiß, wofür man die extralangen Papierchen braucht. Also beschließe ich, in den Garten zu ziehen.

Ich hätte für meine Eltern aufhören sollen zu kiffen.

Sie wollen, dass ich mit Viki darüber rede. Ich drehe mich weg, um aus der Küche und diesem gottverdammten Gespräch zu verschwinden, aber Dad packt meinen Ellbogen und zieht mich zurück. Er lässt mich sofort wieder los, kein einziges Mal in meinen siebzehn Jahren war er jemals grob zu mir. So anders als Daves Vater. So anders als Vikis.

»Es ist ihr gegenüber nicht fair«, sagt er. »Wir sehen ja, wie sehr sie dich mag.«

Mom wischt sich die Tränen ab. Zu viel mehr ist sie in den letzten zweieinhalb Monaten nicht fähig.

»Ich mag sie auch! Ist es mir gegenüber fair?!«

»Du hast keine andere Wahl, aber ihr kannst du eine geben.«

Ich will aber nicht. Ich will nicht, dass sie sich gegen mich entscheiden kann.

Ich stürme aus dem Haus, hinein in einen wolkenverhangenen Dezember. Die Straßen in der Innenstadt sind mit vorweihnachtlichen Einkäufern überfüllt. Am liebsten würde ich zu Viki gehen, doch sie sitzt den ganzen Tag in der Schule und zittert auf ihren Mathetest morgen hin, weil sie nicht die geringste Ahnung davon hat, wie unwichtig er ist. Sie lebt noch in dieser anderen Welt, in der ich selbst bis vor kurzem steckte, einer Realität, die Schulnoten in etwas verwandelt, das scheinbar über Leben und Tod entscheidet. Wie lächerlich sich das jetzt anfühlt.

Mein blasses Spiegelbild taucht in einem Schaufenster auf. Ich trete näher ran, nur um es loszuwerden und die Schatten unter meinen Augen nicht mehr ansehen zu müssen. Mein Abbild verschwindet, und die Auslage wird für mich sichtbar. Ich weiß in der ersten Sekunde, dass ich es gefunden habe, das richtige Geschenk für sie. Etwas von mir, das niemals verrotten kann.

»Wenn wir ihn gravieren, können Sie ihn nicht mehr umtauschen.«

»Dann kauf ich ihr einen neuen.«

Die Dame räuspert sich etwas verschämt. »Sie müssen ihn vorher bezahlen«, erklärt sie mit rotem Hals. Was sie wirklich meint, ist: Kann so einer wie du sich das leisten?

Ich blättere die Scheine auf die Theke. Es ist nur Papier. Es bedeutet mir nichts mehr.

Jetzt wirkt ihr überschminktes Lächeln echt. Sie nimmt das Geld und versichert mir, dass sie ihn schön einpacken wird. Mit einer dicken rosa Schleife für meine Liebste, nehme ich an. Ich schnaube amüsiert, wenn ich an den Moment denke, in dem Viki das aufgemotzte Päckchen in ihren Händen dreht und ihre Wangen vor Scham brennen.

»Packen Sie ihn nicht ein. Ich habe eine bessere Idee.«

»Ganz wie Sie möchten.« Die Verkäuferin legt einen Papierbogen vor meine Nase und einen goldenen Kugelschreiber daneben. »Notieren Sie ihren Gravurwunsch bitte in gut leserlichen Blockbuchstaben.«

Ich atme tief durch. Da sind Worte in meinem Innern, die ich Viki gerne sagen würde, aber ich weiß nicht, ob sie schon bereit dafür ist. Andererseits: Wie lange will ich denn noch warten? Mein Vater hatte recht. Die Zeit für die Wahrheit läuft mir davon.

Ich liebe dich, *steht da in meiner Handschrift.*

»Wir sind in einer Bar, Jay. Deine Eltern sind zu Hause. Wir bringen dich ins Krankenhaus.«

Ich fürchte, dorthin schaffe ich es nicht mehr. Die Zeitungsreporter entzünden ihre altmodischen Magnesiumblitze, um das Todesopfer abzulichten, immer und immer wieder. Ihre Funken regnen auf mich herab und sickern in meinen Schädel. Ich will nicht fotografiert werden. Ich will nicht, dass Mom mich tot sehen muss.

»Es blendet …« Ich presse die Lider zusammen, weil die Bilder vor meinen Augen keinen Sinn mehr ergeben. Haare gleiten über meine Wangen. Ich rieche ihren Duft und spüre ihren Atem auf meiner Haut. Jetzt bereue ich meinen Wunsch, den ich zu Silvester in ihrem Zimmer eingelöst habe. Setze alles daran, noch einmal genug Luft zu bekommen, um ihn zu revidieren, bevor es vielleicht für immer zu spät ist. »Viki, lass mich … nicht …«

Lass mich nicht allein.

Das Ende.

Aber nein, da kommt noch etwas. Der Film dreht sich weiter, ich bin nicht mehr achtzehn, dieser Tag ist seit zweieinhalb Jahren vorüber. Ich habe den Tod besiegt. Was auch immer mich jetzt in seinen Klauen hält, ist nicht mal halb so kraftvoll. Ich reiße mich los und tauche durch meine Träume, strample mit den Füßen und recke mich hoch ins Licht. Mein Bewusstsein schimmert bereits über mir.

Irgendwo da oben ruft sie meinen Namen.

Viki

Jemand schreit aus Leibeskräften.

Es ist keine Stimme, ich schon einmal gehört habe. Sie dröhnt tief, wie von einem Mann, der von absoluter Panik erfüllt ist. Es ist die Art von Geschrei, wie ich sie mir in einem Schützengraben vorstelle, kurz nachdem eine Salve Patronen den Schädel deines Kumpels weggeblasen hat. Es klingt nach rasendem Schmerz, den man nicht für sich selbst empfindet.

Ich blinzle und entdecke das allergrößte Spinnennetz, das ich je gesehen habe. Es hängt nur wenige Zentimeter vor mir, direkt über dem weißen Polster, aus dem ich mein Gesicht erhebe. Durch die klaren Zwischenräume flackert eine kaputte Lampe herein, Chromstahl glänzt in ihrem Schein, vielleicht eine Stoßstange, aber merkwürdig verbogen.

Sitze ich in einem Auto? Es riecht nicht nach Phils Schrottkarre, und der Bandbus hat keine Airbags. Der Hauch eines Parfums schwebt in der Luft, nicht mehr als eine Erinnerung davon, trotzdem erkenne ich die Note. Es duftet nach dem blonden Haar von Jays Mutter. Natürlich, es ist ihr Wagen. Der BMW seiner Eltern.

Jay!

Ich will nach ihm sehen, doch mein Hals klemmt fest. Ungeduldig taste ich nach dem straffen Gurt, der in meine Kehle schneidet, und ziehe ihn etwas lockerer. Es reicht gerade aus, um meinen Kopf herumzudrehen.

Jays Gesicht liegt ebenfalls auf einem Airbag. Blut rinnt über seinen Mund, und die Nase darüber sieht aus, als wäre sie gebrochen. Seine

Atemzüge pfeifen aus dem rechten Loch, was mir zumindest die Gewissheit verschafft, dass er noch am Leben ist.

Ich schaffe meine linke Hand hinüber und fasse ihn kraftlos am Ellbogen. »Jay …«

Er rührt sich nicht.

Eine Bewegung im Augenwinkel zieht meine Aufmerksamkeit zur Straße. Da draußen vor der flackernden Lampe hockt ein dunkler Umriss auf dem Mittelstreifen und umklammert seinen Wintermantel auf dem Schoß. Er ist derjenige, der schreit. Scheiße, ich wusste nicht, dass ein erwachsener Mensch so brüllen kann.

Ich muss etwas unternehmen. »Jay … Jay, wach auf!«

Fuck. Ein Schmerz feuert durch meine Brust, der mir den Atem raubt. Ich huste schwer, um wieder Luft zu bekommen, und wische mir Schleim vom Mund. Mein Hinterkopf presst sich in die Polsterung und aus meinen zusammengepressten Augen rinnen Tränen. Irgendetwas stimmt mit meinem Körper nicht.

Dir bleibt keine Zeit für diese Gedanken, du musst Jay helfen!

Ich fülle meine protestierenden Lungen und riskiere einen weiteren Blick zu ihm. Er rührt sich jetzt, seine Stirn kraust sich auf dem Luftkissen. Das ist gut. Vielleicht braucht er nicht mehr viel, um endlich aufzuwachen, mit etwas Glück genügt ein Rütteln an seiner Schulter.

Keine Ahnung, wie viel Kraft mir bleibt. Diesmal will ich auf Nummer Sicher gehen und meine rechte Hand nach ihm ausstrecken, weil sie stärker ist. Aber ich schaffe es nicht, meinen Oberkörper so weit zu drehen, der Airbag oder der Gurt oder irgendetwas anderes hält mich am Sitz fest. Eine frische Welle von Schmerz überrollt mich, und kalter Schweiß bricht in meinem Nacken aus. Mir wird schlecht, und ich atme so tief durch, wie ich kann, da es eine blöde Idee wäre, mich hier drinnen zu übergeben. Keiner von uns beiden sieht so aus, als würde er sich demnächst aus dem Wagen befreien können.

»Jay?«, keuche ich. »Bist du okay?«

Worte allein genügen nicht. Noch immer sind seine Lider geschlossen, und sein Mund hängt offen da. Ein rotglänzender Spuckefaden tropft von seiner Unterlippe und landet auf dem weißen Polster darunter. Was, wenn das Blut nicht aus seiner Nase stammt? Wenn in seinem Innern noch etwas Schlimmeres zerbrochen ist?

Du drehst dich sofort rüber und hilfst ihm!

Meine Finger finden meinen Gurt, lösen ihn aus der Verankerung, und die Schnalle schleift über meine Brust. Ich beiße meine Zähne aufeinander, weil ich instinktiv weiß, dass es weh tun wird, und wuchte meinen Oberkörper zur Seite. Irgendetwas reißt aus meinem Rücken. Säße ich nicht schon, würde ich nun ohne Zweifel zusammenklappen. Für einen Moment, glaube ich, verschwinde ich tatsächlich. Als sich die Schwärze zurückzieht und ich die salzige Flüssigkeit in meiner Kehle hinunterschlucke, blicke ich direkt auf Jays Nacken vor mir.

»Wach bitte auf«, wispere ich.

Das Geschrei des fremden Mannes auf der Straße geht in ein Heulen über. Ich halte es für keine gute Idee, mich zurückzudrehen und nach ihm zu sehen. Dennoch schaffe ich es, meinen Hals so weit zu verbiegen, dass ich durch die Frontscheibe schauen kann – oder was von ihr übrig ist. Das Spinnennetz verwandelt sich in zerbrochenes Sicherheitsglas.

Der Mann kauert ein wenig anders da, das Licht von hinten erleuchtet seine Seite. Das ist gar kein Mantel, den er auf seinem Schoß hält. Was auch immer es sein mag, hat Beine und Finger und sogar einen schlaffen Kopf, der hinunterbaumelt. Es liegt auf eine Art und Weise verbogen in seinen Armen, die mein Herz zusammenkrampft und mein Gesicht wieder nach vorne dreht.

Ich muss Hilfe rufen. Wo ist mein Handy?

Kaputt, sickert es aus meiner Erinnerung. *Gott, ich fühle mich so müde …*

Denk nach, Viki! Schlaf um Himmels willen nicht ein!

Okay, ich hab's gleich, da ist etwas, was ich wissen sollte …

Natürlich! Als wir losgefahren sind, hat der Bordcomputer Jays

Smartphone auf dem Display angezeigt, er muss es dabeihaben. Jetzt ist die Elektronik in der Mittelkonsole tot, ausgerechnet in diesen Minuten, in denen wir die Freisprechanlage dringend brauchen würden. Wo könnte es sein? Er trägt kein Hemd, also bleibt nur seine Hose. Ich halte den Atem an, weil mir das Luftholen in der Lunge brennt, und strecke meine Hand zu seiner Gesäßtasche. *Hoffentlich steckt es auf der mir zugewandten Seite, sonst habe ich keine Chance, es zu erreichen.*

Tatsächlich klemmt etwas Hartes unterm Jeansstoff. Meine Fingerspitzen rutschen ab, und ich schließe die Augen, um meinem Tastsinn mehr Arbeitsspeicher zu geben. Es ist wirklich das Handy, meine Fingernägel kratzen über die Kopfhöreröffnung, erwischen die Kante, zupfen es ein Stück hervor, gerade weit genug, um es zwischen meine Finger zu klemmen. Vorsichtig ziehe ich es heraus und wage erst, meine Augen zu öffnen, als es sicher in meiner Hand liegt. Ich wische mit dem Daumen übers Display, aber er rutscht ab, weil er voller Blut ist.

Mein Blick schießt an Jays Seite, da kleben dunkelrote Abdrücke auf seiner Hosentasche. Ist er etwa noch schlimmer verletzt? Seine Gesichtsmuskeln regen sich, die Lippen zucken, und sein Adamsapfel hüpft im Hals. Mir bleibt keine Zeit, darauf zu warten, dass er aufwacht, denn ich habe keine Garantie dafür, dass er es tut. Wir brauchen dringend einen Krankenwagen.

Ich streife den Bildschirm an meiner Brust sauber, entdecke zwischen den roten Schlieren das Feld für den Zugangscode und kann mich nicht mehr an die Kombination erinnern. Was ist nur mit mir los?

Es gibt eine Taste für den Notruf, die keine Eingabe erfordert!

Ja, genau. Drei Ziffern. Drei verfluchte Ziffern schaffe ich.

Eine Stimme meldet sich. Sie sagt irgendwas, doch ich kann mich nicht richtig konzentrieren.

»Mein Freund braucht einen Notarzt«, flüstere ich.

»Wo sind Sie?«

Ich lache verzweifelt auf, aber das Geräusch wird in meiner Kehle abgewürgt. »Keine Ahnung.«

»Was sehen Sie?«

»Eine Straße …« Ich hebe den Kopf und blicke über Jays Rücken hinweg durchs Seitenfenster, das noch heil geblieben ist. Die Sonne befindet sich Stunden von uns entfernt, trotzdem genügt der Lichtsmog der Stadt, um die Umrisse am Horizont zu erkennen. Schwarze, kräftige Baumstämme mit dünnen Kronen ragen dort auf. Nein, so ein Unsinn, keine Bäume, sondern Schornsteine, riesige, qualmende Schlote, wie sie zu Fabrikgebäuden gehören.

»Industriegebiet …«

Was treibe ich hier draußen? Erinnere dich doch, Viki, wo kommst du her? Wo wolltest du hingehen?

Irgendwo in der Nähe habe ich jahrelang gearbeitet. Oder war das mein Vater? War ich auf dem Weg zu ihm? Ich sehe sie wieder vor mir, die dreckstarre Wohnung, seine zusammenfaulende Gestalt am Küchentisch, die schäumenden Bierspritzer an der Wand. Garantiert nicht, da will ich bestimmt nie mehr hin.

Ich möchte, dass du auf der Stelle gehst.

Hat er das zu mir gesagt? Die Stimme klingt falsch, viel zu weich, viel zu bedauernd. Sie gehört einem anderen. Einem Mann mit dünnen Oberarmen und roten Punkten im Gesicht. Nick, meinem Chef, er besitzt das –

»Flash … light …«

Meine Hand fällt herab, und das Handy poltert zu meinen Füßen runter. Hoffentlich ist es nicht zerbrochen, hoffentlich haben meine Informationen genügt, um Hilfe herzuholen, *schnell, schnell, schnell*, denn ich kann nichts mehr sagen. Meine Lunge ertrinkt.

Jay

Schwarz … Grau … Weiß … Ich tauche auf.

Die Wimpern meines linken Auges streifen über rauen Stoff, das rechte stellt sich nur mühsam scharf. Ein heller Bogen kommt zum Vorschein, dahinter ein dunkles Rechteck. Ich blinzle mehrmals und erkenne den kleinen Bildschirm des Autocomputers, davor befindet sich ein rundes Kissen, auf dem ich liege. Meine Nase fühlt sich an, als wäre ich einer Horde Zehntklässler in die Klauen geraten, denen meine Musik nicht gefällt. Am liebsten würde ich mich nicht bewegen, weil es die Schmerzen garantiert verschlimmert, aber ich muss herausfinden, was passiert ist.

Langsam richte ich mich auf und schmecke Blut auf meinen Lippen, das bereits in meinen Mundwinkeln trocknet. Meine Finger überprüfen die Stelle, an der sich früher meine Nase befunden hat, finden jedoch nur einen pochenden Hügel vor, der von Blutklumpen verklebt wird.

Jemand hat mir eins in die Fresse gehauen. Den rotbraunen Streifen auf dem Airbag nach zu urteilen, war es das verfluchte Auto. Die Windschutzscheibe ist zerbrochen. Wir hatten einen Unfall.

Wir …

Mein Kopf schnellt zur Beifahrerseite, und ich stoße meinen Dank in alle Himmelsrichtungen, weil Viki noch neben mir sitzt und ihr Airbag ebenfalls ausgelöst wurde. Das Gesicht ruht auf ihrer Schulter, ohne erkennbare Verletzungen. Ich löse meinen Gurt und fasse nach ihrer Wange.

»Hey, Viki, hörst du mich?«

Ihre Augen rollen unter den Wimpern, die nicht völlig geschlossen sind. Ihr Mund bewegt sich, bringt jedoch keinen Laut zustande. Die Lippen leuchten rot. Viel zu rot. Sie blutet doch.

Ich greife nach ihren Händen, da ich nicht weiß, was ich sonst tun soll. Ihre linke fühlt sich kühl an, die rechte hingegen warm und feucht. Mein Blick fällt hinab und erkennt, dass sie von scharlachroter Farbe überzogen ist, die aus dem Ärmel ihrer Lederjacke tropft. Irgendetwas hat das Material an ihrem Oberarm aufgeschlitzt.

Ich sehe mich um.

Ihr Seitenairbag hängt schlaff von der Tür, etwas hat auch ihn kaputt gemacht. Der Rahmen wurde nach innen gedrückt und die beigefarbene Plastikverschalung aufgebrochen. Splitter stehen von ihr ab, einer davon so lang wie ein Taschenmesser, seine unregelmäßige Klinge in noch mehr Blut getaucht.

Ich taste Vikis Seite ab, um herauszufinden, wie schwer sie verletzt wurde, aber außer den blutverschmierten Löchern im Leder fühle ich nichts. Die Jacke behindert mich. Soll ich sie ausziehen und riskieren, dass ich sie schlimmer verwunde? Oder anlassen und hilflos dabei zusehen, wie sie vielleicht vor mir verblutet?

Sie muss hier raus, ich brauche Platz, um sie mir genau anzusehen.

Ihr Sitz ist verbogen und lässt sich nicht nach hinten fahren. Zwischen der Rückenlehne und dem Vorderairbag bleibt mir nicht viel Raum, um zu manövrieren, außerdem habe ich keine Ahnung, wie es um ihre Beine steht. Auf keinen Fall darf ich an ihr ziehen, wenn, dann muss ich sie tragen.

»Viki, ich hebe dich jetzt hoch.«

Ein seltsam gurgelnder Laut dringt aus ihrer Kehle. Ihre Augen flattern. Ist sie etwa wach? Ist das alles, was von ihrem Bewusstsein noch übrig ist?

»Hab keine Angst«, flüstere ich, ohne zu wissen, wen von uns zweien ich damit meine. »Ich bin ganz nah bei dir.«

Ich greife ihre unverletzte Hand und lege sie über meine Schultern, ihr Gesicht rutscht über mein Schlüsselbein und sinkt an meinen Hals.

Vorsichtig bohren sich meine Finger zwischen der Lehne und ihrer Jacke hindurch, bis sie die andere Seite erreichen und sich um ihre Taille schlingen. Ihren verletzten Arm bette ich zwischen uns, damit er nicht runterfallen und ihr noch größere Schmerzen verursachen kann. Dann schiebe ich meine freie Hand unter ihre Kniekehlen und hebe sie behutsam hoch.

Meine Knie pressen sich in die Handbremse, mein Hinterkopf stößt an die Decke, und beide Ellbogen kratzen über den Türrahmen, während ich uns aus dem Auto schaffe. Doch ich registriere die Berührungen kaum, meine Haut stumpft zu einem Panzer ab, der sich um ihren weichen Körper biegt, um weiteren Schaden von ihr abzuhalten.

Draußen höre ich das Wimmern eines Mannes. Er marschiert am Straßenrand umher und rauft sich die Haare. Da steht noch ein zweiter Wagen, in dessen Windschutzscheibe ein riesiges Loch klafft. Ich erinnere mich nicht an den Aufprall, weiß nur, dass ich geradeaus auf einer Vorfahrtsstraße fuhr, auf der es eigentlich keinen Zusammenstoß hätte geben dürfen. Es spielt keine Rolle, wer an diesem Desaster schuld ist. Wir scheinen beide dafür zu bezahlen.

So sanft wie möglich setze ich Vikis Beine auf dem Gehsteig ab und stütze ihren Oberkörper mit meiner Brust. Meine Finger zittern, als ich den Reißverschluss der Jacke nach unten ziehe und ihr vorsichtig den Kragen über die Schultern stülpe. Der rechte Ärmel hat sich an ihrer Haut festgesaugt, und ich muss sie kurz mit dem Gesicht an mich lehnen, um beide Hände freizuhaben und sie von der Lederjacke zu befreien. Sie keucht auf, und jede Millisekunde, die ich fürs Ausziehen benötige, presst meine Zähne stärker aufeinander. Endlich habe ich es geschafft und kann sie auf die Jacke am Boden legen.

Einige Schnitte bluten auf ihrem Oberarm, tief genug, um von einem Arzt versorgt werden zu müssen, aber alles andere als lebensbedrohlich. Sie trägt die schwarze Arbeitsbluse des Flashlights, der Stoff glänzt an einigen Stellen ihrer Brust feucht, und ich öffne die Knöpfe, um ihre Haut abzutasten. Ihr BH rutscht unter meinen Fingern weg, weil etwas seinen Riemen durchtrennt hat, darunter spüre ich noch mehr Feuchtigkeit. Ein weiteres Mal will ich sie nicht hochheben, stattdessen packe ich das billige Material und reiße es langsam an seiner Schulternaht herunter. Ihr rechte Körperhälfte kommt zum Vorschein, doch statt Sommerbräune entblöße ich eine knallrote Lackschicht auf ihrer Haut. An der Seite direkt unter ihrer Armbeuge befindet sich ein winziges Loch, kleiner als der Durchmesser eines Bleistifts, aus dessen Öffnung dunkles Blut im Takt ihres Herzschlages pulsiert.

Rasch lege ich meine Hand darüber und weiß im selben Augenblick, dass es nicht genügen wird. Ihre Bluse ist bereits durchtränkt, und ich Vollidiot habe mir mein T-Shirt im Flashlight runterreißen lassen. Ich brauche etwas, das ich auf die Wunde pressen kann, um die Blutung zu stoppen, außer meinen Socken fällt mir jedoch nichts ein. Plötzlich erinnere ich mich ans Wischtuch, das auf der Fahrerseite im Türrahmen steckt, bestimmt ist es schmutzig, aber darauf kann ich jetzt keine Rücksicht nehmen.

Ich stolpere auf die Füße und zerre das Tuch heraus, dabei fällt eine Packung Taschentücher zwischen meine Schuhe. Meine Finger fummeln die Plastikhülle ab, während ich zurück an Vikis Seite stürze und alle zehn Stück auf einmal gegen ihre Wunde drücke, so fest ich kann, ohne sie von mir wegzuschieben. Ich sehe nicht nach, wie schnell sich die Baumwolle tränkt, weil ich den Druck keinesfalls vermindern will. Das Verklumpen der Öffnung ist die einzige Möglichkeit, um zu verhindern, dass sie noch mehr Blut verliert.

»Viki, hörst du mich?!« Meine Stimme ist nicht mehr sanft. Sie soll aufwachen.

Ihr Mund öffnet sich, doch aus ihrer Kehle dringt nur ein schreckliches, schleifendes Blubbern, das ihre Mundwinkel mit roten Pünktchen bespritzt.

Ich werfe meinen Kopf herum und finde den anderen Kerl, der jetzt mit dem Rücken am Vorderreifen seines Autos lehnt und in die Straßenlaterne darüber starrt.

»Hast du einen Krankenwagen gerufen?!«

Er reagiert nicht.

»Meine Freundin braucht einen Arzt!«

Keine Chance. Er befindet sich momentan nicht in dieser Welt.

Mein Handy! Ich presse die Tücher mit der rechten Hand an Vikis Körper und taste mit der linken meine Gesäßtaschen ab. Mit sinkendem Gefühl wird mir klar, dass es nicht da ist. *Ich muss es beim Stagediving verloren haben, ich beschissener Vollidiot! Warum habe ich das nur getan? Wieso habe ich dieses verfluchte Konzert überhaupt gehalten?! Wäre ich doch sofort mit Viki nach Hause gefahren!*

O Gott. Mein Kopf kippt in den Nacken, und ich atme tief durch. *Ich muss mich zusammenreißen. Ich darf jetzt nicht die Nerven verlieren.*

Ich blicke zu ihr runter. »Du musst weiteratmen, auch wenn es weh tut, hörst du? Du darfst auf keinen Fall damit aufhören!«

Das Geräusch, das aus ihrem Hals kommt, bringt mich um. Es hört sich an, als würde ich sie mit aller Gewalt unter Wasser drücken, als wäre da nicht mehr viel Luft in ihren Lungen übrig, die noch nach oben steigen kann. Ich presse meine Lider aufeinander und bete um ein vorbeifahrendes Auto, das uns entdeckt und die Rettung alarmiert. *Verdammt, wo steckt Dave? Sollten die Jungs den Bus nicht längst beladen haben und auf dem Weg hierher sein?*

Sie hustet.

Mit schlotternder Hand neige ich ihr Gesicht zur Seite, damit das frische Blut aus ihrem Mund herausrinnt und sie nicht daran erstickt. Das zerbrochene Plastikteil in der Tür muss ihre Lunge angestochen haben, zumindest einen Flügel. Ich hoffe, dass der andere noch eine Weile durchhält.

Ich hab das vor zweieinhalb Jahren nicht überlebt, um sie jetzt zu verlieren. Falls es so etwas wie ein Schicksal gibt, eine kleine schwarze Liste, die der Sensenmann abarbeiten muss, dann will ich nicht, dass sie meinen Platz einnimmt, nur weil ich ihm haarscharf entronnen bin. Wenn jemand von uns beiden gehen muss, da sonst das Gefüge dieses grenzenlosen, gewaltigen Universums auseinanderbricht, dann lass mich es sein. Bitte, Gott, sie darf nicht sterben.

Plötzlich heulen die Sirenen eines Rettungswagens auf. Ich wage es kaum, meinen Ohren zu trauen, halte es für einen miesen Scherz meines Gehirns, das diese Situation für mich erträglicher machen will. Aber die Geräusche schwellen an, und die Nacht flackert in blauem Blitzgewitter auf.

Es dauert unendlich lange, bis sie bei uns sind. Vikis Oberkörper buckelt unter den Händen der Sanitäter, und einer redet davon, dass ihre Lungen kollabieren. Sie rufen den Notarzt rüber, der sich über eine dunkle Form auf der Straße gebeugt hat, die ich bisher übersehen hatte. Da liegt noch ein weiterer Mensch, doch die nüchternen Gesichter der Umstehenden verraten mir, dass die Wiederbelebungsmaßnahmen an seinem verdrehten Körper nichts weiter als eine Show für den hinterbliebenen Mitfahrer sind. *Vielleicht gilt das auch für mich und sie wissen längst, dass sie keine Chance mehr hat.*

»Bitte, Sie müssen zur Seite gehen.« Eine Frau greift mich an den Oberarmen und drückt mich von Viki weg. »Der Arzt braucht mehr Platz.«

Ich betrachte meine Faust und registriere erst jetzt, dass ich aufrecht stehe und Viki nicht mehr berühre. Alles, was ich von ihr festhalte, ist ein dunkelrot durchtränkter Stoffballen, der vor meinen Augen verschwimmt. Idiotischerweise fällt mir in diesem Moment der Verbandskasten im Kofferraum ein. Einer der Sanitäter reicht dem Notarzt eine lange, merkwürdige Spritze. Sie wischen eine Stelle ihrer Brust dafür sauber.

»Sie ist schwanger«, wispere ich.

Die Sanitäterin wechselt einen unbehaglichen Blick mit ihrem Kollegen und nimmt ihm eine Wolldecke ab. Sie wickelt den Stoff um meine Schultern, obwohl mir alles andere als kalt ist. Um genau zu sein, fühle ich an der Oberfläche meines Körpers rein gar nichts mehr.

»Wir tun alles, um das Leben ihrer Freundin zu retten«, sagt sie.

Viki

Ich stehe in unserer lichtdurchfluteten Küche. Jay muss gerade erst eingezogen sein, so weiß leuchten die frisch gestrichenen Wände. All das Chaos meines früheren Lebens ist verschwunden und wurde von bunten Tassen, witzigen Sprüchebrettchen und einem protzigen Kaffeevollautomaten ersetzt. *Meine ausgepressten Socken schmecken besser als dein Filterkaffee*, erklärt seine Stimme in meinem Hinterkopf. *Ohne einen ordentlichen Espresso komme ich morgens nicht in die Gänge. Es sei denn, natürlich, du kümmerst dich darum …*

Jemand anders steht jetzt vor der Maschine. Eine Frau mit braunen schulterlangen Haaren, deren Spitzen sie nach außen geföhnt hat. Sie trägt eine blaue Jeanslatzhose und darunter ein weißes Hemd. Ihr erhobener Zeigefinger schwebt unschlüssig über den Tasten.

»Wie sind Sie hereingekommen?«

Offenbar hat sie mich erwartet, denn meine Anwesenheit überrascht sie nicht. Sie dreht sich nicht mal um. »Ich habe doch einen Schlüssel, Viki.«

Ich sollte zu ihr rübergehen, sie an der Schulter packen und eine Erklärung von ihr verlangen, aber in meinen Knochen breitet sich eine eigenartige Zurückhaltung aus. Etwas an ihrer Erscheinung kommt mir bekannt vor, als hätte ich so ein ähnliches Bild schon gesehen, ein zum Greifen nahes Déjà-vu.

»Wer sind Sie?«

»Ich kenne mich mit diesen modernen Automaten einfach nicht aus. Wofür sind all die Knöpfe?« Sie wirft die Hände in die Luft und wirbelt herum. »Ich möchte bloß einen schwarzen Kaffee!«

Mein Hintern stößt gegen das Küchenregal. Eine Dose Spiralnudeln kracht neben meine Füße und streut ihren Inhalt über den Fußboden. Ein Geräusch, das für gewöhnlich Kid anlocken würde, doch der Hund taucht nicht auf.

»Jaaay?!«, rufe ich nach hinten, ohne die Frau aus den Augen zu lassen.

»Er ist draußen auf der Straße.« Meine Mutter lächelt und bückt sich nach den Nudeln, um sie einzeln mit den Fingern aufzupicken. Ihr Gesicht macht mir Angst, es sollte sich nicht bewegen. Es ist beinahe so, als wäre eine meiner Puppen plötzlich zum Leben erwacht und würde mit mir sprechen. Was natürlich Unsinn ist, denn ich besitze längst keine mehr.

Ich quetsche mich am Küchentisch vorbei und werfe einen gehetzten Blick zum Fenster raus. Die Sonne blendet so grell, dass ich kaum etwas erkenne, was seltsam ist, da sie normalerweise vom gegenüberliegenden Haus blockiert wird. Die Straße ist wie leergefegt.

»Nicht diese Straße, Schätzchen, da draußen ist helllichter Tag.« Sie richtet sich auf und schüttelt schmunzelnd den Kopf, als hätte sie schon damit gerechnet, dass ich es nicht begreife. »Dein Freund befindet sich in der Nacht.«

»Die Nudeln sind weg.«

»Wie bitte?«

Ich schlucke einen harten Kloß in meinem Hals, der nicht völlig verschwinden will. »Du hast gerade noch meine Sauerei aufgeräumt, und jetzt ist alles sauber. Die Nudeln stehen wieder im Regal.«

Sie klatscht sich den Staub von den Fingern und zuckt die Schultern. »Na, umso besser.«

»Du bist nicht hier«, hauche ich. »Ich träume nur.«

Sie zieht ihre Augenbrauen hoch, als würde sie kein Wort von dem glauben, was ich von mir gebe. »Wie wäre es, wenn du eine Bedienungsanleitung für die Kaffeemaschine herträumst und wir uns mit einer heißen Tasse an den Tisch setzen?«

Sie hat meine Augen, wird mir klar, *nicht nur die moosgrüne Farbe, sondern auch etwas in ihrem Ausdruck sieht genauso aus wie ich. Etwas, was dieses Porträt in meiner Schublade nicht einfangen konnte, weil es sich nicht bewegen kann.*

Aber natürlich, das ist es, was mich stört!

»Du siehst haargenau so aus wie auf dem Foto«, krächze ich und begreife es im selben Moment. »Weil du nichts anderes als eine Vorstellung meines Unterbewusstseins bist, das meine Erinnerungen durcheinandermischt. Du trägst sogar dieselbe Latzhose und …« Erst jetzt fällt mir auf, dass die Hosenbeine bis zu den Knien heraufgerollt sind und sie barfuß vor mir steht. »Und du hast keine Schuhe an, weil die Aufnahme unter der Brust abgeschnitten ist und ich schlichtweg nicht weiß, welche du an diesem Tag getragen hast.«

Ihr Lächeln breitet sich aus. »Hast du nicht selbst gerade noch gedacht, dass du etwas in mir erkennst, was dieses alte Foto nicht wiedergeben konnte? Wenn ich bloß gewusst hätte, dass du es all die Jahre aufbewahrst, dann hätte ich mich etwas netter zurechtgemacht. Wir sollten uns setzen, der Kaffee wird kalt.«

Zwei dampfende Tassen stehen auf dem Küchentisch. Ich brauche mich nicht hinzusetzen, denn ich tue es schon. Meine Mutter sitzt mir gegenüber, auf dem besten Platz am Tisch, den Jay bereits am ersten Morgen für sich beschlagnahmt hat, weil es ihn anscheinend deprimiert, beim Essen auf eine Wand zu starren. Sie fummelt eine kleine Schachtel aus der Brusttasche ihrer Hose und zieht eine weißleuchtende Zigarette heraus. Der Anblick dreht mir den Magen um.

»Das ist nicht dein Ernst«, würge ich hervor.

Sie schwenkt die Kippe in einer gleichgültigen Geste. »Ich schaue sie nur an! Meine Güte, du solltest mal dein Gesicht sehen, Schätzchen, du bist ja käseweiß! In meinen Umständen stecke ich mir doch keine an.«

Ihre plötzlich leere Hand sinkt, und sie streichelt über ihren dicken Babybauch, der vor einer Sekunde noch nicht da war. »Es wird garantiert ein Junge, fühl mal, wie er mich tritt! Oh! Schon wieder! Vielleicht werden es auch zwei, ich glaube, die raufen gerade miteinander.«

Das Atmen fällt mir schwer. »Du hast ein Mädchen bekommen. Bereits vor Jahren, erinnerst du dich nicht? Hinten auf dem Porträt steht ein Datum, ich weiß, wann es aufgenommen wurde. Du wirst in ein paar Monaten einen lästigen Husten kriegen, der einfach nicht mehr weggeht, selbst über den Sommer nicht. Erst im September gehst du deswegen zum Arzt. Eine Woche später liegst du im Krankenhaus. Du verlierst deine Haare, und Tante Elsa und ich kaufen dir neue, mit roten Strähnen drin. Ich darf dich nicht mehr sehen, weil dein Immunsystem zu schwach ist. Dann bist du tot.«

Sie reckt sich zu mir rüber und legt ihre dünne, kalte Hand auf meine Finger. »Das tut mir leid, Schätzchen.«

Mein Kopf knickt herab, und stumme Tränen fallen auf den Tisch. »Du bist gar nicht hier.«

»Wie kommst du darauf?« Sie lacht. »Du siehst mich doch!«

Ich springe so heftig vom Stuhl auf, dass er nach hinten auf den Boden kracht. Meine Handflächen donnern auf die Tischplatte. »Nein, das bist du nicht!«, brülle ich. »Ich habe dich *angebettelt*, dass du mit mir sprichst! Habe *gebetet*, dass die verdammte Lampe flackert oder ein Bild von der Wand fällt oder am Morgen plötzlich ein Glas Milch mit Keksen auf dem Nachttisch steht! Da war nie was! Nie! Es gibt kein Leben nach dem Tod!«

Sie erhebt sich und stellt sich vor mich hin. »Aber natürlich gibt es das. Es steht vor mir.« Ihr Zeigefinger stupst mir sachte an die Brust, doch es fühlt sich an, als würde sie eine Nadel in mich hineinstoßen.

Ich weiche zurück und schnappe nach Luft, die es nur mühsam durch meine Kehle schafft und dabei ein Geräusch produziert, als würde ich einen letzten Rest Flüssigkeit durch einen Strohhalm saugen.

Meine Mutter hat sich wieder verändert. Der dicke Bauch ist verschwunden, und einer der Latzhosenträger hängt über ihre Schulter herab. Sie trägt jetzt ein kleines Baby auf dem Arm, eingewickelt in ein hellblaues Baumwolltuch, vielleicht, weil sie einen Jungen erwartet hat. Das Kind hat kohlrabenschwarze, hauchdünne Haare. Seine Augen sind zugekniffen, die winzigen Fingernägelchen erstaunlich lang. Sie wiegt es auf ihrem Arm und summt ein Lied, das mir bekannt vorkommt.

»Bin ich das?«

Sie blickt unter ihren Wimpern auf und lächelt amüsiert. »Dummerchen, du sprichst doch gerade mit mir.«

Ich will dieses Spiel nicht länger mitmachen. Langsam beschleicht mich eine Ahnung, dass sie mich von etwas ablenkt, etwas Wichtigem, das ich dringend erledigen sollte.

»Wieso sieht es mir dann ähnlich?«, fauche ich.

Sie streichelt mit der Fingerkuppe über seine kleine Nase. Es mag die Berührung nicht, dreht den Kopf zur Seite und blinzelt mich an. Seine Augen leuchten wasserblau.

»Weil es ein Teil von dir ist«, antwortet sie.

Wir befinden uns nicht mehr in der Küche. Jetzt stehen wir auf offener Straße, ein dunkelgrauer Himmel hängt über uns, und ein flackerndes blaues Leuchten liegt auf dem Teer. Ich wirble herum und entdecke hinter mir die Szene eines Verkehrsunfalls. Zwei zu Schrott gefahrene Autos, eines mit durchbrochener Windschutzscheibe, das andere mit eingedellter Seite. Dazwischen zwei Krankenwagen und jede Menge Leute, die alle dieselbe Kleidung tragen. Jemand breitet ein Tuch über eine Form am Boden aus.

Ich wende mich ab und starre auf meine Schuhe. »Was geht da vor?«

»Du weißt es.«

Die entblößten Waden meiner Mutter schimmern weißblau. Habe ich mir die Augenfarbe des Kindes vorhin nur eingebildet? War es nichts weiter als eine Reflexion des Blaulichts der Einsatzfahrzeuge? Ich möchte es nicht mehr ansehen, um mich zu vergewissern. Plötzlich habe ich Angst davor, noch jemand anderen in seinem kleinen Gesicht zu erkennen.

Das Kind fängt an zu weinen, und meine Mutter tritt von einem Fuß auf den anderen. »Puh, ganz schön kalt hier draußen. Du musst dich langsam mal entscheiden, wohin du willst.«

Sie hat recht. Ich sollte nicht länger in meiner Vergangenheit nach einer Liebe stochern, die ich nie mehr erreichen kann. Nicht, wenn alles, was ich brauche, sich im Hier und Jetzt befindet.

Meine Augen brennen. »Ich möchte zu Jay.«

»Dann geh zu ihm.«

Ein VW-Bus braust so dicht an mir vorbei, dass ich erschrocken zurückweiche. »He, pass doch auf!«

Die alten Bremsen quietschen, und die Reifen stehen kaum, da springt bereits die Fahrertür auf und ein junger Mann mit lila Haaren stürmt über die Straße. Er rennt auf einen Rettungswagen zu, nein, auf den blonden Kerl, der danebensteht und unter seiner Wolldecke zittert. Sie umarmen sich. Eine Trage rollt vor, und beide starren mit blassen Gesichtern auf die Person, die regungslos daraufliegt. Ein Sanitäter hält einen Tropfbeutel über ihren blutverschmierten Oberkörper. Sie hat dunkle Haare.

»Sterbe ich?«

Mama antwortet nicht mehr. Mit einem Mal fühlt es sich so an, als wäre ich völlig alleine, als wäre eine Präsenz verschwunden, die ich mit einem Sinn wahrgenommen habe, für den ich keinen Namen kenne. Mein Kopf neigt sich widerwillig über die Schulter und erblickt nur nackten, leeren Asphalt.

Ich habe mich geirrt, denke ich noch, bevor sich die Welt in einen schwarzen Strudel verwandelt und mein Bewusstsein verschlingt. *Es ist keine Bürde, Entscheidungen treffen zu müssen. Sondern ein Luxus, sich eine Zukunft aussuchen zu können.*

Epilog
Viki

Ich schlittere über die abgewetzten Stufen runter zur U-Bahn, packe das Geländer am Ende der Treppe und schwinge mich um die Ecke, im selben Moment ertönt das Warnzeichen für die schließenden Türen. Studenten verstopfen den nächstgelegenen Wagen, einige davon erkenne ich aus meinem Kurs, sie werden zusammenrücken müssen. Ich stürme auf sie zu, springe über die Schwelle und dränge mich in eine Wand aus Schultern und Tragetaschen.

»Danke!«, rufe ich über ihre irritierten Blicke hinweg. Keiner wagt es, sich über meine Einstiegsmethode zu beschweren, mein Ruf eilt mir wohl voraus.

Eine zierliche Braunhaarige lächelt mich an. Sie klammert noch immer ihre Tasche an die Brust, als hätte sie befürchtet, dass ich sie aus ihrer Hand reiße und mir damit einen netten Abend in der Innenstadt mache. Ich erinnere mich an sie. An ihre gebückte Haltung in der ersten Reihe, weil sie jedes Wort der Vorlesung mitschreibt. »Wegen der Leseliste …«

Wir tauchen in eine Diskussion ab. Es tut so gut, meinen Kopf wieder mit neuen Informationen zu füllen, einer anderen Welt jenseits meiner eingefahrenen Routine. Trotz der stickigen Enge und einiger Ellbogen, die sich, in meinen Rücken bohren, fliegt die Zeit nur so dahin. Der Wagen leert sich, je näher wir den äußeren Stadtteilen kommen, und die Brünette verschwindet mit leuchtenden Augen. Ein Sitzplatz wird für mich frei, doch ich ziehe es vor, an der Tür zu stehen und auf den Moment zu warten, in dem wir aus dem Tunnel schießen.

Sonnenlicht fließt über mein Gesicht. Die grauen Fassaden schrumpfen und färben sich bunt, das Grün der Vorgärten breitet sich aus. Ich kann es kaum erwarten, aus der Bahn zu steigen und die klare Luft hier draußen tief in meine Lunge zu saugen, ein Ritual, das man erst richtig zu schätzen weiß, wenn man einst minutenlang glaubte, zu ersticken.

Die Bäckerei lockt mich mit ihrem Feierabendangebot, aber ich bin bereits spät dran und kann Mel nicht wegen ein paar Zimtschnecken versetzen. Ich biege vor dem Blumengeschäft ab und streife die Friedhofsmauer am Straßenende nur mit meinen Blicken. Später habe ich alle Zeit der Welt, um nach dem Grab meiner Mutter zu sehen. Es mag makaber klingen, dass ich in meiner Freizeit am liebsten über den Friedhof spaziere, doch ich liebe die friedliche Stille dort. Sie ist ein wunderbarer Gegenpol zu meinem turbulenten Alltag.

Das weinrote Häuschen drückt sich unter eine riesige Weide an der Biegung der Seitenstraße. Der Holzzaun sollte gestrichen werden; die abblätternde Lasur verschwindet unter einem dicken Filzwerk von unterschiedlichsten Kletterpflanzen. Efeu, Blauregen, Geißblatt und Kapuzinerkresse neigen ihre Köpfchen unter meinen vorüberstreifenden Fingern. Das rostige Gartentor quietscht in seinen Angeln, meine Füße treten auf hellen Kies. Auf jedem Quadratzentimeter des schmalen Vorgartens blühen die Sonderangebote aus dem Blumenladen von Mels Mutter; selbst jetzt lehnt eine neue Tüte mit einem zarten Pflänzchen im Schatten neben der Haustür und wartet auf ein freies Plätzchen hier irgendwo. Mel kann es einfach nicht lassen.

Vielleicht hat sie schon hinter dem Sichtfenster gelauert, denn plötzlich springt die Tür auf, und Mel tritt aus dem Haus. Ihre Lockenpracht türmt sich zu einem weichen Knoten, dem einige Strähnen entwischen und in ihr sommersprossiges Gesicht fallen. Sie streicht die Haare ungeduldig weg und entblößt ihre strahlenden Augen, die von Jahr zu Jahr von mehr Lachfalten eingerahmt werden. Das Baby auf ihrem Arm spielt mit einer losen Locke.

»Nur die grauen ausreißen«, ermahnt sie das Kind mit liebevoller Stimme.

Ich strecke dem Baby meinen Zeigefinger hin und streichle seine rosa Bäckchen. »Sorry, ich bin spät dran. Ein paar Studenten haben mich nach der Vorlesung eingekreist und damit gedroht, mich zu skalpieren, wenn ich ihnen nicht was über die Klausur verrate.«

»Schon okay.« Mel winkt ab und macht auf der Schwelle kehrt. »Das Theater rennt mir nicht davon. Es besteht aus solidem Stahlbeton.«

Ich folge ihr ins schattige Innere des alten Hauses. Die langweilige Tapete im Flur wurde heruntergerissen und entblößt eine noch hässlichere Blumentapete darunter. Auf den Stufen zum oberen Stockwerk stapeln sich Spachteln, Pinsel und brandneue Farbtöpfe in Türkis und Buttergold. Der Geruch nach Lösemitteln und Renovierung schwebt hauchzart in der Luft. Wir betreten die Holzküche, deren Schränke und Regale so oft mit Naturweiß überpinselt wurden, dass die einst harten Kanten von der Farbe abgerundet sind. Vor dem Fenster schwanken gelbe Rosen im Wind.

»Sie hat gegessen«, rattert Mel die übliche Liste herunter. »Allerdings landete die Hälfte des Babybreis auf meiner Hose, deshalb könnte es sein, dass sie später Hunger kriegt. Ich hab das angebrochene Glas in den Kühlschrank gestellt und Alufolie drübergemacht, weil mir der Deckel auf mysteriöse Art und Weise abhandengekommen ist. Du findest ihn in einer Schatzkiste im Kräuterbeet wieder, die vorher jedoch erst vergraben werden musste, zumindest behaupteten das die Rabauken, die ihn mir gestohlen haben. Die Windel ist frisch und dürfte eine Weile durchhalten, außerdem wird sie wahrscheinlich bald müde, denn sie hat den gesamten Mittagsschlaf damit verbracht, ihre Augen offen zu halten und mir davonzukrabbeln. Der Windelkorb steht –«

»Mel, ich weiß, wo alles ist.« Ich kann mir ein Schmunzeln nicht verkneifen. »Du solltest dich wirklich auf den Weg machen, das Theater rennt dir zwar nicht davon, aber der süße Soziologe vielleicht schon.«

Sie schiebt ihre Unterlippe vor. »Dann wäre er es sowieso nicht wert.«

»Na los, gib mir dir Kleine und geh.« Ich halte meine Hände hin und nehme das Kind auf den Arm. Ihre feinen Härchen duften nach Mels blumigem Parfum, und sie packt den Kragen meiner nigelnagelneuen Unibluse, um ihn in eine Form zu zerren, die ihr besser gefällt.

Mel schnappt sich ihre Handtasche von der Kommode und wirft einen kurzen Blick hinein, um zu überprüfen, ob die Jungs wieder ihr Handy geklaut haben. Ich trete zu ihr rüber und hole einen Fünfziger aus der Schublade.

»Was soll denn das?«, beschwert sie sich, als ich ihr das Geld vor die Nase halte. »Denkst du eigentlich, dass ich mich mit drei Stunden Shakespeare langweile, ohne einen Hintergedanken zu haben? Deine Zeit, um dich bei mir zu revanchieren, wird schon kommen, sei es mit oder ohne Soziologe.«

Ich stecke den Schein in meine Hosentasche. »Also gut, kommst du am Sonntag wenigstens zum Essen? Du kannst den potentiellen Vater deiner zukünftigen Kinder mitbringen, wenn du willst.«

Sie verengt ihre Augen. »Und ihn bereits beim dritten Date deiner wild gewordenen Horde aussetzen? Tut mir leid, ich muss los. Sag Bescheid, wenn du wieder jemanden zum Babysitten brauchst.«

Damit rauscht sie aus der Tür.

Ich trete zurück ans Küchenfenster und werfe einen Blick in den Garten. Auf dem Rasen liegen Holzstücke herum, oder besser gesagt, an der Stelle, wo früher mal die Wiese war. Jetzt zieht sich ein aufgebuddelter Graben quer übers Grundstück, in dem die letzten Wasserpfützen einer Sturmflut glitzern, die unser Gartenschlauch verursacht hat. Die abgesägten Holzbretter verteilen sich bis zum Apfelbaum, in dessen knorrige Rinde drei schiefe Brettchen genagelt wurden, um als Leiter zu dienen. Ein Fuß verschwindet gerade in der dichtbelaubten Krone. Darunter im Schatten schwebt eine Traube Luftballons, die an –

Ich öffne die Terrassentür und rufe hinaus. »Ihr dürft die Ballons nicht an Kid festbinden! Komm her, alter Junge!«

Er hört nicht mehr gut, aber ich stehe in seinem Blickfeld, und er registriert mich dennoch. Mühsam hievt er sich auf seine Pfoten und trottet zu mir herüber. Der Graben bedeutet für seine Hüfte eine Herausforderung, und er umrundet das Hindernis in einem weiten Bogen, bevor er in die Küche tappt und meine runtergestreckte Hand ableckt. Ich befreie ihn von den Luftballons, die an seinem Halsband festgeknotet wurden, um ihn in ein Seeungeheuer oder irgendein anderes Monster zu verwandeln, das sich die Jungs ausgedacht haben. Gähnend verzieht er sich unter den Tisch.

Ich höre das Klicken der Haustür. »Oh, du bist schon da?«

»Ich wollte nachsehen, ob du deinen ersten Tag als Dozentin überlebt hast«, dröhnt es aus dem Flur.

Eine Sekunde später poltert Jay in die Küche, kopfüber beladen mit Einkaufstüten und zusammengerollten Architektenplänen. Er drückt zuerst Niki und dann mir einen Kuss auf die Stirn, bevor er das Zeug auf dem Küchentisch abstellt. Einer der Pläne rollt auf und offenbart die Vision eines neuen Wohnzimmers, dessen Südwand nur noch aus Glas besteht. Wenn wir unseren Kredit in dreihundert Jahren abbezahlt haben, können wir uns so einen Umbau vielleicht sogar leisten.

Jay stellt eine Tüte in mein Blickfeld und stemmt zufrieden seine Arme in die Hüften. »Ich habe was Unglaubliches entdeckt. Die musst du dir ansehen.«

Ich reiche ihm Niki rüber, damit ich beide Hände freihabe, und ziehe einen Karton in der Größe einer halben Schuhschachtel hervor. »Mir ist klar, dass wir sparen müssen, aber du musst dir die Schuhe deswegen nicht einzeln kaufen.«

Er strahlt mich an. »Mach es auf.«

Ich öffne den Deckel und schlage das Papier zur Seite. »O Mann, sind das echte Converse? Ich will gar nicht wissen, was die gekostet haben.«

»Selbstverständlich sind die echt.« Er nimmt die grauen Baby-Chucks heraus und hält sie vor sein ausgestrecktes Bein. Mal abgesehen davon, dass seine eigenen Chucks an den Fersen durchgerissen und der Stoff von endlosen Schlammschlachten mit den Kindern verfärbt ist, sind die beiden Modelle identisch. Wenn man den Größenunterschied von fast dreißig Nummern ignoriert. »Sind die nicht geil?«

»Die sind phantastisch«, hauche ich. »Das solltest du dem Mitarbeiter sagen, bevor du sie umtauschst.«

»Die gebe ich nicht zurück«, knurrt er.

Ich streiche eine helle Strähne aus Nikis Augen. »Aber sie wächst doch in ein paar Monaten raus, und die Dinger sind nicht gerade billig.«

Er steckt die Schuhe in den Karton und kann sich nur schwer ein Grinsen verkneifen. »Eigentlich wollte ich dir das erst heute Abend sagen, wenn wir mal eine Minute für uns haben. Bei einem Glas Sekt in der Badewanne, während ich deine Füße massiere und meine Finger langsam über deine Beine nach oben gleiten –«

»Du schweifst ab.«

Sein Lachen erreicht die Ausmaße einer Sonneneruption. »Wir haben den Auftrag für die Stadtbrücke bekommen.«

»Nein!« Ich schlage mir eine Hand an die Brust. »Heißt das …«

Seine blauen Augen blitzen. »Selbstverständlich habe ich darauf bestanden, dass meine Eltern mich wie jeden anderen Mitarbeiter bezahlen und keinerlei Rücksicht darauf nehmen sollen, dass ich ihre Enkelkinder über den Winter bringen muss. Sie wollten mir trotzdem eine Gehaltserhöhung geben, ist das nicht nett?«

Ich quietsche auf und schlinge einen Arm um seinen Hals.

Niki gefällt die abrupte Bewegung nicht, und sie fängt an zu weinen. Rasch ziehe ich mich zurück und küsse sie zum Trost auf die Stirn, aber wenn sie einmal ihre Sirene aufdreht, kann niemand sie aufhalten. Ich werfe einen entschuldigenden Blick rauf zu Jay, der nur kühl mit den Schultern zuckt.

»Jahrelange Rockkonzerte härten dich ab«, ruft er über ihr Aufheulen hinweg. »Sie ist nicht lauter als Daves Drum-Solo!«

»Was?«, brülle ich zurück. »Könntest du bitte in mein rechtes Ohr schreien, mein linkes ist bereits abgestorben!«

Jay schwingt Niki hinauf an die Zimmerdecke. Mir wird jedes Mal schlecht davon, doch für unsere Tochter gibt es nichts Schöneres. Ihr Kreischen verwandelt sich in ein ohrenbetäubendes Quietschen. »Hörst du diese Wahnsinnsstimme?! Das ist unglaublich! Sie wird ein Punkrocksänger, wie ihr Vater.«

Die Kleine himmelt ihn mit riesigen wasserblauen Augen an. Wir haben Wetten unserer Freunde darauf angenommen, wem von uns beiden sie ähnlicher sehen wird (hauptsächlich, um ihnen das Geld abzuknöpfen), und Jays Befürworter haben diesmal mit Abstand gewonnen.

Er strahlt seine Tochter an. »Wir müssen aufpassen, dass sie nicht schrecklich eingebildet wird. Du musst sie dir nur ansehen, sie ist das schönste Mädchen der Welt.«

Ich streichle ihre hellblonden Haare. »Sie kommt nach ihrem Vater.«

»Nur keine falsche Bescheidenheit, sie sieht dir auch ähnlich.« Er nimmt ein Beinchen und winkt mit ihrem Fuß. »Hast du ihre knubbeligen Knie gesehen?«

Ich boxe ihm in die Schulter, und er grinst frech.

»Hör nicht auf ihn, Nikole Stein. Du bist eine eigenständige und selbstbewusste Frau mit einem Körper, der genau so ist, wie er sein soll.«

»Apropos.« Jay setzt Niki auf seine Brust. »Wir sollten dringend über ihren komischen Namen sprechen. Der Klang gefällt mir nicht. Was hältst du von Nikole Feretty?«

»Eher friert die Hölle zu.«

»Bist du dir sicher?« Er schmunzelt. »Viktoria Feretty hat so etwas Ehrfürchtiges. Es hört sich nach einer berühmten Modedesignerin an.«

»Glücklicherweise definiert sich die Frau von heute nicht mehr über den Namen eines Mannes«, erwidere ich. »Mal abgesehen davon, dass die Frau von heute ihren Freund kastrieren würde, wenn er ihr einen unterschwelligen Heiratsantrag macht, während das Baby über seine Schulter bricht.«

»Schon wieder?« Er hält Niki nach oben, mit dem Resultat, dass sie auch die Vorderseite seines Hemds erwischt. »Und ich dachte immer, in meinem Alter kotzt mich keiner mehr an …«

Ich nehme ihm die Kleine ab, damit er das Shirt ausziehen und sich saubermachen kann. Eventuell bleiben meine Blicke etwas zu lange an seinem nackten Oberkörper haften, denn als ich aufsehe, spannt sich ein verführerisches Grinsen über sein Gesicht.

»Was den Sekt in der Badewanne angeht«, würge ich mit trockener Kehle hervor. »Können wir das gleich machen? Ich fühle mich schmutzig.«

»Wo sind die Jungs?«

Ich nicke nach draußen. »Zerstören den Garten, wie du es ihnen beigebracht hast.«

Er tritt ans Fenster, um sich das Schlachtfeld selbst anzusehen. »Spinnen die? Die können doch nicht ohne mich anfangen!«

»Es sind noch ein paar Rasenstücke heil geblieben, die sie garantiert eine Weile beschäftigen werden«, raune ich. »Und Niki hat ihr Mittagsschläfchen durchgemacht, sie kann ihre Augen kaum mehr offen halten …«

Er linst zu mir rüber. »So eine Gelegenheit sollten wir nicht ungenutzt verstreichen lassen.«

Ich beiße auf meine Unterlippe. »Auf keinen Fall.«

Sein Gesicht neigt sich zu mir herab, und meine Augen schließen sich von selbst. Ich habe ihn so oft berührt, tausendmal in den vergangenen Jahren, dennoch rauscht seine Nähe mit einem Kribbeln durch meine Brust und sinkt glühend in meinen Magen. Vielleicht, weil ich ihn nie für selbstverständlich genommen habe.

Eingerollt zwischen unseren Oberkörpern, vermischen sich Nikis Schlafgeräusche mit den zarten Lauten unserer Berührungen. Seine Hände legen sich um meine Wangen und ziehen mich tiefer in den Kuss, bis ich vollkommen darin abtauche und ihn eine Ewigkeit später nur widerwillig entlasse. Die Sonne steht jetzt niedriger und taucht die Küche in orangefarbenes Licht. Jays Augen glänzen dunkelblau über mir.

»Du solltest dir das noch mal überlegen«, haucht er an meine Lippen. »Das mit meinem Namen.«

Dank

Danke an alle Leser! Eure Nachrichten, Rezensionen, Blogeinträge und Postkarten haben mir gezeigt, wie sehr ihr Viki und Jay liebt. Eure Begeisterung ist der Grund, warum ich diese zweite Geschichte aufgeschrieben habe. Lasst mich auch diesmal wissen, wie es euch gefallen hat, und besucht mich auf sabineschoder.de oder Facebook.

Danke an meinen geliebten Mann, der niederträchtigerweise behauptet, ich hätte mich auf Seite 163 selbst ins Buch geschrieben. (Was nicht stimmt, ich habe noch gar keine Dritten!) Danke an Carolin Wahl, die mir für diese spezielle Szene ihren Namen geliehen hat. Und wie immer auch Danke an meine Mutter, die so schnell wie keine andere meine Erstfassungen liest.

Danke an meine Agentin Christiane Düring, die mich auch diesmal in die richtige Richtung gelenkt hat. Danke an meine Lektorin Carla Felgentreff und das gesamte Team des Fischer Kinder- und Jugendbuchverlages, insbesondere Antje Keil, die erneut an meine Geschichte geglaubt hat. Danke an all jene, die so viel für den Erfolg dieses Buches leisten.

Eine Liebesgeschichte, so berauschend, dass sie süchtig macht

Optimistisch gesehen ist Vikis Leben eine Vollkatastrophe. Da kann man schon mal aus Frust ein paar Tüten zu viel rauchen. Oder nach einem Konzert mit dem Sänger der Band im Bett landen, obwohl man den eigentlich total bescheuert findet. So was passiert. Aber ausgerechnet ihr? Nein! Ganz. Sicher. Nicht. Oder vielleicht doch?

Sabine Schoder
Liebe ist was für Idioten. Wie mich
Band 0151

Das gesamte Programm gibt es unter
www.fischerverlage.de

fi 8-0151 / 1